汝《きみ》薫《かお》るが如《ごと》し

「門田泰明時代劇場」
悠久なる歴史を秘める大和国《やまとのくに》にて
優美かつ鮮烈に開幕！

撮影と文／編集部

その広大な御屋敷は千数百年の歴史の香りを漂わせ、人人をやさしく見守ってきた。位《くらい》高く、心寛く、常に正しく、苦しみに対しては盾《たて》となって人人を慈しんできた。人人はその御屋敷を敬い、草木の一本に至るまで、皺枯れた手で合掌の想いを注いだ。それゆえ大和国《やまとのくに》の自然は春秋殊《こと》の外《ほか》美しく色付いて感謝を極めた。

大和国《やまとのくに》飛鳥里《あすかのさと》には神神《かみがみ》の気高さと、御《み》仏《ほとけ》の温かな心が静かに満ちていた。道行《ゆ》く人には微笑みかけ、疲れて佇《たたず》む者にはそっと励まし、心身を傷《いた》めたる者には衆《しゅ》生《じょう》をいつくしむ慈悲の衣《ころも》で護《まも》り包んだ。それゆえ大和国の人人は慈悲の理《ことわり》に深かった。「慈」は衆生に薬を与えること、「悲」はその苦痛を取り除いてあげること、だと。それはまさにこの里をやさしく治《おさ》める清貧の「豪《ごう》家《か》」曽《そ》雅《が》家お祖母《ばば》様《さま》多鶴の精神《こころ》のかたちそのものであった。

▲ふんわりと柔らかそうな体つきの白と黒の斑猫《ぶちねこ》が目を細めて聖徳太子に撫でて貰っている。敬《うやま》う心で三輪山平等寺の山門を潜ると不思議なその光景が朱色の塔の前に現れたりする。

宗次と美雪が連れ立って訪れる慈光院。石州流茶道の禅刹で知られる質素静寂にして息をのむ美庭《びてい》のこの位《くらい》高き茅葺《かやぶき》の庵院《いおりいん》は人人を俗世の邪《よこしま》からやさしく解き放って下さる。▼

光文社文庫

文庫書下ろし&オリジナル／長編時代小説

汝《きみ》薫《かお》るが如《ごと》し

浮世絵宗次日月抄

門田泰明

光 文 社

目次

朝廷と蘇我氏の関係図

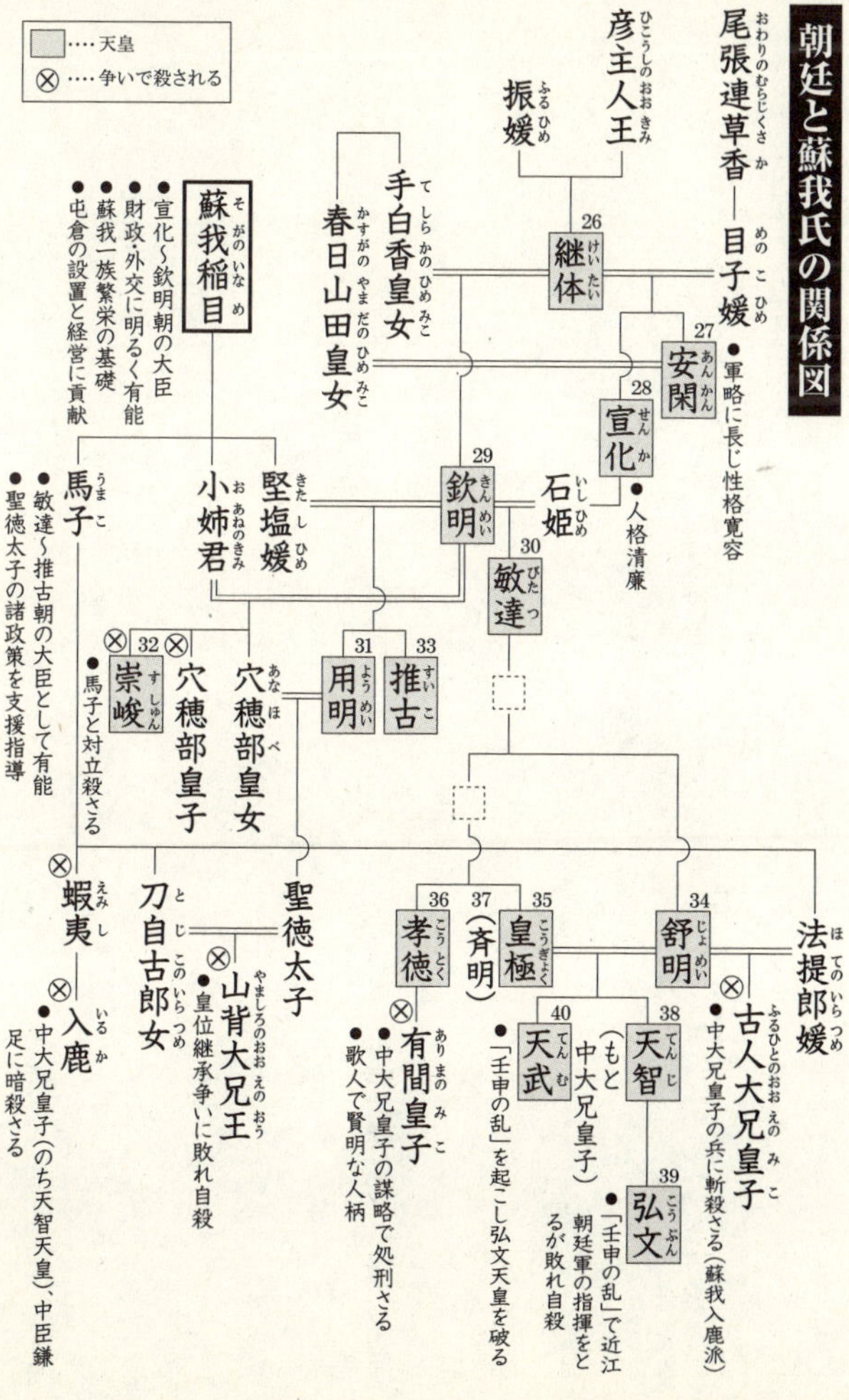
天皇
争いで殺される
尾張連草香《おわりのむらじくさか》
目子媛《めのこひめ》
軍略に長じ性格寛容
彦主人王《ひこうしのおおきみ》
振媛《ふるひめ》
26 継体《けいたい》
手白香皇女《てしらかのひめみこ》
春日山田皇女《かすがのやまだのひめみこ》
27 安閑《あんかん》
28 宣化《せんか》
人格清廉
石姫《いしひめ》
29 欽明《きんめい》
30 敏達《びたつ》
蘇我稲目《そがのいなめ》
宣化~欽明朝の大臣
財政・外交に明るく有能
蘇我一族繁栄の基礎
屯倉の設置と経営に貢献
堅塩媛《きたしひめ》
小姉君《おあねのきみ》
馬子《うまこ》
敏達~推古朝の大臣として有能
聖徳太子の諸政策を支援指導
31 用明《ようめい》
33 推古《すいこ》
32 崇峻《すしゅん》
馬子と対立殺さる
穴穂部皇子
穴穂部《あなほべ》皇女
聖徳太子
刀自古郎女《とじこのいらつめ》
蝦夷《えみし》
入鹿《いるか》
中大兄皇子(のち天智天皇)、中臣鎌足に暗殺さる
山背大兄王《やましろのおおえのおう》
皇位継承争いに敗れ自殺
36 孝徳《こうとく》
37 (斉明)
35 皇極《こうぎょく》
34 舒明《じょめい》
法提郎媛《ほてのいらつめ》
有間皇子《ありまのみこ》
中大兄皇子の謀略で処刑さる
歌人で賢明な人柄
古人大兄皇子《ふるひとのおおえのみこ》
中大兄皇子の兵に斬殺さる(蘇我入鹿派)
40 天武《てんむ》
「壬申の乱」を起こし弘文天皇を破る
38 天智《てんじ》
(もと中大兄皇子)
39 弘文《こうぶん》
「壬申の乱」で近江朝廷軍の指揮をとるが敗れ自殺

口絵デザイン　盛川和洋

〈長編〉

汝《きみ》　薫《かお》るが如《ごと》し

一

それは一人の老爺《ろうや》と七人の侍たちから成《な》る一行《いっこう》だった。

老爺には、百姓《ひゃくしょう》身形《みなり》を手軽《てがる》な旅姿《たびすがた》に変えたような、つまり近場《ちかば》まで出掛《でか》けて今《いま》し方《がた》戻ってきたような下僕風の印象がある。

それに比べ七人の侍たちはかなり遠方より訪れたらしい身形であった。塗一文字笠《ぬりいちもんじがさ》を前下げ気味として深めにかぶり、柄袋《つかぶくろ》をした大小刀を帯《お》びて、紺の旅羽織に野袴《のばかま》である。手には手甲《てっこう》を付け、脚には脚絆《きゃはん》を巻き付けている。旅羽織には、家紋は入っていない。

老爺は侍たちを先導するかのように少し前を行き、縦《たて》に一列となった七人の侍たちは一人を先頭に立て、二、三間《げん》ばかり間《あいだ》を空《あ》けたその後ろに六人が従っていた。

それは誰の目にも、先頭に位置する一人の侍に六人の侍たちが付き従っていると見える光景だった。

その先頭に立つ侍が腰に帯びている大小刀は、付き従っていると見える六人の侍たちの大小刀よりも、その寸法がかなり短い。

一行八人を飲み込むように包んでいる周囲《まわり》の山や林は、楓《かえで》、七竈《ななかまど》などの紅葉樹《こうようじゅ》が熟し出して、赤、黄、紅色と目に眩《まぶ》しいばかりの美しさだった。

「これほど見事な紅葉《こうよう》は久し振りに見るのう」

後ろの方で、侍のひとりが感嘆まじりに言った。だが、その言葉に沿って辺りをじっくりと見回す訳でもなく、どことなく硬《かた》い態度である。いや、その侍だけではなく、他の六人も矢張り何となく硬い様子は同じであった。なかでも、二番手に位置した背丈のあるがっしりとした体つきの侍は、如何《いか》にも何かに備える感じで左手の指三本を刀の柄に乗せている。しかも背中には、筵《むしろ》で巻いた物を、襷《たすき》掛《が》けの紐《ひも》で背負《せお》っていた。〝筵巻《むしろまき》〟のその外見は中身を容易《たやす》くは想像させなかったが、長さ二尺五寸ほどの角柱《かくちゅう》を筵で巻いたような感じではあった。

「気を抜くなよ、涼之助《りょうのすけ》」

背中に筵巻の物を背負っている侍が前を向いたまま言い、紅葉に感嘆した侍が「もちろん……」と、即座に応じた。

「気を抜くなよ……」とは、一行に油断できない何事かが迫りつつあるのであろうか。

それとも単に旅の途中での気持の引き締めを言っているのであろうか。

いずれにしろ、安穏《あんのん》たる雰囲気の侍たちではなかった。

と、一行を先導する老爺が歩みを緩め、そして立ち止まって振り返ると丁寧に一礼をしてみせた。その表情には、先ず視線を合わせる相手、侍たちの先頭に立っている者への敬《うやま》いを確《しっか》りと拵《こしら》えている。

「あれに見えて参りました鳥居《とりい》を潜《くぐ》って登ることになります。足元があまり宜《よろ》しくない坂道でございますが、矢張り参られまするか」

相手を気遣った穏やかな優《やさ》しい響きの声音《こわね》で訊ねた老爺が、自分の背中の方角を指差してみせた。が、上体をその方へ捩《ねじ》るような事はせずに、近付いてくる侍のために微かに口元に笑みを浮かべて目を細めている。

その侍は老爺の前までやって来ると、声には出さなかったが「うん」といった調子で頷いてみせた。塗一文字笠を前下げ気味に深めにかぶっている顔は、おそらく年若いのであろう。頷き様《よう》に、切れ、があってどことなく凛凛《りり》しい。

が、肩を力ませているという風《ふう》でもなく、むしろ旅羽織に野袴というその姿は両刀を腰に帯びた武士としては、どことのう華奢《きゃしゃ》に見えた。他《ほか》の侍たちよりは。

老爺が誰にという訳でもない控えめな口調で、侍たちに向かって告げた。

「それでは只今から、御覧のように全山が炎《ひ》のように紅葉《こうよう》しておりまする中へと、入って参ります。これほど紅葉《こうよう》しておりますると、たとえば朱色《しゆいろ》の衣装《いしよう》で身を包んで近付いてくる者の姿は、目に止まり難《にく》うございます。恐れいりますが、いつ何時《なんどき》に生じるか知れぬ事に備えて刀の柄袋《つかぶくろ》は、お取り下されませ」

老爺のその言葉が皆まで終わらぬ内に、侍たちは刀の柄袋を手早く取り除いていた。

一行は山肌に沿うかたちで少し先、通りの左側に見えている鳥居を目指した。

鳥居はさほど大きくはなく、紅葉《こうよう》の中をその奥へと延びている坂道の、急な勾配が侍たちの誰の目にも認められた。

通りの右手には鈴《すず》のような乾いた音を立てている清い流れがあって、つい先程その流れを「飛鳥川《あすかがわ》でございます」と、老爺から教えられた侍たちである。川底の小石の輝きや群れる小さな魚影までをもくっきりと見せている飛鳥川《あすかがわ》の水辺では一面、秋の七草の一つ薄《すすき》がやわらかな風にそよいでいた。その薄《すすき》と棲《す》み分けるかのようにして群生《ぐんせい》している赤い花は、「大和国《やまとのくに》の秋はこの花で始まる」と土地の人たちに言われている彼岸花《ひがんばな》だった。

清い流れの向こう岸――狭い河原――を埋め尽くしているのは、しかし薄《すすき》でも彼岸花でもなく、萩《はぎ》である。

更にその向こうの広大な林は楓、七竈、霞桜《かすみざくら》、橅《ぶな》などがそれぞれに特徴を出し合って葉の色を競い合い、まさに錦繍《きんしゅう》の秋を織りなす自然の醍醐味《だいごみ》だった。

先に立つ老爺が鳥居を潜ったところで、列《れつ》の中程《なかほど》にいた侍がまたしても「それにしても美しい紅葉《こうよう》じゃ。美し過ぎる」と小声を漏らして嘆息し、〝筵巻〟を背負った件《くだん》の侍が、「涼之助にも言うたであろう。気を散らすでない、小矢太《こやた》」と低く鋭い声を発した。視線は前に向けたままだ。

列の中程の侍が「はい」と返して、一行は朱色に炎《も》え上がった山道へと上っていった。

幾重にも絡み合うようにして重なった枝枝の彼方には、青く澄み渡った空が覗いて見え、その空から放たれたやわらかな秋の日差しがたちまち無数の木漏れ日となって、侍たちに降り注いだ。

先に立つ老爺が振り返ることなく、よく通る声で言った。

「これほど紅葉《こうよう》が美しい時季《とき》の大和国《やまとのくに》の秋は、朝夕などかなり底冷えが厳しいものでございますが、今年は江戸より大事なお客様が訪れまするのことを、山も森も川もそして空までもが承知しておりまするのか、このように心地良い春のような温かさを拵《こしら》えてくれております」

最後に「はい」と付け足して言葉を締め括《くく》った老爺であった。

侍たちは一言も発することなく、急勾配の山道を登り続けた。

どれくらい登った頃であろうか、いよいよ木立が深まりを増して枝枝の向こうに青空が窺《うかが》え難《にく》くなりかけたとき、一行の前方で数枚の団扇《うちわ》を一斉に叩き鳴らしたかのような大きな音が響きわたった。

侍たちが一人を残してそれこそ揃《そろ》って反射的に、刀の柄に右の手をやり腰を下げて身構えた。

その一斉の身構えに加わらなかったのは、先に立つ老爺の直ぐ二、三間《げん》後ろに続いていた、どことなく華奢に見える侍である。

「雉《きじ》の夫婦などが我我の気配に驚いて飛び立ったのでございましょう。この甘樫山《あまかしのおか》（甘樫丘とも）には沢山の雉が棲《す》んでおりまするから」

老爺が前へと進みながら、顔を小さく振り向かせ歯を見せて笑った。

侍たちの右の手が刀の柄から離れて、一度だけだが鍔鳴《つばな》りがした。

誰かが鯉口《こいぐち》を切っていたようである。手練《しゅれん》の妙とでもいうのであろうか。

「大丈夫でございます」

老爺はそう告げながら姿勢を戻し、侍たちも再び歩み出した。

〝筵巻〟を背負う背丈に恵まれた侍だけが、それが癖《くせ》だと言わんばかりに左手の指三本を、またしても刀の柄に残している。目つきはかなり険しい。

老爺が前を向いたまま言った。

「これから先、山肌に目を注意深く凝《こ》らしまするると、木立の間《あいだあいだ》間にそれはそれは古い巨木《き》の切り株《かぶ》が数え切れぬ程に見えて参ります。古い、と申しましたがそれは千年を超える歳月を耐え抜いてきましても未《いま》だ朽ち果てることもなく、かと申して新芽《しんめ》を吹き出させることもなく……」

「その巨木の切り株は、つまり切り株のまま千年を超える歳月を枯れることもなく生き抜いてきたと申すのだな」

侍の誰かが即座に問い返し、老爺は今度は立ち止まって振り返った。

「左様でございます。この山道の直ぐ脇にも幾本かの大きな切り株が間《ま》もなく見えて参りましょうから、目に止まりましたらよく御覧になって下さい。切り株の面《つら》（切り口）が千年を超える年月《ねんげつ》を耐えてきたとは思えぬほどに艶《つや》やかでございますから……まるで半月ほど前にでも切られたかのような艶やかさでございます」

「それはまた不思議よのう」

「はい。本当に……」

そこで老爺と侍との遣《や》り取《と》りが終わったことで、やや苛立ちの顔つきで目つき鋭く辺りを検《み》まわしていた〝筵巻《むしろまき》〟を背負った侍が、ほっと表情を緩め、ようやく刀の柄から左手の指三本を下ろした。他の侍たちに比べて、明らかに周囲《まわり》への警戒振りが際立《きわだ》っている。

もしや、背負っている〝筵巻〟は、侍たち一行にとって相当に重要な物であるのだろうか。

一行はまた黙黙として語り合うこともなく坂道を進んでいった。錦繍を織りなす美しい山の中を、一体何処《どこ》へ向かおうとしているのであろう。

老爺が言ったように、間《ま》もなく山道の直ぐ脇に巨大な切り株が次次と目に止まり出したが、何故か侍たちが関心を示すことはなかった。千年を超える昔、それらの巨木が何の目的で伐採《ばっさい》されたのかを、ひょっとすると知っているか想像できているかのような淡淡とした無関心さだ。

「別にもう一つ勾配のやさしい『本道《ほんどう》』と呼ばれている登り道もあるのでございますが、それだと山を、九十九《つづら》に縫《ぬ》うようにして登らねばならず登り切るのにかなりの刻《とき》を必要と致します。いま登って戴いておりますこの山道はきつうございますが、九十九《つづら》折りの『本道』に比べまして随分と早くに登り切ることが出来まする。もう間《ま》もなくでございますから」

老爺が前を向いたまま足を止めることも歩みを緩めることもなく言った。歩き馴れている山道なのであろう。白髪の目立つ小柄な体つきであるというのにほとんど呼吸《いき》も喋り調子も乱していない。

老爺のその言葉に、侍たちの返事や反応はなかった。そろそろ脚腰《あしこし》に疲れが出はじめているのであろうか。どの侍の姿勢もそれまでよりは頭が下がって腰の曲げ様《よう》がやや深くなっている。

ただ侍たちは揃って相当に武術の鍛錬を積み重ねているらしく、老爺と比べ見劣りする程には呼吸《いき》の乱れなどはない。体つきがどことなく華奢な印象の侍にしても他の六名の侍たちと同様であった。足の進め具合にも、体全体が窺わせている気力にも全くといってよいほど見劣りは無い。

強《し》いて言えば、その華奢な印象の体を労《いたわ》るかのような上手《じょうず》な登り調子は終始変わらず、その登り調子に他の六名の侍たちが合わせているかのように見える、あるいは庇《かば》っているかのように見える、という事であろうか。

四半刻《しはんとき》ほどが更に経った頃である。一番前を行く老爺が「お疲れ様でございます。着きましてございます」と大きな声で告げて足を止め振り返り、縦列を組む七名の侍たちは下げ気味だった頭を急ぎを見せる様子《ようす》なくそれぞれ上げていった。

錦繍を織りなしていた極彩色《ごくさいしき》の森が坂道の上で大きく口を開き、眩しい日の光が侍たちに降りかかった。

「私の足元にあります石段は千年を超える歳月を経てきておりまする。風雪《ふうせつ》に耐《た》えて角が丸くなっておりまするから、御御足《おみあし》を滑らさぬようお気を付け下さい」

そう言いながら老爺は自分の足元を指差してみせた。三段の石段であった。ほぼ山道の幅いっぱいにあるところを見ると、石段の横幅は七尺に少し足りぬというあたりか。

「さ、どうぞ……」

老爺は体を横に開くかたちで、山道の際《きわ》へと寄り、見るからに人の善《よ》さそうな笑顔《えがお》で侍たちを促《うなが》した。

侍たちは縦列のそれぞれの間をいささかも乱すことなく、老爺の面前を石段を上がりつつ過ぎて、日の光が眩しくあふれる中へ招かれた者のように入っていった。

「おうっ」

侍たちを待ち構えていたのは、それぞれの口から迸《ほとばし》り出た、しかし気持の高ぶりを明らかに抑《おさ》えた感動の低い叫びである。

そこは樹木が綺麗に伐採され平《たいら》に均《なら》された、薄《すすき》の花穂が群生する甘樫山《あまかしのおか》の頂《いただき》であった。

侍たちの目の前——とくに眼下——に広がっているのは、妨《さまた》げる物ひとつ無い雄大で美しい大和国《やまとのくに》の田園風景だった。単に雄大で美しいだけではない。圧倒的な重くて深い劇的な歴史の数数を秘めてきた、民族の遺産とも言うべき田園の風景だった。

侍たちは無言のまま見とれた。身じろぎ一つしない。

老爺がゆったりとした足取りで侍たちの背後から進み出て、体つきが華奢な印象の侍と肩を並べた。

八人の目の前彼方には、左手（西）の方角から右手（東）の方角にかけて、それこそ古い神秘の歴史に包まれているかのような、なだらかな姿のさして高くない山が、如何にも意味あり気な間を隔《へだ》てて三山並んでいた。

「あれが昔から……」

と、老爺がその三山を左から一つ一つ指差していった。

「世に大和三山《やまとさんざん》とうたわれて参りましたここ飛鳥《あすか》の象徴、畝傍山《うねびやま》、耳成山《みみなしやま》、そして香《か》久山《ぐやま》でございます」

「おお、あれが名にし負う大和三山か。実に優美な姿よのう」

老爺の言葉に、そう応じたのは〝筵巻〟を背負った侍だったが、他の侍たちも深深と頷いてみせた。

華奢な印象の侍ひとりだけが、まるで神祇《じんぎ》の精霊《せいれい》にでも打たれたかのように黙然と立ち尽くしている。

と、このとき一陣《いちじん》の風が甘樫山《あまかしのおか》の頂を叩き過ぎるようにして吹き抜け、薄《すすき》の花穂が激しく靡《なび》いて「ザァッ」という大きな音が天空を覆った。

それは甘樫山《あまかしのおか》全体が一つの意思を発したかと思われる程の音鳴《おとな》りで、足元の地肌から天に向かって噴《ふ》き上がる獣《けもの》の唸りのようでもあった。

六名の侍たちが、華奢な印象の侍を護ろうとしてか、瞬時に背を向けて扇状に散り、抜刀の身構えを取った。チリッという微かに鯉口を切る音。

まさに阿吽《あうん》の呼吸。

さすがに老爺が不安そうに眉を顰《ひそ》め、周囲《あたり》を見まわした。

「大丈夫です義助《ぎすけ》。甘樫山《あまかしのおか》が遠く江戸から訪れた私共《わたくしども》を歓迎してくれているのです。私《わたくし》には判ります。皆の者も心配はいらぬ」

華奢な印象の侍がはじめて言葉を穏やかに口に出し、老爺の名を義助と称した。

侍の身形には余りにも不似合いな、澄んだ涼しい声音《こわね》であった。その言葉調子の物静かな抑揚《よくよう》の美しさは誰が聞いても、華奢な印象の侍が生半《なまなか》でない教養を身に付けた、気位《きぐらい》高い家格の者であることを窺わせた。

けれども矢張り、二本差しの侍には不自然な澄んで綺麗過ぎる声ではあった。

「さ、皆の者。身構えを解《と》いて、雅《みやび》な大和三山へ視線をお戻しなされ」

華奢な印象の侍が、大和三山へ向けた姿勢をいささかも変えず、まだ抜刀の身構えを崩さない背後の侍たちに、やわらかく優しい調子で告げた。命令調子でないその言葉が、かえって身構えを崩さぬ侍たちを「配下の者」と判らせた。

乾いたはっきりとした鍔鳴《つばな》りが二つ三つあって、肩からようやく力を抜いたと判る侍たち六名が、華奢な印象の侍と老爺義助を後方から護るかのようにして横に一列となって並んだ。しかし、うち三、四人はまだ周囲《まわり》が気になると見えて見まわしている。油断をしていない。

一陣の風はすでに頂を吹き抜けて、薄の花穂は何事もなかったかの如くである。

「あそこに白く光っております二つの水面《みなも》でございますが……」

と、義助が思い出したかのように、彼方を指差してみせた。

「いま漣《さざなみ》が立って水面が小さく乱れたかに見えます手前の方が和田《わだ》池、低い木立の林を挟んだその向こうが剣《つるぎ》池でございます」

「剣池と申せば確か、その畔《ほとり》に孝元天皇《こうげんてんのう》陵が在《あ》ったのではありませぬか」

「さすがによく学ばれていらっしゃいます。ここ飛鳥は天皇陵や古墳の多いところ。ここで生まれ育ち、長く曽雅《そが》家に仕えて参りました私でさえ、その一つ一つの歴史的経緯につきましては、正しく覚え切れませせぬ」

「義助でものう。それだけ大和の国の歴史が奥深いということでしょう。私《わたくし》も江戸を発《た》つまでに努めて学びは致しましたが、まだまだ道半ばです。ところで義助、これより訪ねまする我が母の生家《さと》曽雅家は、どの辺りに屋敷を構えているのか教えて下されし」

「はい。曽雅家の場所は……」

彼方を指差す義助の指先が小さな迷いを見せて宙を泳いだあと直ぐに動きを止めた。

曽雅、の名を聞いたからであろうか、先《ま》ず武練《ぶれん》の士を思わせる六名の侍たちが申し合わせたように、前下げ気味にかぶっていた塗一文字笠を手早く取った。

いずれも気根気魄《きはく》満ちた若若しい顔が現われた。最年長かと覚《おぼ》しき〝筵巻〟を背負った侍で、三十前後に見えるかどうか、である。

六名の侍たちは、義助の指先に視線を注いで直立不動に近い姿勢であった。これはもう間違いなく「曽雅」の家名に対する敬いの表われである。

続いて、華奢な印象の侍が、ゆっくりと落ち着いた動きを見せて塗一文字笠を取った。

もしこの場に一行《いっこう》と関わりない第三者が居たとしたなら、それは大きな衝撃を受けた一瞬であったに違いない。

その侍は「男」としてはとても頷けない程の、眉目秀麗《びもくしゅうれい》な気品ある面立ちであった。年齢《とし》は二十歳《はたち》前後といったところか。「男装の佳人《かじん》」と表現したくらいではまだ不足な、やさしさが際立った息をのむ美しさである。

義助が七人の塗一文字笠を「私がお預かり致します」と、次次と受け取ってまわり、袖から取り出した細紐で手早く器用に括《くく》って背負った。慣《な》れた手つきだ。

その義助が言った。

「御覧なされませ美雪《みゆき》様。あの畝傍山の左手裾野《すその》を。深い森に隠されてはいまするが微かに白く輝く水面《みなも》が認められましょう」

義助が遂に「男装の佳人」を美雪様と口にした。その名からしてやはり女性であったのだ。

「ええ、確かに……」

「深田《ふかた》池と申しまして、その池のすぐ南側には厩戸皇子《うまやどのみこ》の弟君《おとうとぎみ》来目皇子《くめのみこ》の建立《こんりゅう》と伝えられまする久米寺《くめでら》がございます。曽雅家の御屋敷は深田池と久米寺に挟まれたちょうどその中程の辺り。ですが森が深く、さすがに此処から曽雅家の御屋敷は見えませぬ」

「見えずとも、あの辺りに亡き母の生家《さと》が在《あ》るのだと判ると、心が弾みますよ義助」

「御屋敷の皆様も美雪様の御到着をまだかまだかと、きっとお待ちかねでございましょう。それに途中で私共一行と別れ、美雪様の飛鳥入りを知らせるため先に曽雅家へ向かった御女中佳奈《かな》様、芳乃《よしの》様、留伊《るい》様のお三人は、すでに御屋敷に着いている頃でございます」

「佳奈たち三人にも、この甘樫山《あまかしのおか》からの心なごむ美しい田園の景色を、見せてやりたかったですね義助」

美雪が亡き母のまだ見たことのない生家《さと》が在る辺りへ視線を向けたまま言ったとき、背後に控えていた侍の一人――中肉中背の――が「おそれながら……」と遠慮がちに一歩進み出た。

「ん？」

と、美雪がゆっくりと振り返って、いかにも涼し気という他《ほか》ない眼差しで相手を見つめた。

見つめられてその侍が、思わずであろうか頬を朱に染めてしまった。

自分でも頬が赤くなってしまったと判ったのであろう、その侍の表情が小さくうろたえる。

「いかがしました。小矢太」

「はい。義助がいま申しました厩戸皇子《うまやどのみこ》（五七四年〜六二二年）が、その没後、徳行優れし身分高き人への諡《おくりな》として『聖徳太子』と称されておりますることは存じていますが、来目皇子《くめのみこ》につきましては、誠に恥ずかしながら、私の知識から漏れております。何卒お教え下さりませ」

「小矢太。なにも恥ずかしいと思うことはありませぬ。日本の国造りの礎《いしずえ》でもある大和国《やまとのくに》の歴史は余りにも奥が深くて遠大。江戸の『史学館』で学んだ私《わたくし》の知識とて、勉学熱心な小矢太とどれ程の違いがありましょう。しかも大和国《やまとのくに》の歴史は多くの研究者の努力によって新しい史実が次次と見つかっており、そのたびに歴史は塗り替えられているのですよ」

「は、はあ。それはその通りでございまするが……」

「義助。私《わたくし》の知識では心許無《こころもとな》い。誤ったことを小矢太に伝えてはなりませぬゆえ、来目皇子《くめのみこ》について義助から小矢太に詳しく教えてやって下さい。私《わたくし》も横で聞かせて戴きましょう」

「承知致しましてございます」

美雪と肩を並べる義助が小矢太と目を合わせて微笑《ほほえ》みながら頷いたときであった。

またしても突如である。強い風が甘樫山《あまかしのおか》に吹き付けて薄の花穂が大きなざわめきを発し、山肌《やまはだ》を埋め尽くす紅葉樹が、赤、紅、黄、橙など色とりどりな秋の葉を天空に向かって勢いよく噴き上げた。

それは頂に立つ美雪たち一行の足元から意思あるものの如く音を立てて舞い上がる激しさで、中空に幾つもの渦《うず》を拵《こしら》えながら空の彼方へと吸い上げられていった。

まるで無数の小蝶が戯れるかのようにして。

だがしかし六名の侍たちには、それに目を奪われている余裕はなかった。

美雪と義助に背を向けるや、それこそ一糸乱れることのない見事な呼吸合わせで腰を薄の中へ浅く沈め、抜刀の身構《みがま》えとなった。

誰もがこのとき、強風が吹き去りさえすれば先程と同じように穏やかさが戻るであろう、と考えていた。

考えてはいたが刀の柄に手をやる侍たちの抜刀の身構えには、寸分《すんぶん》の油断もない。

と、ざわめき揺れる薄の舞台から湧《わ》き上がるかのようにして人ひとりが姿を現わした。

六名の侍たちの間に衝撃が走った。双方の間は凡《およ》そ七、八間《けん》。

無言のまま現われた相手は、紫檀色《したんいろ》（赤みを帯びた濃い紫色）の忍び装束としか見えないもので全身を包み、しかも頭巾《ずきん》の目窓は薄気味悪いほど細く切れ、腕組をして仁王立ちであった。否、大小刀を帯びた腰から下は刀の柄二本を残して揺れ騒ぐ薄の下に隠され六名の侍たちには見えない。けれども昂然《こうぜん》たる腕組の態《てい》は充分以上に仁王立ちを思わせた。

「何奴《なにやつ》か」

小矢太が刀の柄に手をかけたまま相手に二歩迫って声荒荒しく誰何《すいか》し、今まさに抜刀するかのような炎《ひ》の形相となる。

ところが吹きつけていた強風がぴたりと止《や》んだ。甘樫山《あまかしのおか》がたちまち静寂に呑《の》み込まれていく。

「名乗れい」

小矢太が更に小幅に三歩相手に迫っていよいよ半抜刀《はんばつとう》の身構えとなった。

しかし、一行《いっこう》が予想だにしていなかったこの異常な事態は、一層のこと急激な膨らみをみせた。

鳴りを静めて群生する薄の其処彼処《そこかしこ》から次次と、一人また一人と紫檀色の仁王立ちが立ち現われたのだ。

その数、総勢十五名。

「おのれ。我ら一行の身分素姓を知った上での振舞か」

〝箙巻〟を背負った侍が、ぐいと眦《まなじり》を吊り上げて音吐《おんと》朗朗《ろうろう》たる威嚇の大声を発し、薄の中をずかずかと進み出るや半抜刀で身構える小矢太と肩を並べた。

一触即発の光景であった。

すると、最初に現われた紫檀色の仁王立ちが、奇妙な動きを取った。左腕を真っ直ぐに雲一つ無い秋の空に向かって突き上げたかと思うと、親指と人差し指の二本だけを開いてVの形を作ってみせたのだ。

それに対応するかのような、配下らしき十四名の仁王立ちの変化は薄の中鮮《あざ》やかに速かった。

美雪たち一行をそれこそ一瞬のうち半円状に包囲し、揃ってくるりと背中を向けるや抜刀したのである。その速さ鮮やかさは明らかに尋常を超えていた。

余りのその速さに引導《いんどう》されるかのようにして、〃筵巻〃を背負った侍ほか五名もほとんど反射的に抜刀していた。義助までがひと呼吸遅れではあったが思わず腰に帯びる短刀（道中差）に手を。

美雪は配下の十四名を寸微《すんび》の間に動かしてみせ左腕を下ろした紫檀色の相手を、じっと見守っていた。「幕閣三臣《ばつかくさんしん》」の一《ひとつ》、大番頭《おおばんがしら》七千石大身旗本西条家《さいじようけ》の厳しい家法の中で育った者として、恐怖の情を見苦しく表に露《あらわ》とさせてはならぬ、と自分を律しながら。

けれども日《ひ》の本《もと》の女性《によしよう》には余り見られない彫《ほ》りの深いその美しい表情に、相手に対するおののきが無いと言えば嘘となる。

美雪のそのおののきに辛《かろ》うじて安堵《あんど》を与えたのは、頭《かしら》らしき人物を除いた十四名が背中を向け「見えぬ何か」に対し抜刀し身構えてくれた事であった。

美雪は十四名のその半円状の陣構えを、若しや我ら一行を護《まも》ろうとする為のものであろうか、と理解しかけた。

美雪は胸の内でざわめく不安を抑《おさ》えつつ、左手を刀の柄に触れて、頭らしき紫檀色の相手へと薄の中を静かに歩み寄った。

「先ほど我が家臣が、我ら一行の身分素姓を知った上での振舞か、と訊ねました。速やかにそれにお答えなされませ」

詰問《きつもん》調子では決してない、仄《ほの》かな感じで口にした物静かな美雪の言葉であった。

「恐れながら……」

なんと相手は即座に反応した。野太い男らしい声である。

「美雪様におかれましては、いま立っていなさいます御足元《おあしもと》、つまり頂《いただき》一帯に千年を超える昔、御先祖家がこの甘樫山《あまかしのおか》の巨木を用いて豪邸《ごうてい》をお建てなされたことは御存知でございまするな」

美雪はもとより六名の家臣と義助の間に大きな驚きが走った。聞き間違いではなかった。まぎれもなく紫檀色の相手は「美雪様……」と、はっきり口に出した。

「この甘樫山《あまかしのおか》に、亡き母の御先祖家の御屋敷があったことは学び知っております。この頂《いただき》一帯に密生する薄を掻《か》き分《わ》ければ、千年を超える歴史を刻んだ礎《そ》石《せき》が……柱の礎石が今もなお容易に目にすることが出来ますることも……」

「ならば、直ぐさまこの場よりお離れなされませ」

「それは何を意味しての進言でありまするのか」

それまで物静かであった美雪の口調が、ここでやや厳しさをみせた。

「美雪様。過ぐる昔この頂《いただき》に豪壮この上なき屋敷を構えておりましたる母上様の御先祖家が、皇極天皇《こうぎょくてんのう》の御代《みよ》の四年（六四五）六月、権力闘争に敗れて中臣鎌足《なかとみのかまたり》（六一四〜六六九）、中大兄皇子《なかのおおえのおうじ》（六二六〜六七一）らに滅ぼされたことは、御存知でございましょうな」

「むろん知っております。本宗家《ほんそうけ》が敗れしその争いが『乙巳《いっし》の変《へん》』と呼ばれておりますることも」

「では、その本宗家つまり御先祖家の政治権力が極みに達していた『乙巳の変』勃発の数十年前、仏教崇拝《すうはい》派の御先祖家が、廃仏《はいぶつ》派の物部守屋《もののべのもりや》とその一族を河内《かわち》の阿都《あと》（現在の大阪・八尾市）に攻《せ》め滅ぼしたることも、学び知っておられまするな」

「はい」

と頷きながら美雪は背に薄ら寒いものを覚えた。かつて味わったことのない不吉な感じの薄ら寒さであった。そして（このようなとき、あの御方《おかた》が身傍《みそば》に居て下されたらならば、どれほど心強いことであろうか……）と思った。その心細さが今、ひとりの人物を胸の内に想い浮かべさせていた。だがしかし、「遠い江戸で忙しい毎日を送っておられるその御方が、百数十里を離れた大和国《やまとのくに》へ現われて下さる筈もなく、……」と思って美雪の心細さは一層波立つのであった。

「ご承知下されましたな美雪様。今すぐに……」

紫檀色の相手の声が大きくなったので、ほんの僅かの間、我れを見失って遠い江戸へ想いを馳《は》せていた美雪は、はっとなって心の内をうろたえさせた。何か早い調子で言ったらしい相手の言葉が、全く耳に入っていなかった。

「もう一度申し上げまするぞ。お宜しいか」

相手に三歩詰め寄られて、美雪は声を返せず黙って偉丈夫《いじようふ》の相手を見つめた。

「美雪様の母上様の御先祖家は、崇仏《すうぶつ》・廃仏《はいぶつ》争いの結果として物部守屋《もののべのもりや》とその一族を滅ぼしたのではありませぬ。双方の争いは、そのような単純な『私的闘争』によるものではありませなんだ。御存知でござりましたか」

「いいえ。崇仏・廃仏争いの結果として千年を超える昔、物部守屋《もののべのもりや》とその一族は滅びたのである、と江戸の『史学館』で学んでおりまする」

「事実を申し上げましょう。これを忘れてはなりませぬ。双方の間には激烈な王位継承争い、つまり凄まじい権力闘争がございました。御先祖家が擁立せんとした王位継承者の勢力と、物部守屋《もののべのもりや》が立てんとした王位継承者の勢力とが真っ向から激突したのでございまする」

「まあ……」

「このような王位継承争いでは、とくに敗者側は名族の多くが滅び、あるいは壊滅的打撃を受けて世の表舞台から去り隠棲してゆきまする。あとに残るはただ、おどろおどろしい怨念《おんねん》のみ……」

「怨念……でございまするか」

「左様。御先祖家の豪壮なる邸宅がございましたこの甘樫山《あまかしのおか》こそ、権力闘争に敗れし者の怨念が千年の眠りから本格的に目覚める《ざ》に最もふさわしい場所、と我我は見ております る」

「いま我我、と申されましたが、私《わたくし》の名を知る其方《そなた》たちは一体何者です。素姓をお明かしなされませ」

「今それについて長長と話している余裕などはありませぬ。恐るべき怨念の力《りき》みが千年の眠りから目覚めんとする湿《しめ》った予兆《よちょう》を、我我はすでにこの『崇高の美が満ちたる大和国《やまとのくに》』の各所で捉えておりまする。そしてそれは、足音を殺してこの甘樫山《あまかしのおか》に迫りつつあると思われまする。急ぎこの場より退去なされまするように。急ぎです美雪様」

「どの道より退去せよと仰《おつしや》いまするのか」

義助が幾分、憤然とした目つきで、しかし言葉穏やかに訊ねた。

「九十九《つづら》折りの勾配が穏やかな『本道』を下りて御先祖家へお急ぎなされ。これより南方向へ半町ほどの辺りに下り口がある『本道』は、道幅広くまた灌木《かんぼく》が多いため御一行の姿は人の目に止まり易《やす》いもののそのぶん我らも間を空《あ》けず密かに潜行でき易《やす》うございまする」

紫檀色の頭《かしら》は義助ではなく、美雪と目を合わせながら丁重な響きの喋《しやべ》り様《よう》で言った。頭巾《ずきん》の細く切れた目窓から覗く二つの目には、まぎれもなく美雪に対する敬《うやま》いの色がはっきりと見て取れる。

「私共一行に、姿を隠して密かに同行下さるというのですか」

「はい。御一行が無事、御先祖家の私有地内にお入りなさるのを、見届けさせて戴きます。ただ、それ以降につきましては、我らは我らなりの御役目を少なからず抱えておりますることから、こうしてお目にかかることは叶《かな》いませぬ。どうかご一行御自身の充分なる御注意力にて行動なされまするように」

「承《うけたまわ》りました。では……」

と、美雪は〝筵巻〟を背負う侍へ視線を向けた。

「忠寛《ただひろ》。坂を下りまするぞ」

「判りました」

忠寛なる侍が深深と頷いた。

「皆もくれぐれも油断なきよう。途中で何事が生じるか判りませぬから」

美雪の言葉に、忠寛を加えた家臣たち六名が揃って「はっ」と力強く応答する。まぎれもなく練士の応答だった。

その応答を待っていたかのようにして、紫檀色の十五名が薄の中を動き出し、たちまちにしてその姿を消し去った。

「行くぞ」

〝筵巻〟の侍、忠寛が号令を鋭く発し、六名の侍たちと義助は美雪を中に囲むようにして、『本道』の下り口を目指《めざ》した。

浮雲ひとつない快晴の秋空に、秋雷《しゅうらい》が低く長く轟《とどろ》いた。

二

「ご覧なされませ美雪様。母上様がお生まれになられました曽雅家でございまする」

四方に枝を張った大きな一本松の角を左へ折れたところで、義助が歩みを緩めながら右手方向を指差した。

「まあ……あれが母上の生家《さと》……ご自分の生い立ちについては、お話し下さることの少ない母上でしたけれど、父上からは『大和国《やまとのくに》では歴史を積み重ねてきた屈指の名族』とたびたび聞かされておりました。それにしても、なんと立派な御屋敷でありますることか」

「築三百年近くを経ております大庄屋の屋敷としては桁違《けたちが》いな造り構えでございます」

「なんと、築三百年近くとな……」

「はい。御屋敷内へ入られましたなら、更に驚かれましょう」

「なれど義助。如何に歴史を積み重ねて参った名族とは申せ、あれほどの御屋敷を大庄屋の住居《すまい》とし続けるについて、京都所司代御支配下にある奈良奉行所より注意忠告といったものは無かったのであろうか。ましてや大和国《やまとのくに》は『天領《てんりよう》』という言葉を決して忘れてはならぬ土地柄」

「確かに『天領』という言葉を忘れてはならぬ土地柄です。なれど大丈夫でございまする美雪様。さ、御御足《おみあし》を急がせましょう。すでにこの辺りから曽雅家の私有地に入っております。御屋敷の皆様が今か今かとお待ち兼ねでございましょう」

「曽雅家の私有地というのは、どれほどの広さがあるのですか義助」

「さあ……私のような下下の者には、とうてい判りかねる大変な広さでございます。ともかく急ぎましょう美雪様」

促されて美雪は黙って頷いた。

美雪が言葉に出した「天領」とは徳川直轄領を指している。幕府領というよりは、徳川将軍家の領地と考える方が正しい。

今の四代様《よんだいさま》（四代将軍徳川家綱）の時代、『天領』は北国、奥羽、関東《かんとう》、東海、畿内《きない》、中国、西国《さいごく》の広範囲に及び、その総石高《こくだか》は四百数十万石《ごく》に達していた。うち畿内の

『天領』は大和《やまと》、山城《やましろ》、摂津《せっつ》、河内《かわち》、和泉《いずみ》、近江《おうみ》、丹波《たんば》、播磨《はりま》、の国国に及び、その総石高は優《ゆう》に七十万石を超えている。

一行は、曽雅家を目指して急いだが、美雪の二、三歩後ろに従っていた〝筵巻〟の忠寛が、辺りを見まわしながら一気に美雪の左側に近付いて肩を並べ、顔を顰《しか》めて囁いた。

「美雪様。例の十五名の気配が消えておりまする」

「え？　私《わたくし》には判りませなんだが、忠寛はいつ気付いたのですか」

前を向いたまま、歩みを緩めることもなく美雪が穏やかな口調で訊ねた。

「は、はあ。申し訳ございませぬ。たった今《いま》し方《がた》……」

「義助は？」

美雪は自分の右側で少し間を空けて肩を並べてくれている小柄な義助を見た。肩を並べてくれている、とは言っても微妙に位置を退《さ》げて従っている義助に、美雪は老爺らしい忠義を感じ取っていた。曽雅家は実に良い下僕頭に恵まれている、とも思った。

「私も全く気付きませんでした。いま忠寛様が仰《おっしゃ》ったのを聞きまして、あっ、私有地に入ったからか成程《なるほど》と……曽雅家まではこの通り百姓たちの往き来がある見通しの利く一本道でございますし、陽《ひ》は西に傾き出したものの空はまだ明るいですから十五名は、もう大丈夫と、判断したのではありますまいか」

「そうかも知れませぬね。もう少し急ぎましょうか義助」

そう言った美雪であったが、べつだん歩みを速めるでもなかった。胸の内では紫檀色の十五名についてあれこれと推測を巡らせ、その一方で切れ長な二重《ふたえ》の澄んだ目は、眼前に広がる木立《こだち》深い畝傍山《うねびやま》や深田池、西陽色《にしびいろ》に濃く染まり出した田畑、そしてその田畑で忙し気に動いている百姓たちなど、優雅《ゆうが》な「大和絵《やまとえ》」のような景色に見とれていた。

畝傍山は大和三山《やまとさんざん》の中でその高さ凡《およ》そ六十六丈《じょう》と最も高い。麓《ふもと》を含むその山体《さんたい》は大小多数の美しい池と五つ以上を数える寺社、そして複数の陵墓（天皇の墓）を擁し、神話的な霊山として大和の人人に崇《あが》められてきた。

なかでも、神木鬱蒼《しんぼくうっそう》の感が深い東南麓には、神武天皇《じんむてんのう》（在位七十六年、寿百二十七歳で崩御）が開いた「橿原宮《かしはらのみや》」が在った、と伝えられている（現在の橿原神宮付近）。

天武天皇《てんむてんのう》（在位六七三〜六八六）の御世《みよ》（時代）に開始された国史編纂《こくしへんさん》事業は、「平城京《へいぜいきょう》」を皇都として律令政治が最もよく行なわれた「奈良時代」に入り、いわゆる記紀として（「古事記」「日本書紀」のこと）完成をみた。この記紀系譜上における初代天皇こそが神武天皇とされている（但し神話的人物か実在的人物か、学問的には未解決）。

美雪は江戸の「史学館」で学んだそういった事を思い出しながら、目の前のこの上なく優雅な景色に目を奪われ続けた。晴れ渡った秋空の下《もと》、濃くなった西陽の色を浴びながらも、くっきりと見えている景色であるのに、ときおり不思議な霞《かすみ》が薄くかかっているようにも見える。

「義助、畝傍山のあの麓の辺りに、妙に清清《すがすが》しい感じの霞がかかってはおりませぬか」

美雪は白い指で向こうを差し示して囁いた。

「霞はかかってはおりませんが、ときおり曽雅家を訪ねていらっしゃいます名僧の誉れ高い飛鳥寺《あすかでら》や橘寺《たちばなでら》の御住職様も『見える……』と仰《おつしや》ることがございますね」

「義助には一度も見えたことがないのですか。私《わたくし》には今も見えておりますよ」

「神霞《かみがすみ》とも言い伝えられてきた清涼この上なきものでございますから、私のように徳の積み足らぬ半端者《はんぱもの》には、見ることは無理でございましょう。美雪様の御心《おこころ》が清く澄み切っておられますから、見えるのですよ。いま指差されました畝傍山の東北に当たる部分には、深い木立に護られるようにして初代神武天皇の陵墓があるのではないかと伝えられております」

「まあ、あの辺りに……それで神霞が？」

「そうかも知れませんね。明日、大神神社《おおみわじんじゃ》への御公儀《ごこうぎ》の御役目《おやくめ》を済まされましたなら、飛鳥《あすか》の里をお巡りなさると宜しいでしょう。先程の紫檀色をした十五名の素姓が心配ではありますが」

「私《わたくし》に同行の六名の者は家臣百三十名の内でも、とくに馬庭念流《まにわねんりゅう》を極めた手練《しゅれん》の者たち。大丈夫です。余程のことがない限りこの機会を捉えて、飛鳥《あすか》の隅隅を観《み》て回り、日本の国の成り立ちを学びたいと思っています」

「そうですね。そうなさいませ。遠い江戸から大和国《やまとのくに》までとなりますとそう簡単には来《こ》られませんから、この度の機会を大事になされませ」

「ええ。四代様（将軍徳川家綱）も旅立ちの前に私《わたくし》に対しそのように仰せになりました。美雪よ、日本の成り立ちを大和国《やまとのくに》でしっかりと学んで余《よ》にも教えてほしい、と」

「左様でございましたか……四代様が日本の国の成り立ちを」

義助が目を細めて、二度、三度と頷いてみせた。大和人《やまとびと》ゆえに、うれしいのであろう。豪壮な曽雅邸が次第に七名の向こうに迫ってきつつあった。

「日本」という国号が成立したのは七世紀末のこと、と江戸の「史学館」で学んできた美雪である。

それ以前は「日本」ではなく「倭《わ》」と呼ばれていたことについても、むろん学び知っている。

とくに「倭」の時代の六、七世紀は、仏教が認識され出し、儒教《じゅきょう》（孔子精神を礎とする）や道教《どうきょう》（老・荘思想を原理とする）が窺いをみせ始め、江戸の今に通じる漢字文化も広まり出すなど、いわゆる古代国家の形成に力強く拍車がかかった時代だ。

「この道が飛鳥《あすか》の人人、いえ、大和国《やまとのくに》の人人から親しみを込めて『曽雅《そが》の道《みち》』と呼ばれております石畳通《いしだたみどお》りです。道幅は十三尺長さは半町以上もございましょうか」

そう言いながら、義助が視線をやや落とし気味にして、等身大の石灯籠の角を右へと折れた。

「まあ、なんと立派な石畳の道でしょう」

美雪は「曽雅の道」へ一歩足を踏み入れたところで、思わず立ち止まってしまった。

そのため後ろに従っていた家臣の六名の足も、「曽雅の道」の手前で止まり、十二の目は油断なく、しかし然り気《さげ》なさを装って辺りを見回した。

〝筵巻〟を背負う忠寛の左手が、すでに柄袋を取り除いた刀の柄に触れている。

美雪が義助に対し「心強い馬庭念流の手練の者」と告げた六名の家臣の右手か左手にあるべき塗一文字笠は、このときすでに義助の背に移っている。つまり六名の家臣の左右の手は不測の事態に対し自由が利く状態にあった。義助の配慮が生きているのだ。

美雪は綺麗に敷き詰められている石畳の上を、手前から彼方へと見とれるようにしてゆっくりと視線を流していった。

そして、その彫りの深い美しい面《おもて》が、「あ……」と声は立てぬが、小さくうろたえた。

真っ直ぐな「曽雅の道」が尽きる彼方にそれを中心軸として、曽雅屋敷がまるで鳳凰が羽を広げたかのように瓦葺《かわらぶき》の大屋根を東西に広げていた。まさに「曽雅の道」は巨邸の中心軸であった。

『曽雅の道』を招き抱えるかの如く跨《また》いでいる楼門（二階のみに屋根をつけた八脚の門）の巨大さにも美雪は目を見張った。

さらに美雪を驚かせたのは、その楼門の前に遠目にも見窄《みすぼ》らしい身形と判る老婆がこちらを向いてひとりポツンと立っていた事である。

しかもその老婆に対し、義助が歩みを止めて姿勢を正すや、深深と頭を下げたのであった。

（お祖母様《ばばさま》でいらっしゃる……）

美雪の直感であった。

四、五歳の頃であったか、今は亡き母（雪代《ゆきよ》）の親つまり祖父母《そふぼ》の和右衛門《わえもん》と多鶴《たづる》が江戸西条家を訪れて一月《ひとつき》ばかりを過ごした折《おり》、祖母多鶴に幾度となく抱き上げられ頰擦りをされたことを覚えている美雪だった。

「どうじゃ、暫くの間、人情豊かで景色の美しい大和国《やまとのくに》でこの祖母《ばば》と一緒に暮らさぬか」

優しいにこにこ顔で言われたその言葉まで、美雪は今でもはっきりと覚えている。

幼心《おさなごころ》にもちょっと異様に感じたのは、遠い大和国《やまとのくに》とかから江戸を訪れた祖父母《そふぼ》であるというのに、祖父母も付《つ》き添《そ》ってきた四、五人の女中たちも、その身形がひどく見窄《みすぼ》らしく見えたことだった。

それに、祖母《そぼ》が自身のことを指して「祖母《ばば》」と称する道理についても理解できなかった。なぜ「お祖母様《ばあさま》」ではいけないのであろう、と。父、西条貞頼《さだより》がとくに威儀を正して、祖父に対するよりも丁重に出迎えていた程の祖母《そぼ》なのに。

そしていよいよ祖父母《そふぼ》が江戸を去るとき、美雪は自分もすっかり、それこそ我知らぬうちに「お祖母様《ばばさま》」と祖母《そぼ》を呼んでいることに気付かされたのだった。

そういったことを懐しく温《あたた》かく胸の内に思い出しながら、宏壮な楼門の前に立っている間違いなく見窄らしい身形の老女へと美雪は、歩みを急がせた。

そして次第に小走りへとなってゆく。

義助と練士六名たちも、辺りへの目配りを怠らぬようにしながら、美雪に続いた。

可憐さを失っていない美雪の明るい笑みが、面《おもて》に広がった。

矢張りそうであった。「お祖母様《ばばさま》」の多鶴であった。

「お祖母様《ばばさま》……」

「おう、おう、美雪じゃな。よう来た、よう来た」

お祖母様《ばばさま》にお目にかかった途端《とたん》なみだ目になるようなことがあってはなりませぬよ。

七千石大身お旗本西条家の姫君らしくやわらかに凜《りん》と、これを忘れることがあってはいけませぬ。お宜しいですね。

西条家の奥向取締《おくむきとりしまり》（侍女・腰元などの差配）で、百俵取り御家人の決して豊かでない家庭で育った菊乃《きくの》から、旅立ち前にそう釘をさされていた美雪であった。

母雪代の亡きあと、我が身を惜しむことなく西条家のために尽くしてくれている奥向取締の菊乃である。

信頼するその菊乃から、「お宜しいですね」と念を押されていたにもかかわらず、小柄なお祖母様《ばばさま》が少し背伸びをするようにして皺《しわ》だらけのかさかさの掌《てのひら》で両の頰を挟《はさ》んでくれると、美雪は堪《こら》え切れずに大粒の涙をこぼしてしまった。

「この祖母《ばば》の顔を忘れてはおらなんだか美雪」

「はい、忘れてなどおりませぬ、お祖母様《ばばさま》」

「そうかそうか。いい子じゃ、いい子じゃ。この祖母《ばば》の手が其方《そなた》を抱いたのは四、五歳の頃じゃったな。この子はきっと天女《てんにょ》も敵《かな》わぬ程に気高《けだか》く育つと思うておったが、それにしてもなんという美しさじゃ」

皺だらけの掌で美雪の白い頰を撫でてやりながら、とうとう目を潤ませてしまった祖母《そぼ》の多鶴であった。

「お祖母様《ばばさま》。供《とも》の腰元三人を、石上神宮《いそのかみじんぐう》で別れて先にこちらへ向かわせましたが、無事に着いておりましょうか」

「大丈夫じゃ。着いておる。だから祖母《ばば》はこうして其方《そなた》を此処で待っておったのじゃ。今か今かとな」

そう言いながら、ようやく美雪の頰から、両掌をはなしてにっこりとしたお祖母様《ばばさま》であった。

「お詫び致しまする、お祖母様《ばばさま》。石上神宮まで出迎えに来ておりました義助に無理を頼んで、甘樫山《あまかしのおか》へ案内《あない》して戴きました。寄り道をしてしまい本当に申し訳ございませぬ」

「甘樫山《あまかしのおか》へ立ち寄ったことは、先に着いた供の者から聞かされておる。しっかり者の義助が一緒じゃから、何の心配もしていなかったが早《はよ》う其方《そなた》に会いとうて会いとうてな……」

「江戸で三日に一度通うておりました堀端一番町《ほりばたいちばんちょう》の『史学館』と申しまする塾で、古代王朝において権勢この上も無かった御先祖家蘇我《そが》一族と甘樫山《あまかしのおか》とのかかわりを学び、大和国《やまとのくに》に着きましたならば一番に訪ねてみたいと思うておりました」

「其方《そなた》の体の中に流れておる蘇我の血が甘樫山《あまかしのおか》へと向かわせたのであろうかのう。あるいは其方《そなた》が『王城の地』として栄えたこの大和国《やまとのくに》を訪れると知って喜びなされた蘇我一族の御霊《みたま》が手招いたのやも知れぬ」

「ですけれどお祖母様《ばばさま》。中臣鎌足《なかとみのかまたり》や中大兄皇子《なかのおおえのおうじ》の明らかに非合法と思われまする武力決起（クーデター）により、甘樫山《あまかしのおか》で滅亡いたしましたる蘇我本宗家と、お祖母様《ばばさま》の曽雅家とは、どうして名字《みようじ》が異なっているのでございまするか。お祖母様《ばばさま》の蔵《くら》より次次と見つかった史料などにより、まだ不確かな部分はあるが双方の血族関係はかなり深いらしい、と父から聞かされておりまするのに……」

そう言って、お祖母様と自分の胸元の間へ、蘇我、曽雅と指先で二つの名字を書いてみせる美雪であった。

「それについては後《のち》ほど、ゆるりと話して聞かせよう。日が落ち始めて、昼の温かさが秋冷えに変わり出しておる。旅疲れの体を秋冷えの中に晒《さら》して風邪《かぜ》でもひかれては大変じゃ。さ、ついて来なされ」

多鶴は美雪の手を取ると、ゆっくりと歩き出した。手肌《てはだ》は枯《か》れ切った感じであるのに、なんとやさしい温もりの掌《てのひら》であることか、と美雪は思った。心に伝わってくるものがある、温もりであった。

美雪に西条家の祖父母についての記憶は無い。西条家の嫡男であった「父貞頼」が、三十九歳という若さで亡くなった祖父の後を継いだのは十七歳のときである。祖母もその翌年に亡くなっているため、美雪は孫というものに対する祖父母のしみじみとした心とか手の温もりとかを今日まで知らなかった。

その温もりを今、美雪はしっかりと感じていた。四、五歳の頃に祖母多鶴に抱き上げられたり手を引かれて広い庭内を散歩したりの記憶はあるが、温もりとかやさしさを鮮明に記憶するには、心情《しんじょう》がさすがに幼過《おさなす》ぎた。

でも、今は判る。なんという温もりであることかと。

美雪はお祖母様《ばばさま》の小さな干《かわ》いた手を毀《こわ》してはならぬと気遣いながら、おそるおそる強く握り返した。

多鶴が歩みを緩めぬまま、「おおそうじゃ」といった感じで少し背筋を反らせ、思い出したように訊ねた。

「この祖母《ばば》が西条の家に世話になっている間、身の回りの面倒をよう見てくれた菊乃は元気に致しておるのかのう」

「はい。元気に致しております。今では父から奥向の取締を任されておりまする」

「あれならば奥向の取締を任せても心配ないじゃろう。確か百俵取り御家人の娘とかであったな」

「お祖母様《ばばさま》に大層会いたがっておりました。なれど父の登下城の備えの細かさや、応接をおろそかに出来ませぬ来客の多さを考えますると、菊乃を此度《こたび》の旅に加えるのは無理でございました」

「奥向取締に当たる者は、その職から妄《みだ》りに離れてはならぬのが常《つね》じゃ。菊乃ならばそれを理解し心得ておろう。それにしても、あの当時《ころ》は若かった菊乃も、今では落ち着いたいい年になったことであろうな」

「お祖母様《ばばさま》の仰せの通りでございます」

多鶴と話を交わしながら、美雪はいつになると屋敷の玄関に着くのであろうと、邸内の余りの広さに驚くほかなかった。大番頭旗本七千石西条家の敷地も相当に広いが、それとは比べものにならぬ広さであることを知った美雪である。

宏荘な造りの楼門を潜ったときには目の前に見えていた棟木《むなぎ》の両端に大きな鴟尾《しび》

（鵄尾とも）を持つ屋敷の大屋根が一向に近付いてこない。楼門を潜った内側にも「曽雅の道」と全く変わらぬ仕様《しよう》の石畳の道が凡《およ》そ七尺高の石垣に挟《はさ》まれるかたちで続いており、しかも道幅を次第に狭《せば》めていくその通りを美雪はすでに二度、鉤形《かぎがた》（直角）に曲がっていた。

（この鉤形の鋭い曲がり様《よう》は、敵がもし楼門を潜って攻《せ》め寄《よ》せても、一気に屋敷へ近付けさせないための備えではないか……）

「武炎派《ぶえんは》」（武断派とも）である大番頭を父に持つ美雪は、千年を超える昔に生じた一大激戦、中臣鎌足《なかとみのかまたり》・中大兄皇子《なかのおおえのおうじ》連合軍（クーデター軍）を向こうにまわしての蘇我一族の奮戦を胸の内で想像し、ふっと「暗い予感」に見舞われた。

「美雪や。次の角を曲がった正面が、この屋敷の玄関じゃ。其方《そなた》の顔を早《はよ》う見とうて皆も待《ま》ち草臥《くたび》れておろう」

「あのう、お祖母様《ばばさま》……」

「なんじゃな」

「お祖父様《じいさま》はいかがなさっておられるのでございましょうか。江戸の西条家へお祖父《じい》様《さま》とお祖母様《ばばさま》が御越《おこ》し下されましたるとき、お祖母様《ばばさま》の記憶ばかりが強く残り、お祖《じ》父様《いさま》の御輪郭《ごりんかく》がもうひとつ私《わたくし》の心内《こころうち》に残っておりませぬ」

「お祖父《じい》はまるで入り婿《むこ》のようにおとなしい気質じゃから、夫婦二人で何処へ出かけてもこの祖母《ばば》ばかりが目立つのじゃ」

「え？」

「なんじゃ。美雪はお祖父《じい》が曽雅家の入り婿と間違われるほどおとなしい気質であることを両親から全く聞かされておらなんだのか」

「はい。いま初めて知りましてございます。西条家の父も母もそのようなことは私に対してはひと言も……」

「そうかそうか。それでええ、それでええ。さすが幕府重役の貞頼殿であり雪代《ゆきよ》じゃ。お祖父《じい》に会うたなら、お祖父《じい》を曽雅家の当主《とうしゅ》として立ててやっておくれ」

「勿論でございまする、お祖母様《ばばさま》」

「じゃがな美雪。曽雅家の本当の当主は、この祖母《ばば》じゃぞ。よいな。この祖母《ばば》じゃ」

「まあ、お祖母様《ばばさま》……」

美雪は、くすりと含み笑いをこぼして、お祖母様《ばばさま》に手を引かれながら、七尺高の石垣の角を左へと曲がった。

美雪が思わず息を呑む程の光景が、待ち構えていた。

目の前に現われた大きな造りの玄関式台——おそらく西条家の倍はありそうな——を背にして杖《つえ》を手にした背丈のありそうな白髪の老人が先程から拵えていたかのようなにこやかな表情で立っており、その背後に、両側の壁に沿うかたちで次の間の奥まで二十人を超える人たちが正座をして、こちらを見ていた。

いずれも、予《あらかじ》め備えていたかのような明るい笑顔である。

「お祖父《じい》の和右衛門《わえもん》じゃ。さ、行っておやり」

祖母の多鶴が囁いて握っていた美雪の手を放したが、しかしすでに美雪の足は自分の意思で、杖を手にする白髪の老人の元へと急ぎかけていた。このとき、ぼんやりとではあったが、十五年前の祖父の面立ちを思い出していた美雪である。

「お祖父様……」

「おう、美雪じゃ、美雪じゃ。過ぐる十五年前の幼い面影がしっかりと残っておる。それにしても、なんという美しさじゃ。天女も敵わぬ美しさじゃ。よう来た、よう来た」

お祖母様《ばばさま》と申し合わせた訳では決してあるまいが、同じように「……天女も敵わぬ美しさじゃ……」と告げて両手を大きく広げる和右衛門《わえもん》の胸へ、美雪はふわりとやさしく飛び込んだ。

お祖父《じい》が杖を持たぬ方の手を美雪の背にまわす。

「お祖父様《じいさま》、十五年ぶりにございまする。お会いしとうございました」

「うむ、うむ。この通り年を取って枯れてしもうたが元気じゃ。お父上の貞頼殿は健《すこ》やかにしておられような」

そう言いながら美しい孫の背中を幾度も幾度も愛《いと》おし気に片手で撫《な》でてやる和右衛門だった。

「はい。元気に幕府大番頭の勤めに励んでおりまする」

「何よりじゃ。それにしても女の身でありながら、将軍家の大役を背負い、よくぞ無事にこの遠い大和国《やまとのくに》へ着いたものじゃ。立派じゃ立派じゃ。貞頼殿からの早飛脚で美雪の此度の御役目を知らされてからは、心配でよう眠れなんだ」

言い終えて、ひと粒の涙が皺《しわ》深い頬を伝い落ちた和右衛門《わえもん》だった。

祖母多鶴が目を細めて二人に歩み寄った。

「日が西に沈み出すと大和国《やまとのくに》の秋は冷え込みを強めるのが常《つね》じゃ。美雪や。旅疲れの体に大事があってはならぬ。『雪代《ゆきよ》の間《ま》』でともかく、そのよう似合《にお》うておる男装を解き、衣裳を改めてゆったりとするがよい」

「お祖母様《ばばさま》。亡き母の名が付いている『雪代の間』というのが、ございますの？」

「この曽雅家の末娘《すえむすめ》であった雪代が貞頼殿に嫁《とつ》いでからというもの、お祖父《じい》が淋しがってのう。それまで雪代が使《つこ》うていた居間を『雪代の間』と名付けて、そっくり当時のままに残しているのじゃ」

「それでは亡き母のお若い頃の香りが、そのお部屋に……」

「おう、残っておるとも。その居間を使うがええ。お祖父《じい》、早《はよ》う案内してやりなされ」

「そうじゃな。衣裳を改めて、それからのち風呂にでも入って旅の疲れを取るがよい」

和右衛門《わえもん》がそう言って玄関式台の方へ美雪を促したときであった。すっかり茜色《あかねいろ》を強めた雲一つ無い秋空の彼方《かなた》で小さな雷鳴が生じ、しかしそれは信じられぬ速さでたちまち屋敷の真上に達するや、大雷鳴となって天地を震わせた。それだけではない。またしてもあの叩きつけるような突風が上から下へと吹き下りはじめ、ざざあっという耳を擘《つんざ》く凄まじい音と共に広大な庭内の紅葉《こうよう》した落葉や砂塵《さじん》が吸い上げられるかのようにして舞い上がった。

六名の練士と義助が美雪、多鶴、和右衛門を護るかのようにして取り囲み、腰の業物《わざもの》（刀、短刀）に手をやって空を見上げる。

玄関式台から次の間の奥にかけて正座をしていた者たちの中から、ひと目で腰元の身形《みなり》と判る三人（佳奈、芳乃、留伊）が素早く飛び出し、練士と義助に加わって懐剣の柄に手をやった。

頭上はまるで数万羽の紅蝶《くれないちょう》が乱舞する中へ、黄砂が襲いかかるかのような異常な光景であった。

と、大雷鳴も突風も何かに命じられでもしたかの如く不意に止《や》み、人人の間に小痛《こいた》い耳鳴《みみな》りだけが残って静寂《せいじゃく》が訪れた。

「な、なんじゃ、今のは」

和右衛門が空を仰ぎ見ながら、茫然《ぼうぜん》の態《てい》で呟いた。その和右衛門の頭や肩の上に、はらはらと紅葉《こうよう》の葉が降りかかる。

「お祖父《じい》、早く美雪を屋敷の中へ……不吉な雷《いかずち》じゃ」

多鶴が和右衛門と美雪の背中を、いささか慌て気味に押して促した。

ところが美雪は不思議な表情で、紅蝶《くれないちょう》が乱れ舞う頭上を眺めていた。さも嬉しそうに目を細め、かたちよい口元にはうっすらと笑みさえ漂わせているではないか。それは美雪の美しい面《おもて》に、近付き難いほどの気高さがひろがった一瞬、いや、長い一瞬であった。

「大丈夫です。お祖父様《じいさま》、お祖母様《ばばさま》。この大和国《やまとのくに》の神神《かみがみ》が私《わたくし》を歓迎して下さっておりまする。私《わたくし》には何《なん》とのう判ります。よう参った、よう参った、と神神《かみがみ》がやさしく頷いて下さっておりまする」

和右衛門《わえもん》と多鶴の表情が「えっ」となり次いで、はっとなって美雪の体から僅かに離れ、美し過ぎる孫娘の面《おもて》にじっと見入った。

三

旅で疲れた体を入浴で癒《いや》した美雪は、そのあと祖父母の居間で驚くほど質素な夕餉《ゆうげ》の膳を、三人だけで囲んだ。

華やかな歓迎の宴《うたげ》でなかったことが、美雪の心にほのぼのとしたものを染《し》み込ませた。お祖母様《ばばさま》の人柄や、お祖父様《じいさま》の印象を裏切ることのない気位《きぐらい》に満ちた夕餉であると思った。

夕餉の話題は主として江戸の西条家のことであった。その意味では三人の誰にとっても差し支えのない話題、といってよかった。美雪が話し、お祖母様《ばばさま》やお祖父様《じいさま》がそれに短く笑顔で応じるという、なごやかな会話に終始した。父貞頼に対する将軍家及び幕閣の信頼がいよいよ厚いこと、千石もの加増があって西条家が万石大名に近付く七千石の大身旗本家となったこと、最近では茶華道や琴の他に浮世絵にいたく関心を持ち始めたこと、などが主な話題であった。

美雪が嫁ぎ先から離縁されて西条家に戻っていることについては勿論のこと知っている和右衛門《わえもん》と多鶴ではあったが、それについては美雪の口からも祖父母の口からも話題として出ることは無かった。

夕餉のあと大行灯《おおあんどん》の明りが点《とも》っている「雪代の間」に戻った美雪は、床の間に掛けられている掛軸を綺麗な姿で正座をしてしみじみと眺めた。

「雪代が西条家へ嫁入りの旅立ちをする朝に、このお祖母《ばば》とお祖父《じい》のために自らの手で書き残してくれたものじゃ」

旅装束を解くために屋敷入りして直ぐこの居間へ案内してくれたお祖母様《ばばさま》から、美雪はそう聞かされている。

立田山こずゑまばらになるままに深くも鹿《しか》のそよぐなるかな

貴族、武士、農民の価値観が渾然一体となった、いわゆる鎌倉文化の時代（鎌倉時代の文化の意）に、文武両道に長《た》けた後鳥羽《ごとば》上皇《じょうこう》（治承四年、一一八〇～延応一年、一二三九）の院中《いんちゅう》（御所の中）にある「和歌所《わかどころ》」で編まれた新古今和歌集の名歌の一《ひとつ》であった。

そうであると、むろん美雪は承知しているし、またまぎれもなく亡き母雪代の格調高い筆跡である、と思った。

「そういえば、母上は立田山の紅葉の美しさについては、幾度となくお話しくだされた……」

美雪は呟いて、母と交わした会話の数数を思い出して懐しんだ。

立田山は確かに大和国《やまとのくに》の生駒郡《いこまこおり》にある紅葉の名所であった。

西条家へ嫁入りの旅立ちをする朝に、新古今和歌集のこの名歌を掛軸にして書き残したということは、母上の娘心はどのようなものであったのだろう、と美雪は想像した。

「母上はもしや、『王城の地』として栄えたこの美しい大和国《やまとのくに》から離れたくはなかったのではないか……」

想像がそこに突き当たると、複雑な気持に陥ってしまった美雪であった。

江戸から眺めた大和国《やまとのくに》が、いや、大和国《やまとのくに》から眺めた将軍家の国《みやこ》である江戸が如何に遠いか、実際に旅をしてみて判った美雪である。

美雪は思わず小さな溜息を吐いて、大きな三基《き》の篝《かがり》の中で赤赤と燃《も》え上がっている炎《ひ》で明るい庭に視線を移した。

まだ旅装束を解いていない六名の侍に加えて三名の腰元が、美雪に背中を向けるかたちで辺りを警戒していた。

曽雅家の奥まった庭内ではあっても、油断していない。

美雪の六名の家臣と三名の腰元たちは、立番のまま夕餉を済ませていた。とにかく美雪を護り切る、それが九名に与えられた此度《こたび》の旅での任務だった。佳奈《かな》、芳乃《よしの》、留伊《るい》の三名は大身旗本家の侍女の立場ではあっても、常日頃から家臣を相手として小太刀の修練を欠かしたことがない。小太刀同士ならば、その腕の程は家臣とて侮《あなど》れない位《くらい》にまで達している。

もともとは美雪の亡き母雪代が遠出の際に随行するのが三人の腰元の御役目であったが、雪代が病没し美雪が婚家《こんか》から戻って来てからは、その御役目は美雪付《みゆきつき》に変わりかけていた。「かけていた」という事は美雪が大袈裟を嫌うため、未だ「正式」には決まっていないということである。

「まるで合戦が今にも起こりそうな、赤赤とした篝火《かがりび》だこと」

美雪は呟いてから、この刻限になってもなお〝筵巻〟を襷掛けに背負っている侍の後ろ姿へ「忠寛《ただひろ》……」と声を掛けた。

「はっ」と、忠寛が体の向きを変え、きびきびとした動きで広縁の前までやって来た。

美雪が静かに腰を上げて広縁に出る。

このとき何かに怯《おび》えでもしたかのように、三基の篝火が突然、ぱちぱちと鋭く乾いた音を発して大粒の火花を四方へと弾き飛ばした。

五名の侍と三名の腰元たちが、地面に落ちて赤く息衝《いきづ》いている粒を落ち着いて踏み潰していく。

「忠寛。そろそろ篝火を消して部屋に入り、旅の装束を解いて二人ずつ交替で湯（風呂）を戴きなされ。庭内の要所には当家の屈強の者（下僕）たちがかなりの数、立番をしてくれていようから、今宵はその者たちの警備に甘えさせて貰い、体を安めるがよい」

「宜しゅうございましょうか」

「お祖母様《ばばさま》が先程そのように仰せであったのです。遠慮はいりませぬ」

「はい。では左様にさせて戴きます。それではこれを……」

忠寛はそう言うと、手早く襷掛けを解いて背負っていた〝筵巻〟を、うやうやしく美雪に差し出した。

美雪は「御苦労でした」と頷いて、それを矢張り丁重に受け取った。六名の家臣たちに与えられた部屋は「雪代の間」の右隣に位置する十八畳の広間。腰元たち三人の部屋はその反対側に隣接する十畳の座敷であった。つまり美雪の部屋を左右両側から挟《はさ》んで護るかたちとなっている。

「佳奈……」

こちらへ横顔を見せて、足元の篝火の火の粒を踏み消している腰元へ、美雪は穏やかに声を掛けた。腰元の中では最年長の二十二歳で、小太刀をよく極め、諸賞流《しょしょうりゅう》和《やわら》も心得ている。

「はい」と、佳奈が広縁の前までやって来て、浅く腰を折った。

「今日一日ご苦労でありました。其方《そなた》たちも、もう体を安めるがよい」

「美雪様。今日一日かなりお歩きなされましたが、御御足《おみあし》の方は大丈夫でございましょうか。足首などに痛みなど生じてはおりませぬでしょうか」

「心配ありがとう。でも私《わたくし》は、それほどひ弱《よわ》ではありませぬ」

美雪は、にっこりとして答えた。

「それは承知致しておりますけれど、のちほど御御足《おみあし》を少しお摩《さす》りした方が、明日の大事な御役目のためには宜しいのではと思いまする」

「諸賞流和を心得ている其方《そなた》の指圧《しあつ》や按摩《あんま》がよく効くことは父から聞いて知っておりますが、またに致しましょう。今日はこれで其方《そなた》たちも体を労《いたわ》りなさい」

「それでは、お言葉に甘えさせて戴きます」

「雨戸を閉めて、廊下の柱に掛かっている掛行灯《かけあんどん》を点しておくように……」

「心得てございます」

頭を下げた佳奈を残して、美雪は〝筵巻〟を手に座敷「雪代の間」へとさがると、障子を閉めた。おやすみなさいませ、と佳奈の控えめな声が追いかけてくる。

佳奈が心得ている諸賞流和を、亡き母雪代が大変心強く思っていたことを美雪は知っている。

諸賞流和は、強力な当身業《あてみわざ》で知られた武道である。関節業、投げ業にも非常に優れたものがあり、閃光のような「五重取り」を特徴とする実戦的な柔《やわら》(和)だった。「五重取り」とは、一つの業をそれこそ電撃的に五段階に変化させて用い、相手を斃《たお》す業である。

いや、単に業というよりは、激的連続業と称してよいものであろう。

もともと盛岡に伝わる南部藩の御留流《おとめりゅう》柔術であったものが、いま江戸の旗本たちの間にまで広まって静かな活況を呈しつつあった。

美雪は床の間を前にして正座をすると、肌身離さず身に付けている懐剣を用いて、丁寧に括られ包装されている〝筵巻〟を解きにかかった。

筵の下は油紙包装で、その下が濃紺の絹地《きぬじ》の包みとなっている。

そして現われたのは、侍ならば誰が見ても中に刀が入っていると想像できる、長形の白木の箱だった。しかもである。白木の箱の頭《かみ》とする位置に徳川将軍家葵《あおい》の御紋の焼判《やきはん》が入っており、三寸ばかり間を空けて「征夷大将軍《せいいたいしょうぐん》正二位右大臣徳川家綱《いえつな》」と迫力ある美麗な書体で記されていた。名前の下に「家綱《いえつな》」の丸い朱印を捺した紙が確《しっか》りと貼られているところから、将軍自ら書いたものに相違ない。

美雪は、白木のそれを床の間にそっと横たえると、両手をついて美しい御辞儀《おじぎ》をしてみせ、姿勢を元に正して涼しいまなざしで掛軸を見た。

「立田山こずゑまばらになるままに深くも鹿のそよぐなるかな」

美雪はひっそりと呟くようにして、亡き母が掛軸にしたためた新古今和歌集の名歌を詠《よ》んだ。

この和歌の大意を、美雪は承知している。立田山の木立が秋の深まりにつれて葉を落とし、その落ち葉を静かに踏み鳴らして鹿が山奥へと戻っていくような……。

これが美雪の解釈であった。母の気立ての麗《うるわ》しさを誰よりもよく知っている娘の自分のこの解釈こそが最もふさわしい、と美雪は自信をもっている。

「母上様。将軍家綱様の命《めい》により、この白木の箱の中に納められておりまする将軍家の銘刀に朱印状を添え、明朝大神神社《おおみわじんじゃ》に奉納いたす事となりました。この大役を無事に終える事が出来まするよう、どうぞこの美雪をお見守り下さいませ」

亡き母の声が聞こえてくるであろうか、と美雪は暫く待ったが、聞こえてはこなかった。二十歳《はたち》にもなるというのに、自分の体の中には未だに母に甘えたい感情が残っているのだ、と気付いて「お母様……」と小声をこぼした。十二、三歳の頃まで、「母上様」ではなく「お母様」と呼んで甘えていた自分を忘れてはいない美雪だった。

このとき、廊下を摺《す》り足で次第に近付いてくる足音があった。その気配を美雪に知らせようとする配慮があるとみえて、足音は不自然に大きく摺り音を立て、そしてゆっくりとだった。

美雪にはその摺《す》り足が足腰の弱っているお祖母様《ばばさま》のもの、と屋敷入りして既《すで》に判っていたから障子の方へ体の向きを変え、表情を調《ととの》えた。

摺り足の音が、障子の向こうで止まった。

「美雪や、お祖母《ばば》じゃ。もう寝床かえ」

「いいえ、お祖母様《ばばさま》。まだ起きておりまする。どうぞお入りになって下さい」

「それじゃあ失礼しますよ」

障子がゆっくりと開《あ》いた。多鶴が立った姿勢のまま障子を開けたのは、この古過ぎるほど古い大邸宅の事実上の主人《あるじ》であることの証だ。

かわいい孫娘の美雪と顔を合わせた多鶴は皺深い顔の中で目を細め、にっこりとした。

「お客様が見えたのじゃが、長旅で体は疲れておろうのう。矢張り帰って貰《もろ》うた方がよさそうじゃ」

ひとりで言い、ひとりで決めて障子を閉めようとするお祖母様《ばばさま》に、美雪は「あ、お待ち下さいませ」と告げて腰を上げた。

「お客様と申されましたけれどお祖母様《ばばさま》、どなた様でいらっしゃいましょう」

「溝口《みぞぐち》が来た。其方《そなた》にどうしても詫びと挨拶がしたいのじゃと」

「詫びと挨拶？……あのう、お祖母様《ばばさま》、溝口様とは一体どなた様の事を言っていらっしゃるのでしょうか」

「奈良奉行じゃ」

「まあ、お奉行様がこの刻限に参られたのでございますか。それに致しましても、ご挨拶を申し上げるのは大和国《やまとのくに》へ参りました私《わたくし》の方でございまするのに」

「何を言うておる。其方《そなた》は幕閣三臣《ばっかくさんしん》の一《ひとつ》、大番頭七千石大身旗本西条山城守貞頼殿の姫君ではないか。滅多《めった》なことで軽軽しく頭を下げるものではありませぬ、宜しいな」

「なれどお祖母様《ばばさま》……」

「それに今の其方《そなた》は、四代様（徳川家綱）の大切な御役目を背負うておる格別の立場じゃ。大和国《やまとのくに》内外のいずこの太守《たいしゅ》が此処《ここ》へ訪れようとも、今の其方《そなた》の前ではひれ伏さねばならぬ。それを其方《そなた》が忘れては四代様に対し非礼となるぞ。よいかな」

「はい。その点につきましてはよく心得てございまする」

「では溝口を連れて参ろうかの」

多鶴はまた目を細めてにっこりとすると、摺り足のゆったりとした足運びで引き返していった。

美雪は改めて、曽雅家の歴史の凄さというものを思い知らされた気がした。奈良奉行を溝口と呼び捨てとしたお祖母様《ばばさま》である。

全く動じていないし、かといって曽雅家の実質当主としてふんぞり返っているのでもない。

淡淡だ。近くに住む縁者でも訪ねてきたかのような、軽い「受け流し様《よう》」である。

美雪はその余りにかたちよい口元に思わず、笑みを浮かべてしまった。

と、障子の向こうで、「美雪様……」と佳奈の抑えた声がした。

「お祖母様《ばばさま》のお話が聞こえておりましたか。心配いりませぬよ佳奈。決して私《わたくし》は油断はしておりませぬゆえ」

「できますれば私《わたくし》も同室させて戴きとうございます」

「歴史あるこの屋敷の実質的な当主として、お祖母様《ばばさま》の隙《すき》の無さを信じなされ。奈良奉行がもし偽《にせ》の者であったなら、たとい上手に変装していたとしてもお祖母様《ばばさま》は疾《と》うに見抜いておられましょう」

「御前様（多鶴のこと）は奈良奉行の真《まこと》の姿形《すがたかたち》を、よう御存知なのでございましょうか」

「よう知っているどころではありませぬから、溝口、と親しみを込めた意味で呼び捨てにしておられたのでしょう。佳奈には、そうは聞こえませなんだか」

「いえ。はあ……」

「もうよい。間もなく奈良奉行が見えましょうから、部屋へ退がっていなされ。その横に忠寛も不安顔で控えているのであろう」

「仰せの通りでございまする」

「これ忠寛」

「はっ」

佳奈の声が野太い男の声に変わった。

「私《わたくし》は大丈夫じゃ。安心して部屋に控えていなされ。軽挙妄動があっては、お祖母《ばば》様《さま》に恥をかかせることになりまするぞ。判りましたね」

「承知致しました。どうか、くれぐれも御油断ありませぬよう」

「二人とも大儀であった。さ、早く部屋へ……」

「それでは、これにて……」

障子の向こうから人の気配が消えたとき、こちらへ向かってきつつあると判るお祖《ば》母《ば》様《さま》と男の声が美雪の耳に届き出した。

四

廊下を幾人もの足音が次第に近付いてくる。お祖母様《ばばさま》の歩みに合わせているのであろうか、足音は穏やかでゆっくりとしたものであった。

美雪は「征夷大将軍正二位右大臣徳川家綱《いえつな》」の銘刀が納まっている白木の箱が横たわった床の間を背にして座り、近付いてくる足音が障子の向こうで止まるのを待った。

美雪は現在の奈良奉行がお祖母様《ばばさま》の言う溝口某《みぞぐちなにがし》であることは知らなかったが、「奈良奉行としての官僚的地位」は凡そ千石高程度で、御役手当が千五百俵前後別に付加される点については承知していた。幕閣三臣の一《ひとつ》、大番頭《おおばんがしら》七千石の大身旗本を父に持つ娘として、その程度のことは学び知っておかねばならないのが常である。

足音が障子の向こうで止まり、美雪の端整な面立ちがやわらかさを失うことなく凛《りん》となった。

「美雪や、祖母《ばば》じゃ。宜《よろ》しいかえ」

「はい。どうぞお入り下さい」

多鶴《たづる》が障子を矢張り立った姿勢のまま左右に開いた。なんと廊下に五名の男がきちんと両手をついて頭を下げている。

「長旅で疲れておるというのに、すまないのう美雪。四半刻《はんとき》（三十分前後）ばかりこの者たちと付き合《お》うてやりなされ。四半刻ばかりじゃぞ。それ以上はいかぬ。大事な明日が控えておるのでな」

多鶴はそう言い残すと、男たちにひと声も掛けることなく廊下を戻っていった。奈良奉行を前にしてのそれが、ごく常の態度であるかのような自然さだった。

奉行たちを見下《みくだ》している、というのでは勿論ない。ともかく不思議なほど自然の態《てい》であった。美雪には、お祖母様《ばばさま》の態度がそれ以外には見えなかった。

「私《わたくし》が大番頭西条山城守貞頼《さいじょうやましろのかみさだより》が娘美雪でございまする。さ、どうぞお入りになって下さい。そこでは秋冷えが板をとおして脚にこたえましょうほどに」

「あ、いえ、我我は此処で結構でございまする」

頭を下げている五人の内の一人が少し嗄《しわが》れ気味な声で言った。美雪に対し一歩も二歩も遠慮する姿勢を、その嗄れ気味な声の響きにあらわしている。なにしろ西条家は二千石とか三千石の大身ではない。万石大名に迫らんとする七千石の大身である。

「廊下と私《わたくし》の位置とでは話を交わすにも遠すぎまする。さ、遠慮なさいませず、どうぞお入りなされませ」

「左様でございますか。では、お言葉に厚かましく甘えさせて戴きまする」

そう言いながら顔を上げた相手が、奈良奉行溝口某なのであろうと美雪は思った。五十前後であろうか。嗄《しわが》れ声には似合わず穏やかでやさし気な顔立ちであったから、美雪は我知らず肩からすうっと力を抜いていた。

五人は、前に二人が、後ろに三人が座るかたちで恐れいったように低い腰で「雪代《ゆきよ》の間《ま》」に入って来た。

それにしてもお祖母様《ばばさま》の何という威風であることか、と改めて内心驚かざるを得ない美雪である。

「各自、簡略に名乗らせて戴きまする。私は凡そ十年前の寛文十年（一六七〇）二月二十八日、江戸を離れて奈良奉行に着任致しましたる溝口豊前守信勝《ぶぜんのかみのぶかつ》（源左衛門とも。実在）でございまする。前職は幕府『御使番《おつかいばん》』でございました（歴史的事実）」

頭を下げ気味に最初に名乗った嗄れ声の人物は矢張り、奈良奉行であった。

その右隣で畏《かしこ》まっていた四十半ばくらいに見える人物が待ち兼ねたように、やや早口で次に名乗り出した。

「私は溝口豊前守様が奈良奉行にご着任の凡そ一年後、寛文十一年（一六七一）四月十一日に奈良代官《だいかん》を拝命《はいめい》致しましたる鈴木三郎九郎《さぶろうくろう》（実在）にございまする」

「大和国《やまとのくに》に幕府の遠国《おんごく》奉行の一つとして、奈良奉行が置かれていることは当然のこと存じておりましたけれど、奈良代官が設けられていることまでは知りませんでした。大番頭旗本の家で育っておきながら、これは学びがいささか足らなんだと申し上げねばなりませぬ。笑《わろ》うて下され」

美雪がひっそりと微笑みながら言うと、代官鈴木三郎九郎は「滅相もございません」と言わんばかりに大きく首を横に振った。

「御奉行の溝口豊前守様を差し置いて代官の私が申し上げるのは恐れ多い事でございまするが、初代の奈良奉行が慶長十八年（一六一三）の中坊飛騨守秀政《なかぼうひだのかみひでまさ》（実在）様にまで溯《さかのぼ》ることと比べまするると、奈良代官が中御門町西にはじめて設けられたのは寛文四年（一六六四）四月と歴史がかなり浅うございます。実は幕閣内でも未だその存在は余り知られていないようでございまして……」

「まあ、それは真《まこと》でございまするか」

美雪が端整な面《おもて》に驚きを大きくさせると、

「は、はあ。残念ながら……」

と、鈴木三郎九郎は苦笑しつつ頭の後ろに手をやり、それで六人の間のややもすれば張り詰めていた空気が漸《ようや》くのこと和《なご》んだ。

それまでの早口も改まって現在、鈴木三郎九郎が付け加えた。

「大和国《やまとのくに》はしたがいまして現在、奈良奉行溝口豊前守信勝様と奈良代官であります私とで、いわば二元支配が行なわれておりまする」

「職掌がそれぞれ明確に分かれておりまするのであれば、後学《こうがく》のために差し支えのない範囲で、私《わたくし》にお教え下さいませぬか」

「願ってもない事でございます。ややもすれば影が薄いと思われがちな奈良代官の鈴木三郎九郎と致しましては、美雪様に大いにお知り戴きとうございまする」

奈良代官の真顔な言葉に、奈良奉行溝口豊前守が思わず静かに破顔した。

その二人の様子から「あ、この二人による大和《やまと》の地の行政割《ぎょうせいわ》りは上手《うま》くいっている……」と感じた美雪であった。

奈良代官鈴木が真顔を和らげ言葉を続けた。

「余り長長と喋っておりますといつお祖母様《ばばさま》に叱られるやも知れませぬゆえ簡略に申し上げまするると、奈良奉行所は大和《やまと》一国の中枢的なる支配組織として設けられておりまして、司法・行政を一手に司《つかさ》どり、同時に興福寺、東大寺、春日大社及び吉野郡の寺社を除く、大和《やまと》一国の寺社を監理下に置いておりまする」

美雪は黙って頷き、溝口豊前守も「うむ」と首を小さく縦に振ってみせた。

「次に私、奈良代官鈴木でございますが、主として大和国《やまとのくに》に存在致します天領、つまり幕府領を統括監理致し、その御領内の年貢徴収権と、吉野一郡の寺社裁判権を与えられておりまする」

「大和国《やまとのくに》が奈良奉行、奈良代官という縦の線で御支配が二元的に行なわれておりますこと、よく判りましてございます。ところでお代官様は我が祖母《そぼ》のことを、お祖母様《ばばさま》と呼んでおられるのでございましょうか」

「はい。もう代官に着任の翌日から左様に……」

「奈良奉行の私めも同様でございます。迂闊《うかつ》にお名前を口に致しまするると、お叱りを受けます」

溝口豊前守が間髪《かんはつ》を容《い》れぬ早さで続いたため、「まあ」と美雪の切れ長に流れた二《ふた》重《え》の涼しい目が驚きを見せ、そのあと形よい唇の間から「ふふっ」と含み笑いが漏れた。

美雪のその表情、仕種を余程に美しいとでも感じたのであろうか、決して年若くはない奈良奉行溝口豊前守信勝と奈良代官鈴木三郎九郎の二人はまるで金縛りにでもあったかのように半ば茫然の態で美雪に見入った。

このときお祖母様《ばばさま》のものと判る摺《す》り足の音が、なんとのうわざとらしく廊下を近付いてくる気配があって、溝口豊前守がハッとしたように我れを取り戻した。

お祖母様《ばばさま》がはじめに皆に告げた「四半刻ばかり」はまだ先の筈であったが、溝口豊前守が表情を改めて、

「美雪様をお出迎えに上がれなかった不手際につきまして、奈良奉行と致しましては心よりお詫び申し上げねばなりませぬ」

と、幾分大きめな声で——お祖母様《ばばさま》に聞かせる積もりでか——言いつつ軽く頭を下げ、代官鈴木もそれを見習って頭を低くした。

「なんの。私《わたくし》はお出迎え戴くことなど考えも致しておりませなんだ。此度《こたび》の大和国《やまとのくに》入りは当初より余り目立たぬようにと心がけておりましたゆえ、若《も》しお出迎え戴いて

いたなら却《かえ》って困惑致したやも知れませぬ」

「なれどお父君、西条山城守様より早飛脚《はやびきやく》にて御連絡を頂戴致している奈良奉行の私と致しましては……」

「え、父上は私《わたくし》の大和国《やまとのくに》入りに関してお奉行様に？」

美雪のその言葉で、廊下をこちらへ近付いて来つつあった摺り足の音がぴたりと止んだ。

「はい、奈良奉行の私に対し、くれぐれも身辺の警護を宜しく頼みたい、と」

「お奉行様は我が父のことを、いえ、父西条山城守はお奉行様のことをよく存じ上げているのでしょうか」

「御使番の職に就いておりましたる血気盛んな当時、私は芝新堀《しばしんぼり》の柳生飛騨守宗冬《やぎゅうひだのかみむねふゆ》様の御屋敷内にございます道場へ月に二、三度通い、柳生新陰流の教えを乞うておりました」

「我が父も柳生新陰流を心得てございましてかなりの時期、将軍家兵法師範であります飛騨守宗冬様の御屋敷へ出入りをさせて戴いておりましたが、若《も》しや……」

「はい。その若しや、でございます。その頃の私を厳しく鍛えて下されましたのが、柳生家御屋敷内道場の高弟として知られておられました山城守様でございました」

「左様でございましたか。父上からはそのような事実をひと言も聞かされておりませず大変失礼申し上げました」

「いえいえ、私の方こそ気配り足らずでお出迎えを怠るかたちとなってしまい誠に申し訳もありませぬ。それに致しましても、東海道を京《みやこ》経由で大和国《やまとのくに》入りなされると思うて配下の役人たちへはそれなりの注意を与えてはおりましたが、美雪様におかれましては如何なる道を選択なされたのでございましょうか」

「京《みやこ》へ一時入って旅疲れの体を癒《いや》すことは考えましたけれど、家臣たちの気力が殊《こと》の外旺盛《ほか》でございましたから、関宿《せきじゆく》（伊勢の鈴鹿《すずか》の関）に入ったところで曽雅《そが》家へ早飛脚で知らせを出し、東海道と伊賀《いが》街道の分岐点（現在の関の城山北麓）で、伊賀街道の方を選びました」

「なんと、これはまた険しい道を選ばれたものでございまするな。ときおり山賊が出没致しまする伊賀街道を、伊賀上野《うえの》城下を経たあと七本木《しちほんぎ》、白樫《しらかし》、治田《はった》、山添《やまぞえ》の村村を通り過ぎ、武門の棟梁《とうりよう》たる物部《もののべ》氏の総氏神《そううじがみ》として知られた石上神宮《いそのかみじんぐう》あたりへご到着なされたとなりますと、奉行所の役人の目に止まらなかったのは道理でございまするが……」

「その石上神宮に着き、其処へ曽雅家に仕《つか》える者が出迎えに来てくれておりました」

「これは全く面目次第もありませぬ。今少し我らの配慮を広げるべきでございました」

溝口豊前守が肩を窄《すぼ》めるようにして恐縮し額に手を当てたとき、背後の障子が開いて多鶴がむつかしい顔つきで現われた。

「美雪や、明日は四代様より命じられた大事な御役目があるのじゃ。そろそろ体を休めなされ。溝口も鈴木も、もう宜しいじゃろ。この辺りで美雪を解き放してやってくれ」

「承知致しましたお祖母様《ばばさま》。このような刻限に訪ねて参り申し訳もありませぬ。美雪様の明日の御役目につきましては江戸のお父君、西条山城守様よりこの溝口がしっかりと承っておりまするので、明朝早くに奉行所の腕の立つ与力同心を幾人か伴ないまして、代官鈴木と共に私が此処へ出張って参ります」

「それを受けるかどうかは美雪の判断じゃ。美雪にも色色と考えがあろうから、慎重に自分で決めなされ美雪や」

「はい、お祖母様《ばばさま》。お奉行様のご好意は大変嬉しゅうございまするが、此度《こたび》の御役目は目立たず力まず穏やかにひっそりと進めたく考えております。父も内心はその方が私の身の安全のためにはよい、と判っている筈でございまするので……」

「矢張り其方《そなた》を可愛いと思う貞頼殿の情が、溝口に対して思わず『警護を頼む』と迸《ほとばし》ってしまったのであろう。娘に対する父親の情とは、そのようなものじゃ。溝口も娘がいようから、貞頼殿の気持は、よう判っておろう。そうじゃろ溝口」

「は、はあ……まさにその通りではありまするが」

「では美雪の望む通りにしてやっておくれか。それから美雪、まだ名乗っておらぬこの三人じゃが……」

障子に左肩を軽く触れるようにして立ったままの多鶴はそう言うと、奈良奉行と奈良代官の後ろに控えている落ち着いた様子の老人たちを指差してみせた。

「この恰幅の良い野武士面《づら》が若い頃からこの祖母《ばば》を好《す》いておった惣年寄《そうとしより》筆頭の石井九《いしいく》郎兵衛《ろべえ》（実在）、その隣が上町代《かみちょうだい》の高木又兵衛《たかぎまたべえ》（実在）、そして下町代《したちょうだい》の藤田市左衛門《ふじたいちざえもん》（実在）じゃ」

三人がそれぞれ黙ったまま深深と頭を下げてゆき、美雪はにこやかにそれに応《こた》えた。

多鶴が付け加えた。

「この大和国《やまとのくに》には惣年寄が三人、上町代が二人、そして下町代が三人おる。この八人から成る惣年寄、上町代、下町代が大和国《やまとのくに》の行政・司法を、奉行や代官の下でどのように担《にな》っているかについては、明朝の朝餉《あさげ》の時にでもこの祖母《ばば》が話して聞かせよう。それでよいの美雪や」

「結構でございまする、お祖母様《ばばさま》」

「ひと言だけ追加させて下さりませ、お祖母様《ばばさま》」

奈良奉行が上体をねじって後ろを振り返り、多鶴と目を合わせた。

「なんじゃな溝口。長話は困りまするぞ」

「はい。ひと言でございます」

答えて溝口豊前守は美雪の方へ姿勢を改めた。

「今お祖母様《ばばさま》が申されました八人から成る惣年寄、上町代、下町代を肩書き無きお立場で統括なされておられるのが、この曽雅家、いえ、お祖母様《ばばさま》でいらっしゃいます。この事実を忘れましては、大和国《やまとのくに》の司法・行政の細部にわたる説明が容易に成り立ちませぬことを、どうぞ美雪様、ご認識なさって下さりますよう、この溝口お願い申し上げます」

美雪は、微かに目で頷くかたちで応《こた》えた。次第に判ってくる曽雅家の「凄さ」により、曽雅家の人人の身形《みなり》の質素さや、食生活の「貧しい」と表現してもいい程の簡素さが判ってきたような気がする美雪である。大和国《やまとのくに》の人人の前では曽雅家の者は親族も含めて決して権威的であってはならぬ、威張ってはならぬ、ということを。

そして、お祖母様《ばばさま》が奈良奉行や奈良代官に対し、怯《おび》えも恐れも見せずに「溝口」「鈴木」と呼び捨てにしているのは、二人が幕府の高級官僚だからであろう、と察した。加えて「溝口」「鈴木」の人柄をいたく気に入り、全幅の信頼を寄せているらしいことも判ってきた。

美雪は「溝口」「鈴木」及び三人の町役《ちようやく》に気持を引き締めて接しつつも、清清《すがすが》しく心地よい感情に次第に包まれてゆく自分を感じていた。

五

昼間はどこもかしこも真紅色に炎《も》え上がっている大和国《やまとのくに》の秋が、夜を深めるにしたがって冷えを強めていった。

美雪は「今頃の季節になると雪代はこれを使って寝ていたのじゃ」と、お祖母様《ばばさま》が差し入れてくれた薄手の搔巻《かいまき》の袖《そで》に腕を通し、亡き母との在りし日日を思い出しながら、大和国《やまとのくに》の最初の夜の濃い静けさに体を溶かしていった。

「本当に静かだこと……」

呟くのが怖いほどの静けさであったから、美雪はその言葉を胸の内に押し止《とど》めた。

秋虫の鳴《な》き声ひとつ聞こえてこない。「この屋敷の少し荒れ気味な広い庭にはな美雪、綺麗に鳴いて心を癒してくれる鈴虫が沢山棲《す》んでいるのじゃぞ。夜が更けると聞こえ出すその鳴き声を楽しむがええ」と言ってくれたお祖母様《ばばさま》なのに、りーんりーんと特徴あるその美しい鳴《な》き音《ね》は、未だ聞こえてこなかった。

美雪は心地よく微睡《まどろ》んでいった。搔巻のぬくもりに亡き母の温《あたた》かさを感じ甘ずっぱい甘えの気持が静かにこみあげてくるのを抑えられなかった。あの美しい母に今一度だけでもよいから会いたい、と思った。

と……りーんりーんという鳴《な》き音《ね》が耳に伝わってきた。幾匹もが鳴いているのではなく、たったの一匹が鳴いているらしいと判る澄んだ鳴き音だった。どことのう淋し気な鳴き様《よう》だ。

美雪は神経質な鈴虫に気取《けど》られてはならぬと気遣いつつ寝床の上に体を起こし、掻巻の袖に通した両腕で胸をそっとかき抱いた。近頃「少し太ってしまったのであろうか」と心配になるほど、湯船に映る乳房に膨《ふく》らみの豊かさを感じている美雪である。

（あら……床下から？）

障子をとおして雨戸の向こうから聞こえてくるのかと思ったが、そうではなかった。注意深く耳を澄ますと間違いなく枕元の小行灯の下あたりから聞こえてくる。か細い明りを点している小行灯がジジジッと油を弾かせた小音《こおと》を発したが、鈴虫は鳴き続けた。

廊下の床板が微かに軋《きし》んだのはこの時であった。が、鈴虫は鳴きやまない。

「誰じゃ」

と、美雪が鈴虫への気取りを忘れず物静かに誰何《すいか》すると囁《ささや》き声が返ってきた。

「忠寛《ただひろ》でございまする。何ぞ変わったことはありませぬか」

「ありませぬが、如何《いかが》いたしました」

「壁を透して微かに人の気配を捉えましてございまする」

「私《わたくし》であろう。心配はいりませぬ。いま寝床に体を起こして鈴虫の鳴き音《ね》を聞いておる」

「明日は早うございまする。充分に体をお休めなされますように」

「判りました。世話をかけましたな」

「それでは……」

もう一度廊下の床板が小さく軋んで人の気配が消え、今度は鈴虫も警戒してか鳴き止んだ。

障子の外は幅五尺余の廊下の部分と、幅三尺余の濡れ縁（広縁）の部分とから成っていた。雨戸の敷居はその廊下と広縁の間を走っている。

美雪が寝床に体を横たえると、そうと判った訳でもあるまいが鈴虫はまた直ぐに鳴き出した。

美雪は天井で揺れている小行灯の明りを見つめながら鈴虫の音《ね》に心を預けて「先生……」と呟いた。三日に一度通っているという堀端一番町の御公儀学問所「史学館」の老教授の教えとか顔とかを、思い出しでもしているのであろうか？

なにしろ大和国《やまとのくに》入りして肌に感じたことは、想像をはるかに絶する歴史の重さ厚さに覆われた土地、という事であった。世の中知らずの江戸者《えどもの》として思い知らされた、とも思った。

江戸は何と大田舎《おおいなか》であることよ、という気さえした。

お祖母様《ばばさま》ひとりを眺めてさえ、未解明な歴史の大きさをしみじみと感じざるを得ない美雪である。幕政にとって重要な遠国奉行の一つである奈良奉行溝口豊前守信勝や奈良代官鈴木三郎九郎を、事《こと》も無《な》げに「溝口」「鈴木」と呼び捨てるお祖母様《ばばさま》の背後には、大き過ぎる怪異な歴史が隠れているかも知れない、と美雪は自分を戒め出してさえいた。

(それにしても甘樫山《あまかしのおか》に突然現われた紫檀色《したんいろ》の十五名は、一体何者であったのかしら……)

声に出して呟けば忠寛がまた動き出そう、と気遣って胸の内で呟いた美雪だった。

刃向かってこなかったから敵ではないとは断定できず、したがって一層のこと十五名を、美雪は「不気味な相手」と位置付けざるを得なかった。

あのとき若し双方が闘っておれば、「こちら側」は皆倒されていた可能性がある、と見えていたような気さえする。

「こちら側」で最も腕の立つ練士は、西条家の家老戸端元子郎《とばたげんしろう》の嫡男忠寛で、三十歳を迎えたばかりの忠寛には妻と男児二人がいた。文武に熱心な実直な性格は西条家の家臣の誰からも信頼され親しまれている。

剣術は念流の皆伝（免許皆伝）を極めていた。

（けれど……紫檀色の十五名はことごとく、忠寛よりも剣術の腕は遥かに優れていたような気が……ただ、そう感じただけだけれど……）

もし、自分のこの推量が当たっていたなら、十五名は生半《なまなか》ではない集団ということになる。父上様、美雪は何とのう心細《こころぼそ》うございます、と美雪は小さな溜息をついた。

その溜息が、今一番望みたい誰かに頼ろうとしていることからきている、と美雪には判っていた。判っていたからこそ、小行灯の明りが揺れる天井を見つめながら、心の乱れが抑えられなかった。

（先生……お会い致しとうございます）

せめて先生にひと声かけて江戸を離れるべきであった、と美雪は後悔した。自分に与えられた御役目の重大さゆえに、旅立ちについては、西条家の家臣たちの間でもごく一部の重役しか知らないようにしてきた。

またしても、障子の向こうで廊下が軋んだのは、この時であった。

「美雪様。佳奈でございまする」

佳奈の早口なその声に美雪は只ならぬ事態の訪れを察して、素早く寝床の上に体を起こした。

「何事かありましたか」

「屋敷内に不審の者が侵入したやも知れませぬ。恐れながら事態に備えて動きやすい身形にお調《ととの》え下されませ」

「侵入したやも知れぬ、とは不審の者の姿影《しえい》は確認できておらぬということですね」

「只今、忠寛様ほか二名が、異様な叫び声が生じたる表御門の方へ確かめに向かいましてございまする」

「叫び声？……私《わたくし》には聞こえませせなんだが」

廊下の佳奈と遣り取りを交わしながら寝床から出た美雪は、夜着をはらりと足元に脱ぎ下ろすと、素早く枕元に備えてあった武士白衣《ぶしびやくえ》（侍の着流し）に着替えにかかった。東海道のどの宿でいつ何時《なんどき》、夜中に何事が生じるかも知れぬことに備えて、夜着を手早く着替える訓練まで積み重ねてきた美雪たち一行《いっこう》十名である。

美雪は納戸色の着流しの上から、平安織の角帯を寸尺の手誤りも無くきりりと締め上げると、床の間の前に正座をした。そしてあの長形な白木の箱に一礼をするとその蓋《ふた》を開けて将軍家綱の銘が入った名刀を取り出すや、立ち上がってそれを手動き鋭く帯に差し通した。

帯が鋭く擦《こす》れ鳴って、障子の外で「美雪様……」と、佳奈の不安そうな声がした。

その呼び掛けを聞き流した美雪は、床の間の二段の刀掛けに掛けてあった自分の刀のうち、小刀を取り上げて帯に通し、大刀を白木の箱に納めて蓋をした。

美雪は静かに障子を開けて廊下に出た。東海道の旅を茶筅総髪《ちゃせんそうはつ》（髪を後ろで束ねて垂らした髪型）で通してきた髪型は未だそのままである。

廊下には、佳奈の左右に芳乃、留伊の二人も控えていた。芳乃の左後ろ側の雨戸が半開きになっている。

「忠寛と共に表御門の方へ行ったのは誰と誰なのじゃ佳奈」

「はい。涼之助様と小矢太様のお二人でございます」

「あとの三名は？」

「いま庭に出て篝火《かがりび》に火を点す作業を致しておりまする」

「表御門の方で生じたという異様な叫び声とは、悲鳴であったのであろうか」

「それについては判っておりませぬ」

「忠寛、涼之助、小矢太の三人は大丈夫であろうか。明日の大事な御役目を控えて心配でなりませぬ」

「忠寛様をはじめ、他の御二人も念流の皆伝者でございます。万が一、という心配にはならぬと確信致しておりますけれど」

「そうだといいのですが」

美雪は掛行灯が続いている長い廊下の薄暗い向こうへ、不安そうなまなざしをやった。表御門の方へ向かったという三人の念流皆伝者のなかでも、美雪は目立って小柄で軽量な体格の涼之助の身の安全を心配した。実戦的な鋭利な業で免許皆伝者になったというよりは、小業《こわざ》の器用さを評価されての剣士であることを知っている美雪だった。西条家の用人、山浦六兵衛《やまうらろくべえ》の嫡男で二十二歳とまだ若く気性もどちらかと言えば大人しい方で独り身《ひとりみ》である。

もう一人の小矢太は、西条家の足軽頭土村利助《つちむらりすけ》の二男で、剣術は忠寛に負けず劣らずであったから、美雪はさして心配しなかった。

「芳乃、留伊、雨戸をあと何枚か開けなされ。こうなれば庭が見渡せた方がかえって用心のためには宜しいでしょうから」

「承知致しました」

と答えたのは佳奈で、芳乃と留伊を促して雨戸を開け始めた。

篝の中で油を染み込ませた薪《まき》が炎を立ち上げるのは早かった。

「雪代の間」に面した庭がたちまち赤赤となってゆく。

全ての篝に火を付け終えた三名の家臣が、広縁の前まで戻ってきて美雪に軽く一礼をしたあと、くるりと背中を向けて庭を見まわした。

美雪に見せた後ろ姿が、肩を力ませている。

剛と剛の打ち合う響きが伝わってきたのは、この時であった。

「うおっ」という叫びとも呻《うめ》きともつかぬ野太い声も聞こえ出した。

「切り結んでいるようじゃ。広常《ひろつね》、大学《だいがく》、彦十郎《ひこじゅうろう》、ここは宜しいから表御門へ急ぎなされ」

「なれど……」

美雪の端整な表情が、きっとなる。

と、三人の中で年長者に見える一人が振り向いて迷った。

「広常、ここは大丈夫です。佳奈も芳乃も留伊も武練の者が相手とて、後れは取りませぬ。表御門が破られたら一大事じゃ。御門近くの居間をお使いのお祖父様やお祖母《ばば》様《さま》に若《も》しもの事があってはならぬ」

「判りました。それでは充分に御用心下されますよう」

「急ぎなされ」

「はっ」

三人の家臣は表御門に向けて脱兎の如く駆け出すと、たちまち篝火の無い庭の暗闇に溶け込んで見えなくなった。

それを待たずに佳奈が言い放った。強い意思を込めたかのような口調であった。

「芳乃、留伊、この様な場合の例の備えです。持ってきなされ」

「心得ましてございます」

芳乃が応じ、留伊と共に自分たちが使っている座敷へ駆け込んだ。

出てきたとき二人の腰にはやや短めの大刀が通され、もう一刀が芳乃の手に握られていた。二人とも襷《たすき》掛《が》けとなっている。

芳乃から刀を受け取った佳奈がそれを腰に通し、矢張り素早く襷掛けとなった。

表御門の方から、男の悲鳴が伝わってきた。今度は明らかに悲鳴以外には聞き取れない声の響きであった。

不覚を取ったのは誰なのであろうか。屋敷への侵入者なのか、それとも「こちら側」の誰かなのであろうか。

美雪は、今にも崩れていきそうになりかける心身を、然《さ》り気《げ》なさを装って踏ん張った。

大和国《やまとのくに》へ入った一日目の夜からこのような状況では、大事な御役目を負った明日は一体どうなるのであろうかと不安が膨らんでいく。

(先生……美雪をどうかお助け下さい)

この願いが、この不安と恐れが、江戸へと届いて下さいますように、と美雪は祈った。はっきりと、神への祈りであった。その神こそが、心の中で「先生」と一体であった。

佳奈が、はっとしたように掛行灯が点っている廊下の向こうを見た。

廊下を踏み鳴らして、足音が近付いてくる。走っていると判る只事《ただごと》でない足音であった。

「芳乃、留伊……」

佳奈に目配せされた二人の腰元が、阿吽《あうん》の呼吸で左右から美雪を挟んで腰の刀の鯉《こい》口《ぐち》を切った。

佳奈が美雪から数歩を離れ、近付いてくる足音に向かって立ち塞がった。

薄暗い廊下の向こう角に、刀を右手の侍が姿を現わした。

「佳奈、小矢太じゃ」

美雪が佳奈の背に告げると、佳奈が「はい」と頷いた。

芳乃と留伊が篝火《かがりび》で赤赤となった庭へ油断なく視線をやった。

小矢太が佳奈の横を擦り抜けるようにして、呼吸《いき》荒荒しく美雪の前に立ち一礼をした。着衣の襟元を斜めに一尺ばかり切り裂かれているが、どうやら切っ先は躰《からだ》に達していないようであった。

「大丈夫ですか小矢太」

「美雪様。心配いりませせぬ。野盗十三名のうち七名を倒し六名は逃走致しましてございまする」

「なんと。野盗と言いましたか」

「はい。我我と共に勇敢に闘いました御屋敷の下僕たちが、そのように申しております」

「お祖父様《じいさま》やお祖母様《ばばさま》に大事はありませなんだか。家族の者や下僕たちは？」

「御前様《ごぜんさま》お二人（祖父母の意）は気丈になさっておられまする。その他ご家族の皆様もご無事で、下僕の一人が手首に軽い傷を負うたのみでございます」

「それにしても野盗とは一体……」

「さて、我らには詳しいことは判りかねまする。余り立ち入って下僕たちに聞き糺《ただ》すのも西条家の家臣である我らの立場と致しましては……」

「私《わたくし》がお祖父様《じいさま》とお祖母様《ばばさま》に聞いて参りましょう。忠寛他四名の者も手傷ひとつ負うてはおらぬな？　小柄な涼之助はどうじゃ」

「我ら家臣は誰も手傷は負うてはおりませぬ。小柄と雖《いえど》も涼之助殿はさすが西条家御用人山浦家の御嫡男。一人で二人を倒されましてございます」

「皆、無事で何よりです。忠寛他四名は今、何を致しているのです？」

「逃げた野盗六名が引き返して来ないか、楼門の外に出て警備を致しておりまする」

「奈良奉行所へは、屋敷の誰かが報《し》らせに走ったのであろうな」

「さて、それは……」

小矢太が首を小さく捻《ひね》ったところへ、庭の暗がりの真向《まむ》こうから篝火の明りの中へ、強張った表情の義助《ぎすけ》が足早に現われて広縁に近付いてきた。腰に昼間とは違って、やや長めの脇差を帯びている。

「義助、怪我はありませんだか」

「はい、美雪様。私は大丈夫でございます。忠寛様ほか家臣の皆様の御蔭で大事にならず済《す》みました」

言い終えて、生唾をひとつ呑み鳴らした義助だった。無理もないが、怯《おび》え様《よう》が尋常でない。

「お祖父様《じいさま》、お祖母様《ばばさま》、ほか御家族の皆様ともご無事で何よりでした。それにしても義助、押し込んで来たのは一体、何者なのです？」

「実は、ここ二、三年に亘《わた》り、畿内《きない》（大和《やまと》、摂津《せっつ》、河内《かわち》、山城《やましろ》、和泉《いずみ》）の各所におきまして庄屋邸を狙っての十数名からなる集団の押し込みが続発致しております」

「まあ、そのようなことが……」

篝火の赤赤とした明りの中、美しい美雪の表情に不安が広がった。

「ご心配をお掛けして申し訳ございません。この大和国《やまとのくに》では奈良奉行の溝口様や奈良代官の鈴木様によるご熱心な見回りもございまして、これ迄に一度として押し込み騒ぎは発生しておりませんでした。それが今宵、よりによって美雪様ご滞在の曽雅邸が狙われるとは……油断致しました」

「何も其方《そなた》の責任ではありませぬ」

「いえ、曽雅家の下僕頭を務めさせて戴いている私の下には、十八名の下働きがおりまして……」

「それについては、夕餉《ゆうげ》の席でお祖母様《ばばさま》より詳しく聞いております。義助とその下にいる下働きの男手たちは、田畑での農作業に精を出し、この古過ぎる屋敷の営繕にも濃《こま》やかな才能を発揮し、屋敷の夜間の警備にも常に気力を注いでくれていると」

「恐れいります」と、義助が肩を小さく窄《すぼ》めた。

「畿内で続発しているとか申すその押し込みは、一揆《いっき》の前触《まえぶ》れとかではありませぬのか。田畑の実りや民百姓の生活ぶりはどうなのです？」

「一揆の前触れとは到底考えられませぬ。美雪様御一行が甘樫山《あまかしのおか》から眺めて下さいましたように、大和国《やまとのくに》の田畑はここ三、四年、天候に大変恵まれたこともありましてそれなりに実り豊かでございます」

「確かに実り美しい田園の風景でありましたねえ」

「はい。それに美雪様。この大和国《やまとのくに》の秋は大粒の柿などが大層豊かに実りまする。これの副収入もかなりになりますことから、民百姓の飢えが原因の一揆の発生は今のところ心配ないと私のような学《がく》の無い者でも判断できておりますが」

「今宵の騒動が金品を狙う荒荒しい野盗の集団によるものだとすれば、この曽雅家が今後再び襲われる危険がありましょう。押し込まれた庄屋がこれ迄に受けた被害の実態というのは、どのようなものなのですか」

「金品をそれこそ根刮《ねこそ》ぎ近く奪い、あるいは年寄りや女子供を拉致して、更に金品を追加で要求するという凶悪ぶりでございます」

「なんと恐ろしい。で、命を奪われた者は?」

「幸いと申しますか、不思議と申しますか。押し込みの荒荒しさの割には、命を奪うような残酷さは今のところ見せていないようでございます。手向かいした者が軽傷を負わされる程度で……」

「今宵の侵入者の身形風体《みなりふうてい》を出来る限り詳細に聞かせて下さい」

「残念ながら人相などは判りませぬ美雪様」

「覆面でもしていたのですか？」

「は、はあ……」

「どうしたのです？……頭巾《ずきん》で顔隠《かおかく》しでもしていたのですか。聞かせて下さい義助」

「そ、それが……美雪様」

義助の口元が苦し気に歪《ゆが》んだ。

「それが……どう致しました。お話しなされ義助」

「押し入った者たちは全て大小両刀を帯び、首から上は黒い覆面で隠し、目窓は目の部分だけを小さく丸く開けてございました」

義助の言葉に、小矢太が「その通りです」という顔つきを美雪に向けて頷いてみせた。

「小矢太の報告ですと押し入った者は十三名、うち七名を倒したとのことですが、人相などはどうなのです義助。覆面を剝ぎ取ってみましたか」

「いいえ。御当主様と御前様（お祖母様《ばばさま》）の御指示で下僕二人が奈良奉行所に向けて当家の馬を走らせましたゆえ、覆面を剝ぎ取るのは御役人が見えてから御役人自身の手で、ということになっております」

「凶悪な事件ゆえ、なるほど、その方が宜しいでしょうね。では、お祖父様《じいさま》とお祖母様《ばばさま》に今から少しお目に掛かって参りましょう」

「あ、いえ、美雪様……」

と、義助が制止するかのようにして右手を軽く上げ、広縁との間をやや慌て気味に詰めた。

美雪が「え？……」という表情で義助を見る。

「御前様のお言葉を先にお伝えすべきでございました。御前様のお言葉通りに申し上げますると『お祖母《ばば》もお祖父《じい》も無事で何の心配もないから広くて暗い屋敷の中を歩き回ってはならぬ。明日の大事な御役目に備えてゆっくりと眠り、長の旅で消耗した体力の回復にひたすら努めるように』とのことでございます」

「ひたすら……とお祖母様《ばばさま》は申されましたか」

「はい。申されましてございます。また、この義助も左様に思います」

義助の言葉に、小矢太がまた頷いてみせた。深深と。

「判りました。ならば、お祖母様《ばばさま》のお言葉に従いましょう」

「ここからは暗くて見えませぬが……」

と言いながら義助が後ろを振り返って、篝火の明りが届いていない広い庭の向こう

――暗がり――を指差した。

「あの辺りの闇に潜むようにして、この屋敷でも屈強の下僕を八名、刀と槍を持たせ

『一睡もしてはならぬ』と、配置してございますから、美雪様の御寝所は安全でござ

います。どうかご不安なくお休み下さいますように」

「気配りを有り難う義助。それでは、素直にお言葉に甘えましょう」

「あ、それから……」

と、義助はまたしても生唾を呑み鳴らし、息苦し気な表情を拵えた。眉と眉の間に

深い皺を刻んでいる。

美雪が広縁の端まで寄って、冷たい板の上に美しく正座をした。

「さきほど、頭巾で顔隠しでもしていたのですか、と訊ねたとき義助の表情がどこと

のう苦しそうでありました。私《わたくし》にまだ打ち明けていないことがあるなら、聞かせて

下さい。何があったのです」

「実は、押し入った十三名ですが、その内の……」

そこで義助は言葉を切って、小さく息を吸い込んだ。

美雪は右手斜め後ろの廊下に片膝ついて控えている小矢太を振り返り見た。義助が何を言わんとしているか小矢太はひょっとして見当がついているのでは、と思っての事であったが、小矢太は美雪と目が合うとはっきりと首を横に振ってみせた。むつかしい表情で。

「その内の……が、どうしたのですか義助?」

「一人だけが、明らかに頭《かしら》と思われる一人だけが、全身を紫檀色の装束で包んでおりました」

「なんと、真《まこと》ですか」

と、美雪が驚き、そばに控える小矢太と三人の腰元たちの間にも衝撃が走って顔つきが変わった。

義助が言葉を続けた。

「気のせいかも知れませんが、体つきまでが甘樫山《あまかしのおか》に現われた紫檀色の頭《かしら》に大変似ておりました。さらに腕組をした仁王立ちの姿までが、そっくりで……」

「見誤りではありませぬな……」

「美雪様のお目にも止まっていると思いまするが、楼門より屋敷の玄関式台に至る石畳の通りの四か所に、外灯用として大きな古い石灯籠が設けられております」

「はい、確かに目に止まっておりました」

「玄関式台に最も近い位置にある石灯籠の脇に、その頭《かしら》らしき紫檀色は立っていたのでございます。まるで『よく見よ』と言わんばかりに昂然と腕組をして仁王立ちだったのでございます。石灯籠の赤赤とした明りを浴びまして」

「そのこと、もうお祖父様《じいさま》やお祖母様《ばばさま》に報告したのですか」

「滅相もございませぬ。紫檀色の十五名につきましては、美雪様から御当主様、御前様（お祖母様《ばばさま》）へ報告なされたかどうか確認せぬ内には、私の口から勝手なことは申せませぬ」

「判りました。紫檀色の十五名については、佳奈ほか二名の侍女へは詳しく伝えましたが、お祖父様《じいさま》とお祖母様《ばばさま》へは余計な心配をかけてはならぬ、とまだ伝えてはおりませぬ。明朝、朝餉の時にでもなるべく心労を与えぬかたちで打ち明けておきましょう」

「その方が、ようございます」

「義助の戻りが遅いと、先を読むことに鋭いご性格と思われるお祖母様《ばばさま》が、また何かと考えをお巡《めぐ》らしになりましょう。美雪は取り乱すことなくゆっくりと休みまするからと、早早にお祖母様《ばばさま》のもとへ引き返して、お伝えして下され」

「承知致しました。それでは、これで……」

「ご苦労でした」

義助が足速に引き返し、暗がりの中へと消えていくのを見届けて、美雪は小矢太と佳奈たち腰元に向け穏やかの中にも厳しさを込めて言った。

「小矢太も佳奈たちも、今宵は御苦労ですが屋敷の警備に打ち込むように。義助ほかの者たちが一睡もせず警備するというのに、それに甘えてはおれませぬゆえ」

「もとより、その積もりでございます」

と、きびきびとした口調で答えたのは、男の小矢太ではなく佳奈であった。ひと呼吸答えが遅れた小矢太が、その遅れを取り戻すかのようにして「はい」と力強く頷いてみせた。

美雪が腰の刀をひと撫でした。

「私《わたくし》も今宵はこの刀を肌身につけて、朝を迎えると致しましょう。それにしても、あの紫檀色十五名の頭《かしら》が、今宵の押し込み十三名を統率していたというのであろうか……不安でなりませぬ」

美雪の気持は、救いを求めるかのようにして、「あの方《かた》」がおられる遠い江戸へ飛ぶのであった。

六

「お祖父様《じいさま》、お祖母様《ばばさま》、それでは行って参ります」

「気を付けてな。大神神社《おおみわじんじゃ》での御役目をきちんと果たすのじゃぞ美雪や」

「美雪はこの祖母《ばば》の孫じゃ。大丈夫、大丈夫、心配ありませぬよお祖父《じい》」

楼門の内側で大勢の家族、下働きの者たちに見守られながら、囁きに近い声で話を交わす三人だった。

「油断なきように致しまするから……」

美雪がお祖母様《ばばさま》のからからに干《かわ》いた皺《しわ》だらけの手を取って頷くと、お祖母様《ばばさま》は体を少し横に開くかたちで、後ろに控えていた四十半ば過ぎくらいに見える女性に「これ、小梅《こうめ》や……」と短く声をかけた。

「はい、お母様……」と応じた質素な身形のその女性——若い頃はおそらく男衆《おとこし》の視線を集めたに相違ないやさしい美貌の——が、横に並んでいた矢張り質素な身形の同じ年頃くらいの男の手から、四角な風呂敷包みを受け取った。かなりの大きさだ。

「足りるかどうか判りませぬが、七人分の梅干《うめぼ》しのお握りをつくりました。米麦粟をまぜ合わせたお握りですが持ってゆきなされ」

「これは伯母《おば》上様、お手を煩《わずら》わせて申し訳ありませぬ。遠慮なく嬉しく頂戴いたしまする」

美雪は、亡き母雪代の実の姉で曽雅家の長女である伯母小梅《こうめ》の手から、ずっしりと重い握り弁当を受け取った。横に立っていた見るからに温厚そうな男は、曽雅家へ婿に入って小梅の夫となった比古二郎《ひこじろう》である。

生駒の山向こうの大庄屋大野比古右衛門《おおのひこえもん》の三男であると、今朝になって「雪代の間」での朝餉の席で、お祖母様《ばばさま》から教えられた美雪であった。

伯母夫婦には娘ばかり五人もの子がいる、と昨日道道《みちみち》、義助から聞かされている美雪であったが、まだ五人の誰とも引き合わされていない。

お祖母様《ばばさま》が間に立って伯母夫婦に引き合わされたのも、朝餉を済ませて半刻ほど後《のち》の、七人の出立の準備が整った頃であった。

そういったことで美雪がようやく理解できたことは、この曽雅家においては誰が誰と何時何処《いつ》で会うかは常にお祖母様《ばばさま》が取り仕切っているらしい、という事だった。

つまりそれにかかわる調整権も決定権も、御当主のお祖父様《じいさま》ではなくお祖母様《ばばさま》が握っている、という事である。

腰元たちを加えた一行十名は、お祖父様《じいさま》、お祖母様《ばばさま》、そして小梅の三人に見送られるようにして古くて宏壮な、傷みの目立つ楼門の外へと出た。小梅の婿(夫)比古二郎はそれが曽雅家の家律《かりつ》(家の規則)なのであろうか、楼門の外へは出てはこなかった。

おそらく、美雪とは血のつながりが無いからであろう。

曽雅家が「血」を重視している何よりの証である。

「伯母上様。お祖父様《じいさま》とお祖母様《ばばさま》のこと色色と宜しく御願い致しまする」

美雪は弁当を確《しっか》りと胸に抱くようにして、二重《ふたえ》の目や形よく通った鼻すじが亡き母とよく似ている伯母の小梅に向かって、丁重に頭を下げた。

「まあまあ、千里《せんり》の彼方《かなた》にまで旅立つようなことを心配気《げ》に申されて……御役目を無事に終えなされたら、色色な名所を少し観《み》て回ったとしても、日が落ちる迄には充分に此処へ戻ってこられましょう。母が（お祖母様《ばばさま》のこと）今宵はささやかに宴の席を整えて下さりましょうから、その席で家族の皆やこの屋敷で古くから住まう縁戚《えんせき》の者たちを私《わたくし》が母に代わって紹介致しましょう」

小梅のその言葉に、お祖母様《ばばさま》が目を細めて美雪を見つめつつ頷いてみせた。

「それでは、行って参ります」

「油断せずに行っておいで。よいな、油断するでないぞ。曽雅家の血筋の者として、確りと御役目を果たすのじゃ。判ったな」

多鶴は美雪に近付くと、やや背伸びをするかのような姿勢を見せて、美雪の頬を両手で挟んだ。

美雪が可愛くてたまらぬ、というような優しさであった。

「はい、お祖母様《ばばさま》。決して油断は致しませぬ……ご安心下さい」

朝餉の席で、お祖父様《じいさま》とお祖母様《ばばさま》に対し、甘樫山《あまかしのおか》に突如として出現した紫檀色の十五名については未《いま》だ打ち明けていない美雪であった。お祖父様《じいさま》よりも、気丈であると思っているお祖母様《ばばさま》の方がひょっとすると大きな衝撃を受けるかも知れないと考え、「御役目を終えて戻ってから打ち明けても遅くはない……」と、美雪は思い直したのだった。

一行十名は、楼門に背を向けて歩き出した。出発前には「雪代の間」で短い打ち合わせではあったが、色色と話し合い改めて意志の統一を図った十名である。

「皆、前に向かってしっかりと歩みなされ。決して振り返ってはなりませぬ。お祖母《ばば》様《さま》が心配を深めなさいましょうから」

楼門から少し離れた辺りで、美雪は誰にともなく小声で告げた。

「はい。仰る通りでございます」

忠寛が矢張り小声で即座に応じた。

今朝の美雪と六名の家臣は塗一文字笠をかぶってはいなかったが、大和国《やまとのくに》へ入ったときと全く同じ身形であった。忠寛は〝筵巻《むしろまき》〟を再び背負い、美雪は茶筅総髪《ちゃせんそうはつ》の華奢には見えるが凛とした若武者姿だった。むろん、伯母の手になる弁当を胸元に抱き、短めだが大小刀を腰に帯びてもいる。三人の腰元は小袖を着て帯に矢張り短めの大刀を差し通し、それを隠すようにして上から薄手生地の掻取《かいどり》(打掛長小袖)を羽織っていた。

その腰元三人を最後尾とする十人は小矢太を先頭に立て、美雪を間に挟むかたちで黙黙と歩いた。昨日は石上神宮《いそのかみじんぐう》より大和国《やまとのくに》へ入って甘樫山《あまかしのおか》へ至る途中で、義助の案内により大神神社《おおみわじんじゃ》の前を通り過ぎている。したがって今日は道案内は要《い》らず、義助の姿は一行の中にはなかった。それに、大神神社《おおみわじんじゃ》への御役目は四代様（四代将軍徳川家綱）に命じられての重要な御役目であったから、余の者（他の者の意）を同行させる訳にはいかない。

今朝の空も気持のよい快晴であった。昨日と同じように空には浮雲ひとつ無い。透《す》き通るように真っ青な秋の空だ。

「のう、忠寛……」

かなりを歩き続けた辺りで美雪は直ぐ後ろに従う忠寛に、控えめに小声をかけた。

「はっ」と、忠寛が美雪との間を詰めて、その背中へ遠慮がちに迫る。

「出立前の打ち合わせでも申しましたが、義助が見た昨夜の侵入者の中にいたという紫檀色の賊男《ぞくおとこ》。甘樫山《あまかしのおか》に現われた紫檀色とつながりがあるのでしょうか。私《わたくし》は不安でなりませぬ」

前を向いたまま小声で話す美雪であった。

「全く同じ紫檀色の装束であったのかどうか、明るい日の光の下《もと》で確かめてみないことには、うっかりした判断は下せませぬ。義助が見たのは、あくまで夜の篝火の明りの中で『紫檀色に見えた』ということでございまするから」

「そうですね。私《わたくし》もひょっとして夜中の赤赤とした篝火の色で、義助の目には紫檀色に見えただけのことかも知れない、と思ったりしています」

「その可能性は強い、と私《わたくし》としても考えておりました。けれども美雪様、油断は禁物でございます」

「ええ、油断だけはしないように致しましょう」

「はい……さ、お弁当をお預り致しましょうか」

「そうですか。すみませぬな」

「お任せを。はい」

忠寛は真顔で頷いて弁当を受け取り、また美雪との間を元のように空けて、やや斜め後ろへと退がった。

ほんの一瞬のことであったが、このとき忠寛の視線が美雪のそれこそ雪肌のように白い後ろ耳のあたりへ注がれた。

忠寛が明らかに頬を少し赤らめて生唾を呑み下し、だが己れのその無様《ぶざま》さに少し慌てたのか、ぷいっと顔を横へ向けてしまった。誰にも気付かれなかった、忠寛の小さな狼狽《うろたえ》の様子《ようす》であった。

「あなた様は必ず私が護《まも》って御覧にいれます。我が命を盾《たて》としてでも必ず……」

忠寛は微かに唇を動かし、胸の内で呟いてみせた。その呟きで、これ迄に経験したことのない熱いものが火柱となって背中を貫き走ったのを、忠寛は感じた。

そのためか、先程の小さな狼狽《うろたえ》が急速に膨らんでいく。

(三十男の貴様は一体何を考えておる。江戸には愛する妻子がおるではないか馬鹿者がっ)

己《おの》れを叱咤した忠寛は思わずギリッと歯を嚙み鳴らした。が、これは明らかにまずかった。

前を行く美雪が、ぴたりと歩みを止めて振り返った。それにより、当然のこと一行の歩みも止まった。

「どう致しましたか、忠寛」

「は？」

と、今度は忠寛の顔からさあっと血の気が失《う》せた。

「いま歯嚙みの音が、微かに私《わたくし》の耳に届きましたよ」

「あ、いえ、何事もございませぬ。申し訳ありません。無作法でございました」

「江戸から大和国《やまとのくに》まで自身の大小刀の他に、もう一本格別な大刀《かたな》を背負うて旅を続けたのです。疲れがかなりなのではありませぬか」

「平気でございます。ご心配、恐れいります」

「顔色がよくありませぬ。風邪《かぜ》でもひいたのであれば、早目に薬を服用せねば……どれ、おみせなされ」

美雪は忠寛に歩み寄ると、その白い掌《てのひら》を西条家の家老戸端元子郎《げんしろう》の嫡男忠寛の額《ひたい》に触れた。

忠寛は、もう蒼白であった。今朝になって不意に不安定さを覗《のぞ》かせ始めた己れの心の内を若しも知られたなら、西条家の家老に在《あ》る父元子郎の地位を危うくしかねないと思った。

「熱は無いようですが、体が少し震えているのではありませぬか。風邪の前触れであろうか」

「大事な御役目で大神神社《おおみわじんじゃ》へと向こうておりまするから、緊張に見舞われておりますことは確かでございまする、私は別段意識致しておりませぬが、無意識の内に体が小刻みに震えていると致しましたならば、その緊張のせいかも知れませぬ」

「そうじゃなあ。私《わたくし》とて緊張しておりまするから、私《わたくし》を護《まも》る役目を背負っている其方《そなた》は一層でしょう」

美雪はそう言うと、後列の方へ視線をやって、腰元の先頭の位置にあってこちらを見ている佳奈を、白い手をひらりとやさしくひと振り泳がせて手招いた。

佳奈が搔取の前を軽く押さえるようにして三人の侍の脇を擦り抜け、美雪の前に立った。

「佳奈、すみませぬが忠寛が抱えているお弁当は、其方《そなた》たちで代《か》わる代《が》わる持って下され。大事な物を背負う忠寛に少し疲れが集まっておるようじゃ。それに何時何事《いつなにごと》が生じるか判りませぬゆえ、忠寛の両手を塞がせておく訳にはいきませぬ」

「承知致しました。私の方から忠寛様に声をお掛けする積もりでおりました」

「そうでしたか。では頼みましたよ」

一行は再び歩み出した。さわやかな朝の陽《ひ》は目に眩しい程に降り注ぎ、朱色に染まった周囲《まわり》の山山の美しさに、緊張の中にも心の安らぎを覚える一行だった。

ただ、忠寛の青ざめた顔は、まだ元に戻っていない。やや苦しそうに己れの足元を見つめて歩いている。

（美雪様……あなたは美し過ぎます……余りにも……無慈悲な程に）

忠寛は足先へ視線を落としたまま胸の内で繰り返し呟いた。江戸では妻子が帰りを待ってくれているのに何という自分であろうか、と下唇を噛んだ。

「昨日と今日とでは、この大和国《やまとのくに》の美しさが違《ちご》うて見えまするね」

美雪は遠く近くに広がる田畑や山山の美しさに、誰に対してという訳でもなく、おっとりとした口調で言った。

美雪の後ろに従う忠寛の青ざめていた頰に朱が差して思わず顔を上げ、しかし自分に対して話しかけてくれたのではないと判ると、直ぐに視線を落とし口元を歪《ゆが》めた。

そうとは露《つゆ》いささかも知らぬ美雪に対して、直ぐ前を行く小柄な山浦涼之助（西条家用人、山浦六兵衛の嫡男）が、大雑把《おおざっぱ》に粗《あら》書きしたかに見える地図様《よう》のものを広げた姿勢で、上体だけを斜めに振り向かせてみせた。

足は止めていない。ゆっくりとだが、歩ませている。

「美雪様。御当主様が手ずからお書き下されましたこの地図によりますれば、飛鳥川《あすかがわ》を渡りどれ程か歩いた我我が現在《いま》、甘樫山《あまかしのおか》を背にするかたちで立っているのがこの辺りであると推測致しまするると……」

そこまで言って粗書きの地図の一点を指先で示した涼之助が、ようやくのこと歩みを止めて全身を振り向かせ、美雪のために見やすいよう地図を逆さに持ちかえて示した。

「この先二つ向こうの畑中の道を右へ折れて進みまするると、彼処《あそこ》……」

と、涼之助の指先が地図から離れて、美雪の右肩斜めの方向を指差した。

「彼処《あそこ》に見えまする三軒の百姓家の背中側に寄棟《よせむね》造りの古い屋根を覗かせております寺院。若《も》しやあれこそが御先祖家ゆかりの飛鳥寺《あすかでら》（法興寺または本元興寺とも）ではございませぬか」

「まあ、あれが飛鳥寺なのでしょうか。今朝の朝餉の席で、江戸へ戻る迄には一度は必ず参拝する機会をつくりなされと、お祖母様《ばばさま》から強く申し渡されましたけれど……」

「御先祖、蘇我馬子《そがのうまこ》様（?～六二六。敏達《びたつ》から推古《すいこ》朝の大臣《おおおみ》）が推古天皇四年（五九六）十一月に、凡そ十年の歳月《さいげつ》を要して完成なされた寺であると伝えられてございます」

「よく学びの備えをして参りましたね涼之助。感心ですこと」

美雪は目を細めて、涼之助のために微笑んでやった。

「はい。飛鳥の地で美雪様との古代史《こだいし》に関するやりとりが確《しっか》りと出来るように学べ、と父から手厳しく言われましたゆえ」

「私《わたくし》も江戸の『史学館』で飛鳥寺については多少学んできております。けれども涼之助。蘇我馬子《そがのうまこ》様が建立《こんりゅう》なされた飛鳥寺は、都《みやこ》が『飛鳥京《あすかきょう》』として凡《およ》そ百年もの長い間、この飛鳥の地に存在していたからこそ安泰《あんたい》であった筈《はず》ではありませぬか」

「仰《おっしゃ》る通りでございまする美雪様。和銅三年（七一〇）に都が飛鳥から平城京《へいぜいきょう》（奈良市北域。西大寺と法華寺に挟まれた広大な一帯）へ移されまするると、飛鳥寺も養老二年（七一八）に移されて、寺号を『元興寺《がんこうじ》』としたとか伝えられておりまする」

「江戸の『史学館』教授である安西徳四郎《あんざいとくしろう》先生のお教えによれば涼之助。飛鳥寺の金堂とか塔などの一部については、平城京《へいぜいきょう》へ移されずにこの飛鳥の地に、つまり飛鳥寺に残されたようですよ」

「私が通っております江戸は神田松下町《かんだまつしたちょう》の学問所『新明塾《しんみょうじゅく》』の棟片碌安《むなかたろくあん》先生も同様のことを仰っておられました。しかし美雪様、建久七年（一一九六）六月に大変な落雷の直撃があって、飛鳥寺に残されていた金堂も塔もことごとく焼失してしまったようですよ」

「では、あの農家の向こうに覗いて見える古い寄棟造りの屋根は、何を意味するのでしょう。さほど大きな建物とは思えませぬが」

「こうして、此処から眺めましても、かなり昔に建立された感じの建物だと判りますね。落雷による焼失を免がれた建物の一部なのか、あるいは焼失の後に篤志家《とくしか》によって清貧無欲なる修行僧のための安居《あんご》（修行道場）でも建立されたのでしょうか。此処から直ぐの所に在《あ》りまするから、確認のためにも立ち寄って、お参りなされますか」

「いいえ。大切な御役目が控えております。今日は止しましょう。お祖母様《ばばさま》から今少し詳しく飛鳥寺についてお教えを戴いてから参拝することに致しましょう。その方がよいとは思いませぬか涼之助」

「左様でございますね。あやふやな知識のままでの飛鳥寺への参拝は、開基なされました蘇我馬子《そがのうまこ》様に失礼となりましょうから」

涼之助はそう言い言い頷いて、粗書きの地図を丁寧に折り畳んで懐へ納めた。

「忠寛の考えはどうですか。飛鳥寺へ立ち寄らずにこのまま大神神社《おおみわじんじゃ》へ向こうた方が宜《よろ》しいとは思いませぬか」

美雪は歩き出すための一、二歩をゆるやかに前へと踏み出しつつ、後ろを振り返って忠寛と目を合わせた。

「異存ございませせぬ。大神神社《おおみわじんじゃ》へ急ぎましょう」

忠寛は、にこやかに答えた。美雪と涼之助の話を聞いている内に「感情」の落ち着きを取り戻している自分に、ほっと肩の荷を下ろしている忠寛であった。

一行は再び黙黙と、だが周囲《あたり》に油断なく歩き続けた。

美雪の気持は、そうとは誰にも気付かれぬよう、名状し難い不安によって暗く沈んでいた。そのため家臣や腰元の誰に対しても、曽雅家の楼門を出たときから目が合えばやさしい笑みを忘れなかった。自分が萎《しお》れることで、家臣たちの士気に翳《かげ》りが生じることを何よりも恐れた。

「……明らかに頭《かしら》と思われる一人だけが、全身を紫檀色の装束で包んでおりました」

「……体つきまでが……大変似ており……腕組をした仁王立ちの姿までが、そっくりで……」

義助が言ったその言葉が、繰り返し繰り返し胸の内側を過《よ》ぎってならない美雪だった。

義助は、下僕二人が野盗の押し込みを奈良奉行所へ報《し》らせるため馬を走らせた、とも言ったが、奉行所の役人が駆けつけた気配は明け方になってもとうとう感じる事が出来なかった美雪である。今朝の朝餉《あさげ》の席でお祖母様《ばばさま》にその点について訊ねてみたが、

「美雪は奉行所の役人の動きなど心配せずともよい。このお祖母《ばば》に任せておきなされ。何事も悪いようにはならぬ。其方《そなた》はひたすら御役目のことのみ考えなさるがよい」

と、穏やかな口ぶりで言うのみであった。そのお祖母様《ばばさま》に対して美雪はまだ、甘《あま》樫山《かしのおか》に昨日突如として現われた紫檀色の十五名については打ち明けていない。いや、お祖母様《ばばさま》が受けるかも知れない驚きの大きさを考えると打ち明けられないでいた。

江戸を立つ二十日《はつか》ほど前までは、美雪たち一行の大和国《やまとのくに》における宿泊場所は奈良奉行所内という事になっていた。それが出立の十日ほど前になって急に曽雅家に変更となったのは、将軍徳川家綱の配慮によってである。美雪の方から求めたものではない。幕府官僚による出発の事務的な諸準備は、あくまで奈良奉行所が一行の宿泊場所であ

った。そのような事務的な諸準備に関して将軍があれこれと口をはさむ筈もない。

ところが御役目を特命された美雪が出立の十日前になって父貞頼と共に将軍徳川家綱のもとへ挨拶に出向くと、

「これはまた何と美しゅう育ったものじゃ美雪よ。そなたを抱き上げたのは二、三歳の頃であったかのう。貞頼、あれは確か……」

「はい。我が屋敷の北に位置致しまする建国神社にお参りなされました上様が、『茶を一服したい』と申されて、我が屋敷へ予定外に立ち寄られましたる時でございました。もう十数年の昔になりましょうか」

「うむ。そうであったな。余《よ》（自分の意）も其方《そのほう》もまだ二十歳《はたち》を少し過ぎた辺りの青二才であった。美雪が『抱っこ、抱っこ……』と余の脚に蝶のように戯《たわむ》れまとわり付く小さな姿が、それはそれは可愛《かわゆ》くてならなんだわ」

「恐れ多いことでございました」

「で、貞頼。美雪たち一行の大和国《やまとのくに》における宿は何処に致したのじゃ」

「はい。幕閣事務方《かた》に一任致しておりまするが、奈良奉行所内がよいのではないかということのようで……」

「なに、奈良奉行所じゃと。いかぬ、いかぬ。大和国《やまとのくに》には其方《そのほう》の亡き妻雪代の名家で知られた生家《さと》があるではないか。其処《そこ》に致せ。美雪のような麗《うるわ》し女性《びと》を奈良奉行所に滞在させるとは、なんという抒情の心に欠けたる判断じゃ」

鶴のひと声であった。

美雪は、その席で自分に注がれた将軍家綱の我が娘に対するような温かな眼差《まなざ》しを昨日今日《きのうきょう》のことであったかのように鮮明に覚えていた。やさしかった言葉のひと言ひと言も覚えている。

つまり、将軍の鶴のひと声で決まった滞在先・曽雅家であるだけに、自分たち一行を原因とする騒動が其処ではなるべく生じてほしくないのであった。またお祖父様《じいさま》、お祖母様《ばばさま》をはじめとする曽雅家の人たちに余計な不安や心配を掛けたくないのである。

一行は歩き続けた。今日も秋冷えのない、のどかな小春日和《こはるびより》だった。

田畑は緑あざやかに豊かに実り、彼方《あちら》でも此方《こちら》でも「鈴生《すずな》り」という表現はこのためだけを指しているのではないかと思われるほど、柿の木が橙色の実で覆い尽くされている。

道道で往き交う質素過ぎる身形の民百姓たちはしかし、明るくさわやかで控えめな笑顔と挨拶を、美雪たち一行に忘れなかった。

曽雅家に遠い江戸から客が訪れている、という噂はたちまち近隣四方へと広まっているのであろうか。

「ご覧なされませ美雪様。大和三山の一《ひとつ》、天香久山《あまのかぐやま》（標高一五二メートル）が左手に見せてくれておりまする位置を微塵《みじん》も変えることなく、まるで我我一行をずっと見守ってくれているようではありませぬか」

涼之助が左手方向を指差して、だが振り向くことなく穏やかな口調で言った。

「まことに優美なお姿ですね。江戸の『史学館』教授、安西徳四郎先生からは、斑糲《はんれい》岩《がん》とかいう大変硬い岩石から成った山であると教えられましたけれど……」

「斑糲岩《はんれいがん》……でございまするか」

と、顔だけを振り向かせて歩みを止めない涼之助に、美雪は「ええ」と頷いて右手の人差し指を中空に泳がせ、斑糲岩《はんれいがん》と大きめに手早く書いてみせた。

「そのように難《むずか》しい字で書く岩石がこの世にあったのでございますか……勉強になりました」

姿勢を元に戻した涼之助は、美雪の肩越しに自分に向けられた忠寛の厳しい目つきに気付いたから、油断なく見まわすように周囲《あたり》へ視線を振ってみせた。

「天香久山《あまのかぐやま》が非常に硬い岩から成った山だと致しまするど美雪様……」

忠寛が美雪の背に声を掛けた。

「忠寛が何を言おうと致しておるのか、私《わたくし》には判りますよ。悠久《ゆうきゆう》の昔から天地の神神によって吹き降ろされてきた雨や雪、あるいは風などによって天香久山《あまのかぐやま》のやわらかな表の土が洗い流され（侵蝕され）、そして硬い岩石の部分だけが残った……と申したいのではありませぬか」

言い終えてから美雪は振り向き、かたちよい唇に笑みを見せてやさしく目を細めた。

「は、はあ。正にその通りでございまする。それに致しましても、斑糲岩《はんれいがん》というような岩石がこの世にあるなど、涼之助ではありませぬが私もはじめて知りましてございます」

「このような字を書くのですよ」

美雪は後ろに従っていた忠寛のために、判り易くもう一度、斑糲岩と中空に指先でゆっくり書いてみせた。

「なるほど、難しい字でございますなあ」

「安西徳四郎先生のお話によりますとね……」

と、美雪は姿勢を元に正して歩みつつ静かに言葉を続けた。

「斑糲岩《はんれいがん》には、きらきらと大層美しく輝く石（石英の意）が豊かに含まれているとかで、きらびやかな飾《かざ》り品《しな》（装飾品）を大奥とか高家《こうけ》（名家・名門）すじへ納める名流の彫金師たちの間では、近頃とくに大事な材料の一つになっているそうです」

「安西徳四郎先生は、岩石にお詳《くわ》しい御方《おかた》なのですね」

「詳しいどころではありませぬよ忠寛。安西徳四郎先生は、石とか岩石とかを数十年の長きに亘《わた》って研究し続けてこられた、大家の御一人です。単に石とか岩石の美しさとか、不思議さとか、形《かたち》の妙《みょう》をお調べになっておられるのではなく、それらを日本という国の歴史の成り立ちと重ねて研究し続けていらっしゃるのです」

「この国の歴史の成り立ちと重ねて……でございまするか」

「ええ。私《わたくし》のような学び浅い者にはとても判りませぬが、安西徳四郎先生は『石とか岩石とかを慈《いつく》しんで眺めてやると、色色な時代の歴史の成り立ちの窓口となっているのが次第次第に把握できるようになってくる』と、仰っておられました」

「なるほど。ぼんやりとですが、安西先生の仰ろうとしていることが理解できまする。

凄い研究でございますね」

「ご覧なされ忠寛。草木も生えない筈の硬い斑糲岩《はんれいがん》から成る天香久山《あまのかぐやま》であるというのに、いまあの御山《おやま》はなだらかな優美な姿を瑞瑞《みずみず》しい緑で覆っているではありませぬか。そして古代の人人に崇拝《すうはい》されて、『日本書紀』に登場し、あるいは『万葉集』や『新古今集』などにも多く詠まれてきています」

「美雪様にそう言われますと、まぎれもなく我我一行は、雅《みやび》なる王城の国へ、いえ、神聖この上もなき神神の国へ訪れているのだという思いが、改めて強く感じられまする」

「忠寛は文武に優れた侍《もののふ》ですが、元子郎《げんしろう》（忠寛の父。西条家家老）から聞いたところによりますと、蝶の色色について調べるのを趣味と致しておるそうですね」

「ち、父がそのようなことを美雪様に申し上げましたか」

「江戸を立つ三、四日前のことでした。私が菊乃《きくの》と居間で出発の支度《したく》を致しておりましたところへ、旅立つ私《わたくし》のことを心配して元子郎が顔を出してくれました」

「その席で我が父が？」

「はい。日頃滅多《めった》に笑顔を見せることのない恐持《こわも》てな元子郎が、伜《せがれ》忠寛の蝶の研究はかなり専門的で格も高《たこ》うございまして……と、にこにこと嬉しそうでありましたよ」

「も、申し訳ございませぬ」

「なにも謝ることなどありませぬ」

そう言って、また少し振り向き微笑んでみせた美雪であったが、直ぐに前向きに姿勢を正した。

「のう、忠寛。蝶を愛《め》でる心を持っているならば、きっと和歌に通じる精神《こころ》も胸の奥深くに抱いておりましょう。『万葉集』で其方《そなた》が知る歌、惹《ひ》かれている歌などがあれば、一つ二つこの私《わたくし》に詠んで聞かせて下され」

「え……」

「文武に優れる其方《そなた》のことです。『万葉集』や『新古今集』に関心が無いとは思われませぬ。さ、聞かせて下され忠寛」

「なれど私のような無骨者《ぶこつもの》が詠みまする歌など……」

「其方《そなた》の好みし歌、詠みし歌と、侍《もののふ》としての戸端忠寛の印象との間に、いささかの乖離《かいり》があったとしても、誰も驚いたりは致しませぬ。歌のよさというものが、そこにこそあるとは思いませぬか」

再び振り返って、にこやかな笑みを忠寛のために向けてやる美雪であった。

「は、はあ……」

「さ、詠んでみなされ忠寛。恥ずかしがることなどありませぬ。私《わたくし》は前を向いておりまするゆえ」

美雪が姿勢を戻すと、前に立つ涼之助が懐より地図を取り出して開いたらしい仕草を、かなり力んだ様子で背中にあらわしてみせた。美雪に伝えようとする意味を込めてのことなのであろうか。

「それでは『万葉集』で一つ二つばかり……」

後ろで忠寛が自信なさ気に小声を漏らし、美雪は黙ってそっと小さく頷き返した。

忠寛がここにきて覚悟を決めたのであろう、侍《もののふ》らしい力強い声を、しかし調子《しらべ》を見事に美しく加減して発した。

「大夫《ますらを》や片恋ひせむと嘆《なげ》けども鬼《しこ》の大夫《ますらを》なほ恋ひにけり」

「まあ、舎人皇子《とねりのみこ》様の御歌ですね。大夫《ますらを》は弱音《よわね》を吐かぬ侍《もののふ》を意味致しまするから、真《まこと》に忠寛にふさわしい選《えら》び歌《うた》でしたよ」

美雪がそう言った時である。一行の後ろの方で澄みわたる女性の臆せぬ声があった。

「嘆《なげ》きつつ大夫《ますらを》の恋ふれこそわが髪結《ゆふかみ》の漬《ひ》ちて濡《ぬ》れけれ」

腰元、佳奈であった。

一行の歩みが申し合わせたように止まって、それ迄の穏やかだったやわらかな空気が異様に凍《こお》り付《つ》いた。

舎人皇子《とねりのみこ》の「片思《かたおも》いなんかするものかと我《われ》を嘲《あざけ》り思っても、やはり恋《こ》い焦《こ》がれてしまう」という恋歌に対する、舎人娘子《とねりのをとめ》の和《こた》え奉《まつ》る歌（返し歌）を、佳奈が殆ど間を置かず、予《あらかじ》め備えてあったかのように詠んだのである。

それは「恋に苦しみ嘆《なげ》かれる立派なあなたが、私を恋なさるがゆえにその嘆きの霧《きり》で私の綺麗に結《ゆ》った髪が濡れてしまいました」という意味であった。

美雪は振り返って、忠寛とではなく、こちらを見ている佳奈と視線を合わせると、やわらかに微笑んだ美しくやさしい表情で頷いてみせた。

それによって、異様に凍り付いていた一行が、元の威風を取り戻した。ほんの短い間、一行を見舞った思いがけない「乱れ」からの回復であった。

「あざやかな返し歌でしたね佳奈。お見事でしたよ」

「も、申し訳ございません。差し出がましい無作法でございました。お許し下さいませ」

「天武天皇《てんむてんのう》（？〜六八六）の皇子（親王）で『日本書紀』の編纂に中心的役割を果たしなされた舎人皇子《とねりのみこ》と、その舎人皇子《とねりのみこ》の若き乳母であられた舎人娘子《とねりのをとめ》との相聞歌《そうもんか》（万葉集の恋歌）は、『万葉集』の中でも際立ってひかり輝ける恋《おも》い歌《うた》であると私《わたくし》は評価致しておりますが、佳奈はそうとは考えませぬか」

「は、はい。私もそのように思っておりました。それでつい……」

「胸の内が動き乱れて発露《はつろ》となってしまったのですね。よろしいではありませぬか。それこそが澄みわたりし自然の精神《こころ》というものです」

「おそれいります……」

「忠寛もよい歌を詠み聞かせてくれましたね。ありがとう。いささか疲れ気味でありました足が気のせいでしょうか軽うなりましたよ」

美雪は忠寛とも目を合わせて頷く気配りを見せてやると、「は、はあ……」と頬を朱に染めた忠寛に「さあ、参りましょう」と促して背中を向けた。

だが思いがけない間近に、涼之助が眦《まなじり》に不可解な険しさを覗かせ、地図を広げて立ち塞がっていた。その顔に苛立《いらだ》ちさえ広がっているらしい事に気付いて、美雪は少し戸惑《とまど》った。

「あの、美雪様……」

「はい」

「我我一行は現在、地図上のこの辺りにまで来ていると思われまする。ご覧なされませ。御当主様が地図にお記し下されておりまする寺川《てらかわ》は、直ぐ向こう下に白く光っておりますあの帯がそれでございましょう。であるとすれば、白く光る帯へと緩《ゆる》やかな傾斜をもつ薄《すすき》が生い茂ったこの台地状の広大な野原は、御当主様が地図にお示しの『四方河原《しほうがわら》』であると思いまするが……」

地図を指しつつ辺りを眺める涼之助に言われて美雪も改めて周囲《あたり》を見まわし、自分たち一行が薄野《すすきの》を切り開いて造られた道深くに踏み込んでいることに気付いた。

「美雪様、あの寺川を渡って大神神社《おおみわじんじゃ》へ向かうには、この地図に記されているもう二本の川、粟原川《おおばらがわ》と大和川《やまとがわ》を渡らねばなりませぬ。この薄野《すすきの》で短《みじか》い休憩《きゅうけい》を取っては如何でしょうか」

「ええ。異存はありませぬ。そう致しましょう」

美雪が涼之助の考えに同意して表情を緩めたときであった。

忠寛が「美雪様っ」と声鋭く薄野《すすきの》の彼方《かなた》を指差した。

密生する薄《すすき》が踏み倒されたような長い尾を描きつつ五本、綺麗な等間隔でこちらへ向かってくる。さながら薄《すすき》の中を荒れ狂う獣が突進してくるかのような、かなりの速さだ。

「美雪様、反対側からもでございます」

一行の後ろの方で佳奈も鋭い声を放った。

一行が一斉《いっせい》に反対側を見、そして忠寛が「抜刀せよ」と叫んだ。

薄を踏み倒す荒荒しいざわめきが、一行を挟むかたちで目の前に迫ってくる。ほかには一人の旅人の姿も、民百姓の姿も辺りには無い。

美雪は小刀を抜刀した。背中に恐怖が走っていた。

(先生……どうかお見守りください)

百数十里離れた江戸へ届けとばかり、美雪はその人のことを想った。届く筈などない、と判っている絶望的な想いであり祈りだった。

「斬《き》ってよし。躊躇《ちゅうちょ》するな」

叫び命じた忠寛の声には、恐怖の震えがあった。眦が吊り上がっている。

(守る……美雪様は命を賭けてこの戸端忠寛が守ってみせる)

己れに言い聞かせた忠寛は踏み倒されて目前に迫ってくる何本もの「薄《すすき》の尾」へ、くわっと目を見開いた。

一陣の風が白く光る川の方から吹きつけ、薄《すすき》が一面不気味な笛鳴りのような音を立てて大揺《ゆ》れに揺れ出した。

七

一行《いっこう》十名に両側から迫った合わせて十数本の薄《すすき》の線――踏み倒された――が、申し合わせたかのような正確さで一斉《いっせい》に一行の直前で口を開《あ》けた。

激しい勢いで大鷲《おおわし》の如く宙に躍《おど》り上がったのは、大鷲とは似ても似つかぬ白刃を手の白装束たちだった。それも首から上が窺えぬ程に長く伸ばした髪を振り乱し、ぼろぼろの白い着衣である。

「何奴《なにやつ》か」

叫んだ戸端忠寛《とばたただひろ》が頭上から降り掛かってきた白刃を受け止めた。

ガチン、ガツッと鋼《はがね》と鋼が打ち合い、真昼に近い明るさであるというのに、青い火花がはっきりと見えて飛び散る。

同じ修羅の光景がたちまち美雪《みゆき》を護る三人の腰元たちの周囲に広がった。襲い掛かる凶徒の人相などは、振り乱れる長い髪で全く判らない。

「守りの輪を広げ過ぎるな」

土村《つちむら》小矢太《こやた》が絶叫した。叫びが隙《すき》を招きかねないことを重重《じゅうじゅう》承知している小矢太である。それゆえ叫びながら、眦を吊り上げた奮然たる斬り込みを忘れない。全身これ炎《ひ》と化して凶徒に立ち向かった。

だが小矢太が一撃を放つと、乱れ髪で顔見せぬ相手は何と二撃を返した。それも目にも止まらぬ速さである。

「おのれ」

小矢太が踏み止《とど》まって受け、しかし僅かによろめいた。よろめき受けた小矢太が渾身の一撃を思い切り踏み込んで返す。

唸りを発する凶徒の重い三撃が閃光のように返ってきた。息もつかせない。

堪え切れずに小矢太は横転した。腰元たちの眼前だった。

「小矢太様」

佳奈が倒れた小矢太に斬り掛かろうとした凶徒に、刀を抱《いだ》くようにして斜め方向から激しく突っ込む。

凶徒と佳奈が打ち合い、鋼と鋼がまたしても小さな青白い火玉を散らして鳴った。

佳奈の命を賭けた鋭い一撃、そして、渾身のもう一撃。

「女、うるさいわっ」

佳奈の必死剣を軽い感じで受け弾《はじ》いた凶徒が、はじめて吼《ほ》えた。

人の声とは思えない荒荒しい大音声であった。

構わず佳奈が第三撃で踏み込み、同時に凶徒も深く踏み込みざま佳奈の胸倉を左手で摑むや、投げ飛ばした。否、振り投げ飛ばした。

恐るべき強力《ごうりき》。

振り投げ飛ばされた佳奈は殆《ほとん》ど中空を飛ぶかたちで、美雪の足元に叩きつけられた。

小さな悲鳴を発して、だが佳奈は直ぐさま立ち上がり、小矢太も体を起こして退がりながら身構えを整えた。

ここで凶徒の面《おもて》を隠す長い乱れ髪が、二つに分かれてその素顔を一瞬だが覗かせた。

美雪も腰元たちも相手の形相に戦慄した。吊り上がった太い眉の下で二つの眼《まなこ》は拳《こぶし》かと見紛《みまが》う大きさで爛爛たる光芒を放ち、鷲鼻筋は異様な高さでその先端を下げ、口は三日月形に裂け開いて上下の唇は朱の色であった。

けれども、その不気味な形相を美雪と腰元たちに見せたのは、まさに一瞬のことだった。したがって安全な位置にまで退がることに気を取られていた小矢太の目には映っていない。

美雪と腰元たちは、ようやくのこと目に入った凶徒の着衣にも、おののいた。その汚れたぼろぼろの白い装束は、たとえば敷布《しきふ》の中央位置に丸い穴を開けて頭を通し、腰を綻《ほころ》び著しい無地の角帯で縛っただけ、という印象だった。明らかに大和国《やまとのくに》の秋には寒過ぎる薄着《うすぎ》としか言い様《よう》がなく、而《しか》してそれはまるで弥生人《やよいびと》（弥生時代人）ではないか、とさえ思わせた。

だが剣技は圧倒的な強さだった。終始懸命な〝受け〟へと追い込まれていた忠寛が、ついに腰元留伊《るい》に背中を触れてしまう程にまで退がる。

「くそっ」

それは絶望的な忠寛の呻きであった。相手が空気を斬り鳴らして稲妻のように忠寛の眉間、面、眉間、面へと無言のまま打ち込む。その形相を露《あらわ》とせぬ相手だけに、忠寛は連打されて一層のこと竦《すく》みあがった。寸陰《すんいん》さえも与えてくれぬ凶徒の余りな猛攻で、既に気力は完全に捩伏《ねじふ》せられていた。敗北は目の前。

見かねた腰元留伊が、忠寛の背後から飛び出し「さがれ。下郎」と叫びざま斬り掛かる。余りにも無謀という他ない。

「女、うるさいわっ」

佳奈を投げ飛ばした凶徒と全く同じ咆哮《ほうこう》、違《たが》わぬ大音声が修羅場に轟きわたった次の瞬間、留伊はどこをどう摑まれたのか、美雪の後背にまで投げ飛ばされていた。

「あうっ」と悲鳴をあげて苦痛の表情を見せた留伊であったが、立ち上がろうと下唇を噛んで片膝を起こした。

「大丈夫ですか、留伊」と、美雪が覆いかぶさるようにして留伊を庇《かば》う。

その美雪の視野の端で、凶徒の攻めを背を反らせ気味に受け止めた小柄な山浦涼之助が仰向けに倒れた。その涼之助をまるで大根でも切り刻むかのようにして凶徒の二の太刀、三の太刀が襲いかかる。

「だ、誰かあ」

遂に涼之助が救いを求めた。絶体絶命に追い込まれた為に救いを求めたのではなかった。涼之助は間近《まぢか》に見たのであった。伸《の》し掛《か》かるが如く斬り掛かってきた凶徒の振り乱した髪の奥に潜む恐ろしい形相を。

「こらあっ、其処《そこ》で何をしておるか」

「狼藉者じゃ。構わぬ斬り捨てい」

鞍状《くらじよう》のなだらかな高さを持つ堤《つつみ》の上に突如として十名前後の武士が姿を現わし、抜刀するや大声を放った。

凶徒どもが信じられないような素早い退避行動に移ったのは、次の瞬間だった。予《あらかじ》め組み立てられていたかのような正確さで一糸乱れず薄《すすき》の中へ姿を掻き消したのである。

それは、あっという間《ま》に訪れた信じられないような静寂であり、その中で皆は息荒く我を取り戻した。

「涼之助、手傷を負いましたか」

刀を右手に美雪が駈け寄ろうとすると、それよりも早く涼之助は立ち上がった。

「申し訳ありませぬ。が、どこも斬られておりませぬ」

「よかった……皆は……他の皆はどうです」

美雪が皆を見回したところへ、堤の上から血相を変えて駈け下りてきた武士たちが、肩を波打たせて荒い息をしている美雪たち一行をたちまち取り囲んだ。

「大丈夫でございまするか、美雪様」

「おお、これは奈良代官、鈴木様……」

こわばった美雪の美しい表情の中に、相手が何者であるかを認めて大きな安堵が広がった。

美雪の前に立って刀を鞘に納めたのはまぎれもなく奈良代官鈴木三郎九郎《さぶろうくろう》その人であった。

「これはまた何事がござりました。只今の異様な風体《ふうてい》の連中は一体何者でございますか」

「判りませぬ。不意に薄《すすき》の中を突き進むように現われて襲い掛かって参りました」

「大事な御役目で大和国《やまとのくに》を訪れなされた美雪様に対して不逞《ふてい》を働くとは、許せぬ奴《やっ》原《ばら》」

奈良代官鈴木三郎九郎はそう言って歯を一度嚙み鳴らすと、険しい眼差《まなざ》しをまだ抜刀したままで表情を力ませている配下の者たちへ向けた。

「月岡《つきおか》に柳澤《やなぎさわ》、皆を二手《ふたて》に分けて薄《すすき》の中に不逞の奴原《やつばら》につながる何かが落ちてはいないか調べさせよ。油断するなよ。奴原《やつばら》がまだ薄《すすき》の中に潜んでいるやも知れぬ」

「判りました」

「承知」

三十前後かと思われる二人の武士が即座に奈良代官鈴木三郎九郎の指示に応じて、てきぱきと二手に分かれ、薄《すすき》の中へ抜刀したまま踏み込んでいった。

「で、皆さんにお怪我などはございませんでしたか」

配下の動きを目で追っていた鈴木三郎九郎が、視線を美雪へ戻した。

「はい。馬庭念流を心得る家臣を揃えていたのが、辛《かろ》うじて幸い致しました。どうやら手傷を負った者はおりませぬようで」

「それはようございました。天領の見回りで堤の向こう下を通りかかりましたら、刃の打ち合う音が聞こえて参りましたので……それに致しましても美雪様ご一行が襲われていたとは……いやあ、奈良代官と致しまして冷や汗が止まりませぬ」

「鈴木様の御蔭で救われましてございます。御礼の言葉もありませぬ」

と、美雪は綺麗な所作で頭を下げた。

「御礼の言葉などと、滅相もないことでございまする。それよりも美雪様、どうぞ私のことを鈴木と呼び捨てにして下さりませ。万石大名に迫らんとする七千石大身御旗本西条家の御息女に、様《さま》を付《ふ》して呼ばれまするると、決して大袈裟ではなく呼吸《いき》が止まりまする」

「まあ、呼吸《いき》が……」

「遜《へりくだ》って申し上げているのではございませぬ。真《まこと》の道理のままを申し上げておりまする。なにとぞ……」

と、鈴木三郎九郎は丁寧に腰を折った。

美雪は、そのやわらかな謙虚さに、奈良代官鈴木三郎九郎の武士らしさ、男らしさ、誠実さを確《しっか》りと見たように思った。

「仰《おつしや》ること、よく判りましてございまする。では今日只今《こんにちただいま》より鈴木殿と呼ばせて下さりませ」

「殿、を付《ふ》して下さいますか」

「天領を預りなさいます奈良代官は、地方を預る代官の中に於いても一等の官僚でございましょう。その重要な役職に在《あ》る者が、いかに相手が大身旗本家の女性《おなご》であろうと、呼び捨てになどさせてはなりませぬ」

「は、はあ……」

「けれど、お祖母様《ばばさま》は別格でございますよ、鈴木殿」

美雪が真顔で言うと、鈴木三郎九郎は深深と頷いてみせた。

「有り難い御言葉、この鈴木三郎九郎、納得できましてございまする。また、お祖母《ばば》様《さま》が別格でありますること、これはもう重重《じゅうじゅう》に承知致しておりまするとなれば……お祖母様《ばばさま》の存在を忘れまするとは到底《とうてい》、大和国《やまとのくに》には居《お》られませぬゆえ」

鈴木三郎九郎のその言葉に、美雪が思わず目を細めて「ふふ……」と、微《かす》かな含み笑いを漏らした。

それによって、緊張し続けていた一行の中に漸《ようや》くのこと、ほっとした雰囲気が広がっていった。

「それに致しましても美雪様……」

と、鈴木三郎九郎は薄《すすき》の原へ視線を向けた。

「不逞の奴原のあの汚れたぼろぼろの身形《みなり》、奇《き》っ怪《かい》に過ぎましてございましたが」

「鈴木殿もはじめて目にする装束でありましたか」

「はい。これ迄に一度として見たことはありませぬ。あの装束は美雪様、縄文人《じょうもんびと》（縄文時代人）とか弥生人《やよいびと》（弥生時代人）が着ていた、いわゆる貫頭衣《かんとうい》のようなものではありませんでしたか」

「実は私《わたくし》もそのように見ました。ただ帯だけは今日当たり前に見られるものではないか、という気が致しましたけれど」

「ええ、私も同感でございます。それなりに帯幅がありましたのは、恐らく刀を腰に帯びる必要があるためではございますまいか。貫頭衣ならば腰をくくるのは細紐《ほそひも》で事足りまするが、それだと重い大小刀は支えられないでしょうから」

「それに致しましても、肌寒くなってきましたこの国の秋の深まりの中で、わざわざとしか見えませぬあの薄着《うすぎ》。鈴木殿は何か魂胆があると思われまするか」

「案外に、意味・魂胆あり、と思わせる攪乱目的か、あるいは単に、奇襲の際に刀を振り回し易くするため、か……いずれに致しましても美雪様、我我代官所の者が大神《おおみわ》神社《じんじゃ》まで同行させて戴きまする。何卒《なにとぞ》ご承知下さい」

「ありがとうございます。それでは鈴木殿の御言葉に素直に甘えさせて戴きまする」

「奈良奉行溝口《みぞぐち》豊前守《ぶぜんのかみ》様同様、私も柳生新陰流をいささか心得ておりまするゆえ、ご安心ください」

「まあ、鈴木殿も柳生新陰流を……そういえば、柳生新陰流と大和国《やまとのくに》とは切っても切れぬ間柄でございましたね」

「はい。この飛鳥の地からですと、やや遠く北東の方角になりましょうか。東山《ひがしやま》（笠《かさ》置山地《ぎさんち》の意）に沿った日本最古の古道《こどう》（山辺の道《やまのべのみち》）を奈良町へと戻り、新薬師寺の脇を神鹿《かみのしか》が遊ぶ春日山《かすがやま》（標高四九八メートル）を左手に望みつつ、滝坂道《たきさかのみち》より柳生街道へと入りますれば、迷うことなく柳生藩陣屋へと至りまする」

「新薬師寺の傍《そば》より望める神鹿《かみのしか》の春日山と申しまするると、『万葉集』の編纂者と伝えられております大伴家持《おおとものやかもち》公が詠《よ》まれなされた『雨隠情《あまごもりこころ》いぶせみ出で見れば春日の山は色づきにけり』（万葉集巻八）の、あの春日山でございますのね」

「仰《おお》せの通りでございまする。さすがに、よくお知りでございます」

　奈良代官鈴木三郎九郎がそう応じ、しかし美雪の端整な面《おもて》はふっと曇った。奈良時代の優れた官僚であり高名な歌人でもあった大伴家持《おおとものやかもち》が、その生涯に於いて様様な騒乱への関与を疑われては、許されての苦難続きであったことを、よく学び知っている美雪だった。家持《やかもち》はそのため出世しては地位を剥奪されを繰り返し、晩年ようやくのこと「中納言」という高い位にまで登り詰めたが、没後僅か二十余日でまたしても藤原種継《ふじわらのたねつぐ》（同時代官僚、中納言）暗殺事件への関与を疑われ「除名」という重い処分となっている。

「それでは鈴木殿、そろそろ……」

　美雪が広広とひろがる薄《すすき》の河原へ不安気な視線を向けながら促すようにして言ったときであった。「恐れながら……」と涼之助が遠慮がちに、代官鈴木三郎九郎の斜め後ろに近付いた。目は美雪の彫り深く整った横顔に注がれている。

「はい」と、美雪は涼之助の方へ視線を移した。

「どう致しましたか、涼之助」

「実は先程、伸《の》し掛《か》かるようにして攻められましたる時、振り乱した髪の奥に隠れておりました其奴《そやつ》の人とは思えぬ面相を、間近に見ましてございます」

涼之助がそう言い終えたところへ、代官鈴木の指示で薄《すすき》の中へと踏み込んでいた代官所の侍たちが鈴木の下《もと》へ駈け戻り「何らの証《あかし》を摑めず」を報告し終えた。

「判った。皆もこれからの話を聞いておくように」

代官鈴木は配下の者たちにそう告げると、美雪と顔を合わせ小さく頷いてみせた。

「涼之助……」

と、美雪が穏やかに切り出し、涼之助が「はい」と応《こた》えるかのような表情を拵《こしら》えた。

「私《わたくし》も凶徒の何とも名状し難い面相を目に致しました。なれど、おののきに見舞われたるほんの一瞬のことでありましたから、目にした相手の面相が確かなものであったのかどうかについては自信がありませぬ。それで鈴木殿に打ち明けるべきか否《いな》か、迷《まよ》うておりました。其方《そなた》の見たままを話して下され涼之助」

「はっ、記憶が冷えぬ内に、見たままを申し上げますと……」

涼之助はやや早口で話し出した。一、二尺と離れていない間近で一瞬ではあったが確《しっか》りと見た凶徒の凄まじい形相を、涼之助は口許を歪め嫌悪そのままに打ち明け、代官鈴木をはじめとする聞く者たちを金縛り状態にした。

「一体全体なんだ。その考えられないような面相は」

代官鈴木が呻くように顔を歪めて吐き出したあとを、美雪が続けた。

「いま涼之助が申したのと、私《わたくし》がほんの一瞬の間に見たものとは、間違いなく重っております。あの凄まじい形相をした人間などがこの世に幾人も存在するとは到底思われませぬ。そうではありませぬか涼之助」

「は、はあ。誠に仰る通りであろうかと……」

「鈴木殿。あれは恐らく極めて精巧に作られた面《めん》ではないか、と思います」

「面……でございまするか」

「そのような面をかぶり貫頭衣《かんとう》を着て舞ったりするような風習が、この大和国《やまとのくに》の内外《うちそと》の何処かにありませぬか」

「いやあ、私は耳にしたことはございませぬ。最近畿内《きない》各所に出没して有力庄屋宅《しようやたく》を襲っている賊徒たちも、そのような面をかぶってはおらぬようでありますし、まして や貫頭衣《かんとう》を着ているという話などは聞いたこともありませぬ」

「そうですか……」

「ともかく美雪様。直ぐさまこの場を離れ、大神神社《おおみわじんじゃ》へ急ぎ向かいましょう。お祖母《ばば》様《さま》からは、此度の美雪様の御役目には西条家の家臣以外の者が同行してはならぬ、と強く申し渡されてはおりまするが、今申されたような恐ろしい面相の者が出没したとなりますと、奈良代官職にあります私鈴木三郎九郎と致しましては見て見ぬ振りは出来ませぬゆえ」

「はい。それはその通りであろうと思いまする。お忙しい中を同行下さいまするこころからありがたく御受け致します」

「左様ですか。では参りましょう」

代官鈴木三郎九郎は配下の侍たちを指差すと、美雪たち一行のどの位置へ誰が付くかについて、てきぱきと指示を発した。

美雪はその手早い様子を見守りながら、(この人物を奈良代官に長く止《とど》めておくのは余りにも惜しい)と思った。中央官僚の風格がある、と感じたのである。

合わせて二十一名が大神神社《おおみわじんじゃ》を目指して、薄《すすき》が生い茂る河原を用心深く抜け切り、寺川《てらかわ》に架かった案外に頑丈な造りの長い木橋を渡り出した。

擬宝珠《ぎぼうしゅ》を乗せた親柱《おやばしら》（欄干《らんかん》先端の主柱）と控柱《ひかえばしら》（親柱を補強する小柱）を有しているあたりは、さすがに大和国《やまとのくに》が「王城の地」と尊ばれているだけのことはある。

美雪は自分の横に付き従って辺りに注意を払っている代官鈴木三郎九郎に然《さ》り気《げ》ない口調で訊ねた。幾分小声でもあった。

「鈴木殿はご自分の御仕事に関して何か夢をお持ちでいらっしゃいまするか」

「は、夢と申しますると？」

と、応じる鈴木の声も抑え気味であった。

「たとえば将軍家の間近でこのような職のこういった地位に就いてみたいとか……」

「あ、そういう意味でございますか。それならば私は、島嶼《とうしょ》を開発し防衛する統括任務に就いてみたいと、若い頃から考えてございます」

「島嶼《とうしょ》と申しますると、淡路島《あわじしま》とか隠岐島《おきのしま》とか対馬《つしま》といった諸島を指してのことでしようか」

「ええ、とくに私は天領である佐州《さしゅう》（新潟県・佐渡島《さどがしま》の意）に対して強い憧れを抱いておりまする」

「まあ、佐州《さしゅう》に……天領の佐州と申せば佐渡島。お差し支えなければその理由《わけ》をお聞かせ下さりませ」

「まだ二十歳《はたち》の頃でござりましたか。幕命を受けましたる父の短い期間の御役目に付き従いまして一度だけ佐州へ渡ったことがございます」

「それはよき経験をなされました。佐州と申せば、神亀元年（七二四）に『遠流《おんる》の地』と定められた前後の頃より穂積老《ほづみのおゆ》、順徳上皇《じゅんとくじょうこう》、日蓮上人《にちれんしょうにん》、京極為兼《きょうごくためかね》、日野資朝《ひのすけとも》、世阿弥《ぜあみ》、と申された高貴《こうき》な知識人《ちしきびと》たちが無念の思いで流されたるところ」

「矢張り美雪様でございます。よく御存知でいらっしゃいます」

代官鈴木三郎九郎が感心したようにそう言ったときだった。一行の先導役を並んで務めていた小矢太と代官所の若い侍が木橋を渡り切ったところで、前方の叢《くさむら》が数枚の団扇《うちわ》を一斉《いっせい》に叩き合わせたかのような、大きな音を発した。

侍たちが瞬時に足を止め腰を下げて、抜刀の構えを見せる。

叢の中から四羽の雉《きじ》が飛び立った。

「ふう……驚かせおって」

代官鈴木三郎九郎は高さを上げていく雉を見上げながら息を大きく吐き出し、右の掌で刀の柄頭《つかがしら》を押した。

鍔《つば》がカチッと小さな音を立てる。

代官鈴木のその様子を然《さ》り気《げ》ない目で見つめながら美雪は、江戸にいらっしゃる

「先生」なら今のような場合、どのような様子をお見せになるであろうか、と想像した。

（お会いしたい……とても）

美雪は胸の内で、そっと呟いた。

一行は再び歩き出した。緊張に包まれていた。

ただ、空は明るく晴れわたり、田畑は豊かに緑に染まり、山山は紅葉して野鳥の囀《さえず》りが絶えなかった。

八

緊張を忘れることなく、どれほど大和国《やまとのくに》の美しい秋景色の中を歩いたであろうか。

代官鈴木三郎九郎が四方を油断なくゆっくりと見まわしたあと、歩みを止めて「ご覧なされませ美雪様」と、直ぐ先に堂堂として聳える二本の巨木の間を指差してみせた。

はじめ美雪は、枝ぶりの見事なその二本の巨木が広広とひろがる田畑の角に位置して聳えていることから、代官鈴木の指先は田畑の神つまり御神木を差しているのであろうと、それに注意を払った。

が、そうではないと直ぐに気付いて、はっとした表情になった。

と、一行の先頭にあった小矢太も立ち止まって美雪の方を振り返り、矢張り二本の巨木の間を黙って指差した。

美雪は静かな頷きを返した。

見えていたのである。

代官鈴木が幾分、おごそかな口調で言った。まだ右手の指先は巨木の間を差したままだった。

「向こうに見えておりますあれが大神神社《おおみわじんじゃ》の一《いち》の鳥居いわゆる大鳥居（現在の国道際の大鳥居に非《あら》ず）と呼ばれている鳥居でございまする」

「まあ、あれが大神神社《おおみわじんじゃ》の……なんと神神しいたたずまいでございましょう。天神地祇《てんじんちぎ》の眩《まぶ》しさを覚えまする」

美雪はそう言うと、両の手を合わせて目を閉じ、うやうやしく頭《こうべ》を垂れた。

一行の者皆、代官所の侍たちまでが、美雪を見習った。

代官鈴木ひとりが、険しい眼差しで油断なく辺り四方を見わたした。

一行は再び歩み出した。風景は何処までものどかであった。

「で、佐州でございますがね美雪様……」

代官鈴木が思い出したように切り出した。

「そうそう、佐州のお話が先程の騒動で途中で跡切《とぎ》れておりました」

「美雪様が申されましたように、佐州は『遠流《おんる》の制《せい》』により高貴な知識人《ちしきびと》が多く流されるというある意味で『輝ける歴史』というものを積み重ねて参りました影響もございまして、島の人人の精神《こころ》は極めて情感豊かで聡明であり、人や自然、生き物に対する情愛も濃《こま》やかなことも手伝って、能、人形芝居、舞や踊り、無名異焼《むみょういやき》、そして幾多の寺院建立など優れた文化芸術の発達が見られまする」

「ええ、存じております。それに弥生の頃（弥生時代）から進歩を遂げてきた米作農耕技術の秀逸さも見逃してはならぬもの、と私は公儀学問所で学んでも参りました」

「あの……」と、代官鈴木の声が囁き声となって、美雪の方へ目立たぬ程度に、ほんの少し体を寄せてきた。

「え？」

「公儀学問所では近頃、かなり積極的に女性《おなご》の入門を認めていると聞いたことがありまするが誠でございましょうか」

「積極的という程ではありませぬが、私《わたくし》が通うておりまする江戸は堀端一番町の『史学館』では、旗本家の娘たちが十四、五人はいましょうか」

「十四、五人も、でございまするか」

「ただし、学ぶということに対する意欲がどれほどかについてかなり厳しい面接がありまするから、決して容易《たやす》く入門を認められる訳ではないようです」

「そうですか……いや、そうでしょうねえ」

「鈴木殿には、ご息女が？」

「はい。遅くに出来た娘でありまするから、まだ九歳と幼いのでありまするが、美雪様の佐州に対するご見識の高さに触れまして、これからの時代、女性《おなご》にも位《くらい》高き学問は必要とつくづく感じいったのでございます」

「私《わたくし》も同感でございます。女《おんな》といえども広く学ぶ必要のある時代の訪れを感じております」

「佐州の話が出ましたなら、大抵の場合、今や知らぬ者とて無い金銀産出の佐渡金山

（当時日本最大）の話からはじまる事が多いものでありまするが、さすがに美雪様は違《ちご》うておられました」

「いいえ。学んだからこそ、知っていただけのことでございまする鈴木殿。佐州では漁業とか牛の飼育技能などもなかなかな水準と『史学館』で私《わたくし》は教わりました。荒波に囲まれた島の人人は恐らく忍耐強く学ぶという感性に極めて秀《ひい》でているのではないでしょうか」

「誠に仰せの通りでございます。私はそういった先進の気風《きふう》に富む島民の中へ自ら入り込んで、幕府が心血を注いでいる金銀の産出のみならず、文化芸術・産業の育成にも力を注ぎたいのです」

「でも、そういった事の実現のためには鈴木殿ご自身が佐州に於いて権限のある相当に高い位《くらい》に就かねばなりませぬ。たとえば佐渡奉行のような」

「は、はあ……」

「この御役目を終えて江戸へ戻りましたなら、鈴木殿のような人材は更に充実した能力の発揮できる職位に就くべきであることを、何かの機会を利用して私《わたくし》から父に話してみましょう」

「め、滅相もございませぬ。それこそ山城守様（西条貞頼）よりお叱りを受けまする。美雪様に一体何事を吹き込んだのかと……」

「私《わたくし》の父はそのような心の狭い御人《おひと》ではありませぬ」

美雪がそっと微笑むと、代官鈴木は肩を窄《すぼ》めるように恐縮して頭の後ろに軽く手をやった。このときの美雪も鈴木三郎九郎も知るよしもなかった。鈴木の奈良代官離任が数年後（延宝八年四月二十八日）に待ち構えている事と、同時に佐渡奉行への栄転が現実のものとなることを（歴史的事実）。

一行は何事もなく穏やかな足取りで一の鳥居を潜った。

神の御室と称されている「神体山三輪山《みわやま》」が一行の目前に大きく迫ってくる。この三輪山（標高四六七メートル）こそがつまり大神神社《おおみわじんじゃ》の御神体であった。

「次に目指すのが二の鳥居でござる。其処《そこ》から先が神体山三輪山の鬱蒼《うっそう》たる原生林に覆われた神聖この上もなき雰囲気が漂う本参道《ほんさんどう》となりまする」

鈴木三郎九郎が皆を見まわし、改まった口調の野太い声で言った。

当然のこと地勢を知り尽くしている代官所の侍（役人）たちは聞き流す態であったが、西条家の家臣たちは皆、頷きで代官鈴木に応えた。

粛《しゆく》粛《しゆく》として一行は進んだ。まるで一行のためにそう演じられているかの如く、参拝客の姿は見当たらない。

静かだ。

進むにしたがって通りの両側に、旅籠《はたご》や素麵《そうめん》・饂飩《うどん》などを食べさせる店が目立ち出した。

「そうめん　うどん」の暖簾《のれん》を下げた店の前に出て落葉を掃き集めていた店主らしい白髪《しらが》の老人が、

「これは御代官様、御苦労様でございます」

と親しみを込めた笑顔で丁重に腰を折る。

「おう、その後どうじゃな腰の痛みは」

「はい。御蔭様で随分と楽になりましてございます」

「それは何より。無理をせず大事にな」

「恐れいります」

やわらかな双方の言葉のやり取りを聞いて、ようやくのこと内心緊張を抑え込めないでいた美雪の気持が温まり出した。

美雪は小声で訊ねた。

「鈴木殿。そう言えば大和国《やまとのくに》で名高い三輪素麺《みわそうめん》は、この三輪山の麓あたりで誕生したのではありませぬか」

「はい、その通りでございまする。正確に申し上げますと、いま我我が居りまする此処より北へ半里と無い箸中《はしなか》と申します地に、第七代孝霊《こうれい》天皇の皇女倭迹迹日百襲姫《やまとととひももそひめの》命《みこと》の墓と伝えられまする『箸墓古墳《はしはかこふん》』と申すのがございまして、三輪素麺《みわそうめん》はその箸中《はしなか》の地で『応仁《おうにん》・文明《ぶんめい》の乱』（応仁の乱とも。応仁元年・一四六七の五月勃発《ぼっぱつ》）が鎮まった辺りで生まれたようでございまする」

「え……鈴木殿がいま申されました倭迹迹日百襲姫命《やまとととひももそひめのみこと》の墓と申しまする と……若《も》しや」

「やはり美雪様、お気付きなされましたか。その若しや、でございまする。倭迹迹《やまとと》日百襲姫命《ひももそひめのみこと》の墓と伝えられておりまする一方で、江戸及び京、大坂の有力学者の間では近頃、日本のあけぼの時代に存在した邪馬台国《やまたいこく》の女王卑弥呼《ひみこ》の墓ではないか、という推論が浮上いたしておるようでございます」

「そのようですね。私《わたくし》が通うておりまする江戸の『史学館』教授の方方《かたがた》も、確かにそのような推論へと傾きつつあるようです」

「いずれ時が経ち、歴史を積み重ねていくにしたがい、学者の方方《かたがた》の努力によって卑弥呼《ひみこ》の墓であるかどうかは明らかになってゆきましょう、それまではむしろ誰の墓であるのか判然としない方が我我凡人にとっては、なんとなく楽しいような気も致します」

「仰る通りでございますね。鈴木殿が将来の勤めの場にと強く望んでいらっしゃいまする佐州も大層歴史の深い島でありましょうから、幕府官僚として学び研究する姿勢が尚のこと大事となって参りましょう」

「仰せの通りでございまする」

美雪は「箸墓古墳《はしはか》」の真実がいずれ明らかとなるであろう未来へ、奈良代官鈴木三郎九郎は遠流《おんる》の地佐州で勤めに励む日が訪れることへの期待へ、共に思いを馳《は》せながら一行と共に二の鳥居へと次第に近付いていった。

神亀元年（七二四）の「遠流《おんる》の制」では、高貴な知識人《ちしきびと》が多く流された佐渡国《さどのくに》（佐州）のほか伊豆国《いずのくに》（静岡県）、安房国《あわのくに》（千葉県）、常陸国《ひたちのくに》（茨城県）、隠岐国《おきのくに》（島根県）、土佐国《とさのくに》（高知県）の六国が流刑先と定められている。この執行《しっこう》にはたとえば奈良時代にあっては刑部省《ぎょうぶしょう》（国政最高機関太政官の八省の一つ）が、平安時代にあっては強大な権限を有する検非違使庁《けびいしちょう》が領送使《りょうそうし》（護送官僚）に任ぜられていた。「遠流《おんる》」は、いわゆる凡下《ぼんげ》（下級の民）の犯罪者が小舟に乗せられて島へと送り出される「島流し」とは、平易に言えばその「格」も「性格」も著しく異なっている。このことを歴史の一つのかたちとして正しく知っておくことは非常に大事だろう。たとえば『平治の乱』（平治元年・一一五九）で平清盛《たいらのきよもり》に敗れて討たれた源義朝《みなもとのよしとも》の子頼朝《よりとも》（のち鎌倉幕府・征夷大将軍《せいいたいしょうぐん》）は伊豆国《いずのくに》へ流され、また鎌倉幕府打倒に失敗した後醍醐《ごだいご》天皇の遠流《おんる》の地は隠岐国《おきのくに》であり、後鳥羽法皇《ごとばほうおう》と衝突《しょうとつ》した浄土宗の開祖である法然上人《ほうねんしょうにん》は土佐国《とさのくに》へ、という具合である。

要するに「遠流《おんる》」とはつまり流罪《るざい》といえども遥かに別格なのだ。

また「箸墓《はしはか》古墳」については美雪も代官鈴木三郎九郎も、三百数十年後という後世の研究者たちが「放射性炭素による年代測定法」という高度な科学的手法で箸墓古墳の「築造年代《ちくぞうねんだい》」にメスを入れ画期的結論に迫る事になろうとは、むろん知るよしもない。

この科学的手法によって「築造年代」が卑弥呼《ひみこ》の時代にほとんど合致《がっち》したのである。

「大和国《やまとのくに》の箸墓《はしはか》古墳こそ卑弥呼《ひみこ》の墓である」と言わんばかりに。

九

一行の先頭にあった土村小矢太が足を止め、列を少し手前へと戻った位置で「美雪様……」と声を掛けた。

邪馬台国《やまたいこく》の女王卑弥呼《ひみこ》について小声で話を交わしていた美雪と代官鈴木が歩みを止めて小矢太の方を見た。

これによって一行皆の歩みが其の場で止まった。

「如何《いかが》いたしました小矢太」

「はい。美雪様あのう……」

小矢太はそこで言葉を切ると、黙って前方を指差してみせた。

それこそが恐らく二の鳥居なのであろう、立派な鳥居《とりい》が一町（一〇九メートル）ばかり先に原生林に左右から挟まれるかたちであり、その鳥居の下にひと目で神職にある者と判る身形の数人が立っていた。

代官鈴木がやや早口で美雪に囁いた。

「鳥居の下でお待ち下さっている方方《かたがた》の中で、中央の背丈に恵まれた御方が大神神社《おおみわじんじゃ》の筆頭神主《かんぬし》（大神主の意）高宮範房《たかみやのりふさ》様（実在）でいらっしゃいまする。ご先祖に高宮勝《かつ》房《ふさ》様（大神主正五位下左近《さこんの》将監《しょうげん》。後醍醐天皇の南遷に近侍）、高宮元房《もとふさ》様（大神主従五位下主水《もんどの》正《しょう》。賊徒討伐でも勇名を馳せる）などご高名な方方《かたがた》がいらっしゃいます。お知り置き下されませ」

「はい。承知致しました」

「それでは私が、大神主様にひと足先にお声掛けして参りましょう。急がずゆっくりと御出《おいで》ください」

「お手数をお掛け致します」

「いい御方でございますよ。大神主高宮範房様は」

代官鈴木はそう言い置くと、美雪に対し丁重に一礼して足早に一行の列から離れていった。

美雪は代官鈴木の後ろ姿が一行の先へと充分に離れてから、まだこちらを見ている小矢太に対し涼しい声で「参りましょう」と、頷いてみせた。

再び一行は歩み出した。

美雪は、(この刻限に私《わたくし》たち一行が二の鳥居に辿《たど》り着くことを、大神神社《おおみわじんじゃ》の神職の方方《かたがた》はどうしてお判りになったのであろう)と不思議に思いながら、次第に二の鳥居へと近付いてゆく代官鈴木の後ろ姿を見守った。

このとき「恐れながら……」と、忠寛が後ろから美雪に声を掛けた。

「忠寛、私《わたくし》と並んで歩きなさい。どう致しましたか」

「はい……」

と、忠寛が美雪の白い項《うなじ》に目をやりつつ、しかし直ぐに視線をそむけて美雪と並んだ。耳のあたりを赤らめている。

「上様のお名前が入った大切な名刀。かなり重くご負担をお掛け致しますが、この場で〝筵巻《むしろまき》〟を開き美雪様の手でお持ちなされますか。ご神職の方方《かたがた》のご面前にて〝筵巻〟を開くのは如何《いかが》なものかと思われまするゆえ」

「いいえ、〝筵巻〟のままで構いませぬ。筆頭神主高宮様に御手渡しする直前まで、ご苦労ですが忠寛、いま暫く背負うていてください」

「ですが美雪様が筆頭神主高宮様に上様からの御言葉を述べられて朱印状ほかを御手

渡しなされます席に、私ごとき一家臣が同席しても宜しいものでしょうか」

「其方《そなた》は一家臣などではありませぬ。何をもって一家臣という表現を用いなさるのですか。其方《そなた》は七千石旗本西条家の家老戸端元子郎の嫡男であって、しかも念流の達人ではありませぬか。一家臣というような言葉を用いるものではありませぬ」

「も、申し訳ありませぬ」

「私《わたくし》が御役目を終える迄は、常にそばに控えていること。宜しいですね」

「は、はい。畏《かしこ》まりましてございます」

忠寛は頭を下げると、元の位置へ退がっていった。

先頭の小矢太がいよいよ二の鳥居へと近付いて歩みを緩めたところで、美雪は列から外れて小矢太の位置へと向かった。それが阿吽《あうん》の呼吸というのであろうか、忠寛は今いる自分の位置を変えなかった。

美雪はにこやかな優しい表情でこちらを見つめている高宮範房筆頭神主に対して、数間《すうけん》の間《あいだ》を空けた位置で先ず立ち止まり、うやうやしく頭を下げた。茶筅総髪の若侍の身形であるとはいえ、そこは「育ち」と「教育」というものであった。圧倒的な、という表現を用いてさえまだ足りそうにない美雪の余りの美しさは、むしろ若侍の身形ゆえに不思議な眩しさ、輝きを漂わせていた。

高宮範房筆頭神主はともかく、若い神職にある者たちは美雪のその「気高さがある」とさえ言える美しさに、然《さ》り気《げ》なくではあったが息を止め目を見張った。

美雪はゆっくりと高宮筆頭神主の前に近付き、もう一度、深深と腰を折った。そして面《おもて》を上げ、

「私《わたくし》……」

と、今まさに初対面の言葉を切り出そうとしたとき、やわらかに深深と腰を折った高宮範房筆頭神主がそれこそ大神主にふさわしい穏やかさで面《おもて》を上げ、美雪よりも先に口を開いた。ゆったりとした、労《いたわ》りを込めたと居並ぶ者の誰にも判る口調であった。

「ようこそ、本当にようこそ御出《おいで》下されました美雪様。遠い江戸よりご無事で大和国《やまとのくに》へご到着なされましたることを心よりお喜び申し上げます。私、当神社の大神主高宮範房でございます。おそれ多いことに征夷《せいい》大将軍《たいしょうぐん》徳川家綱様および幕府御重役筆頭大番頭七千石西条山城守貞頼様よりすでに御丁重なる御手紙も頂戴致しております」

「左様でございましたか。大神主様に改めて御挨拶申し上げまする。私《わたくし》、筆頭大番頭

西条山城守貞頼が娘、美雪と申しまする。用心のためとは申せ、かかる茶筅総髪の若侍に身を変えてお目にかかりまする無作法を心苦しく思っておりまする。何卒、ご容赦お願い申し上げます」

そう言って美雪はもう一度、丁寧に頭を下げた。

「いえいえ。遠い江戸よりこの大和国《やまとのくに》へ無事にお着きになられ何よりでございました。身形のことなど、どうぞお気になされませぬよう。ともかくも御無事で御出戴《おいで》けましたることを何よりの喜びとして心からお迎え申し上げまする。それに致しましても、何故でございましょうか、美雪様にはじめてお目に掛かるような気がどうしても致しませぬ」

「え?……」

「あれは奈良町の中御門《なかみかど》町《ちよう》西に奈良代官所が大変大規模な構えで置かれた寛文四年(一六六四)春の事でございました。徹底したお忍びの旅でこの三輪の地へひっそりと御越し下されました四代様(徳川家綱)の身辺警護の御役目で柳生飛驒守宗冬《やぎゆうひだのかみむねふゆ》様と共にご同行なされました西条山城守様から、美雪様のことを色色と聞かされていたせいかも知れませぬ。あの頃の美雪様は確か……」

「奈良町の中御門町西に大規模な奈良代官所が置かれた寛文四年の春と申しまするると、私《わたくし》が四歳の時でございまする」

大神主高宮範房と美雪との間で話が始まったことで、代官鈴木は配下の者に無言のまま手振りで指示を発しつつ美雪から離れていった。自分の用は済んだ、と気を利かせた積もりなのであろうか。

「ええ、ええ。それはもう可愛くて仕方がないという口ぶりで、当時の大神主でありました父高宮清房《きよふさ》（実在）と御一行の御世話係を任されました私に美雪様のことを色色とお聞かせ下さいました。おそばにいらっしゃいました四代様と柳生飛騨守様が思わず声に出して明るく笑われなされました程《ほど》に……」

「寛文四年と申せば、上様も柳生飛騨守様も父もまだお若《わこ》うございました。上様は確か二十三歳、柳生飛騨守様は五十一歳ではなかったかと思いまする」

「これはまあ、さすがに西条山城守様の御息女美雪様でいらっしゃいます。四代様や柳生宗冬様のお年が即座に正しくお口から出るなど、男の幕臣であってもなかなかに出来るものではありませぬ。その頃の私もまだ十七、八歳の青二才でございまして大神主である父高宮清房の背中から次席神主の立場で多くを必死に学んでいる最中でございました」

「大神主であられたお父上様の高宮清房様は、大神神社《おおみわじんじゃ》の拝殿《はいでん》（国重要文化財）の竣《しゅん》功《こう》をお見届けなされた上様ご一行が大和国《やまとのくに》をお離れなされたあと、急に御体調を崩されて身罷《みまか》られた、と父西条貞頼から伺《うかが》っておりまする」

「はい。大神主でありました父清房は上様の大変な御尽力によりまして神社の拝殿が立派に完成致し（歴史的事実）、しかもそれを上様ご自身の目で見届けて戴けたことで安心致しましたのか、急に体調を崩しまして、治療の効なく、寛文四年十月二十九日他界致しましてございまする（歴史的事実）」

「まあ、それでは拝殿の竣功致しました年に……」

「余程に安心致しましたのでしょう。苦しむこともなく誠に安らかに永眠致しましてございまする。あ、美雪様、ともかくも先ず拝殿の方へご案内致しましょう。どうぞ……」

一行は大神主高宮範房を前にして、参道を境内奥に目指して歩み出した。大神主の他の神職にある者は、一行の後ろ——腰元たちの後方——へと回った。これは大神神《おおみわじん》社《じゃ》側の美雪たち一行に対する、最高儀礼の出迎えであると言えた。普通は、王城の地・大和国《やまとのくに》の一ノ宮、これはつまり日本の国の一ノ宮を意味する伝統ある最高格式の神社の神職にある者（たち）が、訪れた列（いかなる身分であろうと）の後位に付くことなどはあり得ない。

鬱蒼たる「神体山三輪山」の原生林に挟まれた参道の右手は緩やかな上がり傾斜で、左手は下がり傾斜となり直ぐのところに「祓《はら》い川《がわ》（活日川《いくひがわ》とも）」の清い流れ（小川）があった。

「祓《はら》い川《がわ》」の向こうは竹、雑木、巨木が混在する神鹿《かみのしか》の棲《す》む深い森である。

代官鈴木三郎九郎と配下の者たちの姿は、参道のどこにも見当たらなかった。ただ、美雪は、参道の左右の森の中に、チラリと人が動いたらしいのを二度、視野の端で捉えていた。自分の用は済んだ、とばかり消えていったらしい代官鈴木三郎九郎とその配下の者たちが、美雪たち一行が境内奥にまで辿り着くのを矢張り最後まで森に潜んで見届けようとしているのであろうか。森に潜めば警護ともなる。

前を行く高宮大神主が少し歩みを緩めて、美雪と肩を並べた。

そして、やや硬い表情で、そっと切り出した。

「美雪様。この大和国《やまとのくに》とは切っても切れない間柄にある柳生藩の藩主で徳川将軍家兵法師範の地位にあられました柳生飛騨守宗冬様（江戸柳生の祖、柳生宗矩《むねのり》の三男）が延宝三年（一六七五）九月二十六日にお亡くなりになられ、なんとそれと同じ年の二月四日には、柳生家の優れた後継者と評されておられました宗冬様の御嫡男宗春《むねはる》様が原因のよく判らない病にて急死なさっておられます。大和国《やまとのくに》の人人は宗春様の死を未《いま》だに惜しいと心から思っておりまする」

「はい。柳生家のその不幸より僅かに四、五年を経《へ》ました先頃になって、二十六歳の若さでお亡くなりになられました柳生宗春様の幕閣における評価が、いよいよ高まっていると父から聞かされたことがございまする」

「と申しまするど、従五位下柳生飛騨守宗冬様の亡き跡を二十二歳で継がれました柳生家御二男、宗在《むねあり》様の幕閣における評価は宗春様に比べ……」

「あ、いえ……」と美雪は、それから先を大神主高宮範房に言わせてはならぬ、とやわらかく制して静かに言葉を続けた。

「二十六歳の若さで突然お亡くなりになられました柳生宗冬様の御嫡男宗春様は、剣を取っては祖父であり江戸柳生の祖でもある柳生但馬守宗矩様や、豪剣で知られた柳生十兵衛《じゅうべえ》三厳《みつよし》様（柳生宗矩の長男）を超える剣の天才と言われておりまする」

「はい。それにつきましては、神職にあります私共の耳にも入っております」

「宗春様の素晴らしいところは、剣に優れるばかりではなく、和歌に偉才を発揮なされ、書画をよく解し、ご性格も誠に優美な点にある、と父からは聞かされております」

「美雪様は、柳生宗春様にお会いなされましたことは？……」

「いいえ。ございませぬ。ただ、お名前を知るのみで」

高宮大神主の歩みが祓《はら》い川《がわ》に架かった木橋を渡ったところで止まり、美雪の足も遅れることなくそれを見習った。

祓《はら》い川《がわ》の木橋を渡って直ぐの左側に祓戸《はらえど》神社《じんじゃ》があり拝殿の待つ奥境内へ参るには先ず祓戸神社で心身を清めるための祈りを捧げなければならぬ、とすでに父西条貞頼から教えを受けている美雪だった。

高宮大神主から促されるまでもなく美雪は祓戸神社の前に立って合掌した。その後ろへ家臣の九名が迷うことなく横に並んだ。

高宮大神主が感心するほどに、それは真剣さに満ちたかなり長い祈りであった。

一行は心身を清める祈りを済ませると、再び高宮大神主のあとに従って石組の階段

――最初の――を静かに上がり出した。

野鳥の囀りひとつ無い、風さえ吹き抜けることを禁じられているかのような清冽で深い静寂の中にあるおごそかな参道だった。

それにしても、異様なほど、と言ってよい程に参拝者の姿が見当たらない。

最初の短い階段を上がり切った左手に、「三輪の神」と人間の「美貌の女性」との熱い恋物語を伝える「夫婦岩」があって、その前を過ぎた所――二度目の階段の手前――で、美雪は控えめな口調で訊ねた。

「あのう、高宮様。お訊ね致したいことがございます」

「はい、どうぞ、どのような事でも」と、高宮大神主は笑顔で振り向いたが、歩みは少し緩めただけで、姿勢を前に戻した。

美雪は三、四歩、足を速めて高宮大神主と肩を並べた。

境内に向かって、更に次の階段が続いている。長い風雪の歴史を耐えてきた石組の階段は、角が磨り減《すへ》って丸みをおびている（現在は綺麗に整備）。

美雪は、やや言葉を選び選びしながら訊ねた。

「さきほど二の鳥居で、訪れた私共一行をお出迎え下さいましたけれど、あの刻限に私共が訪れることを、どうしてお判りになったのでございましょうか。それが不思議に思えてなりませぬ」

「あ、その事でございますか……」

と、高宮大神主は明るく破顔した。

「お祖母様《ばばさま》でございまするよ」

「お祖母《ばば》……え？」

相手の言葉を思わず鸚鵡《おうむ》返しにしかけて思い止まった美雪の端整な顔に、驚きが広がっていった。聞き間違いではなかった。「三輪王朝の中心地」と称することさえ許される、ここ幽邃《ゆうすい》の地で最高格式の伝統を誇る古社、大神神社《おおみわじんじゃ》の筆頭神主高宮範房が、事《こと》も無《な》げに確かに今「お祖母様《ばばさま》」と言ったのだ。

「あのう、いまお祖母様《ばばさま》と仰せでございましたか……」

「はい。申しました。曽雅《そが》家とはもう長い付き合いでございまするから、私は幼い頃から美雪様のおばあ様のことを、お祖母様《ばばさま》と呼ばせて戴いております。自分でも全く気付かぬうちに……」

「まあ、気付かぬうちに……左様でございましたか」

と、美雪の驚き様《よう》はまだ鎮まらない。その美雪を高宮大神主は気品に満ちた笑みを消すことなく、さらに追い討ちを掛けるようにして驚かせた。

「お祖母様《ばばさま》は私のことを、矢張り二つ三つの小さな頃から『範房、範房……』と抱っこして可愛がって下さったり、手をつないで散歩に連れ出して下さいましたり、まさに私にとっても、お祖母様《ばばさま》でございましたよ。今も可愛がって戴いております」

「それはまた……」

と、さすがに美雪は足を止め、背筋を少し反らせてしまった。予想だにしていなかった高宮大神主の言葉だった。

「で、お祖母様《ばばさま》は一体どのような方法で私共一行の到着の刻限を、大神主様へお知らせにあがったのでございましょうか」

「はははっ。お祖母様《ばばさま》の手足が刻限を教えるために神社に対して動いて下されたよう、です。私には〝ようです〟と曖昧にしか申せませぬが」

隠しごとも、言葉に飾りや偽りを持たせてもいないと判る、からりとした気質の高宮大神主の笑いである。

先祖に、後醍醐天皇の南遷に近侍し戦場《いくさば》にて赫赫《かっかく》たる武勲《ぶくん》を立てた大神主正五位下左近将監《さこんのしょうげん》高宮勝房や、また賊徒討伐などにおいて勇名を馳せた大神主従五位下主水正《もんどのしょう》高宮元房などの名があることから、その血を受け継いでいる高宮範房の気質も決して、か細《ぼそ》くはなさそうであった。

美雪は言葉やわらかく訊ねた。

「今お祖母様《ばばさま》の手足……と仰いましたが、それは曽雅家で働いている下働きの者たちを指しているのでございますか」

「いいえ。少なくとも曽雅家で働いている気立てよく仕事熱心な下僕たちを指している訳ではありません。少なくとも、という逃げの言葉を用いざるを得ないほど、実は私にも〝お祖母様《ばばさま》の手足〟の実態は全く見えていないのでございます」

「まあ……」

と、美雪の表情が曇った。只事でない、つまり聞き逃すことの出来ない高宮大神主の言葉である、と美雪は思った。

しかし、当の高宮大神主の表情は全く暗くはない。

「お祖母様《ばばさま》に幼い頃に可愛がられ、その後も付き合いの長い大神主様でも、〝お祖母《ばば》様《さま》の手足〟の実態は、見当も想像もつかないのでございましょうか？」

「はい。仰る通りです。見当も想像もつきませぬ」

淀《よど》みなく、さらりと言ってのけた高宮大神主であった。

階段の終わりが、目の前に近付いて来つつあった。

十

階段を上がり切った美雪は思わず息を呑んだ。いや、美雪に続いて次次と階段を上がってきた家臣たちも同様であった。

とくに忠寛は「刻《とき》が止まった」と感じて、その顔色を蒼《あお》ざめさせさえした。

そこは余りにも広大な、そして静けさが満ちて冷やりとした不可思議な感じさえ漂う境内だった。

深い森に抱《いだ》かれているにもかかわらず、明るい空間でもあった。

その境内に奥まって端から端までを占めるかたちで、荘厳《そうごん》で美しい巨大な建造物があった。しかも近付き難い眩しさを放っている。同時に名状し難い威圧感があった。

「拝殿《はいでん》(国重要文化財)でございます」

高宮大神主が囁くかのようにして、穏やかに美雪に告げた。

美雪は拝殿に向かって深深と頭《こうべ》を下げ、家臣たちも美雪を見習った。

美雪が面《おもて》を上げてから、高宮大神主が美雪ほか家臣皆に一語一句が判るようゆっくりと話し出した。

「あの拝殿は寛文四年（一六六四）三月、征夷大将軍正二位右大臣・源家綱公《みなもとのいえつな》（四代将軍徳川家綱の意）の御尽力により造営されたものでございまして、建築奉行には大和《やまとの》国高取《くにたかとり》藩二万五千石植村家吉《うえむらいえよし》様が任ぜられました（歴史的事実）」

「上様が徹底したお忍びで、柳生飛驒守宗冬様と私《わたくし》の父西条山城守貞頼を伴なって大和国《やまとのくに》を訪れた時でございますね」

「左様でございます」

「拝殿造営については、幕府側から切り出されたものでございますか」

「いいえ。そうではございませぬ。当時の大神主であった私の父が江戸へ出府致しまして寺社奉行井上河内守《いのうえかわちのかみ》様に願い出てお聞き届け戴き、工事費用は江戸の幕府から直接ではなく、大坂の幕府御金蔵から金二千両が支給されましてございます（歴史的事実）」

「お願いの儀は、随分すらすらと運んだのでございますね」

「それがでございます。私は曽雅家の力が、つまりお祖母様《ばばさま》が何らかの影響力を発揮なされて、四代様と殊《こと》の外《ほか》ご親密な大身御旗本西条家の御殿様を動かしなされたのではないか、と近頃になって考えるようになっております」

「お祖母様《ばばさま》が私《わたくし》の父西条貞頼を動かした、と仰るのでございますね」

「だからこそ、四代様は徹底したお忍びで、二人の剣豪柳生飛騨守様、西条山城守様を伴なわれて大和国《やまとのくに》へ御出下さったのではないでしょうか」

美雪は返事をする代わりに、美しく荘厳な拝殿にじっと眺め入った。

感動が余程に大きいのか、小さな溜息を吐いている。

その美雪の整った横顔を見つめながら、高宮大神主は両手をゆったりとした身振りで広げてみせた。

「桁行は凡そ九間《けん》、梁間は四間ほどもございまして、四代様の御指示が特に細やかにございました。あの見事な大屋根は、一重屋根檜皮葺《ひわだぶき》の切妻造りでございます。また、ご覧の拝殿正面中央は千鳥破風《ちどりはふ》で内部は割《わり》拝殿の形式となってございます」

建築様式に関してはさすがに詳しい知識を持ち合わせていない美雪ではあったが、

高宮大神主の説明に、こっくりと二度頷いた。

「この大神神社《おおみわじんじゃ》の歴史的特異性については、すでに御存知の事と存じますが、三輪山を神奈備《かんなび》（御神体）としておりまするため、拝殿を通してその背後にございます三ツ鳥居（国重要文化財）ごしに三輪山を拝みまする。そのため一般の神社に見られるような本殿と称するものがございません。のちほど、拝殿にゆっくりとお参り戴くと致しまして、ともかくも庁屋《ちょうのや》（社務所の意）の『貴賓の間』に御案内申し上げます。どうぞこちらへ」

「宜しくお願い申し上げます」

美雪たち一行は高宮大神主の後に従ったが、誰の視線も荘厳な姿の拝殿から離れないでいた。拝殿前にぬかずく参拝客の姿は、矢張り一人も見当たらない。森閑《しんかん》たる静寂が広い境内を覆い尽くしている。

一行の後ろに付き従っていた神職にある者たちの姿が、いつの間にか消えていた。出迎えの役目を無事に済ませたと判断して、それぞれの持ち場へと戻っていったのであろうか。

美雪の直ぐ後ろに位置していた忠寛が、その間を詰めた。

「美雪様、いま手早く背中の〝筵巻〟を開けてしまいとうございますが」

「そうですね。佳奈に手伝わせましょう」

「心得ました」

小声の対話を済ませた忠寛は、後ろを振り返ってこちらを見ていた佳奈と顔を合わせると、手招いた。

頷いて佳奈は急ぎ足でやってくると、襷掛けを解き出した忠寛の求めに阿吽の呼吸で気付き、〝筵巻〟を受けるようにして両手を差し出した。

佳奈が胸元で抱える〝筵巻〟を、忠寛は慎重にしかし手早く開けていった。

ほんの短い作業ではあったが、前を行く美雪との間が開いていく。

「美雪様との間を詰めるように」

忠寛は止《とど》まっている自分から後ろの者たちを、囁くようにして促した。

一番後ろの腰元たちが忠寛の脇を抜けたとき、四代将軍徳川家綱から預かった天下の名刀が入った白木の箱は、佳奈の胸元から忠寛の手に渡っていた。

忠寛と佳奈は油断なく辺りを見まわしてから、列の最後尾にいた腰元たちの後ろに続いた。

庁屋《ちようのや》の中へと消えていく一行を見守るのは、天神地祇の近付き難い威風を静かに漂わせている拝殿のみであった。相変わらず、ひとりの参拝者の姿も見当たらない。

大神神社《おおみわじんじゃ》の拝殿が、四代様が造営したよりも更に古い昔のいつ頃にはじめて創建されたのかについては今のところ、うかがう術《すべ》が無い。それほど遥《はる》かに古い格式高い神社であるということなのだが、たとえば『日本書紀』の崇神《すじん》天皇紀には（巨大な崇神《すじん》天皇陵《りよう》は大神神社《おおみわじんじゃ》北方わずか二キロ余にあり）、大神祭における崇神天皇の酒宴について明らかに記されており、その宴席で天皇が「味酒《うまざけ》三輪《みわ》の殿《との》の朝戸《あさと》にも出《い》でて行《ゆ》かな三輪《みわ》の殿門《とのど》を」と歌を詠まれたとある。

夜通し美味しい酒を呑んでしまった、大神神社《おおみわじんじゃ》の朝早く開く戸口（殿門）を通って帰ろうか……とでもいう意味なのだろうが、この殿門《とのど》こそが拝殿を指すと言われており、つまり大神神社《おおみわじんじゃ》の拝殿は気が遠くなるほど古い昔に創建された、ということになる。

一行は庁屋《ちようのや》の「貴賓の間」へ通された。

南側に庭を見る明るい簡素な造りの、床の間が付いた十六畳の座敷であった。庭には楓が秋の色に染まって枝枝を広げ、そこを通って畳の上に落ちる日差しもまた、秋の色である。

美雪は一度は遠慮したが高宮大神主に強く勧められて、床の間を背にして座った。家臣たちは美雪から見て右側に、高宮大神主は美雪と向かい合う位置に座した。他に神職にある者の姿は無い。

緊張の一瞬が訪れていた。

静かにひと息を小さく吸い込んでから、高宮大神主は美雪に対しうやうやしく平伏した。目の前に在《おわ》すのは幕府重役西条山城守貞頼が息女美雪ではない。二十歳《はたち》を迎えたばかりのこの上もなき美貌の若い娘とはいえ、幕府第四代征夷大将軍正二位右大臣源《みなもとの》家綱《いえつな》（徳川家綱）の御名代である。つまり徳川家綱「その人」である。

高宮大神主の口上はおごそかであり、かつ滑らかであった。

「このたび当大神神社《おおみわじんじゃ》のために、将軍家御名代として遠い江戸より重い御役目を負い大和国《やまとのくに》へ御越《おこ》し下されましたる事を、社家《しやけ》総代（神職総代）と致しまして心よりお喜び申し上げまする。顧《かえり》みますれば、それはそれは若若しくあられました四代様（徳川家綱）が柳生飛騨守宗冬様、西条山城守貞頼様の御二人を伴《とも》なわれ、かつてなき徹底したお忍びを調えられまして大和国《やまとのくに》へ御出《おいで》なされましてから早《はや》十五年。この高宮範房、その当時のことを改めて昨日《きのう》のことのように胸の内に甦《よみがえ》らせまして誠に感慨《かんがい》無量でございまする」

「温かなお言葉、身に染みましてございまする。どうぞ面《おもて》をお上げ下されませ。用心旅のため、このように見苦しい身形を余儀無くされましたこともあり、上様からは『堅苦しい作法言上等《さほうごんじようとう》は抜きとして美雪なりの手順で役目を進めてよい』と御許しを頂戴しておりまするすることから、その御言葉に甘えさせて戴き上様より御預りして参りましたる大切な御品及び御朱印状、目録など、簡略の作法にてお渡し申し上げまする。ご承知下されませ」

「有り難うございまする。慎んで御頂戴申し上げまする」

高宮大神主がゆっくりと面《おもて》を上げると、美雪は目を合わせて微かに微笑み頷いてみせてから、視線を忠寛へと移した。

忠寛が「はいっ」という表情を拵えて、膝前に置いてあった刀が納められている白木の箱と、真っ白な地に葵の御紋が金糸で刺繡《ししゆう》されたひと目で絹と判る風呂敷で包まれた二品を美雪の前へと持っていった。

それは美雪が高宮大神主に対して言った通り、極めて簡略な作法に則《のつと》った御役目の遂行であった。

刀、大神神社《おおみわじんじゃ》の現在の石高を安堵《あんど》し且つ向こう三年間の五十石加増を証する朱印状、そして拝殿・大直禰子《おおたたねこ》神社（国重要文化財）・三ツ鳥居など貴重構造物に対する営繕費補助の目録、などが次次と美雪の手から高宮大神主へと手渡されていった。

「貴重構造物に対しましての営繕費の補助につきましては、目録に沿いまして追って幕府の大坂御金蔵より支給されることになりまする。早い内に大坂より委細につきまして連絡がございましょうから、暫しお待ち下されますよう」

「これほど助かることはございませぬ。古代よりの神社でございまするゆえ、日日あの部分この部分の傷みが目立ってきております。四代様になにとぞ社家一同の感謝の気持をお伝え下さいますようお願い申し上げます」

「上様お名入りの刀剣につきましては稀代の宝刀としてくれぐれも大切になされますように」

「それはもう、緊張感をもって大事にお守り致しまするることを御約束申し上げます」

「これにて私《わたくし》の御役目は終えました。営繕費補助の目録には金高《かねだか》が示されておりませぬが、私共《わたくしども》一行の手で江戸より持ち運ぶにはいささか負担になり過ぎる額、と思《おぼ》し召《め》し下されませ」

「身に余る喜びと感謝でございます。真《まこと》にもって実に恐れ多いことでございまする」

高宮大神主は、もう一度丁寧に平伏してみせた。

「上様はご壮健でおられます。ご自身の足で二度目の大和国《やまとのくに》入りを果たしたい御様子であられましたが、寛文四年（一六六四）のお忍び旅では西の国へ旅したにもかかわらず御所様（天皇）の在《おわ》す京《みやこ》に立ち寄らずして江戸へお戻りなされたこともあって、私《わたくし》が御役目を預りましてございます」

「四代様ご壮健と聞きまして、安堵《あんど》いたしましてございます。いつ迄もいつ迄もおすこやかであられまするよう神職にある者として心から三輪の御神体にお祈りを捧げまする」

「その御言葉、確かに上様にお伝え申し上げておきます」

つとめて明るくそう言いながら、美雪の心の中は重く曇《くも》っていた。四代将軍徳川家綱の健康状態は現在《いま》、すこぶる良くない状態にあった。

また幕閣においては、文武の評価実は極めて高かった家綱の体調の衰えと気力が衰微しつつある中、「下馬将軍」の異名をとる大老酒井忠清《さかいただきよ》（寛永一〜天和一、一六二四〜一六八二）の専横《せんおう》が著しく目立ち出していた。

たとえば、家綱から二万石加増の「内示」を得たのも、昨今のことであり、まさに門閥大老《もんばつたいろう》政治が炎《ひ》を噴かんとしていたのだった。

また大老酒井は、家綱の体力、気力の衰えに乗じて、現将軍がいまだ権限の座に「存在」しているにもかかわらず、京《みやこ》から宮家《みやけ》の有栖川宮幸仁親王《ありすがわのみやゆきひとしんのう》を迎えて「宮《みや》将軍」の座に就《つ》ける策を謀《はか》り、政治を知らぬ「宮将軍」に代わって己《おの》れが執権《しっけん》として権《けん》勢《せい》を奮《ふる》うことを企《くわだ》てつつあった。

その大老酒井と家綱との間に緩衝材《かんしょうざい》としての生垣《いけがき》（人垣）を然《さ》り気《げ》なく張りめぐらしていたのが、武炎《ぶえん》派（武断派とも）と称される西条山城守貞頼をはじめとする大番、書院番、小姓組番、小十人組、そして新番のいわゆる番方「五番勢力」二千五百余名の練士たちである。

これは手強《てごわ》い。

将軍のためならば命を投げ出すことも厭《いと》わぬ「武官」である彼らを、いかに下馬将軍酒井忠清といえども、その全員を左遷《させん》させて無力化することなど、まず不可能である。

その前に、殺《や》られる。逆に必ず……。

高宮大神主が、にこやかに言った。

「正二位右大臣、征夷大将軍様が十五年の昔、遠い江戸よりこの大神神社《おおみわじんじゃ》へお越し下されましたること、またその旅が徹底したお忍び旅でそのためお越し下されましたる事実が歴史に一片の跡としてさえも残らないこと、そのことを私は大神主として誇りに思いまする。四代様が右大臣から左大臣へ、また左大臣から太政大臣へとご昇進あそばされることは、間違いないと確信致しております」

「これは父西条山城守より聞かされたことでございますけれど、上様はすでに万治二年（一六五九）に御所様（天皇）より左大臣への昇進を内示されていたそうでございます」

「え……」

「しかし上様はその内示を、『左大臣に登るには自分はまだ若過ぎる』と丁重に御辞退なされたとか（歴史的事実）」

「そのようなことが、ございましたか……」

「これも父が申していたことでございますが、上様はそう遠くないうち、間違いなく正一位太政大臣に登り詰められるであろう、とのことでございます」

美雪はそう言いながら、上様がご存命の内にご昇進あそばされまするように、と胸の内で強く願うのであった。死後に昇進するようなことがあったなら、それは余りにも悲し過ぎる、と思った(没後、正一位太政大臣への昇進が歴史的事実となる)。

このとき、美雪の右側に居並ぶ家臣の最も末座――庭とは真逆にあたる廊下側――の留伊が、障子の方へきつい視線を向けた。どうやら人の気配を察したようである。

美雪は留伊へ声を掛けた。

「どう致しました留伊」

「はい。障子の外に人の気配が致しましてございます」

そのひと言で、家臣たちの手が、脇に置いてある刀へとのびた。

「構いませぬ。障子をお開けなされ」

指示されて頷いた留伊が立ち上がり、障子と体との間を充分に空けたかたちで左手をのばし、障子を素早く開けた。

廊下に神職の身形の者が、恐れ入ったようにひれ伏していた。

「大神主様、其方《あなた》に御用なのではございませぬか」

「は……」と、高宮大神主は上体をねじるようにして廊下の方を見た。

「延彦《のぶひこ》ではないか。何ぞ用が生じたのですか。よいから面《おもて》を上げなされ」

「はい」と答えて面《おもて》を上げたのは、まだ十八、九かと思える若い神主だった。

「ただいま海竜善寺《かいりゆうぜんじ》の御住職百了禅師《びやくりようぜんじ》様が御見えになられました」

「おお、御見えになられましたか」

海竜善寺と聞いて、美雪の美しい表情が僅かだが動きを見せた。海竜善寺といえば、佐紀路《さきじ》（東大寺転害門《てんがいもん》から法華寺までの間をいう）の名刹で「佐紀路の菊寺」の名でも知られた大禅刹《だいぜんさつ》である。

そのことを知らぬ筈がない美雪であった。また高徳《こうとく》（すぐれて高い徳）の禅僧として「禅師」の勅号《ちよくごう》を朝廷より賜る《たまわ》百了禅師《びやくりようぜんじ》の名は、修行時代の苦労を生涯の糧《かて》とする思想を大事とし現在《いま》も清貧《せいひん》の身形《みなり》で各地を歩いて辻説法を忘れぬ偉大なる高僧として余りにも有名だった。

「美雪様……」

と、高宮大神主が姿勢を正して真顔を強めた。

「実を申しますると本日、『佐紀路《さきじ》の菊寺』の名で知られておりまする大禅刹《だいぜんさつ》『海竜善寺』の百了禅師様《びゃくりょうぜんじ》がこの庭で紅杏色《べにあんずいろ》に紅葉致しております樹齢二百五十年と伝えられておりまする大楓《おおかえで》を御覧《ごらん》に御出《おいで》になることになっておりました」

「左様でしたか。で、その紅杏色に紅葉した大楓と申しまするのは？」

「この位置からは見えませぬゆえ、恐れ入りますが、のちほど私が御案内させて戴きまする」

「判りました。それに致しましても大楓の葉の一枚一枚が、古代に我が国に渡来した杏《あんず》の実の色と桜桃《ゆすらうめ》の実の色とを掛け合わせた不思議色に熟《じゅく》すとは、想像を掻《か》き立てられます」

「真に美しい色でございます。まさに名状し難い色、と申しましょうか。百了禅師《びゃくりょうぜんじ》様は大事なお客様を伴なわれて御出のようでございまするから、美雪様はのちほどゆっくりと観賞なさるのが宜しいかと思います」

「はい。楽しみにお待ち致します」

「お祖母様《ばばさま》より、お着替えのお着物が届けられておりますから、それをお召しになり、大楓を観賞なさって下さい」

「え……お祖母様《ばばさま》からお着替えが？」

と、美雪の端整な顔が思わず呆気に取られたようになる。

「おそらく美雪様のお母様が若い頃に着ていたお着物でございましょう。では、庭側の障子を閉じさせて戴きます」

高宮大神主は何事もないような口調で言うと、若い神主と目を合わせて「行きなさい」という感じで頷いてみせ、自分は立ち上がって庭側の障子を静かに閉めはじめた。

それを見届けてから、若い神主はまだ呆気に取られた感じを残している美雪に向かって平伏し、そしてやや急ぎの摺り足音を鳴らして去っていった。

美雪は思い直したように、凛《りん》とした美しい表情を取り戻して言った。

「さて、大神主様。極めて簡略に上様から命ぜられました御役目を済ませて戴きましたが、お手渡し致しました上様御名入りの名刀は邪《よこしま》な者《もの》（悪党）の垂涎《すいぜん》の的《まと》になりかねない大変価値高い刀、と父から聞いております。家臣の者に付き添わせまするゆえ、どうぞ早い内に宝物殿へお納め下さいまするよう」

「承知致しました。そうさせて戴きます」

「忠寛」

「はい」

「私は此処で待っておりますから、家臣皆で大神主様を御護《おまも》りし無事に宝物殿に納められる迄を見届けなされ」

「畏《かしこ》まりました」

家臣一同が腰元も含めて一斉に立ち上がり、続いて美雪に対し深深と頭《こうべ》を下げた高宮大神主も腰を上げ、そして廊下へと出ていった。

美雪は「貴賓の間」にひとり残され、さすがに安堵を深めて小さくひと息を胸の内へ吸い込んだ。

日差しを浴びて明るい障子の向こうで、雀が囀っている。

「のどか……」

美雪が、ぽつりと呟く。

美雪はこのとき想像だにしていなかった。

その妖しい豊かさを秘めた女体《からだ》に震えあがるような大衝撃を与える出来事が、ひたひたと身近に近付きつつあることを。

それはこの大和国《やまとのくに》における美貌の女《ひと》の運命を左右しかねないほど熱《あつ》い大衝撃であると言えたが、しかし心やさしい美雪は、明るい障子の向かうから聞こえる雀の囀りにゆったりとした気持で耳を傾けていた。

と、美雪の彫り深く整った面《おもて》が微かに動いた。

庭に敷き詰められた玉砂利を踏む足音が聞こえてくる。穏やかな歩き様だと判る足音だった。

清貧高徳《せいひんこうとく》の高僧、百了禅師《びゃくりょうぜんじ》様の訪れであろう、と美雪の心は和《なご》んだ。高宮大神主が言っていたように、大事なお客様を伴なわれるとみえ、玉砂利を鳴らす足音は二人か三人……と美雪は読んだ。

足音が一層近付いてきて、そして「貴賓の間」の障子の向こうで止まった。

美雪は「お許し下されませ百了禅師《びゃくりょうぜんじ》様」と胸の内で詫びつつ、脇に横たえてあった刀を柄を右にして膝の上に移した。このような場合であっても油断してはならぬ、という考えのためであった。

障子の向こうから声が聞こえてきた。老いた人のもの、と判る声であった。

「ご覧なされ。あれが大楓じゃ。高さはおそらく十丈《じょう》（凡そ三十メートル）を超えとるじゃろう。幹回《みきまわ》りの差渡《さしわた》しは下の方で一間半《けんはん》（二メートル七十センチ余）くらいかのう。大層な巨木じゃ」

「……」

相手の応答はなかった。おそらく見事に熟した大楓に心奪われて答えようとも出来ず黙って頷いているのだろう、と美雪はその場の光景を想像した。

百了禅師《びゃくりょうぜんじ》──おそらく──の声が続く。

「あの大楓の大枝の真下にまるで寄り添うようにしてある貧相な柿の木を見なされ、今にも折れるのではないかと、はらはらさせる程に細い幹回りであるというのに、毎年あのように無数と言える程の実を付けるのじゃ。こうして充分に離れた位置から眺めますると、熟《う》れた柿の実がさながら金木犀《きんもくせい》の花のように見えましょう。家康公の時代に我が国に渡来するやたちまちのうち全国に広がった金木犀は、あの『鈴成りの実』を付けている柿の木のためにあるのではないか、と思えるほどじゃ。だから、この三輪の里の人人は、あの柿の実のことを『花柿の実』と言うておりますのじゃ」

「……」

矢張り相手の応答はなかった。美雪は、金木犀の花を思いつつ柿の木を感心したように眺めて腕組をしている相手の様子を勝手に想像し、そのような自分にひっそりと小さな苦笑《くしょう》を漏《も》らしてしまった。

百了禅師《びやくりようぜんじ》と思われる人の話し様はゆったりと流れる大河のようで、その余りの魅力に美雪は取り込まれていく自分を感じていた。

「古今集の秋の歌に、こういうのがあるのを多分知っておられよう。『龍田川《たつたがわ》紅葉乱れて流るめり渡らば錦《にしき》中や絶えなむ』。龍田川というのは、生駒川《いこまがわ》の下流を指しましてな、斑鳩里《いかるがのさと》の西側あたりを南へと流れ王寺《おうじ》の里の東端あたりで大和川に注いでおるのじゃが」

「……」

「実はこの庁屋《ちようのや》（社務所）の直ぐそばを活日川《いくひがわ》（祓い川《はらいがわ》）という清い小川が流れておりますのじゃが、秋が深まって大楓の葉が散り出すと、それが活日川《いくひがわ》の水面《みなも》に注いで錦色《にしきいろ》（もみじ色の意）の帯となって静かに流れていくのじゃ。これがまた一段と美しゅうて、私は毎年秋この三輪の里を訪れてその錦色の流れを眺めては、今の古今集の歌を小声で詠うことを楽しみにしておりましてな」

「龍田川紅葉乱れて流るめり渡らば錦中や絶えなむ……さすがに、いい御歌《おうた》でございますね。龍田川が紅葉を乱して綺麗に流れている。この流れを若し渡ると錦色の流れが途中で切れてしまうなあ、とでも解釈してよろしゅうございましょうか」

「うむ、結構じゃ。お見事」

はじめて対話となった声が聞こえてきた。若若しい男の声であった。

美雪は気が遠くなりそうな胸の乱れを覚えて、思わず豊かな胸に両手を当てていた。大きな衝撃を受けていた。聞き間違いではない、と思いたかった。いや、聞き間違いであろう筈がない、と思った。江戸を発って、忘れたことのない「その人」の声であった。

美雪は静かに立ち上がり、そしてよろめいた。胸の乱れが鎮まりようもない。これは夢であろうか、幻《まぼろし》ではないか、と身が竦《すく》んだ。

動けなかった。

十一

美雪が、夕《ゆう》七ツ半（午後五時）頃からお祖母様《ばばさま》の催してくれた盛大な歓迎の宴《うたげ》を終えて「雪代の間《ま》」へ戻ったのは、宵《よい》五ツ（午後八時）を過ぎた頃だった。

「盛大な宴」とは言っても、膳部《ぜんぶ》は飛鳥《あすか》の田畑でとれた野菜が中心で、肉、魚介の類れでは一切《いっさい》無かった。

ただ美雪と家臣たちの膳にだけは、卵焼《たまごや》きが三切《みき》れ宛付《ずつ》いていた。薄《うす》い三切《みき》れであったが、それでも歓迎された江戸者《えどもの》たちへの異例《いれい》の扱《あつか》い——贅沢《ぜいたく》な——に相違ない、と美雪は胸が熱くなった。お祖母様《ばばさま》の気性《きしょう》を思うとである。

そのお祖母様《ばばさま》に対し、大神神社《おおみわじんじゃ》への途上で生じた騒動については、美雪はまだ打ち明けることが出来ていない。

お祖母様《ばばさま》に余計な心配をかけ過ぎることになっては、と躊躇《ちゅうちょ》していた。

宴に招かれた者の数は曽雅家の大広間をびっしりと埋め、親類縁者《しんるいえんじゃ》を除いて五十名は下らなかったであろう、と美雪は読んでいる。

それは美雪にとって明るく楽しい宴だったが、申し訳ないと思いつつも上《うわ》の空《そら》の一面もあった。そういった複雑な気持の中で美雪が感激したのは、お祖母様《ばばさま》が客として招いた顔ぶれである。奈良奉行も奈良代官も、またその配下の役人たちも誰一人として招かれてはいなかった。「村役」である惣年寄《そうとしより》筆頭の石井九郎兵衛の顔も無かったし、上町代の高木又兵衛、下町代の藤田市左衛門ら有力者も呼ばれてはいない。招かれた客の殆《ほとん》どは質素な普段着のままの百姓たちで、他《ほか》には地元の植木職人とか大工・左官、柿・栗など果実栽培者たちだった。

それは曽雅家の実質的な当主であるお祖母様《ばばさま》——曽雅多鶴——が、いかに地元の人たちを大事としているかの証でもあった。美雪は、そう理解している。

宴では誰や彼やが美雪の席まで丁重に挨拶にきて名乗りはしたが、申し訳ないと胸の内で思いつつも笑顔で応じながら、美雪の心は宴の席から離れて夢 幻《ゆめまぼろし》の中をさまよっていた。

「雪代の間」には、お祖母様《ばばさま》の配慮なのであろう秋冷えに備えて、欅《けやき》の如鱗杢《じょりんもく》（木目の意）が浮き出た古いがなかなかな造りの大きな長火鉢が調えられていた。炭火の上では薬罐《やかん》がか細《ぼそ》い湯気《ゆげ》を立て、長火鉢片側で端から端に差し渡されている「猫板《ねこいた》」には何故か二人分の湯呑《ゆの》みと茶壺《ちゃつぼ》がのっている。

大広間での歓迎の宴では誰も皆、茶を振る舞《ふま》われることはなく白湯《さゆ》であった。「雪代の間」に葉茶《はぢゃ》の用意があったということは、それだけお祖母様《ばばさま》にとって美しい孫《まご》娘《むすめ》美雪は格別のひとなのであろう。かわゆくて仕方がないに違いない。

大きな長火鉢を挟むかたちの位置に、遠州《えんしゅうしき》式の大行灯《あんどん》（遠州行灯）が点《とも》っていたから「雪代の間」は明るかった。「遠州行灯」は茶人（遠州流茶道の祖）としても歌、書、陶芸、造園など芸術の分野でも偉才を発揮した近江国《おうみのくに》小室《こむろ》藩主小堀政一《こぼりまさかず》（号・遠州。天正七年一五七九～正保四年一六四七）が考案した行灯である。小堀遠州《えんしゅう》の名で有名すぎる程の人物だ。

美雪は長火鉢を前にして正座をした綺麗な姿勢を身じろぎ一つさせず、大神神社《おおみわじんじゃ》の庁屋《ちょうのや》（社務所）でわが耳にいきなり入ってきた「予想だにしていなかった人」の声を、「やはりあの御方《おかた》。間違いない……」と確信を強めつつ、脳裏に甦えらせていた。いや、甦えらせようとしていた、と表現を変えた方が正しいのかも知れなかった。なぜか悲しいことに、思い出そう思い出そうとすればするほど、「あの御方《おかた》」の声は靄《もや》がかかったように遠ざかり薄れてゆくのだった。

庁屋《ちょうのや》でのあのとき美雪は堪《こら》え切れずに障子を開けて、古今集の話を交わしている二人の姿を確かめるような無作法はとらなかった。七千石大身旗本家の息女としての「自覚」と「育ち」が波立ち揺れた心の乱れを、苦しみながらも抑えていた。したがって高宮大神主に対して「百了禅師《びゃくりょうぜんじ》様と御一緒にお見えなされた御方《おかた》は、どのような……」というような見苦しい問い掛けをする筈もなかった。

大行灯の明りを眺めながら、美雪のかたち良い唇の間から、小さな溜息が辛《つら》そうにこぼれた。それとても堪《こら》えようとする気持が働いていた。たとえ誰の視線がこちらに向けられていなくとも、穏やかでない溜息などを漏らすなどは、見苦しい所作であると思っている。

だが……。

「お会いしたい」と美雪はうなだれて呟いた。一度は嫁いで夫を持つ女性《おなご》になったことのある身であるというのに、なんという気性の狼狽《うろたえ》であることか、と悲しくなった。

不意に、驚くほど不意に障子の外で声がして、美雪の鼓動《むね》がひと鳴りした。

「美雪や。まだ眠っておらぬなら、少しばかりいいかのう」

お祖母様《ばばさま》であった。美雪は「は、はい」とやや慌て気味に居住まいを正した。少し慌て気味になったのも無理はない。部屋の前にまで近付いてくるお祖母様《ばばさま》の足音や気配に全くといってよいほど気付かなかったのだ。

「まだ眠ってはおりませぬ、お祖母様《ばばさま》。どうぞお入りなさって下さい」

「そうか、よしよし。では、ちといな」

ゆったりとした感じで言い終えてから、障子が静かに滑ってお祖母様《ばばさま》の笑顔があらわれた。

両隣の部屋では家臣や腰元たちが、お祖母様《ばばさま》の訪れを知って本物かどうかでさぞや緊張していることであろう、と想像しながら美雪は丁寧に頭を下げお祖母様《ばばさま》を迎えた。

美雪は座っていた位置を長火鉢の下座側へと移った。こういう所作がまろやかに然《さ》り気《げ》なく出来る美雪であった。着ている亡き母の着物がよく似合《にお》うていて一際《ひときわ》美しい。茶筅総髪も島田髷《まげ》に結い戻されている。

二人は長火鉢を挟んで向き合った。

「おや、このお祖母《ばば》が調えておいた茶を、一服もしておらなんだのかえ」

「楽しい宴でございましたから、その光景の一つ一つを思い出すことに気を取られておりました」

「大層美味しい葉茶だから、その香りと味を楽しんでみなされ、お祖母《ばば》が淹《い》れてあげましょうかの」

「あ、お祖母様《ばばさま》。私《わたくし》が致します」

「なに、よいよい」

なれた手つきで茶を淹れはじめたお祖母様《ばばさま》の皺枯《しわが》れた手元を、美雪は「申し訳ございませせぬ」と控えめな声で言ったあと黙って見つめた。猫板の上にのっていた二人分の湯呑みは、この時のために調えられていたのだとようやく理解できた美雪である。

「この葉茶はな、十日ほど前に訪れた五井持軒《ごいじけん》先生（実在。寛永十八年一六四一〜享保六年一七二一）から頂戴したものでな。お茶好きの先生が選んだだけあって、なかなかな香りであり味じゃ」

「どなたでいらっしゃいますか。五井持軒先生と仰《おつしや》います御方《おかた》は」

「いかぬ、いかぬ。お祖母《ばば》は余輩《よはい》（自分）が判ったり知ったりしているとつい、余《よ》の者《もの》もそうであろうと思い込んで話を先へと滑らせてしまう。悪い癖じゃ。許しておくれ」

「いいえ、少しも気に致してはおりませぬ」

「五井持軒先生という御人《おひと》はな……」

そこで言葉を休めた多鶴は、あざやかな色の緑茶を先ず美雪の方へと、猫板の上をそろりと滑らせた。

「湯呑みをな、猫板の上を客の前へと滑らせるなどは、許されるべき作法ではない。じゃが勘弁しておくれ美雪。年をとると手肌が枯れてしもうて薄くなり、熱くなった湯呑みはいつ手落とすか危のうて持てぬのじゃ」

「お祖母様《ばばさま》……」

少しばかり悲しそうな表情になった多鶴の、猫板の端にのったままの手に、美雪は自分の手をのばして重ねてやった。

「それにしても美雪や、ほんに雪のように白い綺麗な手肌じゃのう」

「いつ頃でございましたか、亡き母から娘時代のお祖母様《ばばさま》について聞かされたことがございます。若い頃のお祖母様《ばばさま》は大和国《やまとのくに》の武家や豪士《ごうし》の若者たちを両手では数え切れぬ程に泣かせた程の美しさであられたとか」

「その通りじゃ。この祖母《ばば》はな、それはそれは真《まこと》に美しい女性《おなご》じゃった。毎朝毎夕、鏡に映る自分の顔を眺めては、深い溜息を吐くほどであったかのう」

「まあ、お祖母様《ばばさま》……」

美雪はクスリと笑うと、わざとらしく遠い目を演じてみせるお祖母様《ばばさま》の手に重ねていた自分の白い手を、そっと引いて湯呑みへと持っていった。

「で、その五井持軒先生じゃがな美雪や。『日本書紀』とか『古事記』など国漢に精通した大坂生まれの大変偉い学者さんなのじゃ。もう十年以上も前になるかのう。記紀（古事記・日本書紀）研究の目的で五井先生が大和国《やまとのくに》に見えられ、土屋《つちや》の紹介もあったゆえ、曽雅家で半月ばかり丁重に御世話させて貰うたのじゃ。それが曽雅家と五井先生との初めての出会いでなあ」

「あのう、お祖母様《ばばさま》……」

「ん？」

「土屋様と仰る御方は、どのような……」

「あ、いかぬ。また悪い癖じゃ」

思わず苦笑した多鶴であったが、しかし直《す》ぐに真顔に戻った。

「溝口の一代前の奈良奉行、土屋忠次郎利次《つちやちゅうじろうとしつぐ》（実在）じゃ。将軍家の造営になる大神《おおみわ》神社拝殿《じんじゃはいでん》の完成を、四代様（徳川家綱）が〝歴史に決して残らぬ旅〟と称して柳生飛驒守殿や其方《そなた》の父貞頼殿を伴《とも》とし、徹底したお忍び旅で大和国《やまとのくに》入りなされたのが、寛文四年（一六六四）の桜の花が目覚める頃じゃった」

驚くべき記憶力で、つい昨日のことでも語るかのような、淡淡とした口ぶりの多鶴だった。将軍家綱の十数年前の〝歴史に残らぬお忍び旅〟について、多鶴が美雪に対しこれほどはっきりと口にしたのは、今回がはじめての事である。

「そのお忍び旅の御三人に付き従《したご》うて、世話係も兼ね目立たぬよう大和国《やまとのくに》入りした侍従が、土屋忠次郎利次じゃったのじゃ。頭の切れるなかなか性格のよい侍でな。そして土屋はそのまま大和国《やまとのくに》に止《とど》まった」

本来、皇家《こうけ》の身そば近くに仕えることを指して用いる侍従という言葉を、迷いも見せずさらりと口にした多鶴であった。

「奈良奉行……としてでございますのね」

「うむ。じゃから、土屋の奈良奉行就任は寛文四年（一六六四）の五月（歴史的事実）だったと記憶しておる。この土屋もな、お祖母《ばば》には何かとよく甘えてくれるよい人物じゃった」

謎多い古代王朝と余りにもかかわり深かった曽雅（蘇我）家である、と美雪はこれ迄に学び知ってきた。侍従という表現を用いるなどは、伝統ある曽雅家の内奥にまでおそらく普通のことのように染《し》み込んでいるのであろう。

そういった点にこそ、曽雅家の凄みというものが存在していると改めて思い知らされた美雪であった。

「その土屋様でございますけれどお祖母様《ばばさま》、奈良奉行になる前には、どのような職に就いておられたのでございますか」

「荒井奉行じゃ。荒荒《あらあら》しいの荒《あら》に、井戸《いど》の井と書く関所を統括しておった」

「荒井奉行……荒荒しいの荒に井戸の井《い》でございますか」

「うむ。そうじゃ」

それは美雪にとって、はじめて耳にする字綴りの職名であった。

「頭の良い美雪も、この字綴りの奉行名はさすがに知らぬじゃろうのう。実はこのお祖母《ばば》も土屋から教えて貰《もろ》うて知ったのじゃ」

「荒井、という名の字綴りから想像いたしますと、これは矢張り地名ではございませぬか」

「おうおう、やはりこのお祖母《ばば》の孫じゃ。その通り、いま申した字綴りの荒井というのは旧の地名でのう。現在《いま》ではもう廃止されて無くなり、新旧《しんきゅう》の新《しん》に、居宅《きょたく》の居《きょ》と綴りが改まって読みは同じ、あらい、じゃ」

「その字綴りの『新居の関所』ならば、通って参りました」

「当時は、その関所のあった場所が旧綴りの遠江国浜名郡《とおとうみのくにはまなぐん》荒井であったことから、荒荒しい井戸の荒井奉行と称していたらしくてな。奈良奉行に就く迄の土屋は、つまりその地位に在ったということじゃ」

頷けた、と美雪は思った。東海道の遠江国浜名郡新居に、「箱根の関所」よりも厳しい調べがあることで有名な「新居の関所」が存在し、美雪たち一行もその「新居の関所」を殆ど無監査で通り過ぎてきた。

その「新居の関所」の一つ江戸寄り、つまり東隣には舞坂《まいさか》宿があって、そこから西隣つまり次の「新居の関所」へ行くには、「今切《いまぎれ》の渡し」を利用して凡《およ》そ一里（約四キロ）の内海《うちうみ》を渡船《とせん》で渡る必要があった。しかも船着場が即「新居の関所」となっていることから逃げ隠れは不可能で、そのため「問答無用の関所」とも言われている。

「その土屋がな……」

とお祖母様《ばばさま》の言葉は続いた。

「大和国《やまとのくに》で研究なさる間の五井持軒先生の世話をしてやってほしい、と曽雅家に頼み込んできたという訳じゃ。この先生の長い歳月《さいげつ》をかけた記紀その他の文献の研究によって、古代の王朝期に蘇我本宗家が如何に輝かしい政治的経済的そして軍事的貢献《こうけん》を果たしてきたか、次第に明らかとなってきているのじゃよ」

「私《わたくし》が記紀などの歴史書をもとに学んで参りました限りにおきましてはお祖母様《ばばさま》、古代の王朝期における蘇我本宗家は、巨大権力を枕として安穏《あんのん》を独《ひと》り占めにしてきた逆臣逆賊に他ならない、という評価がかなり強く表にあらわれておりますような……」

「巨大権力が渦巻く王位継承争いのさ中ではのう美雪や。権謀術数が激しく衝突し合い、真実《まこと》が嘘《うそ》となり、嘘《うそ》が真実《まこと》に化《ば》けて駈け巡るものじゃ。人間の醜《みにく》さや汚ない部分が最も顕著《けんちょ》に表に現われ出てくる」

「ではお祖母様《ばばさま》。五井持軒先生の仰います蘇我本宗家の輝かしい貢献とやらが古代の王朝期に無ければ、『大化改新《たいかのかいしん》』は訪れておらず、つまり『律令《りつりょう》国家』は成立しなかった、ということになるのでございましょうか」

「五井持軒先生は、そう断定なさっていらっしゃる。今世《いまよ》の江戸の時代の訪れさえも無かった可能性がある、とものう。そして、こうも強く言っておられるのじゃ。日本書紀や古事記をはじめとする古代王朝期の諸文書《しょもんじょ》に目を通すときは、常に読む姿勢を斜めに身構えて厳しい疑いの目で読むべし、となあ」

「古代文献の編纂者《へんさんしゃ》が時の政府や権力層の都合のいいようにと、真実《まこと》を嘘《うそ》とし、嘘《うそ》を真実《まこと》と飾《かざ》って編纂した部分が少なくない、ということでございましょうか」

「その通りじゃ美雪。五井持軒先生の天才的な眼力《がんりょく》とでも申すものが、古代文書《こだいもんじょ》の一行一行の裏に隠されている嘘と真実《まこと》を抉《えぐ》り出していきつつある、ということじゃよ。先生はな、『私ひとりでは到底研究し尽くせるものではない。次の学者、またその次の学者と長い歳月を要するだろう』と言《ゆ》うておられてなあ」

「古すぎる嘘と真実《まこと》を長い歳月を経てから洗い直すには、大変な苦労と刻《とき》を要しましょう。それゆえ国家の姿・威信にかかわって参りまする文書文献の内容には、決して嘘があってはなりませぬね、お祖母様《ばばさま》」

「大事じゃ大事じゃ。政治の権力の座にある者は、決して御都合主義に陥った嘘《うそ》の文《もん》書《じょ》を拵《こしら》えてはならぬ。『日本書紀』にお強い五井持軒先生は長い歳月を掛けた数数《かずかず》の古文書の研究によって、今や御自分なりの『文献学』（古文書を読解することでその時代の政治文化芸術の変遷を知る学問）を確立なされておられるようじゃから、機会があれば江戸の西条家にでもお迎えしてあげ、色色と楽しく話を交わしてみてはどうかのう。決して無駄にはなりますまい」

「はい。父上もきっと喜んで歓迎して下さりましょう。五井先生が江戸へ参られるようなことがございましたなら、是非とも西条家にお立ち寄り下さるよう、お祖母様《ばばさま》から先生にお伝え下さいませ」

「そうかな。うん、ではこのお祖母《ばば》から伝えておきましょうよ」

「五井持軒先生が西条家にお立ち寄り下さいました時のために、少しは先生のご活躍なりを知っておきとうございます。差《さ》し支《つか》えなき範囲で結構ですからお祖母様《ばばさま》、お話し下さいませぬでしょうか」

「そうじゃのう。五井持軒先生が十代の頃に最初に師事なされた恩師というのがな、京、大坂、大和ではえらい反骨精神で知られた国学者で歌学者の下河辺長流《しもこうべちょうりゅう》なんじゃ（歴史的事実）」

またもや、その名をさらりと呼び捨てにするお祖母様《ばばさま》であった。むろん美雪は、下河辺長流の名をはじめて耳にする。

「若しや、その下河辺長流先生のことを、お祖母様《ばばさま》はよく御存知なのではありませぬか」

「いや、余りよくは知りませぬよ。よくは知らぬがなあ美雪や、父親の小崎《こざき》というのが大和国《やまとのくに》小泉《こいずみ》藩片桐《かたぎり》家の家臣だったこともあって、盆暮れにはこの曽雅家に顔出しをしてくれたものじゃった。この小崎もなんとまあ、お祖母《ばば》の気性を大層好きになってくれてのう」

「まあ……」

美雪は目を細めて微笑みながら、曽雅家の「凄みの広さ」というものを、改めてお祖母様《ばばさま》の何気ない言葉から感じさせられるのだった。

「その盆暮れに顔を覗かせてくれる小崎《こざき》に手を引かれてのう、二度か三度この曽雅家を訪れたことがある共平《ともひら》とかいう、可愛いやんちゃっ子がいま優れた学者として京、大坂、大和などで知られるようになった下河辺長流なんじゃよ。もう五十を幾つも過ぎている頃じゃろうかのう。早いものじゃ、月日が経つというのは……」

「国学者であり、また歌学者でもあられるのですね、その下河辺長流先生は」

「うんそう。だから五井持軒先生は先ずはじめに、下河辺に和歌を学ばれてな」

「和歌をでございますか……」

「そののち京《みやこ》にのぼられてのう。儒学者で古義学派《こぎがくは》の創始者である有名な伊藤仁斎《じんさい》先生（寛永四年一六二七〜宝永二年一七〇五）や、同じく儒学者の中村惕斎《てきさい》先生（寛永六年一六二九〜元禄十五年一七〇二）ら当時の若手学者と交流なされて色色と教えを受けられ、幅広い知識を積まれたそうじゃ」

「伊藤仁斎先生の古義学派《こぎがくは》とは、どういう意味でございますのお祖母様《ばばさま》」

「なあに。仁斎先生は私塾を開いておられてな。その私塾の名を『古義堂』とゆうて、その名から来ておるらしいのじゃよ」

「では、つまるところ仁斎学派とでもいうことでございましょうか」

「そうそう。その仁斎学派とかじゃよ美雪」

「五井持軒先生は長い間、京《みやこ》に？」

「三十歳（寛文十一年一六七一）の頃に大坂へお戻りになられてのう、私塾として『漢学塾』を設けられ主に大坂町民に対し朱子学の要《かなめ》とされている『大学』『中庸』『論語』『孟子』のいわゆる『四書』とかを、ご熱心に説いてこられているのじゃ」

「五井持軒先生の商都大坂への学問の扶植《ふしょく》（人びとの間へ広める意）は、大きな功績として高く評価されているのでございましょうね」

「そりゃあ、もう。立派すぎる程の功績じゃよ。若者から年輩の者に至るまで優秀な塾生さんが大勢、育っていなさるそうじゃから」

「その塾生さんたちが、学問という枝葉を更に力強く育て広げてゆくことでございましょうね」

「うんうん、きっとそうなるじゃろうのう。美雪も学ぶということを決して忘れてはならぬぞ。これからの世の中は、女が学ぶことが一層大事となってこよう。いずれ、女が存在せねば成り立たぬ世の中が、必ず訪れようからな」

「はい。私《わたくし》もそう思っておりまする」

「いい子じゃ、いい子じゃ。美雪を眺めると、やっぱり西条家と曽雅家の血筋は輝いておるのう」

「私《わたくし》はさ程に輝いてはおりませぬけれど……お祖母様《ばばさま》」

美雪は、幼い者のように可愛くそっと首をすくめてみせた。

「一生懸命に学問をして知恵者《ちえしゃ》となっても決して、俺《おれ》は偉い私は賢《かしこ》い、と鼻腔《びくう》を広げて威張《いば》ってはなりませぬぞ。そういう自惚《うぬぼ》れは己の精神の見窄《みすぼ》らしさを世間様《せけんさま》に笑われるだけじゃ」

にっこりと目を細めて言った多鶴であったが、直《す》ぐ様《さま》すうっと真顔に戻った。

「日本書紀」や「古事記」の読解分析に優れる五井持軒も、商都大坂へ扶植した自分の先駆的な学問的影響が、その没後（享保六年一七二一）に天下に名だたる大坂学問所「懐徳堂《かいとくどう》」誕生（享保九年一七二四）につながってゆくとは、さすがに予想だにしていなかった。

大坂学問所「懐徳堂」は五同志と称された商都大坂の有力町人の設立活動によって実現したものである。その五同志とは、五井持軒に師事した大坂屈指《くっし》の大商人富永芳春《とみながほうしゅん》（道明寺屋吉左右衛門とも、醤油醸造業。貞享元年一六八四～元文四年一七三九）、そして教養的儒学者三宅石庵《みやけせきあん》（「懐徳堂」初代学主。寛文五年一六六五～享保十五年一七三〇）に師事した日本有数の豪商 鴻池《こうのいけ》の分家山中宗古《やまなかそうこ》（鴻池又四郎《こうのいけまたしろう》とも）、吉田盈枝《よしだみつえ》（備前屋吉兵衛《びぜんやきちべえ》とも）、長崎克之《ながさきかつゆき》（船橋屋四郎右衛門とも）、中村良斎《なかむらりょうさい》（三星屋武右衛門《みつぼしやぶえもん》とも）、ら五人である。

この五人の設立活動を三宅石庵や五井蘭洲《らんしゅう》（元禄十年一六九七～宝暦十二年一七六二。五井持軒の三男）ら碩学《せきがく》が強力に支えた。とくに和漢の学に異才を発揮した五井蘭洲は助教の地位に就いて「懐徳堂」の学術的水準を著しく向上させることに貢献し、天下に名だたる「懐徳堂」へと牽引していった。

五同志らによって設立された「懐徳堂」は享保十一年（一七二六）大坂町奉行所において徳川幕府の「公許」を受けることとなり、町人立学問所でありながらも、公立の性格を併せ持つ学問所となった。そして、その優れた活動・思想は途中の紆余《うよ》曲折《きょくせつ》を乗り越え、やがて国立大阪大学（文学部）へと受け継がれてゆくのである。

十二

「ところで美雪や……」

多鶴はそこで言葉を切ると、湯呑みに手をのばして口元へと運び、そのまま動きを止め鋭《するど》い目をやや上目遣《うわめづか》いで美雪へ向けた。

それは美雪がはじめて見る、お祖母様《ばばさま》の怖《こわ》い目つきであった。

「どうして大神神社《おおみわじんじゃ》への途中で生じた不測《ふそく》の事態《じたい》について、このお祖母《ばば》に打ち明けなかったのじゃな」

穏やかな調子で言い切ってから、多鶴はようやく温《ぬる》くなった茶を音を立てぬよう軽く静かに啜《すす》った。その小さな所作にも、さすが曽雅家のお祖母様《ばばさま》としての綺麗な作法が自然にあらわれている。

「申し訳ございませぬ」

美雪は長火鉢から少し下がると、両手をついて素直《すなお》に頭を下げた。任務に忠実な有能な官吏《かんり》とみられる代官鈴木三郎九郎から、お祖母様《ばばさま》へ報告《しらせ》が入っているかも知れないという覚悟は出来ていた美雪である。

「この大和国《やまとのくに》に滞在する間は何事も正直に、お祖母《ばば》に打ち明けておくれ。可愛い大事な其方《そなた》に万が一のことがあらば、お祖母《ばば》はこの皺《しわ》枯《が》れた首を己れの手で切り落とし、貞頼殿（美雪の父）に詫《わ》びねばならぬでな」

「はい、お約束いたします」

「それにしても奇っ怪じゃ。代官鈴木より聞いた、其方《そな》たちを襲撃した集団の姿形《すがたかたち》や一瞬に見たとか申す凄まじい面相とかは誠に薄気味が悪いのう」

「面相を隠さんとする程に髪を乱れ伸ばして、着ている物は一様にぼろぼろの貫頭衣《かんとうい》と申す他ないようなものでございました。まるで縄文人《じようもんびと》か弥生人《やよいびと》のような」

「このところ畿内で頻繁《ひんぱん》に出没しておる賊徒の身形《みなり》とも全く違うようじゃ。これはいよいよ気を付けねばなりませぬぞ美雪や」

「上様より預かって参りました御役目を無事に終えることが出来て、ほっと致しておりまする。もし襲いかかってきた集団に、上様の朱印状や御刀を奪われていましたなら、美雪は生きてはおれぬところでございました」

「ほんにのう……」

「あのう……お祖母様《ばばさま》、申し訳ございませぬ。いま一つお祖母様《ばばさま》に打ち明けていないことがございまする」

「甘樫山《あまかしのおか》に突如として現われた紫檀色の忍び装束十五名のことなら何も心配せずとよい」

「ご存知でございましたか。すでに義助（曽雅家下僕頭）からお祖母様《ばばさま》に報告が入っていたのでございますのね」

「いいや。義助は行動を共にした其方《そなた》を差し置いて、途上のあれこれを自分の判断のみで密告的に打ち明けるような気質の者ではない」

「では、お祖母様《ばばさま》は何故、甘樫山《あまかしのおか》に出没した紫檀色の忍び装束十五名のことを御存知なのでいらっしゃいますの？」

「それは、まあよい……美雪が気にすることではない。判りましたな」

「でも、お祖母様《ばばさま》。紫檀色の十五名はまるで私《わたくし》たち一行を待ち構えていたかのようにして現われたのでございますのよ」

「同じことを言わせるではない。美雪は気にせずとも、其方《そなた》の身の安全は守るべき者が必ず守ってくれるじゃろうから」

守るべき者が必ず守ってくれる――意味あり気なお祖母様《ばばさま》の言い様《よう》である、と美雪は思った。けれども、それについては聞き流して、美雪は穏やかに告げた。

「紫檀色の十五名の頭領《とうりよう》らしい者が私《わたくし》に対して、厳しい口調でこう申しました。過《す》ぎし遠い昔蘇我本宗家と、中臣鎌足《なかとみのかまたり》、中大兄皇子《なかのおおえのおうじ》の非合法とも言える連合軍（クーデター軍）とが衝突して、蘇我本宗家がこの甘樫山《あまかしのおか》で滅びたのである、と。そしてまた、この甘樫山《あまかしのおか》には蘇我家の力によって捩伏《ねじふ》せられた敗者名族《はいしやめいぞく》の怨念がひたひたと迫りつつあるとも……」

「宗春《むねはる》が、そのような余計なことを……」

多鶴が小さく呟いて眉をひそめた。

「え？」と、美雪は訊き返した。宗春、と聞こえたかのような気がしたが、自信はなかった。

「いやなに。蘇我本宗家と中臣鎌足《なかとみのかまたり》、中大兄皇子《なかのおおえのおうじ》の連合軍の衝突で、我らの御先祖が滅びたことくらい、美雪はとうに学び知っていように……のう、そうじゃろう」

「はい。江戸の学問所『史学館』にて学んできております」

「そのことよりも、このお祖母《ばば》が気になるのはな美雪や……」

と、多鶴は話を別の方へと向けた。

「薄《すすき》が生い茂りし寺川の『四方河原』で其方《そなた》の前に不意に現われたとかいう長髪の乱れ髪に貫頭衣、の異様な身形《みなり》の集団の方じゃ」

「あの貫頭衣の者共には、それはそれは激しい殺気がございました。単なる物盗《ものと》りではなく、我ら一行を殲滅《せんめつ》せんがために襲い掛かってきたに相違ありませぬ」

「それほどの殺気であったのかえ」

「はい。身《み》の毛《け》が弥立《よだ》つような、と申しても決して言い過ぎではないように思います。それに、あの者共の剣は、明らかに武士《さむらい》の剣でございました。修練を積み上げて参りました家臣たちの念流剣法が、一方的に打ち込まれるばかりでございましたから」

「家臣によくも死傷者が出なんだものじゃ」

「日頃の修練の賜物《たまもの》でございましょう。けれども代官鈴木殿とその御支配下のお役人衆が若し通り合わせていなければ、家臣の中に死傷者が出たやも知れませぬ。お祖母《ばば》様《さま》、代官鈴木殿とその御支配下の人たちへの恩は忘れてはならぬと思うておりまする」

「判っておる判っておる。鈴木にだけではなく、奈良奉行の溝口へもこのお祖母《ばば》が頭を下げてようく礼を申し述べておこうぞ」

「有り難うございます。宜しくお願い申し上げます」

「ふむふむ……」

「ところで問答無用とばかりに襲い掛かってきました貫頭衣の者共でございますけれどお祖母様《ばばさま》。長い乱れ髪で貫頭衣を着用し古代の舞、それも炎《ひ》を噴《ふ》き上げるかのような激しい『剣《つるぎ》の舞』、あるいは『剣《つるぎ》の祭り』といったようなものを風習としている地域について、御存知はございませぬでしょうか。たとえば吉野や紀伊あるいは金剛生駒《こんごういこま》の山奥とか」

「知らぬのう。とは言うてもこのお祖母《ばば》、大和国《やまとのくに》では知らぬ者はいない程じゃが、たとえば畿内一円ともなると相当に広い。いかにお祖母《ばば》といえども、その悉《ことごと》くの祭りや風習を知ることは難《むつか》しいわい」

「左様でございますね。ひと口に畿内と申しましても山城、河内、和泉、摂津、そして大和の五か国でございますもの」

「美雪や。このような時こそ、畿内の歴史的研究にご熱心な五井持軒先生の豊かな知識に助けられるやも知れぬなあ。厄介な騒動が起こった、という訊き方をすれば五井持軒先生はひどく心配なさろうから、文化風習について、という当たり前な切り出し方で訊ねるのがよかろうのう」

「でも、五井持軒先生は、大坂でございましょう」

「大坂じゃ。しかし脚のしっかりした馬を走らせれば江戸へ行くのと違《ちご》うて訳もない。大和川《やまとがわ》に沿《そ》うて馬を走らせれば確りと手綱を握っているだけで目を閉じていても大坂へは着こうよ」

「大和川に沿った途中に難所はございませぬの？」

「ある」

「まあ、お祖母様《ばばさま》。そのように当然の如く簡単に『ある』と申されましては、美雪は判断の仕方に戸惑ってしまいまする。で、その難所と申しますのは？」

「この大和国《やまとのくに》と大坂とを隔てておる金剛《こんごう》生駒《いこま》の深く険しい山脈《やまなみ》じゃ。大和川の流れがこの険しい山脈《やまなみ》を貫くようにして北と南に分断している事については美雪なら存じておろうな」

「はい、よく存じておりまする。北側が生駒山地、南側が金剛山地で共に数数《かずかず》の歴史の舞台となった山脈《やまなみ》でございまするから」

「ふむ。金剛山地には南北朝時代の武将としてその名も高い、楠木正成《くすのきまさしげ》公（永仁二年一二九四〜延元一年一三三六）の知る人ぞ知る『千早城』の跡や幾つもの『砦址』などが現《い》在《ま》も残っておるのじゃよ」

「私《わたくし》は江戸・石秀流《せきしゅうりゅう》茶道を、お家元《いえもと》の侶庵《りょあん》先生に就《つ》いて教《おそ》わっておりますことから、生駒が奈良時代以前からの職人業《わざ》を受け継いでおります『高山茶筌《たかやまちゃせん》』の名産地（歴史的事実）であることについても存じております」

「うむうむ、その通りじゃ。『高山茶筌』はなかなかの品であるな。ところで美雪や、話が少し逸れるがの。石秀流お家元の侶庵先生については亡くなった雪代からの手紙にも幾度か書かれてあったのじゃが、大和河内一万六千余石を領する大和小泉藩主片《かた》桐石州《ぎりせきしゅう》殿と侶庵先生とは折に触れての付き合いが江戸にてあるそうじゃの」

「はい、武人でありながら大和石州流《せきしゅうりゅう》茶道の開祖として四代様（徳川家綱）の茶道師範（歴史的事実）でいらっしゃいます片桐石州先生を、侶庵先生は大身旗本として小《こ》姓組番頭《しょうぐみばんがしら》の地位にあられた現役の当時から心底より大変尊敬なされていらっしゃいました。現役を引退なされて茶の道に入られ独立自尊流茶道の精神に拘《こだわ》っていらした侶庵先生が、一字違いの石秀流の御名《おな》を石州先生から許されたのも、そのためでございましょう」

「小姓組番頭というと、将軍家の武官であることを示す『番方』の五番勢力の中で、書院番と共に『両番勢力』とか言われておる有力な組織の頭《かしら》じゃな」

「はい。左様でございます。それに致しましてもお祖母様《ばばさま》。色色なことにつきまして大層広く能《よ》くご存知でいらっしゃいますこと。お祖母様《ばばさま》とお話をさせて戴くたびに、この美雪は新たな驚きに見舞われてなりませぬ」

「これこれ、美雪や。このお祖母《ばば》は古代王朝に深く関《かか》わってきたとされる蘇我本宗家の末裔《まつえい》曽雅家の実質的な当主じゃぞえ。古い古い家系図や伝書《つたえしょ》を心を静めて落ち着いて眺めてみれば、ところどころに史実から離れていそうな誇張的伝承的と思われる部分は確かに見られるが、それでものう、蘇我本宗家のはじまりと称しても能《よ》さそうな蘇我稲目《そがのいなめ》(?〜五七〇)の代では、娘の堅塩媛《きたしひめ》、小姉君《おあねのきみ》の二人が、欽明《きんめい》天皇の妃として壮大華麗な宮殿《きゅうでん》『磯城嶋金刺宮《しきしまのかなさしのみや》』(現、奈良・桜井市外山《とび》の城島小学校付近と伝承されている)へ嫁いだと伝えられておるのじゃ。だからのう、それらが伝説であるにしろ史実であるにしろ、このお祖母《ばば》は学ぶ心を常に忘れぬようにと心得、曽雅のお祖母《ばば》として教養を積むことを心がけてきたのじゃ。曽雅のお祖母《ばば》としてなあ。それが古い家系を背負う者の責任でもあると思うてのう……いま年老いてしもうたこの体と頭には、いささか、しんどい事じゃが」

「お祖母様《ばばさま》……」

しんみり、ゆっくりとした調子で長長と話し終えたお祖母様《ばばさま》の、長火鉢の猫板の端にのっていた皺枯れた手に、美雪はやさしく微笑んでまた自分の雪肌な白い手をそっとのせ包んでやるのだった。

「おお、そうじゃ、さきほど言うた片桐石州殿じゃが、この石州殿が建立した慈光院《じこういん》の名を美雪は知っておるかえ」

「ええ、慈光院という御名《おな》についてだけは存じております。けれども学び不足で、語るに足る充分な知識を持ち合わせてはおりませぬ」

「この大和国《やまとのくに》に滞在する間に是非とも行ってくるがええ。斑鳩《いかるが》の里近く富雄川《とみおがわ》の清流に面した小高い丘の上にな、片桐石州殿が父貞隆《さだたか》公の菩提寺として寛文三年（一六六三）に建立（歴史的事実）なされた臨済宗（禅宗）大徳寺派の、それはそれは清廉《せいれん》この上もなき夢殿の如き名刹じゃ。今や石州流茶道の〈源籍〉でもあるこの寺院の森閑たる書院に座し美しい庭を眺むれば心の隅隅《すみずみ》までが洗われよう」

「寛文三年の建立と申しまするとお祖母様《ばばさま》……」

「うむ、四代様（徳川家綱）によって大神神社《おおみわじんじゃ》の拝殿が造営された寛文四年（一六六四）の、つまり前年ということになるかのう」

「それでは若《も》しや、寛文四年の春に大神神社へ〝歴史に残らぬお忍び旅〟をなされた上様と柳生飛騨守様そして父西条貞頼の御三人は、建立間《ま》も無い慈光院へもお立ち寄りなされたのでございましょうか」

「さあ、このお祖母《ばば》には判らぬし知らぬ。なにしろ徹底したお忍び旅であったらしいからのう。ただ片桐石州殿が四代様の茶道師範となられたのは、上様お忍び旅の翌年《よくとし》寛文五年（一六六五）のことじゃから（歴史的事実）、そのことを踏まえて美雪が自由に想像するがええじゃろう」

「そうは申されましても……」

「慈光院のような美しくも清らかな寺にはのう美雪や。女性《おなご》がひとりで行《ゆ》くものではないぞ。好いた男《ひと》がいれば、その男《ひと》と一緒に参れば一段と心は洗われ想いは深まろう。美雪には、まだ好いた男《ひと》はおらぬのかえ」

「はい。おりませぬ」と反射的に告げてしまった美雪であったが、心の臓に思わず痛みを覚える程のひと鳴りに見舞われていた。

「そうじゃろうのう。其方《そなた》のように天女かと見紛《みまが》う美貌の女性《おなご》には、余程の男《もの》でない限り近付けぬものじゃ。近付こうとする側にはかなりの勇気が要《い》りましょうよ」

美雪は話の道筋を少し変えねば、と伏し目がちとなって頬をほんのりと朱《あけ》に染めたが、お祖母様《ばばさま》は気付かぬようであった。

「あの、それでお祖母様《ばばさま》。明日大坂に向けて馬を走らせまする大和川沿いの道すじでございますけれど、余程に危険な場所はどの辺りかお教え下さりませ。馬には家臣の誰かを乗せて走らせせましょう」

「それは何と言うても、北に高安山《たかやすやま》（標高四八八メートル）を見て、南に二上山《にじょうさん》（標高約四七四メートル）を望む、生駒山地と金剛山地の間《はざま》じゃろう。大和川と奈良街道が寄り添うように並んで鬱蒼たる山地を割っている王寺から半里ばかり先は、美しい自然が豊かであるだけに、余程の馬上手でものんびり気分に陥ってはならぬ難所であると心得ておいた方がよい」

「山中《さんちゅう》何が出るか判らぬ、ということでしょうか。では明朝、大坂へ向かわせまする家臣に、お祖母様《ばばさま》より詳細な心得事項を与えてやって下さりませ」

「よしよし、それがよいのう。途中で何かあった場合の備えとして、二、三の庄屋《しょうや》宛ての手紙を持たせ立ち寄り易いようにしてやりましょうかえ」

「ありがとうございます、心強うございます」

美雪がそう言って、お祖母様《ばばさま》の皺枯れた手に重ねていた自分の手を引いて頭を下げた時であった。

「ぎゃあっ」と障子の外、かなり離れた所からと判る悲鳴が伝わってきた。明らかに男の悲鳴である。

「美雪様！」

即座に廊下で家臣土村小矢太のものと判る声があった。

「小矢太。忠寛はどう致しました」

「いまの悲鳴、お耳に入ったかと思いまするが、忠寛様は直ちに御屋敷玄関の方へ庭抜けで駈けて行かれました」

「皆、忠寛の後に続きなされ。お祖父様《じいさま》やご家族の方方《かたがた》に万が一のことがあってはなりませぬ」

「なれど……」

「私《わたくし》は大丈夫です。この座敷前の雨戸は今、開いているのですね」

「忠寛様が美雪様警護のため、少し前より『庭の様子を確認のため……』と雨戸の一隅を細目に開けておられます」

「ならば、家臣の半数は直ぐ様庭《すさま》より忠寛の後を追い、半数は廊下伝いに悲鳴があったと思われる方へ急ぎなされ」

「本当にそれで宜しゅうございましょうか。私共は……」

「くどい。早《はよ》う急ぎなされ、これは私《わたくし》の命令じゃ」

「はっ。畏《かしこ》まりました」

人の激しく動く気配が、障子を通して美雪と多鶴に伝わり、体と触れ合ったらしい雨戸が三度立て続けに鳴った。

「今宵は離れに長い付き合いの大事な客を泊めているというのに、何たることじゃ」

「まあ、お客様が離れにいらしたのでございますか……」

「それは、ま、よい。さ、来なされ。美雪」

多鶴は慌てる様子を見せることなく腰を上げると、美しい孫を促すかのように皺枯れた手を差し出した。

美雪はその手に体の重みの負担を掛けぬよう軽く触れて、立ち上がった。

「こちらじゃ」

多鶴は美雪の手を引いて、「次の間《ま》」との間《あいだ》を仕切っている無地の襖障子を静かに開けた。遠州式の大行灯（遠州行灯）の明りが「雪代の間」から「次の間」へと流れ込む。否、この「次の間」も「雪代の間」ではある。が、独立した座敷であるかの如く、この「次の間」にも先の間と同じように、床に黒漆塗の板を敷いて外の明りを取り入れる円窓《まるまど》を持つ「円窓床《えんそうどこ》」と呼ばれる床の間があって、刀掛けには雪代の護身用大小刀が残されていた。

多鶴が仕切りの襖障子を閉め戻したとき、またしても遠くで悲鳴があがった。今度は絹《きぬ》を裂くような鋭い女の悲鳴である。

だが、多鶴は全く動じない。襖障子は閉じられたが、欄間《らんま》の格子や透かし彫りの間から漏れ込む遠州行灯の明りで、思いのほか暗くない「次の間」だった。

多鶴が「取っておくれ。二本とも」と長押《なげし》（鴨居の上の横木）を指差してみせた。

美雪が視線を上げると、二本のやや短めな槍が掛かっていた。

亡くなった母（雪代）の護身用だ、と咄嗟に理解してそれに手を伸ばした美雪だった。

二人は、穂鞘《ほさや》を取った槍を手にして、襖障子から五、六歩退がった。

「槍を使《つこ》うたことはあるか美雪」

「父上より宝蔵院流僧兵槍術を相当期間に亘《わた》って教わって参りました。なれど美雪は実戦で用いたことはありませぬし、また用いる自信もございませぬ」

「刀の方が使い勝手が宜しいかえ」

「まだしも……けれども今はこの槍で結構です」

「其方《そなた》の大小刀は小振りじゃったな。侍寸法の方がよいならば、其方《そなた》の母者《ははじゃ》(雪代)の残していった大和伝《やまとでん》・古千手院行信《こせんじゆいんゆきのぶ》の大小が、そこの床の間に掛かっておる。切れ味すぐれる名刀じゃ」

多鶴が顎の先を「円窓床」の方へ小さく振ってみせたとき、三度目の男の悲鳴が生じた。

これは、先程よりもかなり近くであった。

「お祖母様《ばばさま》は私《わたくし》の後ろに控えていて下さい」

「何を言うか。この曽雅家へ恐れも無くようも踏み込んで参った不埒《ふらち》の者共。このお祖母《ばば》が生きては帰さぬ。根絶《ねだ》やしにしてくれようぞ」

「それにしても、この刻限に一体何者が……」

「今宵、江戸からの客の歓迎の宴があると読んで、酒の酔いが皆に行き渡ったであろう頃を狙って襲い掛かってきたのじゃ。そうに違いない」

「離れにお泊まりとかのお客様を狙って、という心配はございませぬか」

「それはない。賊徒などに命を狙われるような御人《おひと》では断じてない」

「若しや、大神神社《おおみわじんじゃ》への途上で出没した貫頭衣どもが、またしても……」

「うむ。かも知れぬ。一体何が目的じゃ」

「家臣の者たちへは、歓迎の宴の席ではあっても一滴の御酒《ごしゅ》も戴いてはならぬ、と申し渡してございました」

「さすが幕府武官筆頭、西条家の娘じゃ。それでよい」

「お祖母様《ばばさま》、どうか私《わたくし》の後ろへ……」

美雪はお祖母様《ばばさま》の前へと一歩踏み出して立つと、近頃これだけは何時如何《いついか》なる場合であっても着物の袂《たもと》に忍ばせるようにしている細い巻紐を槍を持たぬ方の手で取り出し、ひと振りして解きほぐすや、槍を豊かな胸前に立てかけて鮮やかに素早く襷《たすき》掛《が》けとした。流れるような所作だ。

それを見てお祖母様《ばばさま》が思わず「ほう……」という表情を拵える。

美雪に、いざという場合の女性《おなご》の襷掛けの大事さを説いたのは、他でもない「あの御方《おかた》」であった。しかも「あの御方《おかた》」流独得の掛け方である。

「小太刀にしろ懐剣にしろ、対決する相手に向け振り回したときほんの一瞬でも袖《そで》が顔前で翻《ひるがえ》りやすと、それが生死の分かれ目となりやす。お宜《よろ》しいかえ、ようく御覧《ごらん》なさいましよ。袖のこの辺りのこの部分を丸く巻き込むかたちで強めに紐を絞めて襷掛けに致しやす。この締め方だと、たとえ強めに絞めても腕に痺《しび》れがくることはござんせん。さ、見ていてあげやすから御自分でやって御覧なせえまし」

「あの御方《おかた》」の優しい物静かな言葉が、いま胸の内になつかしく熱く甦っている美雪だった。

「おのれ、待ていっ」

叫びと共に廊下を走る荒荒しい足音が急速に迫りくるのをお祖母様《ばばさま》と美雪は感じ取った。

明らかに二、三人の足音と判った。

「あの叫び声はお祖母様《ばばさま》。家臣の土村小矢太に相違ございませぬ」

「土村……確か西条家の足軽頭土村利助の二男とかじゃったな」

「はい。念流の達者でございます」

二人が小声を交わしている間に、荒荒しい足音はたちまち「雪代の間」の前あたりまできてギンッ、チャリンと耳に痛い激しい撃剣《げきけん》の音に変わった。猛烈に切り結び合っているのであろう、空気を切り鳴らすヒヨッという鋭い音まで、はっきりとお祖母《ばば》様《さま》と美雪の耳に届いた。

続いて雨戸が蹴破られたと判るけたたましい音があって、「美雪様、退却を、退却を……」と甲高い悲鳴のような声がした。絶叫であった。

「小矢太……」と、美雪が目の前、塞がっている襖障子へ足を踏み出そうとするのを、

「うろたえるでない美雪」とお祖母様《ばばさま》が抑えた。

「其方《そなた》が危険の中へ飛び出せば、邪悪と奮闘する家臣の働きが無駄となるのじゃ」

「なれど……」

「出てはならぬ」

お祖母様《ばばさま》が険しい目で美雪を睨みつける。

「この痴《し》れ者《もの》が」と座敷の直ぐ前で女性《おなご》の怒りの声とギン、ギン、ガチンと鋼《はがね》対鋼《はがね》の打ち合う音が響きわたった。

「佳奈……」

と、美雪が尚も「次の間」から出ようとするのを「駄目じゃ」とお祖母様《ばばさま》が小さな体をぶっつけるようにして懸命に制止する。

佳奈が斬られたのか、尾を引くような甲高い呻きがあって、「雪代の間」の障子が鉄砲を射ったような音を立てた。力まかせに引き開けられた障子が、受け柱に当たって生じた音であると、美雪にもお祖母様《ばばさま》にも判った。

二人は「次の間」の奥まで退がって、槍を身構えた。

「美雪や、このお祖母《ばば》が大声で不埒者《ふらちもの》に突きかかる。其方《そなた》はお祖母《ばば》の背中から不埒者を串刺しにするのじゃ」

囁くお祖母様《ばばさま》に美雪は首を横に振って小声を返した。

「そ、そのような恐ろしいこと、美雪には出来ませぬ」

「やらねばならぬ。其方は蘇我本宗家の血を引いているのじゃ」

「出来ませせぬ」

「老いて枯れたお祖母《ばば》に残された人生は、あと僅か。じゃから美雪……」

「出来ませぬ。私《わたくし》はお祖母様《ばばさま》を守り抜きます」

そう囁いて美雪がお祖母様《ばばさま》の前に立ったとき、仕切り襖が勢いよく開いて大行灯の明りが流れ込んできた。

「無礼者、さがれっ」

美雪は槍を腰撓《こしだめ》として、礑《はつた》と相手を睨みつけた。大行灯の明りを逆光のかたちで背に浴びた大きな黒い影であった。したがって面相は判らない。だが、肩の下まで長く垂れながした乱れ髪と、着ている物は見て取れた。まぎれもなく貫頭衣だ。その乱れ髪が、逆光のせいなのだろうか何と鋭く銀色に光っている。おそらく白髪《しらが》なのであろう。

その異様さに美雪は震えあがった。恐れていたことが遂に現実となったのである。刀を右手の大きな黒い影が、無言のままずいと「次の間」に入ってきた。美雪の見誤りではなかった。長い乱れ髪はまぎれもなく銀色に光っていた。

「さがれっ」

美雪は再び必死の叫びを放った。叫びながら余りの恐ろしさのため胸の内で泣いていた。自分はこれほどにも弱いのか、とも思った。

（先生、お助け下さい。……お力をお与え下さい）

この思いよ届いておくれ、と美雪は願った。祈りであった。

「ぐふふっ」

不埒者が獲物を見つけた獣のように喉を鳴らした。いや、笑ったのかも知れなかった。

「何者じゃ、名乗れい」

お祖母様《ばばさま》が美雪の帯を摑むや小柄な体に似合わぬ力で引き退げ、その前へ自分が回り込んだ。

「さあ、名乗れい」と再び大声を発し今にも突き掛からんばかりに穂先を相手に向ける。

すると相手はまるで舞台役者にでもなった積もりであるかのように頭を大きくひと振りした。バサッと音を立てて銀色の長い髪が頭を軸として円を描き、そして乱れ髪が割れた。

「お、おお……」

と、お祖母様《ばばさま》がよろめき退がって、その背中を美雪にぶっつける。割れた乱れ髪の間から、「さあ見よ……」とばかりに不埒者がその素顔《すがお》を覗かせたのだ。逆光の中、それは見誤ることのない確かさで「さあ見よ」とばかり演じてみせた。

この世の者とは思われぬ凄まじい素顔が、お祖母様《ばばさま》と美雪の目の前にあった。おどろおどろしい朱色の鬼面《おにづら》であった。否、まぎれもない鬼面《きめん》だ。

「その面を取れっ、化物《ばけもの》めが」

お祖母様《ばばさま》が一歩を踏み出した。屋敷内はすでに大騒乱に陥っているのであろう、男女の悲鳴絶叫が次次と伝わってくる。

「千数百年の昔《いにしえ》……」

不意に鬼面銀髪《おにづらぎんぱつ》の異形が野太い声を発した。野太いとはいえ、来世から迷い出てきた者のような、おどろおどろしい声音《こわね》であった。演じているような、わざとらしさは無い。

お祖母様《ばばさま》は総毛《そうけ》立ち、たじたじと後退《あとずさ》った。

鬼面《おにづら》の言葉が続く。憎憎《にくにく》し気な響きで。

「おのれら一族が権力のままに古代王朝の尊き方方《かたがた》を牛耳《ぎゅうじ》り、これを正《ただ》さんとした幾多の名族に鉄槌《てっつい》を下して滅ぼし或は放逐《ほうちく》し、六千万両相当《そうとう》と伝えられる金塊を私《わたくし》致したことは明らか」

「六千万両……」

呟いて美雪は茫然となった。六千万両相当とはまた、気が遠くなりそうな途方も無い額である。

「何を世迷言《よまいごと》を。祖母《ばば》に続け美雪」

そう言うのと腰撓槍《こしだめやり》で相手に突っ掛かるのとが、同時のお祖母様《ばばさま》だった。

「駄目っ」

美雪が踏み出そうとした時には、「笑止」とばかり鬼面《おにづら》の剣がお祖母様《ばばさま》の頭上に唸りを発して振り下ろされていた。

お祖母様《ばばさま》の頭蓋が打ち割られて血しぶきが飛び散り、その小さな体が呻きを発することも無く仰向けに倒れ、美雪は耐え難い絶望の余り槍を捨てて両手で顔を覆い、両膝を折ってしまった。

やさしい気性の美雪であった。武官筆頭にある父から護身の業を教えられてきたとはいえ、恐るべき邪悪を相手に激闘できる筈もない。

だがである。両手で顔を覆った闇の中で両膝を崩してしまった美雪を、ズダーンという大音響が見舞った。それは両膝をついている美雪の姿勢を乱してしまう程の、凄まじい畳床《たたみどこ》の震えだった。紛《まご》うこと無き激震《げきしん》である。

美雪は顔を覆っている両手を、恐る恐る開いた。

何ということであろうか。這う姿勢のお祖母様《ばばさま》が槍を手放すこともなく、しっかりと此方《こちら》へ躙《にじ》り寄ってくるではないか。てっきり斬られた、と見えた筈のお祖母様《ばばさま》が。

そして美雪は、そのお祖母様《ばばさま》の直ぐ向こうに見た。逆光の中、ひとときさえも忘れたことのない御方《おかた》の、すらりと伸びきった綺麗な「後ろ影《うしろかげ》」を。

見間違いなどではなかった。他人の空似とかでもなかった。確信があった。絶対的な。

(宗次《そうじ》先生……)

この世に神はおられた、と美雪は思った。日常の生活の中で、亡き母の御霊《みたま》を通じて仏の存在――手ざわり――を感じそして信じることはあっても、神は余りにも遠過ぎる手ざわり無き存在と思ってきた美雪だった。

だが、目の前に宗次先生がいた。江戸で「天下一」と評判高い天才的浮世絵師の。

僅かに右足を後ろへ引き、何事もなかったかのように下げている両手には、得物《えもの》（武器）は無い。素手《すで》だ。

にもかかわらず、宗次先生と間近く向き合う位置に、見る者を震えあがらせる朱色の鬼面《おにづら》が、片膝をつき右手の大刀を畳に突き立てて、今まさに立ち上がろうとしていた。

が、ぐらりと泳いで左手を畳についた。立ち上がれない。

宗次先生に叩きつけられたのだ、と美雪には判った。胸に熱いものが激しく込みあげてきた。たちまち宗次先生の「後ろ影」が霞《かす》んで、小さな涙の粒が美雪の頰を伝い落ちた。大きな安堵《あんど》であった。

けれども次の瞬間にはハッとなって、美雪は「次の間」の円窓床《えんそうどこ》へ駈け寄り、刀架けの大和伝《やまとでん》・古千手院行信《こせんじゅいんゆきのぶ》の大小刀をしっかりと両手に取った。

多鶴は美雪の急激な変化を見逃してはいなかった。畳の上に正座してしまい両膝の上に槍を横たえ、身じろぎもせず美雪の動きを眺めている。

「先生……」

美雪は浮世絵師宗次の半歩ばかり左肩後ろ辺りに近付いて、そっと囁いた。

宗次が朱色の鬼面から目を放さず半歩退がって、「手傷は？」と矢張り囁いた。それは「次の間」に美雪がいると先《せん》から知っていた者の言葉の響きだった。やさしさが満ちあふれている。

「大丈夫でございます」と答えながら、美雪はまたも小さな涙の粒をこぼした。

「よござんした。お祖母様《ばばさま》は？」

宗次が、お祖母様《ばばさま》、と表現した。しかしそれに気を取られている場合ではない、美雪である。

「お祖母様《ばばさま》も無傷でございます」

「何よりでござんす。では、退がっていなさるがよい」

「これ……お刀」

美雪は鬼面に油断なく視線を注いだままの宗次の左手へ、古千手院行信《ゆきのぶ》の柄頭《つかがしら》を、半ばおそるおそる触れさせた。

それを手に取って帯に通した宗次の動きは落ち着いてはいたが、素速かった。

そして、そこではじめて美雪と顔を合わせ、知性の迸《ほとばし》りを見せている薄く切れ込んで引き締まった唇の端に、チラリと笑みを漂わせた。

それだけなら、尚も涙の粒を落としてはいなかった美雪だった。

宗次は刀を帯に押し通した右手は柄に触れたままに、左手を美雪の頬へと運んで涙の跡を軽くそっと拭ってやったのだ。

「先生……」

「大丈夫。さ、退がっていなせえ」

「はい」

頷いて美雪は、はらはらと涙を落としながら、お祖母様《ばばさま》の位置まで退がった。

「美雪、そなた……」

多鶴は呆気《あっけ》に取られたようにして、宗次の背中と美雪とを見比べた。

美雪は小声で応じた。

「もしや、お祖母様《ばばさま》。離れにお泊まりのお客様とは、佐紀路《さきじ》の菊寺《きくでら》の名で知られておりまする海竜善寺《かいりゆうぜんじ》の百了禅師《びやくりようぜんじ》様と、あの御方様《おかたさま》……」

と、そこで言葉を切った美雪は、宗次の「後ろ影」へ視線をやった。

「……江戸で天下一の浮世絵師と評され、今や京《みやこ》の御所様（天皇）からもお声掛かりがあると言われておりまする宗次先生ではございませぬか」

「そうじゃ。その通りじゃ。百了禅師《びゃくりょうぜんじ》様の大事なお客様としてな……それよりも美雪、其方《そなた》あの宗次先生をよく御存知なのかえ」

お祖母様《ばばさま》は、凶悪と向き合っている宗次の背中と美雪とをまた見比べた。

「はい。よく存じておりまする」

「まさか美雪、其方《そなた》……」

お祖母様《ばばさま》がそこまで言ったとき、宗次の前で朱色の鬼面がようやくのこと立ち上がり、天井を仰いで絶叫した。辺りを圧する、さながら雷鳴のような絶叫であった。

「うおおっ」でもなく「かあっ」でもない、文字でも言葉でも表現し難い異様な咆哮だった。

「な、なんじゃ一体……」

と、気丈なお祖母様《ばばさま》が思わず美雪にしがみ付いた。まるで人間とは思えぬ常軌《じょうき》を逸《いっ》した狂乱の咆哮に、さすが美雪も顔色が無い。

もう一度吼《ほ》え直し、宗次を威嚇するかのように半歩踏み出して畳を震え鳴らした鬼《おに》面《づら》が、何を思ったか廊下へとよろめき退がった。

まるで見事な悪役者。

廊下の雨戸三枚が広縁をこえて庭の下へまで吹っ飛び、今宵の外《そと》は篝火《かがりび》の無い漆《しっ》黒《こく》の闇だった。いや、「雪代の間」の大行灯の明りで、うっすらとだが庭先あたりまでは染まっている。散乱する雨戸三枚を視認できる程度には。

が、何もかもを溶かし込んでしまう程の重い闇と言って差し支えなかった。

宗次に叩きつけられいささかの痛手を受けている筈の鬼面が広縁からひらりとばかりその闇に向かって舞い上がり見えなくなった。

そして、またもや朗朗たる大咆哮を放ったではないか。姿は闇に溶け込んで見えなかったが、咆哮は広縁からそう遠くない先だ。

宗次がゆっくりとした歩みで、広縁の端へと近付いてゆく。

お祖母様《ばばさま》と美雪は、その「後ろ影」から視線をそらさずに、固唾《かたず》をのんだ。とくにお祖母様《ばばさま》は、百了禅師《びゃくりょうぜんじ》より宗次のことを「すぐれた浮世絵師」としか紹介されていないため、心の臓をはらはらとさせて極度の緊張状態に陥っていた。

宗次の歩みが、広縁の端で止まった。さながら人気役者の如く、すらりと伸びきった後ろ姿。

と、闇《くら》く広い庭の向こうがほんのりと月明りに染まり出し、それが次第に広縁の方へと、明りを強めつつ、さざ波が打ち寄せるかのように広がり出した。

（あっ……）という驚きの声を忘れて美雪が思わず背すじを反らし、お祖母様《ばばさま》が「なんと……」と恐怖の呟きを漏らした。

お祖母様《ばばさま》と美雪が、皓皓《こうこう》と降り出した月明りの中に見たものは――。

十三

いつの間《ま》に其処《そこ》へ現われていたのか、さながら真昼《まひる》を演じるかのように降り注ぎ出した青白い月明りの中に、顔をそむけたくなるような侵入者が「雪代の間」と向き合うかたちで横一列に仁王立ちだった。

その数、なんと三十名に確《たし》かに迫っていた。

美雪は肩を窄《すぼ》めるようにして息を止め、お祖母様《ばばさま》はふらつきながらも立ち上がって左手の槍を微かに震えている右手へと持ち替えていった。美雪よりも、お祖母様《ばばさま》の表情の方が強張《こわば》っている。

それもその筈。侵入者の分際《ぶんざい》で三十名に迫らんとする全員が昂然《こうぜん》と腕組をし、ぼろぎれのような貫頭衣に乱れた長い銀髪だった。そして、「さあ、見よ」とばかりにその長い銀髪を面前《つらまえ》で左右に分け、くわっと見開いた眼《まなこ》の鬼面《おにづら》を覗かせている。

いや、鬼面《おにづら》ではなかった。ここに来て美雪もお祖母様《ばばさま》もその鬼面《おにづら》の真《まこと》をようやくのこと確《しっか》りと見ることが出来ていた。正しくは般若面《はんにゃづら》であった。般若とは本来、物事の理を看破《かんぱ》する強靭な崇高にして清冽なる智慧を指している。世に知られる「大般若経」（全六百巻）は、この問題の備えとなる神聖この上もない経典とされている。

もう一方で般若は、能《のう》の女面《おんなめん》（鬼女）の一つとして、憤怒《ふんぬ》、苦悩《くのう》、嫉妬《しっと》という三つの情について、舞台芸術の上で輝かしい幾多の演舞を残してきた。圧倒的な迫力のもと、にである。

こともあろうに曽雅家へ踏み込んだ不埒の者共《ものども》は、その般若で凶《きょう》徒《と》面《づら》を隠しまるで征服者の如く傲然《ごうぜん》と仁王立ちではないか。

美雪もお祖母様《ばばさま》も、さながら月下の歌舞伎の舞台にでも引き込まれていくかのように、身じろぎもせず其奴《そやつ》らを見守った。

其奴らの中央に位置する一際《ひときわ》体格の大きな般若はなんと青面《あおづら》であって、貫頭衣も腰の両刀の柄も青であった。二本の角《つの》の先は鋭く、真っ赤な口は耳の下まで裂けている。其奴の配下にしか見えない他の連中はひとりを除いて皆、貫頭衣も般若面も白だ。

青般若の直ぐ右手の位置には血を浴びたかのような朱色の般若が、刀を杖として左脚をふらふらと震わせながらよろめき立っている。

明らかに、逃げ込んだ、という表現が妥当な、宗次に叩きつけられた赤般若の態《てい》であった。

余程に凄まじい投げを、宗次から浴びたのであろう。なにしろ畳床が大音響を発したのだ。般若面の内側でその素顔は苦痛で歪んでいるに相違ない。

広縁の端に立った宗次が、大和伝・古千手院行信の鯉口を切り、そして柄をさながら労《いたわ》るようにひと撫でしてから、鞘をサリサリと微《かす》かに鳴らした。遂に白刃《しらは》が月明りの中にあらわれ出した。

ゆっくりと……実にゆっくりと鞘から滑り出た白刃が一度、中程でその動きを静止させ、月明りを吸って白刃が青みがかった色に染まり、稲妻のような鋭い反射光を一瞬、不埒共に向けて放射した。

三十名に迫らんとする般若の不埒共《ふらちども》が、風に煽られでもしたかのように庭土《にわつち》をザザッと鳴らし一斉に数歩を退がる。殆どの者が腰を沈めて抜刀の構えを見せていた。

宗次が白足袋《しろたび》のまま広縁下の踏み石の上に下り立ちながら、遂に古千手院行信を完全に抜き放って刃を僅かにひねる。それにより、またしても刃が稲妻を放った。

般若の不埒共が、白刃を自在かつ微妙に操る宗次に圧倒されてか、再び地面を擦《す》り鳴らし、土煙りで足元を曇らせて退がった。

宗次が下り立って不埒共を見据える踏み石の脇に、袈裟《けさ》懸《が》けに血を噴き出している息も絶え絶えの二人——男と女——がいた。

男の名は小矢太。西条家の足軽頭土村利助の二男で、忠寛に次ぐ手練の筈であった。

女は腰元の佳奈である。

眩しいばかりの月明りを浴びる宗次は、振り返ってお祖母様《ばばさま》を見た。美雪ではなくお祖母様《ばばさま》を見たのは、この曽雅家の実質的な当主、とすでに理解しているからであろうか。

「美雪や……」

お祖母様《ばばさま》に促されて、美雪は「はい」と腰を上げた。

「宗次先生の眼差《まなざ》しが、こちらへ、と招いておられる」

「はい。私《わたくし》もそうと見ました、お祖母様《ばばさま》」

「そうか、そう読めましたかえ」

多鶴は頷くと、右手の槍を腰撓《こしだめ》とし、左腕を美雪の右腕に絡めて「次の間」から「雪代の間」へ、そろりと移った。表情に強張《こわば》りは見られるが、それにしても大変な気力であった。小柄な老体からは、とても窺《うかが》えない気力だ。

美雪はお祖母様《ばばさま》に促されて「雪代の間」から廊下へ、そして廊下から広縁へと出て血まみれの小矢太と佳奈を認め、(あっ……)と声無き叫びをあげた。

「お祖母様《ばばさま》、応急の手当に必要なものはございませぬか」

「うろたえるでない美雪。ここは大和国《やまとのくに》の曽雅本宗家ぞ」

そう言うなり多鶴は広縁に槍を投げ捨てると、「雪代の間」へ這うように上体を泳がせて身を翻えした。

美雪が「小矢太、佳奈……」とうろたえ気味に踏み石の上へ白足袋《しろたび》のまま下りようとすると、宗次が「お止しなせえ」とやんわり制止した。目は不埒共へ向けたままだ。

「浅い傷じゃござんせんが大丈夫。心配いりやせん」

「は、はい」

美雪は、家臣かわいさの余り醜《みにく》いうろたえを宗次先生に見せてしまった、と広縁に座り込み肩を落としてしまった。

宗次が正面の青般若を見据えつつ、踏み石から下り、一歩さらにもう一歩と不埒の者共へ静かに迫った。

今度は侵入者は退がらず、双方の間が縮まった。

と、青般若がのっそりとした動作で二歩前に出て、礑《はつた》と宗次を睨みつける。ただ睨みつけただけではない。人気役者の大見得の如く、頭をひと振り、つまり乱れた銀色の長髪を大きく激しくひと振りして、ぐいっと青般若面《あおはんにゃづら》を前に突き出してみせた。

腰に両手を当てた姿勢で。

「千数百年の昔《いにしえ》より……」

それは赤般若面《あかはんにゃづら》が少し前に、お祖母様《ばばさま》と美雪に対して突きつけた憤怒に満ちた大声そのものだった。

違うところは、その大声を後押《あとお》しするかの如く、白般若《しろはんにゃ》共が一斉に「おうっ」と怒濤《どとう》の斉唱《せいしょう》を放ったことだ。満月の月明り降りしきる夜気が泣き震えた。

赤般若は、またしても脚をぐらりとよろめかせ、斉唱には加われない。カッとばかり宗次を睨みつけている。

「おうっ」と、青般若を促すような白般若共の再びの一大斉唱。

大振りに二度頷いてみせた青般若の怒声が──明らかに怒声が──夜陰に轟きわたった。

「……おのれ恨めしやと追い続けて参った蘇我の権力亡者共《けんりょくもうじゃども》。古代王朝より掠《かす》め取《と》りし六千万両相当の財宝を我等の手に今直ちにこの場で戻すか、さもなくば我等の聖なる手によって滅すべき道を辿《たど》るか、性根《しようね》を据えて確《しつか》り返答せい」

「おうっ」

白般若共が一斉に吼えて二歩を踏み出し、予め決められてあったかの如く皆揃って綺麗に抜刀の構えとなった。

月下に殺気が急激に膨れあがる。表門の界隈《かいわい》にもまだ般若の別勢力が止まっているのか、その方角でまた悲鳴がおこった。

「古代王朝より掠め取りし六千万両相当の財宝とは一体何じゃ。この古屋敷《ふるやしき》の何処にそれ程の財宝を隠せるというのじゃ。それを戻せ返せと喚くおのれ等《わめ》侵入者こそ、その薄汚なき般若面を取って素顔を見せ、血筋正体を堂堂と名乗ってみせい」

叫び返したのは、お祖母様《ばばさま》であった。広縁に立ち、両手に薬箱を提げて爛爛《らんらん》たる眼《まなこ》で般若共を睨みつける。力なき小柄な老婆でありながら、その体からぷるぷると憤怒を放つ凄まじさは、一歩も退《ひ》かぬ迫力だ。

美雪がお祖母様《ばばさま》の手より薬箱を受け取り踏み石の下へと下りたとき、一言も発することなく無表情に般若共を見つめていた宗次の足が滑るように音立てることもなく青般若へと迫った。風のように疾く、しかも大和伝・古千手院行信をなんと右の肩に乗せている。

白般若共が、よく鍛えられた兵の如くに慌てることなく素速く、乾いた庭土を蹴って土煙りをあげ、青般若の前に立ちはだかった。そして、一糸の乱れもなく抜刀。お頭様《かしらさま》――青般若――を断固として護り抜こうとする烈烈たる意気込みが、殺気をも孕みつつ、炎《ひ》を噴きあげている。

その立ちはだかる白般若共の直前、三間《けん》ばかりを空けて宗次の動きが止まった。

「な、何者じゃ、おのれは一体」

赤般若が怒り狂ったように怒声を発した。依然として刀を右手に杖とし、よろめき立っている。どうやら、おのれの予想をこえた手傷を受けたようであった。

「汚らわしき侵入者共の方こそ名乗れ。さあ、面を取って名乗ってみよ。この小さなお祖母《ばば》が怖いか。名乗れぬか。比類《ひるい》無き程に卑劣極まる馬鹿者共めが。ぷんぷん臭うぞ田舎者《いなかもの》めが。さあ、名乗れい」

忿懣《ふんまん》が余程に収まらないのであろう。いや、激怒しているのであろう。小さなお祖母《ば》様《さま》が広縁の端にそれこそ仁王立ちとなって、尚も叫びまくった。凄みを増している。異様とも言える、凄みであった。

それを聞き流してか、美雪は小矢太と佳奈の手当に懸命であった。

「そこな若僧っ」

白般若の護りの背後で、背丈に恵まれた赤般若が左手をわなわなとさせて宗次を指差した。

「おのれは何者じゃ。先ずおのれが名乗れ。さあ、名乗れい」

よろめきながら頭を振り回し、さながら半狂乱の態であった。

聞こえていたのか、いなかったのか、宗次が無表情のまま肩に乗せていた古千手院行信を、すうっと右下段構えに下げる。

その一瞬を捉えて、青般若が「殺《や》れい。其奴《そやつ》を」と轟然たる声で命じた。その命令があると待ち構えていたのであろう。白般若共が宗次の右下段構えが固まるよりも先に、庭土をずずっと響かせて取り囲んだ。

乾いた庭土が土煙りとなって白般若共の膝頭あたりまで舞いあがる。

しかし宗次の動きに、寸陰を惜しむ乱れは全く無かった。静かな流れるように美しい動きが、切っ先を右足先の真上として、ぴたりと止まった。しかもである。両の目を閉じている。いっさいの雑念を拒むかのようにして。

小矢太と佳奈の応急手当に懸命な美雪は気付かなかったが、広縁に怒りの老体を仁王立ちとさせているお祖母様《ばばさま》は、目を閉じた横顔をややこちらに見せるかたちとした宗次の右下段構えに、茫然となった。当たり前な茫然ではなかった。精神《こころ》の置き場所を見失ったかのような、口を薄く開《あ》いたままの茫然であった。

(な、なんと綺麗な……)

思わず胸の内で、そう呟いた自身の呟きにさえも気付かぬ、お祖母様《ばばさま》であった。

多鶴は生まれてはじめて見た。たったひとりの侍が、圧倒的に不利と判る多数の敵を相手にしかも両の目を閉じて完成させた、右下段構えという藝術的なほどに美しい構えを。

それは一方で、凄惨《せいさん》、という表現を隠し持っていそうな美しさでもあると気付いた多鶴は思わず、ぶるっと小さな老体を震わせた。

白般若共がまたしても庭土を擦り鳴らし、宗次を取り囲んだ輪を縮める。

ここでようやくのこと、美雪がその対決のかたちに気付いて、息をのんだ。

「先生……」

と、小声を漏らして立ち上がった美雪に、「見ているのじゃ美雪、静かに……」とお祖母様《ばばさま》が小声ではあったが強い響きで告げた。

「美雪や。其方《そなた》、宗次先生を好いておるな」

お祖母様《ばばさま》の囁きに、美雪は豊かな胸の前で可憐《かれん》に合掌しつつ、黙っていた。まるで幼子《おさなご》のような素直《すなお》さになりきっている自分が、美雪には見えていたが、答えずに黙っていた。それこそが大事であるかのように。

「そうか、いい子じゃ、いい子じゃ」と、お祖母様《ばばさま》が矢張り囁きで応じた。美雪の胸の内を果たして理解できたのであろうか、それともできなかったのであろうか……。

この時――。

「何をしておる。殺《や》れい」

「おうっ」

命令の怒声と、承知の斉唱が同時に迸《ほとばし》って、満月が急に曇った。

小さな雲が、西から東へと夜空を流れている。

宗次の右下段の身構えは、ひと揺れもしない。

お祖母様《ばばさま》も美雪も小さな息をすることさえも、堪《こら》えた。背すじに氷塊を押し当てられているようであった。

夜空の雲が満月の下半分を掠《かす》めて、流れきる。

皓皓たる白昼の夜、が戻ってお祖母様《ばばさま》の喉《のど》が怯えたように、ごくりと鳴った。

刹那《せつな》――。

「むんっ」

「えいっ」

裂帛の気合い二つよりも先だった。二本の白刃《しらは》が貫頭衣を閃《ひらめ》かせ宗次の左右より月光を散乱させて矢のように斬り掛かる。修練を積み重ねたと判る凄まじい速さ。

笑う般若面。

美雪が耐えられずに、両手で顔を覆った。

だが、お祖母様《ばばさま》は見た。見なければならぬ、と全身で踏ん張った。

空気をブンと斬り鳴らして右から振り下りてくる般若刀《はんにゃとう》へ、なんと宗次が踏み込むようにして顔を持っていった。両の目を閉じた顔をである。

信じられないような光景を、お祖母様《ばばさま》は見た。

顔をざっくりと割られた、かに見えた宗次が、ふわりと僅かに背中を反らせ、その鼻先を白般若の切っ先が掠めた。

お祖母様《ばばさま》にはっきりと見えたのは、そこ迄であった。

次の瞬間、振り下ろした切っ先で地面を激しく打った筈の白般若は、刀を高高と中空《ちゅうくう》に舞い上げられ、利き手の甲を真っ二つに裂かれていた。白般若が膝を崩す。

この時には宗次は膝を崩した白般若を既に回り込み、もう一方の白般若の背後に立っていた。猛速でも迅速でもない宗次の動きであった。お祖母様《ばばさま》には、それこそ蝶が舞うかのように、ふわりとしたやさしい速さにしか見えなかった。まさに、見えなかった、のだ。

真《まこと》は、閃光の如き、激烈な速さであったことを、知るよしもないお祖母様《ばばさま》である。

背後に回られた白般若が慌てて振り向いたが、それは敗北の無残な姿を宗次に預けたに過ぎなかった。

身構えする間《ま》も許されず其奴《そやつ》の刀はギンとひと鳴りして地面に叩き落とされ、下から上へと翻《ひるがえ》った古千手院行信の一閃で、先《せん》の奴と同様またしても利き掌《て》を割られるや、背中から激しく無言のまま沈んだ。

お祖母様《ばばさま》は戦慄し、鳥肌立った。その様は、はっきりと見えた。

背中から沈んだ白般若の肉体が、庭土の上を二度蹴鞠《けまり》のごとく大きく弾んだのである。

人間の肉体は、殆ど水分で出来ている。

硬い地面に叩きつけられた肉体は弾む前に、体内の水分でその弾性はたいてい吸収される。

その程度の知識ならば、当然のこと備えている〈大和国《やまとのくに》・曽雅家のお祖母様《ばばさま》〉であった。

ところが白般若は弾んだ。それもドンと地面を鳴らせて二度も。

物凄い衝撃がその白般若の肉体を見舞った筈だった。

まさしく、その通り。仰向けのまま、ぴくりとも動かない。

「お、お祖母様《ばばさま》……」

顔を覆っていた両手を下ろし、宗次の無事を我が目で確かめた美雪は、幼子のように「よしよし」とお祖母様《ばばさま》に肩を抱《いだ》かれた。

二人に背中を見せて宗次は、呼吸《いき》を荒らげることも肩を力ませることもなく、右下段構えで青般若に向き合っていた。青般若は刀の柄に手をやって仁王立ちのままだ。

「無念無想《むねんむそう》……を極めた剣じゃ。そして、あれこそ、静中夢想《せいちゅうむそう》の剣じゃ。まるで夢見るような」

お祖母様《ばばさま》は、「ほおお……」と小さく息を乱しつつ、いささか剣を心得ている者の如く一気に呟いた。

「美しい……実に見事じゃ」

それが、驚きを込めたお祖母様《ばばさま》の呟きの締《し》め括《くく》りであった。

と、月下を表門の方向から駈けてくる慌ただしい足音があった。

「義助じゃ。あの駈けようは……」と、お祖母様《ばばさま》が足音の方を不安気に見る。

屋敷の大屋根が月明りを遮って、表門方向へと広がる庭が濃い影で染まっている。

その大屋根の影の中を走り抜けて月明りの中へ、現われたのは、義助ではなかった。

白い貫頭衣に返り血を浴びた、白般若である。小柄だ。

だが向き合う宗次と青般若は身じろぎ一つしない。斬るか斬られるかの無音無騒の激突が、いま双方の間で火花を噴き散らし始めていた。

一触即発だった。

貫頭衣に返り血を浴びて駈け現われた小柄な白般若は、利き手を朱に染めて倒されている仲間二人に一瞬、体全体で驚きを見せた。

そして、宗次の背後へ刀の柄に手をやりつつ忍び寄ろうとしたが、「邪魔だ、消えろ」と青般若の雷鳴のような怒声が飛び、首をすくめて飛び退がった。

「此処へ来いっ」

刀を杖として気丈に反り返り立ちしている赤般若が其奴《そやつ》を手招いた。

どうやら、青般若が首領で、赤般若が副首領というところか。

赤般若に近寄った小柄な白般若が、その耳元で何事かを囁いた。

赤般若が「うむ」とばかり一度二度と首を縦に振った。

「獲物《えもの》取ったり……」

赤般若が青般若の背に向かって、大声で猛猛《たけだけ》しく叫んだ。

青般若が深深とした頷きをみせた。「よくやった」と言わんばかりの満足気な頷きだった。そして、その全身から、見ている者に判るほど、すうっと殺気が消えていく。むろん、宗次がそうと気付かぬ筈がない。古千手院行信を静かに鞘に戻すと懐手となって踵を返し、ゆったりとした足取りで美雪と顔を合わせて戻り出した。

お祖母様《ばばさま》も美雪も体を硬くした。青般若は刀の柄からまだ右の手を放していない。しかも抜刀に備え幾分腰を下げている。一足飛びに斬り掛かれば、宗次は背後から袈裟懸けにやられかねない。

けれども宗次は、さながら舞台を去る役者を思わせるかのように飄然《ひようぜん》の態であった。

「す、凄い……一体どなた様じゃ美雪よ、あの御方《おかた》様は」

お祖母様《ばばさま》は美雪の耳元で囁いたが、宗次をじっと見つめる美雪にその囁きは届かなかった。

またしても月が雲に触れ出して闇が地上に広がり出し、その闇に向かって般若共がたちまちのうちに、消えていった。

十四

楼門を入って西側奥の大広間に横たえられた曽雅家傭人《ようにん》の負傷者たちは下僕頭《げぼくがしら》の義助《ぎすけ》をはじめとする下僕や下働きの小者たち六名と女中二名の合わせて八名だった。幸い死者はひとりも出ていなかったが、侵入者に脇差を抜刀して真っ向から挑んだ義助だけが、左肩にかなりの深手を負って昏睡状態にあった。

古代武門蘇我《そが》家の血を濃く継いでいるとされる曽雅家は、徳川幕府の治世下にあっては名族ではあっても、いわゆる「武家」ではなく、かといって「凡家」では決してない「無格《むかく》」の超有力家つまり「豪家《ごうか》」である。したがって、義助たち下僕は、今の世の大身旗本家の下級侍（足軽など）に相当する立場であると言えた。

ただ蘇我家を、古代の「武門」と見るか「貴族」と眺めるか、それとも「皇家」の外縁家《がいえんけ》として位置付けるかは、極めて微妙で難しい課題ではあった。あるいは、そのいずれにも当たる、と言えなくもないのだ。

曽雅家の傭人である下僕や女中が大広間で治療を受けているのに対して西条家の家

臣で、負傷した土村小矢太と腰元の佳奈は、「雪代《ゆきよ》の間」で本格的な治療を受けていた。二人ともかなりの重傷である。

大広間でも「雪代の間」でも治療に当たっているのは、地元飛鳥村で名医と評価されている老蘭医の尾形関庵《おがたせきあん》先生と五名の医生たちであった。

曽雅家からの急報を受けて、月下の夜道を駆《か》け付《つ》けてくれたのである。

「これで日と共に次第に落ち着いてゆくじゃろう。縫い合わせた傷口は数日で塞がり出し、十日を過ぎる頃には心配なくなる。安心しなされ」

老蘭医の尾形関庵は不安そうな表情のお祖母様《ばばさま》と美雪にそう告げると、傍《かたわ》らの桶《おけ》湯《ゆ》で洗った手で、若い女《おんな》医生《いせい》が差し出した手拭いを受け取った。

「ありがとう御座居ました関庵先生。このような刻限に駆け付けて下さり感謝に堪えませぬ。これ、この通り御礼申し上げまする」

美雪は、お祖母様《ばばさま》が畳に両手をついて、その両手に額が触れる程に頭を下げた姿を、はじめて見たのであった。

「なあに。医者に刻限などあるものですか。それにお祖母様《ばばさま》には二十数年昔、長崎帰りの私がこの里で診療所を開くときには大層助けられました。里内外の漢方医や藩医たちの結束しての反発や抵抗を抑《おさ》えて下されたのは、お祖母様《ばばさま》じゃ。驚きました。鶴の一声じゃった。あのときの有難さ、忘れてはおりませぬよ」

「そうでしたなあ。色色と反発があったものでした」

と頷きつつ面《おもて》を上げるお祖母様《ばばさま》は、やさしい眼差しで関庵先生の皺深い顔を眺めた。

「それにしてもこの騒ぎ。速《すみや》かに奈良奉行所なり奈良代官所なりへ連絡せねばなりませぬぞ」

「すでに小者を大豆山《まめやま》（奉行所位置。現、奈良女子大学）へ馬で走らせております。安全のため三人を馬三頭で」

「左様でしたか。それにしてもこの大和国《やまとのくに》で事も有ろうに曽雅家に踏み込むとは、誠にけしからん。一刻も早く賊徒が捕まることを願っておりまする」

「おそれいります」

「それじゃあ、今宵はこの辺りで引き揚げますが、向こう数日の間は、毎日診《み》に参ると致しましょう。若《も》し容態が急変することあらば、刻限にかかわらず御知らせ下され」

「よろしくお願い致します」

お祖母様《ばばさま》がもう一度、丁重に頭を下げ、ひと呼吸おくれて美雪もそれに続いた。

お祖母様《ばばさま》と美雪の背後に控えていた四十半ばくらいに見える女中頭の布余《ふよ》が、そっと立ち上がり、一度小さくよろめいて腰低く障子に近付き、音立てぬよう静かに開いた。そして直ぐに額が畳に付くほどに平伏した。どことなく強張った動きだった。

関庵先生が治療箱を両手に下げた女医生《おんないせい》を従えて廊下へと出ていく。

「美雪と布余《ふよ》は此処にいなされ。お祖母《ばば》は関庵先生を表門まで送ってきましょう」

お祖母様《ばばさま》は小声でそう言い、「はい」と面を上げた美雪を残して、女医生《おんないせい》のあとに続くようにして「雪代の間」を後にした。

「布余《ふよ》さん……」

まだ平伏したままの女中頭に、美雪はやわらかに声を掛けた。

面《おもて》を上げて美雪を見た布余の異様な眼差《まなざ》しに気付いて、美雪の美しい表情が曇った。

布余は表情にも眼差しにも甚だしい怯えを漂わせていた。唇を小刻みに震わせてもいる。

(無理もない……)と美雪は同情した。大和国で聞こえた「豪家」の曽雅家が何者とも知れぬ凶徒共に踏み込まれるなど、予想だにしていなかったに相違ない。

「もう大丈夫ですから、布余さん……」

別間《べつま》に宗次先生がいらっしゃるから、と言いたいのを途中で止まった美雪であった。

「お嬢様。どうか布余と呼び捨てにして下さいまし。さん付けなど余りにも勿体のうございます」

「けれど……私《わたくし》の思うがままに呼ばせて下さい。宜しいですね」

美雪は怯えを消しそうにない布余に対し、労るように微笑みかけた。

「で、でも……」

「私に恥をかかせるものではありませぬ、布余さん。それはそうと先程からの其方《そなた》の怯え様は何やら尋常ではないように見えますよ。若しかして、体のどこかに手傷を負うているのではありませぬか」

「いいえ。大丈夫でございます。私は臆病で卑怯者ゆえ、大丈夫でございます」

「それはどういう意味なのです? お祖母様《ばばさま》からは、其方《そなた》は気配りが利いて肚《はら》が据わっているので、お祖父様《じいさま》付にして身の回りの世話を任せている、と聞いているのですよ」

「そ、その大旦那様《おおだんなさま》を……」

「え？」

「お年を召されてから、秋になると決まって脚腰の（神経の）痛みに悩まされていらっしゃいます大旦那様を……この布余は……」

「何を申したいのですか、布余さん。曽雅家女中の頭《かしら》に立っているのではありませぬか。震えていますね。申したいことがあらば、きちんと言葉になさい。その震えにかかわりのあることですか」

「お嬢様、どうかこの布余をお助け下さい。私は大旦那様を……大旦那様をお守りし切れませんでした」

「な、なんと……」

　美雪の顔から、すうっと血の気が失せていった。

「まさか布余さん……」

「は、はい。大旦那様は突然踏み込んで来ました白い般若面の賊徒共に、拉致《らち》されてしまいました」

そう言えば、曽雅家傭人の負傷者を多数出した「玄関の間」や台所の板の間《いたのま》そして「奥の間」などを見て回った先程のこと、祖父の姿が見当たらなかった、と今になって気付いた美雪だった。

「お嬢様。どうかお許し下さい。声を……大声を張り上げようとしても怖くて声が出なかったのでございます」

「布余さんは、お祖父様《じいさま》が拉致される様子を、一部始終見ていたのですか」

「は、はい。申し訳ございません。申し訳ございません。叫べば斬るっ、と睨みつけられて頭の中が真っ白になり、体が凍ってしまいました」

「どうしてもっと早く、言って下さらなかったのです。賊徒が一人残らず消えてしまってから、もう随分になるではありませぬか」

「頭の中が……今も頭の中が真っ白でございます」

布余が両手で顔を覆って、わっと泣き出したとき、廊下を踏み鳴らして走っている、と判る足音が次第に近付いてきた。

その足音に大人の男の重さが感じられないことから、美雪は「お祖母様《ばばさま》では……」と捉えて廊下に出た。

矢張りそうであった。お祖母様《ばばさま》が廊下の柱に常夜灯として掛かっている小行灯《こあんどん》の小さな炎《ひ》を揺らしながら、薄暗い中を大変な剣幕《けんまく》で走ってきた。

「雪代の間」に隣接する部屋は静まり返っている。西条家の家臣や腰元たちは美雪の指示を受けて、大広間の負傷者の治療を手伝うために出払っていた。

「み、美雪や、大変じゃ」

美雪にまるで突進するかのようにやって来たお祖母様《ばばさま》は、そう言うなり美雪の脇を擦り抜けて「雪代の間」に飛び込んだ。

「これ、布余」

「お許し下さい。どうかお許し下さい。申し訳ありませぬ、お祖母様《ばばさま》」

「お前は何という……」

ガタガタと体を震わせている布余を睨みつけたお祖母様《ばばさま》であったが、そこで言葉を切ると、大きく息を吸い込んでみせた。自身の気持を落ち着かせようとしているのであろうか。

「お祖父《じい》が白般若共に攫《さら》われたというではないか。その様子を布余、お前は大声ひとつ張り上げることもせず、ただ黙って眺めていたというではないか。その一部始終を義助の幼孫《おさなまご》が物陰から見ていたのじゃぞ」

「恐ろしくて恐ろしくて、体が凍りついてしまいました。お祖母様《ばばさま》。どうかこの布余の命をお取り下さいませ。この命で責任を取らせて下さいませ」

「何を馬鹿なことを言うておる。もっと冷静になりなされ。冷静になって、そのときの様子をこの祖母《ばば》に詳しく話すのじゃ。お祖父《じい》は、白般若共に斬られたり殴られたりはせなんだか。どうじゃ」

「いえ、それはございません。『抵抗はせんから好きなようにしろ』と大旦那様が落ち着いた様子で仰《おつしゃ》いますと、白般若の内でひときわ偉丈夫な者が大旦那様を背負い、あっという間に表門の方へ駆け出していったのでございます。あとに残った数人は大旦那様の居間を何やら家捜《やさが》ししておりましたけれど、その内のひとりが私に近付いて刀の切っ先を向け『若くはないがなかなかよい体をしているではないか。お前も一緒に来ぬか。拙者《せつしや》の女房にしてやるぞ』と言って私に胸元を開かせ刀の切っ先で……」

「切ったというのか」

「は、はい」

「見せなされ。早く」

「は、はい」

布余は震える手で着ている物の胸元を左右に開いてみせた。

むっちりとした膨らみを見せている右乳房の上のあたりが、ごく浅くではあったが確かに長さ七、八寸ばかり横に切られており、血が滲んだ状態だった。が、幸いなことにほぼ乾いている。

「女性《おなご》の体に何とひどいことを。これでは気を失う程に恐ろしかったでしょうに」

美雪は布余の前に正座をすると、着物の胸元をそっと閉じてやり、肩を抱いてやった。

お祖母様《ばばさま》が眦《まなじり》を吊り上げ「おのれ悪人輩《あくにんばら》……」と呟いたあと、ギリッと歯を噛み鳴らした。

十五

月明りが差し込む離れの広縁で、座布団も敷かずに正座をして向き合っている二人の人物——男——がいた。二人の間では、秋冷えを物語るかのように、二つの湯呑みから白い湯気が立ちのぼっている。

座敷の女中の誰かが、たった今、運んできたものなのであろうか。二本の白い湯気には、しっかりとした濃さがあった。

二人のうち右の頰に月明りを浴びている人物の表情は老いて、やや沈んでいた。清貧高徳の名僧として知られている佐紀路《さきじ》の菊寺《きくでら》、海竜善寺《かいりゆうぜんじ》の百了禅師《びやくりようぜんじ》である。

もう一人の物静かで端整な面立《おもだ》ちの人物は、浮世絵師宗次であった。

「それにしても大変な事になってしもうたのう。武技に秀《ひい》で書画に偉才を発揮なされ寺社建築にも熱心であられた光友《みつとも》公の命《めい》を受けて、尾張《おわり》の寺より佐紀路の海竜善寺へ入って早いものでもう二十九年じゃ。その間、曽雅家のお祖母《ばば》様多鶴殿《さま》には、筆舌に尽くし難い程の御世話になった。このような時にこそ、手を差し伸べてやらねばのう」

静かにゆっくりとした口調で言い終えて、月夜の庭先へ沈んだ視線を落とす名僧百了禅師《びやくりようぜんじ》だった。

宗次は、小さく相槌を打っただけであった。正座する右側にやや下げて、古千手院《こせんじゆいん》行信《ゆきのぶ》の大小刀を横たえている。

その大刀の切っ先は、凶徒二人の利き腕の掌《てのひら》を真っ二つに裂《さ》いた訳だが、それについて宗次は目の前の和尚にまだ打ち明けてはいなかったし、自分の口から話す積もりもなかった。

「のう宗次や。明年《みようねん》春に光友《みつとも》公が海竜善寺に参られる、という報告を尾張より貰《もろ》うたゆえ、こうして其方《そなた》を江戸より招いて、海竜善寺の白襖《しろぶすま》に光友公が好まれておられる白兎《しろうさぎ》と紅葉する楓《かえで》を描いて貰う積もりじゃったが……少うし先延《さきの》ばしと致そう。どうじゃな」

「はい。私《わたくし》は一向に構いませぬ。江戸に残して参りました幾つかの絵仕事は明年夏までに仕上げれば宜しゅうございますから、この大和国《やまとのくに》には四、五か月は滞在できまする」

「おお、それは何よりじゃ。飛鳥に出向いた時はこうして必ず曽雅家を訪れるのじゃが、其方《そなた》と一緒に来てよかった。すまぬが宗次、暫くの間、この曽雅家に止《とど》まってやってはくれぬか。お祖母様《ばばさま》へは、私からそのように申し入れるが」

「伯父上がそれを望まれるならば、従いまする」

「そうか。承知してくれるか。幸い死者が出なかった騒動であったが、其方《そなた》がいたがゆえ賊徒共を追い散らすことが出来たのじゃ。御当主の和右衛門《わえもん》殿が拉致《らち》されてしもうた不幸は余りにも大きいが……」

「伯父上が二十九年前に尾張より名刹《めいさつ》海竜善寺に入られましたる際、重い病の床にあられたという前御住職の正海《せいかい》禅師様からは、大和国《やまとのくに》の『豪家《ごうか》』として聞こえておりました曽雅家に関し、何か余程に格別なことについて語って戴いてはおられないのでしょうか」

「何も無い。私が海竜善寺に入る前後の事情とか状況については、大和国《やまとのくに》より江戸へ旅した二度ばかりの際に、其方《そなた》に会《お》うて話した程度のことでしかない。痛み激しい病に苦しまれる大先達、正海禅師様の介護に一生懸命じゃった。その介護のための人手について、こちらから申し入れた訳でもないのに色色と配慮して下されたのが、曽雅家のお祖母様《ばばさま》、多鶴殿じゃった」

「はい。それについて確かに伯父上から聞かされておりました」

「間《ま》もなく奈良奉行や奈良代官がこの月明りのもと駆けつけよう。それにしても驚きじゃ。お祖母様《ばばさま》からしばしば聞かされておった孫娘で幕閣ご重役西条家の姫君美雪様と宗次が、顔見知りであったとはのう。縁《えん》というのは誠にどこでつながっておるのか、判らぬものじゃ」

「私も驚きましてございます。美雪様がこの大屋敷に滞在なさっておられ、しかも曽雅家の孫娘であられたとは」

「宗次が美雪様と一体どのようなかたちの顔見知りであるのか、また別の機会にゆっくりと聞かせておくれ。宜しいな」

「いやなに。さほど大層な顔見知りという訳ではありませぬ。江戸の古刹で催されました茶会で、ほんの短い間、顔を合わせた程度でございまする」

表情ひとつ変えない宗次の話し様《よう》は、江戸に在《あ》る時のいつもの軽快なべらんめえ調ではなかった。それが不自然なく身に付いている侍言葉であった。しかもである。高僧百了禅師《びゃくりょうぜんじ》を「伯父上」と呼び、百了禅師《びゃくりょうぜんじ》もまた宗次の名に様、殿を付さぬ呼び捨てではないか。「宗次」と。

さらに百了禅師《びゃくりょうぜんじ》の口からは「尾張」及び「光友公」という二つの言葉も出ている。では「光友公」とは、徳川御三家筆頭、尾張六十一万九千五百石（実高七十七万八千八百石）の領主、尾張中納言徳川《とくがわ》光友を指しているのであろうか。徳川光友ならば確かに、剣は尾張柳生新陰流を極める剣客であり、また書画に通じ、寺社の創建にも熱心なことで知られている大大名だ。

「しかし……賊徒共は恐ろしい言葉を吐いたものじゃのう宗次よ。古代王朝に輝かしくつながると伝えられている曽雅家の御先祖が、六千万両相当の金塊を私《わたくし》したとはのう……天にも届くあの朗朗たる雷鳴の如き賊徒の大声は、おそらく近在の民百姓の家家にまで聞こえていたことじゃろう。困ったことじゃ」

「六千万両相当の金塊という途方もない数字は、一笑に付して宜しゅうございましょう伯父上。江戸の今世《いまよ》でも、足利《あしかが》将軍家埋蔵金伝説や奥州平泉《おうしゅうひらいずみ》藤原家黄金伝説、豊臣秀吉公天正《てんしょう》大判埋蔵伝説などが、好《す》き者《もの》の間を往《い》ったり来たり致しておりまするが、これ迄に探り当てたる者は一人としておりませぬ」

「それらの伝説の内《なか》で、額として最も多いのは、どの伝説なのじゃ」

「豊臣秀吉公天正《てんしょう》大判埋蔵伝説は二百万両とか伝えられております。また奥州平泉藤原家黄金伝説で百万両相当の金塊だとか」

「う、うむ……」

「それら伝説の中で比較的信憑性の高いのが、秀吉公伝説二百万両ではないかと私は読んでおりまする。天下を統一した秀吉公は天正十六年（一五八八）、京《みやこ》に壮麗華美なる大邸宅『聚楽第《じゅらくだい》』を建て、後陽成《ごようぜい》天皇（在位一五八六～一六一一）をお迎えして歓待なされ、そのあり余る権力によって佐渡相川《あいかわ》、石見《いわみ》大森、但馬生野《たじまいくの》などの鉱山より大量の金銀を収蔵し、京都の彫金家後藤徳乗《ごとうとくじょう》一派に命じて天正大判を鋳造させておりまする（歴史的事実）」

「ほほう……」

「それがどれほど鋳造されたのか、何処に収蔵されて、何に使われたのか、未だ殆ど判明いたしておりませぬ。ただ、様様《さまざま》な古文書等を読み解いて突き合わせた結果、二百万両という数字は頷ける数字であると私は思うております」

「なるほど……」

「強大な権力を手に思いのまま縦横無尽でありました秀吉公伝説ですら二百万両が頷ける額だとすれば、六千万両相当という数字は余りにも非現実的ではございませぬか伯父上」

「宗次の言う通りじゃ。だいいち古代王朝の時代に、六千万両を拵《こしら》えることが可能な環境が整《ととの》うていたとはとても考えられぬ」

「仰《おお》せの通りでございます。金銀鉱山もまだ開発されてはおりませぬし、多量の金塊を精錬《せいれん》して仕上げる技術も整うてはおりませぬ。またそれほど途方もない額に相当する金塊を海外から輸入したという歴史も見つかってはおりませぬ」

「だがのう、宗次や。歴史には見えぬ部分があるものじゃ。暗い闇に隠されて見えぬ部分が、必ずあるものじゃ。その六千万両相当という数字を、頭の中から一方的に消し去ってしまうのも危険ではないかのう」

「はい。仰いますること、よく判りましてございます。したがいまして伯父上……」

宗次がそこまで穏やかな口調で言った時であった、大広間の方角から「きゃあっ」と女性《おなご》の鋭い悲鳴が聞こえてきた。続いて今度は「おわっ」と男の叫びのような悲鳴のような大声。

「宗次っ」

と驚いて膝を立てようとした百了禅師《びゃくりょうぜんじ》の前から、このとき宗次の姿は古千手院行信の大小刀と共にすでに消えていた。

「な、なんと……」

と、百了禅師《びゃくりょうぜんじ》が茫然となる。

「隆房《たかふさ》が宗次をあれ程にまで鍛え育てあげるとはのう。育ての親隆房が凄いのか、それとも宗次の持って生まれた血が凄いのか……」

呻くように呟いて、ようやく腰を上げた百了禅師《びやくりようぜんじ》であった。ここで禅師が口にした、育ての親隆房とは当然のこと、揚真流兵法の開祖としてその名も高い大剣聖、梁《やな》伊対馬守隆房《いつしまのかみたかふさ》を指しているのであろう。

それ程の人物をまたしても百了禅師《びやくりようぜんじ》は「隆房」と、様・殿を付けずに口にした。

決して短くはない渡り廊下を宗次は一気に母屋へ向けて走り抜けていた。そして母屋の古く壮大な御殿建築を取り囲む月下の回廊を、大広間の方向へまたたく間《ま》に姿を消したのである。

百了禅師《びやくりようぜんじ》の老いた目は、凄まじい速さの宗次のその後ろ姿を殆ど認めることが出来ないでいた。

「疾風《かぜ》じゃ……まさに疾風《かぜ》じゃ」

あきれたように呟きを繰り返しながら、百了禅師《びやくりようぜんじ》はようやくのこと渡り廊下を渡り出した。

このとき宗次は大広間の西側の襖障子を開けて駆け込むや、負傷して床にある者たちの足元を東側——庭先——へ向け矢のように、それこそ矢のように突き抜けていた。

突き抜ける、という表現そのままの一条の閃光のような猛烈な速さだった。

大広間で朱に染まって倒れている布余を抱き起こした美雪が宗次を認めて、庭の向こうの土塀を指差し「白般若がお祖母様《ばばさま》をっ」と悲痛な声で告げた。

もう一人、下僕らしい誰かが肩口を押さえて、がっくりと片膝をついている。

「逃《のが》さぬっ」

突風のように美雪の脇を掠め過ぎるとき宗次は、その短い言葉を言い残して月下の庭先へ飛燕の如く飛び出した。

飛び出すと同時に、右の手に持ったままの古千手院行信の大小刀を帯に通すや、二十間《けん》ばかり向こうの月下に立ち塞がっている土塀を目指して、全力疾走に入った。土塀の高さは凡《およ》そ六尺か。

閃光と化してゆく宗次。まさに光のような速さ。

これが宗次の本領であった。いかな大剣客でも宗次のこの本領を真似ることは不可能と思われた。宗次を鍛えあげた今は亡き大剣聖、梁伊対馬守隆房でさえ「宗次の足には、とうてい敵《かな》わぬ」と苦笑する程の宗次の本領だ。

その猛烈な速さは、土塀に激突し血まみれとなって粉砕するのでは、と見る者に思わせる程だった。

土塀の直前で、宗次の前傾姿勢が深く沈む。

次の瞬間、月下の虚空に高高と舞い上がっている宗次の姿があった。

懸命に布余の血止めをする美雪は宗次のその夜蝶《やちょう》のような舞いの美しさを見られなかった。

お祖母様《ばばさま》を拉致しようとして二度目の侵入を試みた般若面に必死でしがみつき、袈裟懸けに斬られた布余だった。此度《こたび》は我が命を張った布余だ。

「関庵先生はまだ屋敷近くにいらっしゃる筈。お探しなさいっ。早く」

誰に対するでもなく、美雪の何時にない鋭い声が飛んだ。

布余は、夥《おびただ》しい出血であった。

土塀の外へふわりと着地する直前に宗次は、月下の「曽雅の道」を相当な速さで遠ざかってゆく貫頭衣に長髪の四人を、しっかりと認めていた。うち二人は明らかにお祖母様《ばばさま》ではないかと見当が付く小さな誰かを担いでいる。あとの仲間二人に後方を守らせるかのようにして。

宗次は追った。韋駄天《いだてん》の走りだった。

みるみる双方の隔たりが縮まってゆく。

前方の四人が立ち止まって月下に長髪を大きくひと振りし振り返った。まぎれもなく白般若共であった。うち、守りの位置にあった二人が抜刀し、宗次に向かって踵を返した。

お祖母様《ばばさま》を抱えているとみられる二人が、「曽雅の道」の脇に聳《そび》える巨木の下を田畑に向かって右へと折れた。畦道《あぜみち》を直進した直ぐ前方には、森が濃い影を落としている。

その中へ逃げ込まれたなら、いかな宗次と雖《いえど》もお祖母様《ばばさま》を探すのに苦戦せねばならない。

「行かさぬっ」

呟いて宗次も抜刀し、剛弓を撃ち放ったかのような目にも止まらぬ圧巻の走り。

迎え討つ白般若二人が一歩も退かぬ勢いで、真正面から宗次にぶつかってくる。

「くおっ」

「むんっ」

一対二、無言対気合いが遂に激突し、真昼のような月夜の中で三本の鋼《はがね》が打ち合った。ガチン、チャリンと火花と共に甲高い響きが夜気を裂き泣かせる。

二本の凶刀が申し合わせていたかのように宗次の右横面を攻め、左膝を激しく払った。呼吸が合った攪乱の攻め。

古千手院の峰が左膝を防ぐや、その刃が寸陰を置かずに反転。右横面に食い込んだかに見えた凶刀をあざやかに弾き返した。

そして更に一歩をぐいっと踏み込む。

宗次の腰が微かな唸りを発して左へ綺麗に捩《ねじ》れた次の瞬間、古千手院の刃が相手のなんと右の腋下へ吸い込まれるようにして滑り込んだ。

「ぎゃっ」

白般若の口から断末魔の悲鳴があがるよりも先に、肩先から断ち切られた利き腕が手に凶刀を持ったまま、皓皓と降り注ぐ月明りの中を舞い上がった。くるくると風車のように。

ドンッと仰向けに地に叩きつけられ一度弾んだ白般若の肩口から、無数の小さな赤い花びらが四散し、ひと呼吸置いてそれが噴き飛ぶ血しぶきと化した。

「おのれ」

宗次の左膝を打ち狙ってし損じた白般若が、大上段で宗次に斬り掛かった。

だが宗次はこのとき既に、畦道を目前の森へとお祖母様《ばばさま》を担《かつ》ぎ走っていた白般若二人を追っていた。

「逃げるのか」

宗次の背中へそれこそ飛びつくようにして大上段のまま力強く地を蹴った白般若であった。いや、蹴れなかった。

左膝から下が、大根を二つ斬りにしたかの如く大腿部から離れたのだ。

「わあっ」と錯乱の叫びを上げて前のめりに倒れる白般若。

これこそ揚真流の「同時斬り返し」の凄みであった。宗次の左膝を狙って斬り掛かっておきながら、己れが左膝を切断されていた白般若だった。しかも、斬られたとは気付かぬ内に。

宗次が、お祖母様《ばばさま》を担《かつ》ぐ白般若二人にぐんぐんと追い付いてゆく。

「切り刻むっ」

深い前傾姿勢で炎《ひ》の如く疾走する宗次が、右手にしていた古千手院を右肩に乗せて叫んだ。弱者である老女を拉致した相手への忿怒《ふんど》満ちたる叫びであった。

白般若二人がお祖母様《ばばさま》を畦道脇の畑へ投げ捨てたのは、この時である。

直後、驚くべきことが起こった。

投げ捨てられたお祖母様《ばばさま》が、皺枯れた高齢の小柄なお祖母様《ばばさま》がすっくと立ち上がるや、腰に両手を当てて仁王立ちとなり「無礼者めがっ」と叫んだのだ。そして更に「馬鹿者があっ」と。

夜気をびりびりとさせる鋭い叫びであった。

宗次の炎《ひ》の如き疾走が、急速に鎮まってゆく。

その口元に「さすが……」という意味に取れそうな、ひっそりとした笑みがあった。

「大丈夫でございまするか、お祖母様《ばばさま》」

宗次はゆっくりとした足取りを立ち止めて、畦道からお祖母様《ばばさま》に左手を差し伸べた。

「これは宗次先生。先生が追って来て下されましたのか。誠に面目次第もありませぬ」

「脚腰ほかに痛みはありませぬか。無理に動かしてはなりませせぬ」

「あ、いえ、なに。この辺りの田畑の畝《うね》は、百姓たちが上手にやわらかく耕してくれておりまするから」

そう言いながら、畝を指差すお祖母様《ばばさま》であった。

なるほど、畝のその部分がくっきりとお祖母様《ばばさま》の形を止めているかの如くに凹《へこ》んでいる。

宗次は辺りを見まわしてから――その一瞬だけ目つき鋭くなって――まだ右手にある大刀を鞘に納めた。

「さ、お祖母様《ばばさま》。背負うて差し上げまする」

宗次は畦道から畝に下りてお祖母様《ばばさま》に背中を向けた。

「滅相もありませぬ宗次先生。百了禅師《びやくりようぜんじ》様の大事なお客様でもあります先生に、そのような事をして戴く訳には参りませぬし、して戴く積もりもありませぬ。どうぞ御放念くだされ。歩けまするゆえ」

「まあまあ、そう仰せにならず……」

宗次は大小刀の柄の位置を内向けに強めると、両手を後ろに回すかたちを取り苦もなくお祖母様《ばばさま》を背負った。

二人は歩きながら話し出した。

「すみませぬのう。このようなところを禅師様に見られると、お叱りを受けます」

「途中に、白般若が二人、倒れております。無残でございますゆえ、見ぬようにして下され」

「宗次先生が倒されたのですか」

「はい。已《や》むを得《え》ず身を守るために……」

「お強いのですのう先生は。町人ではのうて、お侍でいらっしゃいましょう。お言葉も町人言葉には程遠いし……」

「町人ですが、幼い頃より近くの剣術道場へ遊び半分で通うておりましたから……ですから……町人です」

「嘘《うそ》が下手な正直者ですのう先生は……じゃが、町人であろうが侍であろうが、どうでもいいことじゃ。のう、宗次先生」

「おそれ入ります」

「先生は妻子持ちですかのう」

「いいえ、独《ひと》り身でございまする。絵を描くこと以外には関心がのうて、この年になってしまいました」

「お幾つでいらっしゃる？」

「二十八……年が変われば二十九となります」

「いいお年じゃ。男にとっては実にいいお年じゃ」

と、宗次の歩みが、不意に止まった。月明りの遥か彼方の闇を、透《す》かすようにして見つめている。

「ん？　どうなされましたのじゃ先生」

「蹄《ひづめ》の音が聞こえまする。それも一頭ではない……」

「はて？　お祖母《ばば》には聞こえませぬが」

「申し訳ありませぬが、万が一に備えて背より下りて下され」

「そうじゃの。先生の両手を塞いでしもうてはいかぬゆえ、下りましょう」

宗次はお祖母様《ばばさま》を下ろすと、外向きとなり過ぎている大小刀の鞘尻《さやじり》の向きを正し、大刀の柄の高さを少し抑えた。

その位置こそ、揚真流居合抜刀の位置であったが、むろんそうとは知らぬお祖母様《ばばさま》である。

「蹄の音、まだ聞こえませぬか、お祖母様《ばばさま》。あの方向より……」

宗次が月明りの遥か彼方の闇を指差した。

「いや、聞こえてきましたぞ先生。微かに」

「この響きは、十頭以下とは思われぬ蹄の音と思われます」

「うん？……あの蹄の音は……」

「どうなされました」

「宗次先生には判りませぬかのう。乱れ伝わってくる蹄の音の中に、ひときわ目立ちたがっているような、甲高い音が混《ま》じっていましょう」

「確かに……樵《きこり》が斧《おの》で木を打っているような」

「そうそう。あの蹄の音は間違いなく『金剛《こんごう》』じゃ」

「金剛？」

「曽雅家が、いや、このお祖母《ばば》が、名馬を育てることで知られた吉野川の遥か上流の山険《けわ》しき里、川上村《かわかみ》柏木《かしわぎ》の小さな牧場《まきば》から半ば無理に譲って貰《もろ》うて奈良奉行に与えた馬じゃ」

「なるほど。左様でございましたか」

「その川上村柏木の近く、吉野川向こう岸の厳しい山腹に、金剛寺（実在、真言宗）という幾多の伝説が伝わる名刹がありましてな、その寺の名をありがたく馬名として戴いたのじゃ」

「お祖母様《ばばさま》。吉野川の遥か上流、川上村柏木そばの金剛寺と申さば若しや……」

宗次がそこまで言ったとき、月明りの彼方に十騎以上と思われる騎馬集団がくっきりと浮かび上がった。

「宗次先生。矢張り間違いありませなんだ。先頭のひときわ勇壮な走りを見せている馬が、奈良奉行の金剛じゃ」

「行きましょうお祖母様《ばばさま》。歩けまするか」

「はい。歩けます」

「お手を……」

促されてお祖母様《ばばさま》は素直に右の手を差し出し、宗次に預けた。

お祖母様《ばばさま》はこのときすでに確信的に感じていた。江戸の浮世絵師宗次というこの御《お》方《かた》、当たり前な人ではない、と。

畦道から「曽雅の道」へと、宗次とお祖母様《ばばさま》が出たところへ、地響きを立てて騎馬集団がやってきた。

「止まれえっ」

先頭の金剛の背にある武士が右手で手綱を引き、左手を上げた。

奈良奉行溝口豊前守信勝《みぞぐちぶぜんのかみのぶかつ》であった。

その直ぐ後ろに奈良代官鈴木三郎九郎の姿もあって、右脚の蹄をカッカッと打ち鳴らして息を荒らげている駿馬を「どう、どう、よしよし……」と巧みに鎮めている。

その後背に続く十数騎の中には、鉄砲を背に掛けている数人がいた。

金剛の背から奈良奉行溝口豊前守が飛び下りて、「お祖母様《ばばさま》……」と駆け寄ってきた。

「大丈夫でありますか。お怪我はありませぬか」

「ああ、この通り平気じゃ」

「お主《ぬし》は？」

溝口豊前守が怪訝な眼差《まなざ》しを宗次に突き刺し、そして二人がつないでいる手に視線を下げた。

「この御仁《ごじん》はお祖母《ばば》の命の恩人じゃ。無礼があってはならぬ。気にせんでええ。それよりも溝口、この御仁に討ち倒されたあの二人を早く検分しなされ」

お祖母様《ばばさま》が十四、五間《けん》離れた所に倒れて動かぬ白般若二人の方へ、小さく顎の先を振ってみせた。

「判りました」

奉行溝口豊前守が頷いて倒れてぴくりとも動かぬ白般若二人の方へ小駆けになると、代官鈴木三郎九郎も馬上からひらりと飛び下りた。そしてお祖母様《ばばさま》に対してだけでなく、浮世絵師宗次に対しても丁重に一礼をすると、奉行の後を追った。

十六

騎馬役人たちより凡そ二刻《ふたとき》ばかり遅れて六里の道程《みちのり》を駆けつけた徒《かち》（徒歩）の捕手《とりて》や小者たちによって曽雅家の広大な敷地の要所要所が固められたのは、東の空がほんの微かに白みかけた頃だった。

とは言っても、四方を山に囲まれた大和国《やまとのくに》の秋の夜は案外に長い。

だが、曽雅家の賄処《まかないどころ》ではこの刻限、すでに台所番頭《だいどころばんとう》の指揮で飯炊《めしたき》（飯を炊く人）ほか下働きの男女が大勢、忙しそうに動き回っていた。

騎馬役人や徒《かち》の捕手《とりて》たちに、握り飯や味噌汁《みそしる》を振舞《ふるま》うためだ。

また賄処に接するかたちで設けられている二間《ふたま》続き二十畳の「出立《しゅったつ》の間《ま》」では、百了禅師《びゃくりょうぜんじ》がお祖母様《ばばさま》や宗次、美雪たちに見守られるようにして、静かに朝の食事を進めていた。

曽雅家で「出立《しゅったつ》の間《ま》」と呼ばれているこの二間続き二十畳の座敷は、曽雅家に泊まった賓客《ひんきゃく》の朝発ちの際、朝食の間《ま》となる座敷のことだった。賄処そばにある座敷とは言え、床の間、違棚、付書院《つけしょいん》（床の間の広縁側に付けた明り窓など）をもち、櫺子《れんじ》窓、中門廊を備えた歴《れっき》とした書院風座敷である。

「御馳走さま……」

百了禅師《びゃくりょうぜんじ》が穏やかに言って箸を置き、合掌した。

「お粗末様でした」

お祖母様《ばばさま》が答え、美雪が茶を淹《い》れはじめた。

「私は一度海竜善寺へ戻って残してきた幾つかの仕事をどうしても片付けねばならぬ身じゃが、出来る限り早くに戻ってくるようにしましょう。それ迄の間、宗次先生には此処に止《とど》まって戴こうと思うのじゃ。お祖母様《ばばさま》も宗次先生も承知して下さらんかの。刃向《はむ》かう力無き僧侶の私よりも剣を少しばかり習ったという宗次先生の方が此度のような騒動の備えとしては、遥かに役に立つじゃろうから」

宗次とは既に話し合っていた百了禅師《びやくりようぜんじ》であったが、敢えて二人に対し了解を求めるような言い方をした。

宗次は黙って僅かに頷き、お祖母様《ばばさま》は「異存などありませぬよ禅師様。このお祖母《ばば》を救うて下された宗次先生がこの古屋敷に居て下さるとそれはそれは心強いことじゃが、先生の御負担にはなりませぬかのう」

お祖母様《ばばさま》に不安そうな目で見つめられて、宗次は「いえ、大丈夫です。むしろ此処に止《とど》まらせて下さい」と、はっきり口から出した。

「おお、ありがたや」とお祖母様《ばばさま》の表情が、ようやくのこと少し明るくなった。

宗次と並ぶようにして座っている美雪が、湯呑みをそっと百了禅師《びやくりようぜんじ》の前へ置いた。

お祖母様《ばばさま》が宗次に救われ、白般若に斬られて重傷を負った女中頭の布余も尾形関庵先生の治療で命には別条なさそうなことから美雪の美しい表情にも落ち着きが戻っていた。

ただ、宗次が倒した白般若二人は、奉行溝口豊前守と代官鈴木三郎九郎が検分をしようとする前に舌を嚙み切って自害していた。

したがって曽雅家当主和右衛門《わえもん》が何処へ拉致《らち》されたかを追及する大事な手立《てだて》を失ったことになる。

「なぜ、このような事にのう……」

百了禅師《びやくりようぜんじ》が湯呑みを手に取り、呟いた。

誰も答えなかった。重苦しい雰囲気をどうしようもない四人だった。

なかでも宗次は終始寡黙《かもく》であった。少し立ち寄りたい所があるので付き合《お》うてくれぬか、と百了禅師《びやくりようぜんじ》に乞《こ》われて同行した宗次も、このような騒動に巻き込まれるとは予想だにしていなかった。

「のう、お祖母様《ばばさま》。長い付き合いをして下さっておるから、言葉を飾らずに言わせて貰えることじゃが……」

百了禅師《びやくりようぜんじ》が茶を軽く啜って、湯呑みを古い座卓の上へ静かに戻した。

「この屋敷を警護のため取り囲んでくれておる奉行所と代官所の御役人たちじゃが……いつまで警備させておきなさるのじゃ」

「禅師様は矢張りそのことを心配なされておられましたか。実はこのお祖母《ばば》もそれについて考えておりました」

「おお、それで？……」

「お祖父《じい》が拉致され、大勢の傭人や美雪の家臣たちが負傷したことについては怒りが煮《に》え繰り返っておりまするが、奉行所と代官所の御役人たちは、午前の内に引き揚げて貰おうと思うておりますのじゃ。奉行所も代官所も大和国《やまとのくに》全体に関する大切な御役目を背負うていなさるからのう。曽雅家の事だけで奉行所や代官所に負担を掛ける訳には参りませぬわ禅師様」

「よくぞ申された。曽雅家の何気ないひと言は大和国《やまとのくに》の隅隅にまで届く程じゃから、それだけに民百姓のことを常に優先して考えてやらねばなりませぬのじゃ。それを忘れて曽雅家の輝かしい伝統と威風に溺れたならば、これまでの曽雅家の基盤を強力に支えてきた民百姓の気持は、離れてゆきましょうぞ」

「禅師様の仰せの通り、誠に誠にその通りじゃ。このお祖母《ばば》、その大事さについては決して忘れてはおりませぬ」

「左様か。だから私は、お祖母様《ばばさま》が好きじゃ」

「女性としてですかえ？　それとも古き付き合いの友としてですかえ」

「両方じゃよ、お祖母様《ばばさま》」

「おやまあ……」

お祖母様多鶴《ばばさまたづる》が目を細めて相好を崩した。

しかし逆に、百了禅師《びゃくりょうぜんじ》の表情は沈んでいた。

「じゃが心配は心配じゃ。警備の役人たちがこの屋敷から立ち去るとなると……」

「いいえ、禅師様。あとはこのお祖母《ばば》がきちんと手を打ちまする」

「手を打つ？……何をどのように打ちなさるのじゃ」

「その詳細については申し上げる訳には参りませぬが、ともかく大丈夫です。私の命《めい》を受けて既にこの古屋敷の者が動いておりまするゆえ」

「それを聞かせては下さらぬと申されるのかな、お祖母様《ばばさま》」

「はい。いかに信頼海山よりも深く大きい禅師様に対してと雖《いえど》も、申し上げられない事の二つや三つ、この曽雅家にはございまする。お心寛《ひろ》くひとつ御容赦下さりませ」

「左様か。うむ。承知しましょう」

「それにお祖母《ばば》を救うて下された宗次先生が屋敷に残って下さるのじゃ。これほど心強いことはありませぬ」

「じゃが宗次先生の剣とて、二人三人相手ならば太刀打ち出来ぬこともなかろうが、大勢を相手ともなりまするとのう……心配じゃ。のう宗次先生」

宗次は百了禅師《びゃくりょうぜんじ》の言葉に、ちらりと口元に笑みを見せたが直ぐに消した。「宗次」と呼び捨てにしていた百了禅師《びゃくりょうぜんじ》ではあったが、付き合いは殆ど無きに等しい間柄だったから、宗次の剣の実力の程は知らない。

「ところで禅師様……」

と、お祖母様《ばばさま》多鶴《たづる》が身を少し前に乗り出すようにして、真剣な目つきとなった。

「禅師様はこのお祖母《ばば》に、宗次先生のことを今や江戸で天下一と評価され京《みやこ》の御所様（天皇）からお声が掛かる程の浮世絵師、と紹介して下されましたな」

「はい。確かにその通りじゃが」

「美雪からもそのように聞いて、その点につきましては納得いたしておりまする。けれども禅師様、このお祖母《ばば》には、宗次先生はただそれだけの御仁《ごじん》とはとても思われませぬのじゃ。剣を心得ておられる人品お人柄が只者には思われませぬのじゃ。宗次先生の真《まこと》について打ち明けて下さっておられぬ部分がお有りならば、図図しくお願い申し上げます。なにとぞお聞かせ下されれ」

お祖母様《ばばさま》の言葉に美雪の美しい表情が思わず硬くなった。

美雪にとっての宗次先生も、今もって知らぬ部分の多い御人《おひと》であるからだ。いわば謎の浮世絵の先生であり、それがゆえに、胸の内が余計に熱く波立つのだった。

「これは困った。こうなるとこの百了《びやくりよう》の問題ではなく、宗次先生ご自身が判断する問題となってきますな。どう致しますかな宗次先生」

禅師の言葉が逃げを打っている感じではなかったために、宗次は困惑した。いかなる場合も町人でいたい宗次だった。しかし、已むを得ない状況に直面し、「只者ではない」と取られても仕方がない揚真流剣法の凄みを見せてしまっている。

「のう宗次先生。この曽雅家は大和国《やまとのくに》の単なる『豪家』ではない。古代王朝の時代、位高き執政の地位にあった蘇我本宗家の直系と語り継がれてきた名家じゃ。此度その曽雅家に暫く身を置かざるを得なくなった者として、宗次先生の真《まこと》の部分をお祖母様《ばばさま》に打ち明けるのも、礼儀の一つと言えなくもないような気がするのじゃが……」

礼儀の一つ、という百了禅師《びやくりようぜんじ》の言葉は、いささか宗次にこたえていた。

宗次は無言のまま己れの膝の上に視線を落とし、美雪もまた宗次の隣で体を硬くし、うなだれた。禅師様の今のお言葉で宗次先生はお困りになっていらっしゃる、と美雪には判った。

「宜しい。私の口から話しましょうかな。よいな宗次先生。いや、宗次よ」

百了禅師《びゃくりようぜんじ》の「宗次よ」という意外過ぎる言葉に、お祖母様《ばばさま》の皺深い顔も美雪の端整な表情も、「え?」となった。

宗次は無言のままの静かな態度を変えなかった。涼しい視線を膝に落としたままだった。

「先ず私のことじゃがな」

と、百了禅師《びゃくりようぜんじ》は遂に切り出した。美雪の鼓動は高まった。

お祖母様《ばばさま》は顔色さえ変えていた。大行灯の明りが、それをはっきりと判らせている。

無理もなかった。二十九年に及ぶ長い付き合いがあった百了禅師《びゃくりようぜんじ》とお祖母様《ばばさま》ではあったが、お互いに個人的な身の上話を交わしたことは一度としてなかった。お祖母《ばば》様《さま》は百了禅師《びゃくりようぜんじ》を清貧で徳高い名僧として心から尊敬し、百了禅師《びゃくりようぜんじ》もまたお祖母様《ばばさま》のことを大和国《やまとのくに》の民百姓や役人・有力者が敬う豪家・曽雅家の実質的当主として、眺め親しみ信頼してきた。

言い換えれば、強い絆ではあったが、それだけの間柄でもあった。

その裏側に隠れて窺えなかった身性《みじょう》について、百了禅師《びゃくりょうぜんじ》は今まさに切り出そうとしているのだ。

お祖母様《ばばさま》の顔色が変わるのも、無理なきことであった。

「私はのう、お祖母様《ばばさま》。徳川御三家の筆頭として知られる尾張徳川家六十一万九千五百石に仕える総目付梁伊大和守定房《やないやまとのかみさだふさ》の三人兄弟の二男として今より六十九年前に生まれましたのじゃ。そして十三の歳に自ら望んで仏門に入りましてな」

「まあ、尾張徳川家総目付の御家柄に……」

「うむ。古代王朝の時代、尾張を押さえていたいわゆる豪族尾張氏と大和朝廷（四世紀～七世紀の畿内大和《きないやまと》を中心とした政権）とは深い経済的・政治的なつながりがありましたのですぞ。そのつながりの中では権力を一手にしていた蘇我本宗家の動きは相当に活発であったと思われまする。間違いなく」

「たとえばどのように……でございましょうか禅師様」

「大和朝廷から眺めた尾張の地は政治的・軍事的拠点として決して遠い国ではないことから、尾張氏をはじめとする諸豪族たちはいち早く大和朝廷の政権下に入りましたのじゃ（歴史的事実）。『組み入れられた』と申すよりは『入った』と称するところに古代大和朝廷の政権の巨大さ凄さが窺えましょう」

「自ら入った……のでございまするな」

「はい。とくに尾張氏は海産物の貢納（みつぐ意）を通じて大和朝廷と強く結び付き、また朝廷の海上輸送を担うなど内廷へしっかりと足場を築いて奉仕活動を力強く続けましたのじゃ（歴史的事実）」

「もしや禅師様は、その古代尾張氏と縁続きの寺院で修行なされたのではありませぬか」

「左様。時代は移り世は変わりましたが尾張徳川家の治世になっても大事とされてきた古代尾張氏の縁寺《えんでら》で修行致しました。大寺院では決してありませぬが池泉舟遊式《ちせんしゅうゆうしき》の庭がそれはそれは美しい寺でありましてな」

「では、竜頭鷁首《りゅうとうげきしゅ》を飾った小舟などが浮かべられるような？」

「まさに……」

「では平安期に入って造園されたお庭なのでございましょうね」

「寺は古いが、お庭はおそらくそうでしょう。池泉舟遊式は平安期、池泉回遊式は鎌倉室町期と伝えられておりまするからな。さすがお祖母様《ばばさま》。実によく御存知じゃ」

「古代大和政権に献身した尾張氏に縁続きの寺院で修行なされた禅師様が、大和国《やまとのくに》の海竜善寺へお越しなされたのも、目に見えぬ絆というものでござりましょうのう」

「ありがたいことです。話が少うし脇へそれてしまいましたが、私の兄が継いだ尾張徳川家の総目付梁伊家も、その子供の代で嗣子《しし》（あととり）途《と》絶《だ》えて惜しまれつつなくなり申した」

「まあ……禅師様はさきほど三人兄弟の二男だったと申されましたが、では御三男様のお血筋にも、後継ぎとしての条件を備えた御人《おひと》はいらっしゃらなかったのですか」

お祖母様《ばばさま》と禅師との会話を、宗次と美雪は静かに黙って聞くだけであった。とくに美雪は、耳に入ってくる話に恐れさえ覚えていた。ここに座っていてよいのであろうか、自分には聞くだけの資格があるのだろうか、という自分自身に向けての恐れだった。

やさしい気立ての、美雪らしい恐れであると言えた。

百了禅師《びゃくりようぜんじ》はお祖母様《ばばさま》の問いに、暫く沈黙したあと、天井を見上げひとり小さく頷いてから切り出した。ひと言ひと言が慎重だった。

「梁伊家三男の名は隆房と申しますのじゃが、この弟は幼少の頃より非常に利発でありましてな、十五歳の頃には藩校の教授より『もう教えることはない。今後は教える側に立たれよ』と申し渡され、また十七歳で尾張柳生新陰流の奥傳《おくでん》を極め、更に二十歳《はたち》で揚真流剣法を独自に編み出してその指導書『剣禅一哲』を記すなど、天賦の素質に大いに恵まれ、やがて諸国の名のある剣客たちから『大剣聖』と崇《あが》められる高い位《くらい》の人物となりましたのじゃ。つまり総目付梁伊家の後継《あとつ》ぎなど、この隆房にとっては誠に小さなことでありましてな」

「左様でございましたか。それに致しましても勿体ない」

と、百了禅師《びゃくりょうぜんじ》は微かな笑みを口元に見せた。

「確かに……」

「じゃが、隆房は『大剣聖、梁伊対馬守隆房』として既にこの世を全うして鬼籍に入っておりまする。その偉大なる剣と学問の全てを義理の息子、宗次に伝授致しましてな。尤《もっと》も僧侶の私は仏の世界に余りにも長く閉じ籠もって隆房との交流を疎《おろそ》かに致しておりましたからのう。大剣聖としての弟の文武が如何程のものか、またその文武を伝授されし宗次がどれほどの位《くらい》を極めておるのか、情けないことに今以《いまもっ》てよくは判りませんのじゃ」

「禅師様。いま宗次先生のことを、大剣聖隆房様の義理の息子、と仰せになられましたか」

「はい。申しましたな」

多鶴は半ば茫然として宗次の横顔を眺めた。美雪は美雪で顔を上げられなかった。うなだれて、膝の上にのせた両の掌《てのひら》に冷めたい湿《しめ》りを覚えさえしていた。どこかで「ひょっとするとこの御方《おかた》は……」と怯《おび》えていたように、宗次先生は矢張り文武においても御人格においても自分などその足下《あしもと》にも近寄れない高い位にあられるご立派な御仁《おひと》であられたのだ、と絶望的になった。駿河国田賀《たが》藩四万石御中老家の廣澤《ひろさわ》家嫡男和之進《かずのしん》に一方的に離縁された心の傷を持つ自分が、余りにも小さく哀れに感じられた。もう宗次先生の御側《おそば》に近寄り過ぎてはならない、とも思った。

多鶴が言った。

「矢張りそうであられましたか。いかに天下一の異才をお持ちの絵師とは申せ、どうにも浮世絵師の枠《わく》に納まり切らないお人柄の輝きのようなものをこのお祖母《ばば》は感じておりましたのじゃ。で、言葉を飾らずにお訊ね致したいのじゃが、大剣聖隆房様の義理の御子息となられる迄の身性《みじょう》についてでございまするけれど……」

「それじゃがのう、お祖母様《ばばさま》……」

百了禅師《びゃくりょうぜんじ》がそう語り出したとき、「いや、伯父上……」と宗次がようやくのこと真っ直ぐに禅師を見つめて首を横に振った。

「もう、そこ迄にして下され伯父上。大剣聖、従五位下対馬守梁伊隆房の弟子にして義理の息子。それで宜しいではありませぬか」

「そうか、それでよいか」

「はい。お祖母様《ばばさま》もそれでご納得下さりませ。この通り……」

宗次は多鶴に対し、姿勢正しくゆっくりとした感じで頭を下げた。

多鶴が目を細めて労りを込めたかのような笑みを見せつつ頷いた。

「お宜しいとも、宗次先生。でも今後はこのお祖母《ばば》の前で、町人絵師と申さぬようになさることじゃ。どの角度から眺めたご印象にも、物静かじゃが凛《りん》たる侍魂《さむらいだましい》の漂いが窺われまする。第一、淀みの無い綺麗なお侍言葉を使《つこ》うてごじゃる」

「あははは……」

やや背中を反らせ、だが穏やかに笑ったのは百了禅師《びゃくりょうぜんじ》であった。

「宗次は少し困惑した様子じゃったがのうお祖母様《ばばさま》、この私が強く言《ゆ》うて聞かせましたのじゃ。ひとたび大和国《やまとのくに》、いや、曽雅家を訪れてお祖母様《ばばさま》を前に致したならば、威勢の強い江戸のべらんめえ調は絶対に用いてはならぬ、とな」

「矢張《よ》りそのようなことが、ござりましたか。じゃが構いませぬよ宗次先生。先生のお好きなようにお話しなされ。ただ、気風《きふう》やさしく精神《こころ》の寛《ひろ》い大和国《やまとのくに》の民百姓はひょっとして、べらんめえ調には目を白黒させるかも知れませせぬがな」

お祖母様《ばばさま》もそう言って、百了禅師《びやくりようぜんじ》の穏やかな笑いに付き合った。

十七

やがて朝陽《あさひ》が東の山脈《やまなみ》の上に顔を出して大和の大地に秋の日差しが眩しく注ぎ始めると、騒動を知って駆け付けた近在の民百姓や年寄、町代たちで、厳重警備下にある曽雅家の内外《うちそと》は大騒ぎとなった。

それを「大事ないから」と四苦八苦して鎮め引き退がらせに掛かったのは、奈良代官鈴木三郎九郎とその配下の者たちである。

一方、広い庭の東側にある石積建築の大きな郭蔵《くるわぐら》では、朝陽が昇るのを待って三方の格子窓が一斉に開けられ、床に横たえられている骸《むくろ》二体の上に明るい光が射し込んだ。

郭蔵の壁に沿うかたちで、見るからに古いと判る槍、弓矢、刀、薙刀《なぎなた》(出現は平安期)、徒用《かちよう》(歩兵用・足軽など)の鎧《よろい》などがずらりと並んでいる。これだけを見ても曽雅家の故事来歴が判るというものであった。

「明るくなったな。では検分を始めるか」

格子窓から射し込む朝の光を体に浴びてそう言ったのは、奈良奉行溝口豊前守であった。骸の周囲《まわり》にいた役人たちが「はい」と応じる。

宗次に倒された白般若の骸《むくろ》二体は、お祖母様《ばばさま》の指示を受け奉行所捕手《とりて》たちの手で郭蔵へ運び込まれていたのだ。

秋冷えが強まっており、しかも石蔵の中はひんやりと肌寒く、したがって遺体の傷みが遅い、というお祖母様《ばばさま》の判断があったのだろう。

それに何よりも広い庭の東奥の石蔵の中なら、他人目《ひとめ》につき難《にく》い。

「先ず大小刀の拵え具合から、そして次に着ているもの、と慎重に検分してゆこう。ひとりの目ではなく幾人もの目で繰り返しな。般若面の取り外しは一番あとだ」

「判りました」

奉行と配下の役人たちが骸の周囲《まわり》に腰を下ろした。

このとき開け放たれている入口に小さな人影が立った。

「溝口、お祖母《ばば》じゃが……」

「あ、今から検分を始めまする。蔵の中が明るくなりましたゆえ」

奉行が腰を上げて、多鶴の傍《そば》へと近寄り、二人の小声の会話が始まった。

「有能なお前様のことじゃから見落しなどは出ないとは思うておるが、ひとつ確《しつか》りとな」

「心得ております る」

「それからのう溝口。検分に直接携《たずさ》わっておらぬ役人捕手《とりて》たちは、もう奈良町の日常の御役目へ戻しておくれでないか」

「えっ、そんな無茶なお祖母様《ばばさま》」

「お前様ならこのお祖母《ばば》があれこれ言わずとも、胸の内を判ってくれよう」

「ですがご高齢の御当主和右衛門殿が拉致されたのでありまするから、奉行所としてはこれを見て見ぬ振りなど出来ませせぬ」

「これこれ。もう少し声を抑えなされ。心配は大いにしてくれてよいのじゃよ溝口。じゃがな、奉行所も代官所も大和国《やまとのくに》のものじゃ。民百姓を庇護《ひご》してやらねばならぬ公権を有する役所なのじゃ。曽雅家はそれを忘れてはいかんのじゃよ」

「う、うむ……」

「判ってくれたようじゃな」

「権力を己れが手に集中させて我《わ》が儘放題《ままほうだい》を致し、威張《いば》り散らしたり、賢《かしこ》ぶる有象無象が多過ぎる今世《いまよ》に於いて、お祖母様《ばばさま》という御人《おひと》は何とまあ……」

と、そこで思わず視線を足もとへ落としてしまった溝口豊前守だった。

「これ。いい年齢《とし》をして涙ぐむではない。宜しいな。頼みましたぞ。お祖母《ばば》はもう少し経ってから小梅《こうめ》や美雪と共に、ちと出掛けたい所があるのでな」

「遠くでありまするか」

「なあに近場《ちかば》じゃ。ちゃんと他人目《ひとめ》も間近《まぢか》にある。大丈夫じゃ」

「充分にお気を付けなされて」

「うん。さ、涙をお拭き……」

お祖母様《ばばさま》はそう言って古着以上に古着に見える着物の袂《たもと》から小さなくしゃくしゃ

の手拭いを取り出すと、奉行にそれを手渡してくるりと踵を返した。

その背に向かって奉行はもう一度言った。

「お気を付けなされて」

「よしよし……」

振り返らぬお祖母様《ばばさま》の返事であった。なんとも言えぬ「よしよし」であるなあ、と奉行溝口の心は一層のこと和《やわ》らいだ。

多鶴の足はそのまま楼門（表門）の方へと向かった。

と、向こうから急ぎ足の代官鈴木三郎九郎がやってくる。

「あ、お祖母様《ばばさま》。近隣の者たち、ようやくのこと引き揚げてくれました」

「そうかそうか。ご苦労様でしたな。ありがとう」

「今より郭蔵でお奉行の白般若の遺体検分をお手伝いせねばなりませぬ。それに致しましてもお祖母様《ばばさま》。江戸の浮世絵師の先生が白般若を倒された事には驚かざるを得ません。一体あの絵師の先生は……」

「これ、鈴木や。浮世絵師の宗次先生は、京《みやこ》の御所様（天皇）からもお声が掛かる程の御仁であり、この曽雅家の大事なお客人じゃ。じゃからのう鈴木や……」

「あ、お祖母様《ばばさま》、大変失礼申し上げました。それでは私、郭蔵へ行って参ります」

「左様か。ひとつ頼みましたぞ」

「はい」

代官鈴木三郎九郎はきちんと一礼すると、足早に多鶴の前から去っていった。

「代官もほんに頭の切れる、いい人物じゃ。一《いち》を聞いて十《じゅう》を知る、とはまさに鈴木のことじゃのう。よき侍《もののふ》じゃ」

多鶴は目を細めてそう呟くと、真顔に戻りゆったりとした足取りで楼門の方へと歩き出した。

今朝は秋冷えがかなりであったが、朝空は青青と澄み渡っていた。

「雪代の間」の広縁の前を過ぎて少し行くと、朝陽を浴びている左手の木立の中に寄棟造茅葺《よせむねづくりかやぶき》の田舎家風な古く小さな建物がちらちらと見え始める。

曽雅家の者が「寂心亭《せきしんてい》」と呼んでいる茶室だった。

その茶室の袖壁《そでかべ》の陰に、隠れ潜むようにして立っている身形正しい一人の武士に気付いて、多鶴は立ち止まった。

相手も多鶴に気付いて、軽く腰を折った。

多鶴は辺りを見まわしてから、木立の中へと足早に入っていった。

武士はもう一度、今度は丁重に多鶴に対して頭を下げた。年齢《とし》は三十を出たあたりか。

腰に差し通した大小刀は、柄鞘《つかさや》ともに濃い栗肌色だった。侍の眉は細いが濃く流れ、一重の目は眼《まなこ》が窺えない程に細い。唇は薄く引き締まって冗談ひとつ吐かないかのような印象だった。只者には見えない。

「早馬の連絡《つなぎ》の者から事態の大凡《おおよそ》については聞きました。大変でございましたな、お祖母様《ばばさま》」

「お祖父《じい》が拉致されてしもうたのじゃ宗春《むねはる》。早く救い出してやらねばならぬ。高齢ゆえ体に相当こたえていよう。心配じゃ」

「手の者を二十五名ばかり連れて参りました。すでに五班に分けてこの御屋敷より五つの方向へと一直線に散開させております。般若面共にどの方角へ拉致されたかを、先ず把握せねばなりませぬゆえ」

「そうじゃな。申す通りじゃ」

「柳生藩でも選りすぐりの忍び剣士たちゆえ、すぐに何かを捉《とら》えて参りましょう。で、侵入した般若面共は何を要求したのでございまするか。御当主和右衛門《わえもん》殿を拉致したということは、何かを要求しての事でございましょう。お聞かせ下され」

「六千万両相当の金塊とか申しておった」

「は？」

「ふん。宗春ほどの人物でも、我が耳を疑《うたご》うたか。じゃが真《まこと》じゃ。般若面共は、蘇我本宗家が古代王朝より掠《かす》め取《と》りし六千万両相当の金塊を寄越《よこ》せ、と喚《わめ》き立てておったわ」

「それはまた異《い》な事《こと》を。古代大和政権は、それほどの金塊を精錬する手段などまだ持っていなかった筈。だいいち金銀鉱山の開発さえ、殆ど進んでいなかった筈ではありませぬか」

「じゃが般若面共は、寄越せ、と大声で荒荒しく喚きおった。あの喚き様《よう》には何らかの根拠がある、と思《おも》うてしまう程じゃったわ」

「ふむう……」

「のう宗春や。般若面共が喚きおった六千万両相当という表現の中にある『両』という今世《いまよ》の金《かね》の単位なのじゃが……」

「お祖母様《ばばさま》が言わんとしておりますることこの宗春には判ります。徳川期の今世《いまよ》はともかくとして、古代の大和政権期に『両』というような単位が存在したのかどうか、という疑問でござりましょう」

「左様さ……」

「実は存在いたしておりました。文武《もんむ》天皇（天武十二年、六八三〜慶雲四年、七〇七）の治世、持統太上天皇《だいじょう》（太上は譲位の意）と藤原不比等《ふじわらのふひと》（大和朝廷高級官僚。中臣鎌足の子）が主導して、律《りつ》（刑法）および令《りょう》（国家法）を備えた我が国はじめての法典（大宝《たいほう》律令）が作られたことは御存知でございまするな」

「その程度のことなら存じておるわ。確か大宝元年（七〇一）のことじゃ」

「さすが、大坂の高名な学者、五井持軒《ごいじけん》先生と交流厚いお祖母様《ばばさま》。よく御存知でいらっしゃる」

「これ。煽《おだ》てるでない。天狗《てんぐ》になる」

「その法典つまり大宝律令に『両』は既に登場いたしておりました（歴史的事実）」

「それはまた……いささか驚きじゃな」

「はい。『両』の原則的な意味でありまする秤量《しょうりょう》（重さ）の単位という点についても変わってはおりませぬ」

「なるほど。秤量の単位であり且つ金《かね》の単位じゃな。がしかし、其方《そなた》が言《ゆ》うたように、古代大和政権には六千万両相当もの金を精錬する業《わざ》などは無いわさ」

「御意《ぎょい》」

「ともかく其方《そなた》はお祖父《じい》がどの方角へ連れ去られたか、急ぎ突き止めておくれ。このお祖母《ばば》にあれこれと今すぐに問い質《ただ》したいような怖い目つきじゃが、後まわしにしておくれ。とにかくお祖父《じい》の行方じゃ」

「承《うけたまわ》りました。それではこれで……」

「あ、待ちや宗春。お祖母《ばば》はこれから娘たちと出かける。心得ておいておくれ」

「どちらの方角へでござりまするか？」

「東じゃ。森の中へ入ってゆく」

「判りました。お気を付けなされて」

「うむ」

多鶴は頷き、宗春なる武士は「寂心亭」の裏手へ、するりといった感じで姿を消した。

「和歌や書画を愛《め》でる優美な性格じゃが、相変わらず油断の無い鋭い目つきを致しておるわ。怖い程じゃ。今は亡き祖父柳生《やぎゅう》宗矩《むねのり》殿や父飛騨守宗冬《むねふゆ》殿さえも敵《かな》わない剣の位《くらい》に到達しているようじゃからのう。いやはや……」

多鶴はぶつぶつと呟きながら木立から出て、楼門へ足を向けた。

いま多鶴の口から出た言葉で聞き逃せないのは、「祖父柳生宗矩」「父飛騨守宗冬」そして「宗春」であった。多鶴の表現の仕様は、宗春の方から見ての祖父宗矩であり父宗冬であったから、しからば宗春とは飛騨守宗冬の長男柳生宗春を指すことになる。

確かに柳生宗春の剣は、祖父(宗矩)にも父(宗冬)にも勝るであろうと高名な剣客たちに言われてきた事実がある。また伯父に当たる剛剣で知られた柳生十兵衛三厳《じゅうべえみつよし》でさえも、宗春には遠く及ばないであろう、とさえも言われている。

ただ柳生宗矩は正保三年(一六四六)に、柳生十兵衛は慶安三年(一六五〇)に、また柳生宗冬は延宝三年(一六七五)九月に、それぞれ亡くなって既にこの世の人ではない。そして柳生剣最強と陰に陽に評価されてきた柳生宗春もまた、父飛騨守宗冬が亡くなるよりも先、同じ延宝三年(一六七五)二月四日に病没している筈であった。現に柳生家第四代当主は宗冬の二男である宗在《むねあり》(宗春の弟)が引き継いでいる。

では、その柳生宗春がなにゆえ、この現世にいるのか？　しかもお祖母様《ばばさま》の身近に……。

多鶴が楼門の手前まで来てみると、代官所の役人捕手たちに周囲《まわり》を守られるようにして美雪と小梅（美雪の母雪代の姉）が待っていた。

今朝の小梅は、地味な色であるが、準正装だった。

楼門の外側では、小梅の婿比古二郎《むこひこじろう》や六尺棒を手の下僕たち、そして戸端忠寛、山浦涼之助ら西条家の家臣たちが厳しい表情で辺りを見まわしている。

「待たせたかのう美雪や。すまぬすまぬ」

「用事は片付かれたのでございまするか、お祖母様《ばばさま》」

「終わった終わった。さ、出掛けようかの」

「あの、お祖母様《ばばさま》……」

「なんじゃな」

「本当にお祖母様《ばばさま》と小梅伯母様と私《わたくし》の三人だけで出掛けるのでございましょうか」

美雪はやや不安そうに眉をひそめた。

「三人だけで出掛けるのじゃ。三人だけでなければならぬのじゃ」

「どうしても三人だけ……で？」

「そうじゃ。三人だけでじゃ。心配ない。心配ない。近場《ちかば》じゃ」

多鶴は微笑んで美しい孫娘の手を取ると、小梅に小さく頷いてみせて楼門の外へと歩き出した。

周囲《まわり》の役人たちが囲みを開け、楼門の外にいる比古二郎他も、「曽雅の道」の左右へ寄って道を開け、お祖母様《ばばさま》たちが出てくるのに備えた。

「これ、比古《ひこ》や」

楼門の外に出たお祖母様《ばばさま》が、美雪の手を放して比古二郎を手招いた。

「はい」と、比古二郎が駆け寄る。その光景はもう上級武家の当主《あるじ》と従者であったが、お祖母様《ばばさま》に全く不快感の漂いの無いのが不思議であった。一方の比古二郎の方だけが、「忠臣」の印象を強めているかに見える。

「手傷を負った者たちの面倒をしっかりと見てやっておくれ。尾形関庵先生への連絡《つなぎ》を決して怠《おこた》らぬようにしなされや」

「心得ておりまする」

「ではな……」

「はい。早いお帰りをお待ち致しております」

「なるべく、そうする積もりじゃ」

多鶴はそう言い残し、すたすたとひとり先に立って歩き出した。朝陽《あさひ》がお祖母様《ばばさま》の小さな背に当たっていた。

美雪は懐剣の柄に然り気なく右手をやって柄の角度を確認した。

隣に並ぶ伯母小梅の胸元へちらりと視線を走らせると、懐剣の柄の角度が殆ど寝てしまっている。

美雪は伯母の肩に触れるか触れないか程度に体を寄せると、「伯母上様……」とだけ囁いて、「え?」という表情を拵えた小梅の胸元に雪肌の白い綺麗な手をそっとのばした。

懐剣の柄の角度を美雪が改めてやると、「ありがとう」と小声で微笑む小梅だった。

お祖母様《ばばさま》が先へ先へと秋の朝陽《あさひ》の中を歩いてゆく。なかなかに健脚《けんきゃく》だ。

見るまに二人と一人の間が開いていった。

そのお祖母様《ばばさま》が「曽雅の道」の道端に空高く聳《そび》えている葉が黄色に美しく熟した巨木の下を右に折れ、畦道《あぜみち》へ迷うことなく、さっさと入っていった。なんとそれは昨夜、お祖母様《ばばさま》を担《かつ》いだ白般若二人が、宗次に追われて駆け込んだあの畦道ではないか。

その畦道を、恐れる様子も無く進んでゆく小柄で足早な多鶴であった。

「少し間を縮めましょうか」

「はい、伯母上様」

小梅に促されて美雪は頷いた。

黄色い秋の色に葉が熟し、幹が真っ直ぐで樹皮《じゅひ》が灰白色な巨木――橅《ぶな》――の下を、小梅と美雪は右に折れて多鶴の後を急いだ。

畦道の彼方、真正面にはこんもりとした森が横たわっている。

美雪は歩みを緩めず、ひっそりとした声で小梅に訊ねた。

「伯母上様は、お祖母様《ばばさま》がこれから行こうとなさっている所を、ご存知なのでございますか」

「いいえ。知りませぬ。それに、真正面に横たわっているあの深い森へは、決して踏み込んではならぬ、と幼い頃から母（お祖母様《ばばさま》）に厳しく言われてきましたから」

「まあ……厳しくでございますか」

「はい。理由は判りませぬが、曽雅家に於ける母の言葉は絶対ですから」

美雪は何故か、ぞくりとするものを背筋に感じた。

何事か不吉な事態が待ち構えていそうな、うすら寒いものが喉元にふわっと触れたような気がした。

烏《からす》の鳴き声が、いやにやかましい……。

十八

それは確かに人が立ち入るのを拒むかのような印象の緑濃い森だった。所所《ところどころ》に東西南北への枝道を、指を広げたように四方へ向けて持つ不可解な森でもあった。はじめの内は辛うじて木洩日《こもれび》が落ちてくる程度の枝枝が重なり合う暗い森であったが、暫く歩き続けると次第に明るさが増し、やがて不意に紅葉樹林と化して錦秋の日が差し込むや、三人の女性《おんな》の肌が秋色に染まった。

三人はお祖母様《ばばさま》を先頭に立て、美雪と小梅は肩を並べてその後に従い黙黙と歩いた。迂闊には語り合えないような重い雰囲気が、お祖母様《ばばさま》の背中から漂っていた。

錦秋色の木の葉《こは》を鳴らすそよとした風もなく、小鳥の鳴き声ひとつ聞こえてこない深閑とした森だった。

「なんだか怖い森……まるで人を迷わせるような枝道《えだみち》がわざとらしく造られていたりして」

小梅が美雪に肩を寄せてきて、お祖母様《ばばさま》の背中を見つめながら用心深く囁いた。

美雪は口元にちょっと笑みを見せて、小梅の背中を「大丈夫ですよ」といった感じで軽く二、三度撫でてやった。小梅の感じている不安が、自分の不安でもあることを理解している美雪である。一方で、その不安と背中合わせに大きな安心をも覚えている美雪だった。その安心が、この大和国《やまとのくに》の空の下、それも自分の身近な所に宗次先生が「確かにいらっしゃる」という事実から来ていることを美雪ははっきりと自覚していた。しかもである。稀代の大剣聖で揚真流《ようしんりゅう》兵法の開祖従五位下梁伊対馬守隆房の義理の子息《しそく》として宗次が「揚真流兵法と学問の全て」を義父（梁伊対馬守）から伝授されていると知ってしまった美雪である。これは美雪にとって当然のこと大衝撃だった。（宗次先生は、矢張り私《わたくし》など足元へもお近付き出来ない大変な御人《おひと》であられた）

婚家——地方譜代の藩の名家——から一方的に離縁された引け目が決して心の内から消えることのない美雪にとって、宗次の素姓の輝かしい一面が見えたことは、かえって自信の無さと悲しみとを膨らませていた。我が身が人もうらやむ筆頭大番頭七千石大身旗本家の姫君であることなど、婚家を追われた美雪にとっては、心の傷を癒《いや》す慰《なぐさ》めにすらならなかった。むしろ大身武家の姫君であるからこそ、心の傷は反動的に大きくなっていた。

「間《ま》もなくじゃ」

三間ばかり先を行くお祖母様《ばばさま》がそう言いつつ立ち止まって振り向いたので、小梅と美雪の足も止まった。厳しいとか険《けわ》しいとか言うよりも、何故か怖い顔つきのお祖母《ばば》様《さま》であった。とくに目は、睨みつけるようにして美雪と小梅を見据《す》えているではないか。

「は、はい、お母様《かあさま》」と小梅が硬い表情で答え、美雪は黙って頷いた。

「足の疲れは大丈夫じゃな美雪や」

「はい。大丈夫でございます」

「小梅はどうじゃ。顔に少《すこ》うし元気が無いようじゃが」

「平気でございます」

「そうか……うん」

このとき美雪は、背すじを走る冷たいものを感じた。不快でも不気味でもない、また不吉な感じでもない冷たさであった。摑みどころのない、としか言い様《よう》のない。お祖母様《ばばさま》は体の向きを戻して再び歩き出した。

美雪が背後から見られている視線のようなものを感じたのは、この時である。

小梅はお祖母様《ばばさま》の後ろ姿を追うようにして足早に歩き出していたが、美雪は振り返って辺りを見まわした。

が、誰の姿も見当たらない。

美雪がついてこないので、小梅も足を止め振り向いた。

「どうしたのです?」という表情を拵えて、不安そうに眉をひそめている。

「いいえ」という意思を伝えるために、美雪は静かに首を横に振って小梅に近付き肩を並べた。

紅葉樹林の前方が明るくなり出した。秋の光が燦燦《さんさん》と降り注いでいるのが判る。そう言えば赤、黄、橙色と木の葉を美しく染めている木立も、三人の頭上で間隔を広げ、雲ひとつ無い青青とした空を覗かせている。

「あの……お祖母様《ばばさま》」

美雪がお祖母様《ばばさま》の背に向かって声を掛けた。陰気な暗さと錦秋の明るさを併せ持つ不可解なこの森に入って、美雪が自分の方からお祖母様《ばばさま》に声を掛けるのは、はじめてだった。

「お祖母様《ばばさま》、この森は大層美しく紅葉しておりますのに、落ち葉が殆ど見当たりませぬのね」

「生きているからじゃよ美雪。生きているからじゃ」

「森が生きている、ということでございましょうか」

「左様さ。この森は生きておるのじゃ。だから秋色に美しく染まっている間は一枚の葉も枝から落とすことはない」

「まあ、不思議ですこと」

「この森の紅葉樹林は、木の葉が秋の命を終えて炭色に変わってから、物悲し気にハラリハラリと静かに落ち始めるのじゃ。だから、亡くなったお祖父《じい》は、この森のことを『神炭《かみすみ》(棲み)の森』と呼んでおった」

「えっ?」

美雪だけではなかった。小梅の表情も同じように「えっ?」となっていた。

二人とも自分たちの聞き間違いか、それともお祖母様《ばばさま》の言い誤りか、と思った。お祖母様《ばばさま》はいま確かに「……亡くなったお祖父《じい》は……」と言った筈であった。けれども、それについてお祖母様《ばばさま》に問い直すひまなど、美雪にも小梅にも与えられなかった。

「ここじゃよ……」

と、お祖母様《ばばさま》の足が錦秋の林が切れた所で止まって目の前に手入れの行き届いた青青とした実り豊かな田畑の広がりがあった。眩しいほどに日が降り注いでいる。

美雪も小梅もお祖母様《ばばさま》と肩を並べ、余りの明るい光景に目を細めた。ホッとしたのであろうか、小梅が小さな溜息を吐く。

けれども美雪の美しい表情は、小梅の溜息の直後に硬くなっていた。いつもの美雪であったなら、錦繡《きんしゅう》を織りなすこの季節、大和国《やまとのくに》の田畑を青青と実らせる野菜は何であろうか、と考えたに相違ない。

それを忘れさせる光景の異様さに、美雪は直ぐ様《さま》気付いたのであった。このあたり、小梅とは違ってさすが幕府筆頭大番頭の姫君であると言えた。

その光景の異様さとは一体。

緑豊かな田畑の広がりは、緻密に測定して造成されたかのような綺麗な半円状——広大な——を呈していたのである。その半円状の田畑をまるでがっちりと守護するかのようにして高さ五、六尺程度の低い堤が築かれ、その外側を色あざやかな錦秋の紅葉樹林が取り囲んでいたのだ。それだけではない。いま曽雅家の二人の女性《によしよう》と大身旗本家の姫君の合わせて三人は、その半円状の底辺に当たる中央あたりに佇んでおり、そこから一直線に田畑を割るようにして石畳の道が前方へと伸びていた。

その長さを美雪は、凡そ三町《ちよう》程度か（三百メートル余）と読んだ。

これも、七千石大身旗本家の整然と区割りされた広大な屋敷で生活しているからこそ可能な、目測であるのだろう。

「ついておいで……」

お祖母様《ばばさま》はそう言って、両手を後ろ腰で組むと、石畳の道を歩き出し、そして思い出したかのように「この道もな、『曽雅の道』と言うのじゃよ」と付け加えた。

小梅は驚きの表情で美雪と目を見合わせたが、しかし美雪はこのとき既に「ひょっとして……」という思いを働かせていたから、「ああ、矢張り……」という小さな領きを小梅に返しただけである。

それよりも美雪が気になっていたのは、石畳の凡そ三町先に行く手を阻《はば》むかのようにして両手を広げている感じの豪壮な白い土塀だった。純白と言ってよいその力強く美しい土塀は、凡そ三町という隔りを頭に入れて眺めたとしても、相当に常識外れな長さだと判る。

「美雪や。正面の真っ白な土塀が気になるかのう」

お祖母様《ばばさま》が、不意に美雪の胸中を見透かしたようにして訊ねた。

「はい、気になりまするお祖母様《ばばさま》。この『曽雅の道』も大変な長さですけれど、正面の白い土塀も劣らぬ程に長いのではありませぬか」

「土塀の長さは縦《たて》が三町半で横《よこ》が二町半じゃ。いま見えている部分は、その横の辺に当たる。高さは一律に七尺で塀の上端には鋭い忍び返しが付いておる。ここからは遠くてそうとは判らぬじゃろうが、土塀は長短の四辺によってつまり矩形《くけい》（長方形）が描かれておってな」

「まあ……三町半に二町半四方とはまた大変な広さを囲んでいることになりまするけれど、でも土塀の内側に建物の屋根が覗いてはおりませぬようですし、それに門らしき構造物も見当たりませぬ。本来ならば、この『曽雅の道』が尽きる真正面に表門なりを拵えるのが土塀造りの基本ではございませぬでしょうか」

「うむうむ、門は確かに拵えてはおらぬがな美雪や、白い土塀に溶け込ませるようにして白い木戸を拵えてあるのじゃ。小さく目立たぬようにの」

「それに致しましても、土塀の中には、一体何があるのでございますか、お祖母様《ばばさま》」

「城《しろ》と忠誠《ちゅうせい》極まりない将兵たちじゃ」

「え？」

「驚くでない。聞き間違いでもない。城と兵が存在するのじゃ。曽雅家の実質的な当主としての、この祖母《ばば》の大事な大事な城と兵がな」

「私《わたくし》には意味がよく判りませぬ」

「判らんでもよいよい。白い土塀の中に入れば判る。二人とも黙ってついておいで」

「はい」

歩き続ける三人に、お祖母様《ばばさま》の言う「城」が向こうから迫って来るかのように次第に近付いてきた。

なるほど、白い土塀に溶け込むようにして巧みに作られている白い木戸の輪郭が、美雪と小梅にそれとなく視《み》え出した。それは土塀の長さ豪壮さに比べて余りにも小さかった。

前もってそうと教えられていない限りは、ひと目で白い木戸を見破ることはなかなかに難《むつか》しそうだ。

お祖母様《ばばさま》が言うその「白い木戸」の前に、三人は遂に立ち止まった。

辺りは全ての音を拒絶しているかの如く、シンと静まり返っている。

三人は誰からともなく、いま来た真っ直ぐな「曽雅の道」を振り返った。

お祖母様《ばばさま》がゆったりとした調子で切り出した。

「小梅に美雪や、よくお聞き。此処《ここ》はな、建物に喩《たと》えれば丸天井の丁度いちばん高い位置に当たるのじゃ。つまり半円状に美しく耕作されておるこの広大な田園地帯の、その半円状のいちばん高い所に、くっつくようにして土塀は造られておるのじゃ。お祖母《ばば》の言うこと、わかるかな」

美雪と小梅は黙って頷いた。小梅の表情は相変わらず不安そうだ。

美雪は何者かが田畑の其処此処《そこここ》に潜んではいまいか、と目を凝らしたが余りにも広過ぎて不審者の姿を捉えることは難《むつか》しかった。

お祖母様《ばばさま》の言葉が続く。

「この実り豊かな広大な美しい田畑はな。非合法な決起軍（クーデター軍）によって古代に滅ぼされた蘇我本宗家に最後まで仕《つか》えた武勇の誉《ほま》れ高い臣姓近衛兵《おみせいこのえへい》（君主親衛隊）三十家《け》によって耕されているのじゃ」

美雪も小梅も思わず息を呑んだ。とりわけ美雪は、江戸を発つ前に公儀学問所「史学館」教授から、臣姓近衛兵の勇猛果敢さやその徹底した忠誠の精神について学んできただけに、胸の内を痛いほどに緊張させた。

「古代、この半円状の広大な田畑は、蘇我軍の秘密の兵糧田畑《ひょうろうでんぱた》であったと伝えられておる。それゆえ深い森に囲まれ、外部からは窺い難《にく》い造成になっておるのじゃ。古代の森は、更に幾層倍にも深かったであろうから『隠れ田』の場所としてはまさに最適じゃのう」

お祖母様《ばばさま》の言葉に、次次と驚かされる美雪と小梅であった。

「いいか、小梅も美雪も、ようく聞くのじゃ。過ぎし大昔、蘇我本宗家は政権の中心で余りにも大きな権力を握ったばかりに、反蘇我勢力からは逆臣だの、この大和国《やまとのくに》（日本）を外国に売り渡さんとする偽装大和民族である、などと有《あ》らぬ事《こと》をあれこれ天皇《みかど》の耳へ入れられたそうじゃ」

「まあ、偽装大和民族とは言うに事欠いて、無礼《ぶれい》にも程がありまするお母様」

小梅がそれまでの不安の表情を消し、憤然たる口調で言った。

「ほっほっほっ、怒《おこ》るでない怒るでない小梅や。歴史的事実というものはきちんと生きておるし、今世《いまよ》の学者《せんせい》たちの公明正大な研究も随分と進んでおる」

「けれどお母様。学者《せんせい》という己れの肩書を過大評価する輩《やから》は、自分のその立場に時として甘え傲《おご》り高《たか》ぶって、誹謗《ひぼう》を専《もっぱ》らとする方向へ狂い走った歴史が事実として残ってございます。また、その狂い走るを実行することによって、謀《はかりごと》に勤《いそ》しむ第三者より多額の報酬を受け取りし歴史もはっきりと残ってございます」

「小梅や。そういう見苦《みぐる》しい輩《やから》は学者《せんせい》とは呼ばぬものじゃ」

「では、なんと？」

「ほっほっほっ、毛虫《けむし》じゃ。いずれ哀《あわ》れな死を待つ毛虫じゃ」

「毛虫……」

小梅のびっくりしたような表情に、思わずくすりと含み笑いを漏らしてしまった美雪だった。

「ともかく毛虫の話なんぞは、どうでもよい。今日は小梅と美雪に見て貰わねばならぬ……いや、会《お》うて貰わねばならぬ御人《おひと》がいらっしゃるのじゃ」

「……」

美雪と小梅の呼吸《いき》が、一瞬であったが止まった。お祖母様《ばばさま》の口から出た〝会うて貰わねばならぬ御人《おひと》〟という表現の仕方への驚きの反応だった。とくに〝御人《おひと》〟という部分に対してである。

奈良奉行、奈良代官に対してすら、その名の下に「殿」「様」を付さないお祖母様《ばばさま》であった。そのお祖母様《ばばさま》が、いま目の前にいない何者かを〝御人《おひと》〟と称したのだ。

「さ、では入りましょうかのう」

お祖母様《ばばさま》が穏やかに言って、白い木戸と向き合った。

このとき美雪は、またしても背中に見つめられているような気配を感じて、しかし静かに然り気なく振り返った。

広大な美しい古代の兵糧田畑の広がりがあるだけだった。そこいら辺りに古代大和政権の武者《もののふ》の霊魂でも浮遊しているのであろうかと勝手な想像をして、美雪は姿勢をお祖母様《ばばさま》の方へと戻した。

お祖母様《ばばさま》は手元をカチャカチャと言わせていたが、美雪も小梅もその手元を遠慮を忘れて眺めるのは感心しないと判断していたから少し退がって控えた。

したがって二人には、白い木戸が音立てている原因は判らなかった。おそらく複雑な仕組のからくり錠を解いているのでは、という想像は働いたが。

そして白い木戸は、ごく微かな軋みの音を鳴らして、奥に向かって開いた。

片開きの木戸だ。

お祖母様《ばばさま》が先ず入り、続いて小梅、美雪が少し背をかがめて続いた。

三人の前には高さ六、七尺はあろうかと思われる、生垣の目隠しがあった。白い木戸を入ってきた者に、直ぐ様に四方を見られないように、との工夫のようであった。

「祖母《ばば》についておいで」

そう言って歩き出したお祖母様多鶴《ばばさまたづる》の足元が、「曽雅の道」と同じ石畳であることに、このときになって美雪と小梅は気付いて顔を見合わせた。石畳の左右一面にびっしりと赤い実を咲き乱しているのは、万両か。

背の高い生垣は長さ半町ほど行ったところで切れ、石畳はそこで左へ曲がっている。

その位置まで来て、美雪と小梅は胸に両手を当て、立ち竦んでしまった。

石畳は彼方にまで曲がることなく一直線に綺麗に伸び、その道筋から八、九間《けん》退がる位置に、どれも同じ外形の小さくはない茅葺の百姓家が、等間隔で道の両側に整然と立ち並んでいた。

家家は傷《いた》みなく整っており、見るからに清潔感にあふれ、それだけで人の住んでいることが判ったが、しかし静まり返って人の気配は消えている。

お祖母様《ばばさま》が、これ迄に見せたことのないような真顔を美雪と小梅に向けて言った。

「かつての臣姓近衛兵三十家の末裔たちが立ち並ぶ百姓家に住んでおるのじゃ。今はよく働いてくれる誠実で大人しい百姓たちじゃが、大昔はのう美雪や、一家の下にそれぞれ百名余の荒武者が従属していたらしいのじゃ。つまり三十家の差配によって、三千余名の勇猛果敢な兵が自在に動いた訳じゃ」

美雪が頷いて、囁くようにして訊ねた。

「いま此処にお住まいの人たちのお仕事は、お祖母様《ばばさま》が仰いまするこの広大な囲み——お城——の外側にある半円状の田畑を耕し管理することだけでございましょうか」

「いいや、それだけではないぞ。一番の大事はのう美雪や。祖母《ばば》にとってこの上もなく大切なこの城を守り抜いてくれる事じゃ。これから後《のち》、百年も二百年も三百年ものう」

「永遠に？……でございまするか」

「うむ。願わくばのう。ささ、行《ゆ》こうぞ。ついて参りなされ」

そう言って歩き出したお祖母様《ばばさま》多鶴の足は、先程よりもかなり速くなっていた。

美雪も小梅も、然り気《さげ》なくを装いつつ、視野の端で立ち並ぶ百姓家を捉えていた。

とくに美雪は、「ひょっとしてこの百姓家に住む人人は、現在《いま》も武装決起できるだけの能力を維持できているのではないか」という思いに取り憑かれていた。美雪にその思いを抱かせているのは、立ち並ぶどの茅葺屋根の百姓家にも小さいながら不似合いと表現していい玄関式台を備えていることだった。下級武士の小屋敷《こやしき》に見られるようにな。

更に石畳の道を通る者に見られない用心深さからか、通りに面している部屋は一様に障子がかたく閉ざされ、縁側の雨戸の一部だけが遠慮がちに開け放たれている。

錦秋の季節とはいえ、百姓仕事の家が日が高い明るい内から障子をかたく閉ざしている様子は、美雪には何となく不自然に見えた。ひょっとしてどの百姓家の床の間にも、大小刀が掛かっていたり、弓矢に槍、鉄砲などが立てかけてあったりするのではないか、と思った。とくに凡下《ぼんげ》の帯刀は、幕府の法で言えば、許可を得ての長旅の場合などを除き違反である（寛文八年三月、一六六八、「町人帯刀禁止令」発布。但し博徒の帯刀は容易に抑え込めず）。

「お母様《かあさま》。これから何処《どちら》へ？」

小梅が老いた母親の背へ恐る恐る声を掛けた。

「だから先ほど言うたであろう。会《お》うて貰わねばならぬ御人《おひと》の所へじゃ」

「蘇我本宗家にかかわりのある御方《おかた》でございましょうか」

「そうじゃ」

「古代蘇我家はいずこよりか訪れたる偽装大和民族である、とする風説は徳川様の治世となりし現在《いま》も一部において消えておらぬような気が致してなりませぬ」

「長く続いた根強く意地悪な風説じゃったからのう。しかしこれまでの誤った学説にしろ誹謗《ひぼう》風説にしろ徳川様の治世となってからの公明正大な研究によりその捏造点《ねつぞうてん》や矛盾点《むじゅんてん》はことごとく突き崩されてきておる。自信を持つのじゃ小梅。蘇我一族はこの国の曙《あけぼの》（目覚《めざ》め）に力強く貢献してきた大和宗我（現、奈良県橿原市曽我町界隈）を本貫《ほんがん》地《ち》（発祥地）とする誇り高き純粋大和民族ぞ。色色な人人を当然厳しく支配はしたが、蘇我一族は大王の近親に位置したる純粋大和民族じゃ。その事実を忘れてはならぬ」

「真《まこと》でございますのね、お母様」

「真じゃ。むろん枝分《しぶん》の氏《うじ》（川辺朝臣《かわべのあそん》・高向朝臣《たかむこのあそん》など）の中には河内国石川郡を本貫地とする者もいるが、それらも決して偽りの大和民族ではない」

「なんとはなく安心いたしましたお母様。これまでお母様は、そういった事について余りお話し下さりませんでしたから」

「話せない苦しみがあったからじゃ。この祖母《ばば》に……」

「苦しみ？……苦しみと申されましたかお母様」

「それは、まあよいよい。間もなく判る。それよりものう小梅や、そして美雪や。蘇我累代《るいだい》の力というのは、本当にこの国の曙《あけぼの》に全力を傾注したのじゃぞ。たとえば大王家の政権の安定拡大、屯倉《とんそう》（官家《みやけ》とも。国営穀物倉庫）の新増設、田令《たづかい》（屯倉の経営管理者）の役割と任命の充実、田部《たべ》（屯倉に所属する田地を耕す職業部民いわゆるプロの百姓）の精緻な戸籍制度の確立、仏教の受け入れ、そしてこの国はじめての本格的伽藍《がらん》『飛鳥《あすか》寺《でら》』の創建などなど、この国の政治や文化の面で実に大きくて多様な業績を残してきたのじゃ」

「まあ、お母様。ただ今の口上《こうじょう》はまるで学者先生のようでございますよ」

「ほっほっほっ、当たり前じゃよ小梅。大学者・五井持軒《ごいじけん》先生の受け売りじゃもの」

「お母様ったら……」

小梅はふふっと短く笑いはしたが、しかし美雪は笑えなかった。石畳の道の尽きる辺りが次第にはっきりとした様相を見せ始めたからだ。

真正面に小丘《しょうきゅう》を背にするかたちで墓石のようなものが二種、はっきりと認められる。あと半町ほどの隔たりを考慮すれば、二つの石柱の一つは明らかに巨大であり、もう一つは遠目にもごくありふれた普通の墓石程度か、と思われた。

小梅もようやくのこと、その二つの石柱に気付いて真顔となり、美雪の肩に軽く左の手を触れ、お祖母様《ばばさま》の背中の向こうを右の手で指差してみせた。

美雪は（ええ……）という表情で、黙って頷いてみせた。

そして、やがて二つの石柱は、美雪と小梅に衝撃の〝全貌〟を見せ始めた。

小丘を背にして巨大な方の石柱の高さは凡そ八尺以上はあろうか、幅は三尺近くもありそうで、一枚岩と呼べる厚い板状の石柱であった。石柱の表面も、また両の肩口に当たる部分も長い風雪雨にさらされてきたことを物語るかの如く崩れ気味に摩耗していることがひと目で判った。したがって表面に刻まれている蘇我の大きな二文字も、読み取れはしたが相当に薄くぼやけ且つ日焼けしたように、くすんでいる。

だが、蘇我の二文字しかないあっさりとした点が、墓石や墓誌としてはどことなく不自然だった。しかし蘇我の二文字が石板に彫られているからには、歴史的にも非常に重要な何かであるに相違ない、ように思われる。

並び立っているもう一方の石柱は何処の寺院墓地でも見られる当たり前な墓石《ぼせき》と呼ばれている形状であり高さであったが、これは風雪雨での摩耗などは認められず、表面の刻み文字も容易に読み取れた。決して新しくはなかったが、よく手入れされているると判る墓石であって、墓前の一輪挿《ざし》には大きな白い花を二つ咲かせた長さ一尺ほどの小枝が供えられていた。

その上品な花の特徴から、美雪には茶の花であると直ぐに判りはしたが、それにしても茶の花にしては見事に大き過ぎる花であった。

ただ、ほのかな芳香は、まぎれもなく茶の花であると美雪には確信できた。

それにしても不可解な墓石であった。墓石に彫り刻まれているのは人名でも戒名でもない。

振り仮名が付された、汝《きみ》薫《かお》るが如《ごと》し、である。

いつの間にか、というよりは自然と、小梅はお祖母様《ばばさま》の右側に、美雪は左側に肩を並べて立っていた。

「きみかおるがごとし……」

美雪が澄んだ声でひっそりと読み上げると、お祖母様《ばばさま》がこっくりと頷いた。

そして、両の目尻に指先をそっと這《は》わせたではないか。

なんと、お祖母様《ばばさま》が涙を拭ったのだ。

しかし、美雪も小梅も驚きを表に露《あらわ》となすことを堪《こら》えた。

驚いてはならぬ、何か荘厳な空気というか気配が自分たちの周囲《まわり》に漂い出したことに気付いていた。確かに漂い出していた。

「小梅や」

「はい、お母様」

「美雪や」

「はい、お祖母様《ばばさま》」

「このお墓こそ其方《そなた》たちのお父様であり、お祖父様《じいさま》なのじゃ」

「……」

美雪も小梅も意味が解せず、押し黙ったままお祖母様《ばばさま》の横顔を見つめた。

「祖母《ばば》は戯《たわむ》れを言うておるのではない。このお墓こそ祖母《ばば》が今も愛してやまぬ夫、和右衛門様なのじゃ。そして小梅のお父様であり、美雪のお祖父様《じいさま》なのじゃ。その魂が此処に静かに眠っておられる。若き頃、この祖母《ばば》に心から捧げてくれた『汝《きみ》薫《かお》るが如《ごと》し』の言葉と共にのう……」

「お祖母様《ばばさま》。まだ意味が呑み込めませぬ。もう少し詳しくお聞かせ下さりませ」

美雪はそう言うと、崩れるように墓前に額《ぬか》ずき、両手を合わせた。

小梅がそれに続いたが、両の手を合わせるのを忘れたかのように、うろたえ気味な眼差《まなざ》しを「汝《きみ》薫《かお》るが如《ごと》し」へと注いだ。受けた衝撃が大き過ぎたのか目尻に小さな涙の粒を浮かべてさえいる。

立ったままの姿勢でお祖母様《ばばさま》が話し始めたので、美雪は合掌を解いた。

「小梅も美雪も誇りある曽雅家の者として、うろたえず心静かに聞いておくれ。其方《そなた》たち二人を此処へ誘《さそ》うたのは、事実を告げねばならぬ時が訪れたと判断したからじゃ。美雪は江戸へ戻ったならば、祖母《ばば》がこれから打ち明けることを、そっくりそのまま江戸の貞頼殿（美雪の父）に打ち明けておくれ、宜《よろ》しいな」

美雪は頷いてから呼吸《いき》を止め、「はい」と声小さく答えた。胸の内で不安が雷雲《いかずちぐも》の如く激しく広がり出していた。

小梅は今にも声立てて泣き出しそうな表情であった。あれこれと連想を膨らませているのであろうか。

お祖母様《ばばさま》が深く息を吸い込んだあと、穏やかに切り出した。

「小梅の父親であり、美雪の祖父であり、そしてこの祖母《ばば》の大事な夫であった和右衛門様は、小梅が三歳、美雪の母親である雪代が生まれて、まだ間も無い頃に既《すで》に亡くなっておるのじゃ。重い病じゃった」

「お、お母様。どういう事でございますの。お父様は突如踏み込んできた恐ろしい般若面共に……」

「拉致され行方を絶っておるのは、実に長い年月に亘って和右衛門様を見事に演じ続けてくれたいわゆる……影武者じゃ。武家社会でよく言われておる影武者じゃ」

「か、影武者などと……お母様、正気で仰っておられるのですか」

小梅は、ぶるぶると体を震わせて立ち上がり、よろめいた。

「心を乱してはならぬ小梅や。大事なことを打ち明けておるのじゃ。和右衛門様は、『汝《きみ》 薫《かお》るが如《ごと》し』を私に捧げて下された和右衛門様は正真正銘、曽雅家の頭領であられた。決して威張ることのない地味でおとなしい御気性を貫きつつも男らしい立派な御人であられた。このお墓に眠っておられる和右衛門様こそ、正統なる曽雅家の男系当主であられたのじゃ」

「ではお母様。長い年月に亘って影武者とかを演じ続けて参られたお父様は、亡くなられた実のお父様とは似ても似つかぬ容姿であるということなのでしょうか」

「背丈も顔立ちも真《まこと》によく似ておられる。驚く程のうり二つとまではゆかぬとも、長の病いで人と会うことを徹底して避けてこられた御当主和右衛門様が、『徐徐に健康を取り戻された』という理由で少しずつ閨《ねや》で人と会ってゆくことには、充分と耐えられる程度の『うり二つ』じゃった」

「少しずつ病室で、ということは実のお父様が亡くなられてから以降のことでございますのね、お母様」

「そうではない。御当主和右衛門様はいよいよ病が重くなるとご自分の意思で三間続きの一番奥の間《ま》へと移られ、『うり二つ』殿が廊下側の閨《ねや》で病の床に就かれたのじゃ……この祖母《ばば》以外の誰にも知られることなくのう」

「そのようなこと、不可能でございます。お母様は偽りを仰っておられます」

「不可能ではない。そして事実なのじゃ小梅。事実なのじゃ」

「不可能です。私は……私は信じませぬ」

小梅は両手で顔を覆い、ここにきて美雪は静かにそろりと腰を上げて伯母小梅の肩を抱いてやった。

「伯母上様。お祖母《ばば》様《さま》のお話を最後まで聞いて差し上げねばなりませぬ。現在のお祖父《じ》様《いさま》が『うり二つ』殿であったとしても、賊徒の手より救うてさしあげねばなりませぬ。それが人の道というものでございます」

美雪はそう言うと、お祖母《ばば》様《さま》の涙で潤んだ真っ赤な暗く沈んだ目を見た。お祖母《ばば》様《さま》の気力までをここで泣かせ、挫《くじ》けさせてはならぬと思った。

「お祖母《ばば》様《さま》、お教え下さりませ。『うり二つ』殿が屋敷内へ入ったことを、いいえ閨《ねや》に就いたことを知る者は、病の床にあった実のお祖父《じい》様《さま》を除けば、お祖母《ばば》様《さま》だけであった、ということでございますのね」

「その通りじゃ美雪。病が長引きだすと死を覚悟されたのか、御当主和右衛門様はこの祖母《ばば》以外の誰をも病室へ入れぬようになったのじゃ。そしてある冬の朝、祖母《ばば》が薬湯を手に病室に入ってみると、御当主和右衛門様の枕元に、『うり二つ』殿が穏やかな表情で座っていたのじゃよ。これには祖母《ばば》も大変な衝撃を受けたことを、今もはっきりと覚えておる」

「実のお祖父様《じいさま》がお亡くなりになられてから、この『汝《きみ》 薫《かお》るが如《ごと》し』を建立《こんりゅう》なさるまでの手順とか作業は大変だったのではございませぬか。どうしても誰彼に気付かれてしまいましょう」

「いいや、全く誰にも気付かれなんだ。この祖母《ばば》ひとりに見守られて、御当主和右衛門様の遺体は深夜の内に病室から消えていったのじゃ。つまり祖母《ばば》が愛した夫は、確かに祖母《ばば》に看取られ、そして夜番の傭人《ようにん》にさえ気付かれることもなく屋敷から静かに去っていったのじゃ。本当に誰彼に気付かれることなくのう」

言い終えたお祖母様《ばばさま》の両の目から、大粒の涙がぽろりとこぼれ落ちた。

「誰彼に気付かれることなく御遺体を病室から屋敷の外へと移すに致しましても、かなりの人手が要《い》りましょう。それを差配したのも『うり二つ』殿でございましょうか」

「そうじゃよ美雪や。『うり二つ』殿じゃ。いや、『うり二つ』殿とその手の者たちじゃ」

「その手の者たち？……お祖母様《ばばさま》。『うり二つ』殿とは一体何者なのでございますか。出自《しゅつじ》をお聞かせ下さりませ」

「判らぬ」

「え……」

「判らぬが、想像はつく。御当主和右衛門様と繋《つな》がり深い臣姓近衛兵三十家《け》の内から出た者ではなかろうか……とな」

「臣姓近衛兵三十家《け》の内から出た者ならば、お祖母様《ばばさま》には直ぐにも『あの家の者だ』と判るのではございませぬか」

「当時の祖母《ばば》には、三十家《け》が存在する此処《ここ》へは立ち入ることが許されておらなんだ。此処に立ち入ることが出来たのは御当主の和右衛門様ただ御一人じゃった。それが曽雅家の累代にわたっての、いわば戒律なのじゃ」

「私《わたくし》……この美雪にとっての実のお祖父様《じいさま》、いえ、御当主和右衛門様がお亡くなりになられた後は、お祖母様《ばばさま》と『うり二つ』殿が此処へ立ち入ることが出来るようになっているのでございましょうか」

「祖母《ばば》が此処への立ち入りを許されたのは、『うり二つ』殿とその手の者によって『汝《きみ》　薫《かお》るが如《ごと》し』が建立されてからのことじゃ。そして、建立を終えてからは『うり二つ』殿は、むろんその手の者も含めて、此処へは一切《いっさい》立ち入れなくなった。絶対にのう」

「まあ……」

美雪は思わず息を呑んだ。

「それがこの祖母《ばば》と『うり二つ』殿に向けて御当主様が苦しい息の下から残された遺言《ゆいごん》であり指示であったのじゃ。『うり二つ』殿の身性《みじよう》を知っているのは、おそらく亡くなられた御当主和右衛門様だけじゃろう。その秘密を抱いたまま、わが夫和右衛門様は天上へと身罷《みまか》られたのじゃ」

「お祖母様《ばばさま》。いまふっと気付いたのですけれど、臣姓近衛兵三十家《け》は、若《も》しや三十一家《け》だったのではございませぬか。そして『うり二つ』殿の役割を負うこととなった一《いっ》家《け》は、その御役目ゆえにお取《と》り潰《つぶ》しになったのではございませぬか」

「この祖母《ばば》には判らぬ……判らぬよ美雪。けれど祖母《ばば》が此処へはじめて立ち入った時、一家《け》分に相当すると思われる建物の基礎石が残っておった。それはのう、ほれ、見るがよい。彼処《あそこ》に今も残っておる」

お祖母様《ばばさま》がそう言いつつ指差した方へ視線を向けた美雪の端整な表情が、「あ……」となった。確かにそれは、思いがけない程の近くにはっきりと残っているではないか。素人目で眺めても、建物の土台として据える礎石《そせき》だと判る。

「いま在《あ》る三十家《け》に対して、『うり二つ』殿の身性について問うことは叶《かな》いませぬか」

「臣姓近衛兵の輝かしい伝統を決して忘れておらぬ三十家《け》の口はそれでなくとも堅《かた》いのじゃ美雪よ。喋ってはならぬこと、漏らしてはならぬこと、などの厳しい戒律を破った家（者）は、裏切者の烙印を捺《お》されて、おそらく此処から追放されよう。場合によっては命を落とすことになるやも……」

「それは……そうかも知れませぬ、ね、お祖母様《ばばさま》。軽はずみな考えでございました」

「いいのじゃ。いいのじゃよ美雪」

小梅がようやく気持を鎮めたのか、涙あとの顔を母へ向けた。

「お母様……」

「ん？　なんじゃな小梅や……」

「私は心からお母様を尊敬して参りました。たった独《ひと》り常に凜《りん》として大曽雅家《だいそがけ》を守り抜いてこられたお母様が、実は心の内で大層苦しまれ、あるいはお疲れになっていらっしゃるのではないか、と心配しても参りました。私にはとても真似の出来ない、静かな一心不乱をたった一人の気力で貫いていらっしゃると、驚きの目で眺めても参りました。驚異でございました。私は耐えて堪えて頑張ってこられたお母様のことを心から誇りに思っております」

「おお……小梅や。これ迄の祖母《ばば》の生き方や考え方は全て御当主和右衛門様の厳しくもやさしい教えやお叱りによって、研《みが》かれ培《つちか》われてきたものなのじゃ」

小柄なお祖母様《ばばさま》は、そう言いつつ自分より背丈のある小梅をひしと抱きしめた。

「美雪も、もそっと祖母《ばば》のそばに来ておくれ。そうじゃ、そうじゃ。よしよし可愛《かわゆ》いのう。遠い江戸から参ったというのに、大変な騒動に巻き込まれてしまったのう。この祖母《ばば》をどうか許しておくれ」

お祖母様《ばばさま》多鶴は両の手で、いとおしそうに娘と孫の背中を撫でてやるのであった。

美雪は背中を撫でられながら、そっとした口ぶりで訊ねた。

「お祖母様《ばばさま》。若《も》しや曽雅家は、実のお祖父様《じいさま》が病に臥《ふ》された前後の頃から、得体《えたい》の知れぬ組織の威嚇《いかく》に見舞われていたのではございませぬか」

「……」

「どうかお打ち明け下さりませ。ひょっとして御当主和右衛門お祖父様《じいさま》は、何者かに襲われ、受けたその手傷が原因《もと》で床に臥すようになったのではございませぬか」

「美雪や。たとえそれが真実であったとしても、伝統ある曽雅家の威厳《いげん》と虚栄《きょえい》のためにも、それは余《よ》の者に知られてはならぬ大事なのじゃ」

「威厳と虚栄……」

「そうじゃ。とくに古代の蘇我本宗家に比して、いまあるこの祖母《ばば》の曽雅家は伝統云《うん》云《ぬん》を吹聴する割には、残念なことに実際の力が伴《とも》なっておらぬ。だがのう美雪や、見せかけをよく繕《つくろ》おうとするこの祖母《ばば》の血まみれの虚栄は、歴史的な伝統を守り抜く上で不可欠な要素でもあるのじゃ。祖母《ばば》が言うこの虚栄の中にはのう美雪や、喜びと悲しみ、怒りと絶望、攻《せ》めと護《まも》り、勝利と大敗、真実《しんじつ》と欺瞞《ぎまん》、それらが堪《た》え難《がた》き涙と共に入り乱れて込められておるのじゃ」

「お祖母様《ばばさま》……」

「判るかのう。ん？」

「はい」

「いい子じゃ、いい子じゃ。蠢《うごめ》きの中に生きてきた深い歴史の複雑な人皆《ひとみな》虚栄の心で温《あたた》かくそっと守られておるのじゃ。誰も彼ものう。それを忘れるでないぞ。それを忘れたならば、ただの傲《おご》りがあるだけじゃ」

「はい。お祖母様《ばばさま》の今のお言葉で、この美雪、思い知らされましてございまする」

「よしよし。さ、御先祖様が眠る目の前の丘と、『汝《きみ》薫《かお》るが如《ごと》し』にもう一度手を合わせてから、屋敷へ戻りましょうぞ。曽雅家の持てるもの全てを投げ出してでも、『うり二つ』殿を早く救うて差し上げねばならぬ」

美雪は目の前の小丘を見上げながら訊ねた。

「お祖母様《ばばさま》。この可愛い丘は墳墓つまり古墳なのでございますね」

「左様じゃ。躑躅《つつじ》(常緑低木)が密生しておるので丘の形は判り難いが、茶碗を伏せたるに似たやさしい傾斜の円錐の形を致しておるであろう」

「では丘の中に蘇我一族の誰の柩《ひつぎ》が納まっているのでございますの?」

「判らぬ……判らぬが亡くなられた御先代様は、大王の外戚《がいせき》に位置付けられ蘇我初期の権力者として激しく台頭した蘇我稲目《いなめ》の墓であろう、と推測なさっておられた」

「なんと……悠久の昔、この大和国《やまとのくに》を睥睨《へいげい》なされし稲目様の姿形ご容貌までが想像できるようでございます」

「目の前の蘇我と二文字が彫られた大きな石板の後方に石棺へと通じる横穴式石室への入口があるらしいのじゃが、今は土砂で塞がってしまっておる。しかし、このままでよいのじゃ。横穴へ踏み入ろうとする気持は持ってはならぬ。小梅も美雪もよいな」

小梅と美雪は、言われて黙って頷いた。

「御先代様がまだ御元気な頃、和右衛門様は一度だけ躑躅《つつじ》の苗《なえ》植えで丘の頂《いただき》へと連れて戴いたことがあるらしい。高さ一丈半《いちじょうはん》ほど（四・五メートル程）のかわゆい丘じゃが、苗を丘裾《おかすそ》に向け植えている内に、この丘がどうやら石で組み上げられた階段丘らしい、と判ってきたそうじゃ」

「まあ……目の前のこの小さな丘が、石組の階段丘……でございますか」

「まだ確認は出来ておりませぬよ美雪。また確認する必要もない。御先祖様の御霊《みたま》は静かにそっとしておいてあげることが肝要じゃ」

「はい。私《わたくし》もそれが一番だと思いまする」

「まあ、何百年もの後《のち》、研究熱心な学者方《せんせいがた》がこの古墳を歴史を明かす目的で解体なさるかも知れぬがのう。その時は仕方ないじゃろう。さ、小梅や、美雪や、拝《おが》みましょうぞ」

お祖母様《ばばさま》がそう言い終えるのを待ち構えていたかの如く、一天にわかに掻《か》き曇《くも》り出して、うっすらとした暗さが地表を這い始めた。

三人は「汝《きみ》薫《かお》るが如《ごと》し」に向かって額ずくように腰を下げ、両の手を合わせた。

このとき、音も無く、それこそ足音ひとつ立てることもなく、立ち並ぶ百姓家から、一人また一人と体格のよい男たちが石畳の通りに沿うかたちで現われ出した。誰も彼も野良着ではあったが腰の帯はやや幅広く、大小刀を差し通している。百姓が昨日《きのう》今日《きょう》から始めた虚栄――付け焼き刃――には見えず、明らかに戦闘能力を有する武《ぶ》の者《もの》の印象であった。老いも若きも。

その数、百余名に及ぶであろうか。

お祖母様《ばばさま》が合掌を終えて立ち上がると、三人が振り返るよりも先に、武の者たちは石畳の道に沿ってずらりと片膝をつき、軽く頭《こうべ》を下げた。

誰が命令を発した訳でもないのに、一糸乱れぬ武の者たちの動きであった。

十九

三人が白い土塀に囲まれた広大な「城」から外に出ると、背後でカタッとからくり錠の音がした。武の者たちの誰ひとりとして土塀の外へは見送りに出なかった。まさに「城」の護りを専らとする武の者たちだった。

木戸前まで見送ってくれたのは、その腰には大小刀はまだ重いのではないか、と思わせる十四、五の礼儀正しい若者だった。目をきらきらと輝かせた。

三人は小梅、お祖母様《ばばさま》、美雪の順で縦に並び、石畳の通りを前方に横たわっている美しい紅葉の森へと、やや足を急がせた。

美雪の胸の内では、複雑な思いが尾を引いていた。実のお祖父様《じいさま》が「うり二つ」殿であったなど予想だにしていない衝撃だった。しかも亡き母（雪代《ゆきよ》）さえも知らぬ数十年の長きに亘ってである。江戸へ戻ってこの事実を父貞頼の前でどのように切り出せばよいのか、容易に考えがまとまらない。

美雪は前を行くお祖母様《ばばさま》の背に気配を伝えぬよう、そっと「城」の方を振り返って小さな溜息をついた。

「其方《そなた》が悩むことはない……」

不意にお祖母様《ばばさま》が言ったので、美雪は驚いて、だがそろりと姿勢を戻した。お祖母《ばば》様《さま》は少し腰を屈《かが》め気味に前を向いたままだった。両の手を後ろ腰で組んでいる。

「騒ぎの何もかもが鎮まったなら、祖母《ばば》は江戸へ参る積もりじゃ。そしてのう美雪や、この祖母《ばば》の口から貞頼殿に全てを打ち明けようと思うておる。それまでは黙っていておくれ。どうじゃな」

「はい、お祖母様《ばばさま》。畏《かしこ》まりましてございまする」

「ありがとう。申し訳ないのう」

前を向いたままでお祖母様《ばばさま》が小さく頭を下げたので、美雪の瞳はみるみる潤《うる》み出した。

それからの三人は黙黙と俯《うつむ》き加減に歩いた。

日を浴びておれば極彩色《ごくさいしき》に美しい紅葉樹の森が、次第に暗さを深める曇り空の下でその美しさを既に失おうとしている。

年寄りの足にもやさしいそのなだらかな森の高さだけが、訪れた時と変わらぬ穏やかさで、三人を迎え入れようとしていた。

小梅が森の手前で歩みを少し緩めて、不安そうに空を仰いだ。

「雨になりましょうか？……」

と、美雪がお祖母様《ばばさま》の背中に訊ねた。

「いいや……」

と、お祖母様《ばばさま》が前を向いたまま首を横に振る。

「雨は降らぬ。錦秋の森を抜ける頃には空には秋の青さが戻っていよう」

「まあ。お祖母様《ばばさま》には、お天気のことが、そこまでお判りになられますの？」

「曇り雲の流れる方角が判然《はっきり》としている時だけはのう。若き御当主和右衛門様に強く乞《こ》われて曽雅家の嫁として迎え入れられるまでのこの祖母《ばば》の身は、一羽の鶏《にわとり》さえも飼う力のない貧しい貧しい百姓の一人娘じゃったので、朝の早くから日の落ちるまで、空を仰ぎ仰ぎ泥まみれとなって働いていたから天気のことはようく読めるのじゃ」

「お百姓の家にお生まれだったのですか、お祖母様《ばばさま》は」

不思議に驚くこともなく、物静かな口調で念を押した美雪だった。

若《も》しやひょっとして、という思いが心のどこかにあったような気が、しないでもない。それよりも何よりも、農業政策——百姓の存在——なくしては、今の武家社会は根底から崩壊する、という思想を江戸「史学館」の授業によって強く自分のものとしつつある美雪だった。

しかし、立ち止まって振り向いた小梅は、母親——お祖母様《ばばさま》——の言葉に茫然としている。

「ほっほっほっ。小梅は驚いたようじゃのう。なれどこの祖母《ばば》の身は……いや、其方《そなた》を生みしこの母の身はのう、まぎれもなく貧しい百姓の出なのじゃ」

「………」

「不服かえ小梅や。しかし祖母《ばば》は一片の誇りも失うことなく、曽雅家のため、大和国《やまとのくに》のために尽くしてきたと思うておる。偉大なる御当主であり夫であった和右衛門様のお教え通りにな」

「いいえ、お母様。私は単に驚いたに過ぎませぬ。お母様がたとえどのような家筋の娘であったにしろ、何処の出であったにしろ、この小梅のお母様に対する愛情と尊敬の気持は揺らぐことはありませぬ」

「ありがとう、ありがとう小梅や。よう言うてくれましたな。何よりの言葉じゃ。さ、早く屋敷に戻らねばならぬ。急ぎましょうぞ」

「はい」

三人は再び歩き出し、薄暗さを増しつつある錦秋の森へと入っていった。

「お祖母様《ばばさま》。御御足《おみあし》は大丈夫でございまするか」

美雪は、後ろから訊ねた。

「なあに。娘時代に百姓仕事で鍛えた体じゃ。まだまだ歩ける」

「お祖母様《ばばさま》がお生まれになった生家《さと》を、美雪は江戸へ帰るまでに訪ねてみとうございます」

「百姓家は疾《と》うの昔に消えてしもうて、もう残っておらぬ。両親《ふたおや》の体が余り丈夫でなくてのう。だから一人娘じゃったこの祖母《ばば》が田畑を一生懸命に耕したのじゃ。石ころの多い田畑でなあ。やがて両親《ふたおや》が病で亡くなったのじゃが、それでも祖母《ばば》はせっせせっせと一人で田畑を耕しておった」

「御両親のご親族様は？」

「祖母《ばば》は知らぬ。なんでも両親《ふたおや》の祖父の代に、着のみ着のままで京《みやこ》方面から流れて来たらしいのじゃ。おそらく一揆にでも加担して京《みやこ》あたりに、住んでおれなくなったのじゃろ。当時は、一揆加担者の逃亡が続発していたというから」

「苦労なされたのですね、お祖母様《ばばさま》」

「いやいや、この祖母《ばば》は大層恵まれておった。一生懸命に耕した田畑の恵みの御蔭《おかげ》で、娘一人くらいは何とか食べていけたからのう。やがて、それ以上の恵みを齎《もたら》してくれるものが目の前に現われてなあ」

「え……それは？」

「その朝、鍬《くわ》を手に畑に出向いてみると、先が双つ割れになっている長さ三、四尺ばかりの竹棒が一本畝《うね》に突き立っておった。そして、その双つ割れの先に、一枚の短冊が挟まれておったのじゃ。それはそれは見事な　汝《きみ》 薫《かお》るが如《ごと》し　の文字と共にのう」

「まあ、それではお祖母様《ばばさま》……」

「うむ。それが、その当時曽雅家の若旦那様であられた和右衛門様が、祖母《ばば》に寄越して下されたはじめての恋文、汝《きみ》 薫《かお》るが如《ごと》し　であったのじゃ」

「びっくりなさいましたでしょうに……」

「驚いたのう。祖母《ばば》は幼い頃より両親《ふたおや》からかなり厳しく読み書き算盤《そろばん》（室町時代に出現）を習《なろ》うていたから、その短冊を苦もなく読むことが出来た。書かれてある意味も、ほんのりとじゃが判った。だから正直、驚くというよりは少しおののいたかのう」

前を行く小梅も、後ろに従う美雪も、思わず歩みを緩めた。

お祖母様《ばばさま》が今またしても予期せざることを口にしたからだ。

〝幼い頃より両親《ふたおや》から読み書き算盤を習うていた……〟が、それである。今世《いまよ》においてさえも貧しい百姓の子が読み書き算盤を身につけることは難《むつか》しい。

美雪は（お祖母様《ばばさま》の御両親は事情《わけ》あって身分を落としたか失った、それなりの家格の人ではなかったか……）と想像した。

だが美雪は、それには触れずに訊ねた。

「曽雅家の若旦那様であられた私《わたくし》のお祖父様《じいさま》は、か弱い娘のお祖母様《ばばさま》がたった一人泥まみれとなって一生懸命に鍬を振るう姿を、たびたび目にしておられたのでしょうね。それが汝《きみ》薫《かお》るが如《ごと》しへと次第に結び付いていったのであろうと、美雪は思いまする」

「曽雅家へ、嫁として迎えられてから判ったことじゃが、和右衛門様は毎日朝の早くに曽雅の屋敷を出ると甘樫山《あまかしのおか》の南の裾野《すその》を経て、聖徳太子様が建立なされた橘寺《たちばなでら》へと、熱心にお参りなされていたのじゃ」

「その道の途中に、娘の頃のお祖母様《ばばさま》が泥まみれとなって耕されていた田畑があったのですね」

「祖母《ばば》は曽雅家の若旦那様に見られていたなど少しも知らなんだ。なにしろ、毎日毎日目の下にある石ころだらけの地面しか見ていなかったからのう」

「お祖母様《ばばさま》が曽雅家に入ることを、曽雅家の誰も反対することはなかったのでございましょうか」

「なかったのう。次期御当主に決まっておられた方（若旦那様）の意思決定は、絶対じゃった。それが曽雅家の戒律というものでのう。また、ご自分の意思決定に対し、他に口を挟ませぬ堂堂たる威風の御人《おひと》じゃったな」

「よかった……」

一番前を行く小梅が、呟いた。美雪は自分が呟こうとしていたことを小梅に奪われて微笑んだ。

お祖母様《ばばさま》が立ち止まり、空を仰いで「ほうら……」と指を差した。

三人の頭上で透き通った青空が広がり出し、錦繍を織りなす紅葉の森に日がまばゆく降り始め、極彩色の美が舞台の幕が開いたかの如くに、三人を一気に包んでいった。

「まあ、なんと美しい……」と、美雪は周囲を見まわした。

小梅が「あっ」と鋭い叫び声をあげたのは、まさにその時であった。

五、六歩をよろめき退がって、お祖母様《ばばさま》と肩を並べた小梅が、「お母様、あそこ……」と言った。余程にうろたえているのであろう、指差すことを忘れて、「あそこ……」に視線を釘づけにするばかりである。お祖母様《ばばさま》にくっ付け寄せた肩が、ぶるぶると震えている。

美雪はすでに、四半町《しはんちょう》(二十数メートル)先の木立の中に〝異変〟を認めて顔色を変えつつも、懐剣の柄に手をやっていた。このあたり、さすが七千石大身旗本家の息女であった。

小梅が言う「あそこ……」は丁度、錦秋の森と、鬱蒼として緑濃く暗い森との境めあたりで、その境めに沿うかたちで清い小川の流れがあり、その流れの両側一帯には――狭い範囲だが――育ちの悪い薄《すすき》が人の膝下あたりの高さで繁茂している。

お祖母様《ばばさま》多鶴が、小梅を後ろへ押しやるようにして、自身が二、三歩ずいと前へ出た。

しかし何も言わない。無言であった。震える小梅は肩を窄《すぼ》めて固唾《かたず》を呑み、美雪は懐剣の柄を握る掌《てのひら》に冷たい汗を覚えた。けれども美雪は顔色を青ざめさせてはいたが、意外に落ち着いている自分を捉えていた。そして、その理由《わけ》も理解できていた。此処よりさほど遠くない場所にいる宗次先生に対しての、絶対的な信頼感がそれだった。

やがて濃い緑の葉をつけた小枝の折れる乾いた音が次次と起こって、遂に〝異変〟がその全貌を横列となってお祖母様《ばばさま》たち三人の前へ露《あらわ》にした。

長い乱れ髪をもつ白般若の面で顔を覆い、白い貫頭衣に大小刀を帯びた二十余名だ。いや、中央のひとりだけが、白の貫頭衣ではあったが、黒塗りの般若面である。

たった独り黒の般若面であるということは、居並ぶ白般若どもを差配する立場にあるということか。

お祖母様《ばばさま》は無言、相手も無言で暫く奇妙な睨み合いが続いた。

(相手は、こちらを警戒している……)

と、美雪には判ってきた。宗次ひとりの剣に、手ひどく仲間を打ちのめされた不埒《ふらち》どもである。

だが、どうやら女三人だけ、と見抜いたのか黒般若が「行けっ」という感じで手を前方へと振った。ひと言も発しない。

矢張り無言の白般若どもが、清い小川に向かって用心深い様子で進み出した。

誰もが腰の刀を抜き放つ様子がない。素手のままだ。

（私《わたくし》たち三人を拉致するつもりか……）と読んだ美雪は、いつものしおらしい美雪には似合わぬ素早さで、お祖母様《ばばさま》の前へと回り込んだ。

お祖母様《ばばさま》はすでに一度、屋敷の外へと運び出されているのだ。曽雅家の思惑《おもわく》と意思を自在に牛耳るには、御当主和右衛門――実際は「うり二つ」殿――に加えて、お祖《ば》母様《さま》を拉致すれば完璧、と不埒どもが判断しても不思議ではない。

「さがりや、下郎《げろう》っ」

白般若の三、四人が、小川の流れに足を踏み入れたとき、それを待ち構えていたのか美雪が凛《りん》とした鋭い響きのひと声を放った。

懐剣の鯉口を切り、刃を一寸ばかり覗かせている。

ここにきて小梅も、ハッと気を取り戻したかのようにして、懐剣を抜き放った。

「お母様、私の後ろへ……」

震え声ではあったが、さすがに母親思いの小梅である。だが、しかし、

「この年寄り祖母《ばば》あに素顔を見せるのが怖いのか、下郎ども」

と、お祖母様《ばばさま》は、ようやく憤然として放つや、美雪の前へと回り出た。

「それでようも二刀を腰に帯びているものじゃ。般若面《はんにゃづら》とは笑わせるのう」

お祖母様《ばばさま》が続けて放った直後である。一体何があったというのか般若共が豹変の動きを見せ、小川に踏み込んでいた者どもが一斉に飛び退がって振り返り、その他の仲間たちも反射的に動きを揃えていた。つまり般若の一党どもはたった今、己れたちが出てきたばかりの緑濃い森を振り返ったということになる。

美雪はもとより、お祖母様《ばばさま》にも小梅にも、その〝豹変〟の理由《わけ》が判らなかった。決して小柄ではない屈強そうな般若どもが前を塞《ふさ》ぐかたちで横に広がっているため、振り返った森に一体何が生じたのか尚のこと判らない。

美雪は懐剣を抜き放つや、お祖母様《ばばさま》の腕を引っ張るようにして退がり出した。

「お祖母様《ばばさま》。もう四半町《ちょう》ばかり退がりましょう。急いで……」

般若どもの〝豹変〟に巻き込まれてはならぬと判断した美雪に、「そうじゃな」とお祖母様《ばばさま》が頷く。

三人は、背を向けている般若どもとの間を、なるべく足音を立てぬようにして急いで空けていった。

するとである。般若どもも何かに気圧されでもしたかのように、薄《すすき》をザザッと踏み折り鳴らして小川際まで退がったのだ。そして皆揃って腰を綺麗に下げ構えるや、遂に抜刀した。

美雪は思わず「あっ……」と声を立てるところであった。いや、美雪だけではない。お祖母様《ばばさま》と小梅の表情にも（おお……）と大きな驚きが広がっていた。

腰を下げ構えて抜刀した般若どもの向こうに、お祖母様《ばばさま》と美雪と小梅は信じられない光景を捉えて息を呑んだ。

ふらりとした感じで、全くふらりとした自然な感じで、緑濃い森の中から現われた一人の人物が、日を浴びて極彩色に輝く大楓《おおかえで》の下にすらりと立ったのだ。

百年に一度出るか出ないかと言われている天才的浮世絵師宗次であった。

般若どもが、下げ腰のまま扇状（半円状）の陣を描いて大楓へと急迫する。

なぜか大楓の周辺だけが、薄《すすき》の繁りが全く無い。まるで激戦の場としての舞台を設《しつら》え終えているかの如くに。

「宗次先生……」

呟いて美雪は、崩れるように膝を二つ折りにしてうずくまった。

「大丈夫か、美雪や」

お祖母様《ばばさま》が美雪の背中に回ってしゃがみ、両肩すじを軽く撫で始めた。

そして小梅に声低く命じた。

「小梅や。このままでは宗次先生が危うい。大変なことになる。『城』へと走り、近《この》衛《え》の者たちへ救いを求めるのじゃ」

「はい、お母様」

小梅が駆け出そうとするのを「いけませぬ」と美雪が制止した。

「お祖母様《ばばさま》、美雪は大きな安心に見舞われたがゆえに、目眩を覚えただけのことです。戒律を破ってまで、近衛の武の者を『城』の外で闘わせてはなりませぬ」

「なれど美雪や。宗次先生に向けての般若どもの気迫が余りにも凄まじいではないか」

「であっても心配ありませぬお祖母様《ばばさま》」

「敵の数はざっと見ても二十名は超えておる。小梅や、矢張り『城』へ……」

「なりませぬ。宗次先生を、どうかこのままこの位置で見守ってあげて下さりませ」

「美雪や……其方《そなた》それ程までに宗次先生の何もかもについて詳《くわ》しく存じおったのか」

「はい」

美雪は〝何もかもを詳しく知っている筈がない〟と自分で判りすぎるほど判ってはいたが、「はい」と答えてよろめきながら立ち上がった。

お祖母様《ばばさま》と小梅が左右から美雪を支えるようにして立った。

三人は大楓の下に見た。腰の大刀を静かに滑らせて鞘から抜き放ち、両の腋にわざとアキ（スキ）を見せるかのようにして宗次が豪快な大上段の構えをとったのを。刀は恐らく大和伝・古千手院行信《こせんじゅいんゆきのぶ》。

真剣による闘いの場において、宗次がこのように大胆にして豪快な大上段の構えをいきなり取ることの珍しさについて、三人は無論のこと知らない。

「おのれだな。我らの副頭取《とうどり》に手傷を負わせたのは」

黒般若が大楓を背に立つ宗次へ二歩を踏み出し、わなわなと指差す代わりに刀の切っ先を向け怒りで震わせた。その声音の感じは三十半ばくらいか。

其奴《そやつ》が口にした副頭取――それは江戸の今世において普通の日常生活には馴染《なじ》めぬ珍しい表現であると言えた。お祖母様《ばばさま》も美雪も小梅も、はじめて耳にする言葉だった。

「副」が付いている以上、おそらく組織の副首領とか副頭目といったところなのであろうか。

日本での「頭取《とうどり》」の初出は、幕府基盤を不動のものとした三代将軍徳川家光の治世、寛永期（一六二四〜一六四四）において歌舞伎役者猿若勘三郎《さるわかかんざぶろう》（慶長三年一五九八〜明暦四年、一六五八。但し、生没年不詳説あり）が、古参役者を自分の名代（代理）として「頭取」という役職名で一座内に置いたのがはじまりである（歴史的事実）。

「猿若」とは江戸時代の初期歌舞伎で滑稽演技《こっけいえんぎ》を見事に演じ切って大衆を喝采《かっさい》させる役柄《やくがら》を指《さ》し、これの「勘三郎」がのちの名優「中村勘三郎」であった（江戸歌舞伎の開祖。「中村座」座主）。

その後「頭取」の呼称は時代の流れと共に、能楽、文楽（人形浄瑠璃）、相撲興行などへと広まってゆき、銀行頭取などという威厳に満ちた役職名は、猿若勘三郎（中村勘三郎）がいなければ、まさに生まれていなかったかも知れないのだ。

「副頭取に代わり、儂《わし》がおのれの素《そ》っ首《くび》を斬り落としてくれるわ」

黒般若は長い乱れ髪をブアッとひと振りして吼《ほ》え、役者の如き大見得《おおみえ》を切り、手にしていた大刀を肩にのせて一気に二、三歩を宗次に迫った。

そして、ぴたりと動きを止めるや「ぐふふふふっ」と喉のあたりで笑い、首を左右にゆっくりと振ってみせた。まさしく舞台の上の大見得だった。ふざけているのか、それとも宗次をなめ切っているのか、あるいは一撃のもとに宗次を倒す自信の表れなのか。その余りな薄気味の悪さに、お祖母様《ばばさま》も美雪も小梅も体を硬くした。

白般若どもが、更に半円陣を縮めた。双方の切っ先と切っ先の間は、僅かに一間《けん》半ばかり（二・七メートル前後）。

「副頭取は其奴《そやつ》に左肩を砕かれたのじゃ。いいか皆、其奴の左肩を切り刻んでやれ。素っ首は儂が落とす」

「おうっ」

白般若どもが一斉に怒声を発した。副頭取という言葉が二度三度と出てくるところを見れば、般若の組織内で余程に人望があるか恐れられているのだろう。

宗次が曽雅家の座敷で叩きつけて大打撃を与えた、あの赤般若にいよいよ相違ない。さすれば黒般若は、組織の次席副頭目（あるいは次席副首領）つまり、位置付け三番手あたりの大幹部、といったところなのであろうか。

半円陣の二十余名に刀の切っ先を向けられても、宗次は大上段の構えをひと揺れさえもさせず静かに無言だった。

瞬《まばた》きひとつさせぬ目は真っ直ぐに黒般若を捉えている。黒般若も一歩も退かない。

肩にのせていた刀を、すうっと下ろして自分の右脚の後ろへと隠し、上体を深く前に倒した。

異様な構えだ。

しかも、明らかにそれを待っていたらしく、白般若どもの半円陣が、一層のこと宗次にジリッと詰め寄る。

「殺《や》れいっ」

遂に黒般若が号令を発した。

白般若どもが、さながら怒り狂った蜂《はち》のごとく一斉に三方から大楓へと襲い掛かる。

見事に統制のとれた、修練に修練を積み重ねてきたと判る一斉攻撃だった。

しかもその数、二十余名。

たちまち大混戦の中に宗次の姿は埋没して、固唾を呑んでいたお祖母様《ばばさま》たちに見えなくなった。「こ、これはひどい……」と、さしものお祖母様《ばばさま》の声が震える。

美雪は祈った。胸の前で両手を合わせながら祈った。

聞こえてくるのは、鋼と鋼が激突するギンッ、ガツンッ、ジャリッ、という音ばかり。双方に、攻《せ》める守る、の攻守の気合などは無く激烈な無言対無言だった。

(先生……宗次先生)

美雪は目を閉じなかった。恐ろしさに堪《た》えて見守った。そして神に祈った。

「うわっ」

「ぎゃあっ」

無言対無言の均衡が突如として破れた。そして、大刀を手にした手の肘《ひじ》から先が、続け様《ざま》に二つ宙に舞うのを、美雪は見た。お祖母様《ばばさま》も見た。小梅はしゃがみ込んでしまい、両手で顔を覆い隠しながら両の肩を震わせた。

「おあっ」

「うおっ」

またしても悲鳴とも攻め気合とも取れぬ甲高い声が生じて、刀を持たぬ左腕二本が宙に躍ってぶつかり合った。ひと呼吸おいて、血しぶきが巨大な百合の花状に噴きあがる。

ここにきて、白般若の半円陣が、大地を踏み鳴らして退がり、宗次が姿を現わした。

血しぶきを浴びたのか、それとも斬られたのか、宗次の下顎《したあご》が朱《あけ》に染まっている。

思わずお祖母様《ばばさま》が前へ踏み出そうとするのを、美雪が「いいえ」と押さえた。

「い、いかぬ……」

「殺れっ、殺るのじゃ」

黒般若が怒り狂って大声で命じ、白般若どもがまたしても大楓に突入した。そう、それはまさに「突入」としか表現の仕様がない荒れ狂いだった。

が、次の光景で美雪は稲妻をはっきりと見た。お祖母様《ばばさま》も強烈な光を鮮明に見た。

押し寄せ来る荒荒しい相手を待ち構えた宗次の剣が、右からの敵の股間に一瞬のうち滑り込んで跳ねあげ、刃《やいば》を反転させるや左からの相手の腋を下から抉《えぐ》り、「刃がえし」の刃は正面からぶつかってきた剣士の下顎を鼻腔に向けて真っ二つとした。骨が裂けるガツッという異音。

もんどり打って薄《すすき》の上に激しく叩きつけられた三人が、背中を鈍く鳴らせて弾《はず》み転《ころ》がり、仲間二人の脚に絡みついた。

突進体勢の身構えを思わず崩す仲間二人。

寸陰《すんいん》を逃さず宗次の剣が矢のように伸びる。容赦しない。ひとりを袈裟斬りに斬り下ろすや、殆ど同時に下がり切った切っ先を左へと振った。ピンという、きつい弓鳴りの音。

二体が呻きと共に朽ち木の如く横転する。

余りの凄みに、白般若どもが怯み、再び大きく退がった。

「疾風《かぜ》じゃ……神の風じゃ」

お祖母様《ばばさま》が大きく目を見張って興奮気味に呟いた。宗次の凄まじいばかりの剣光――をはじめて目の前に見たのだ。はっきりと。

驚愕だったに違いない。

これぞ「多勢に無勢」に備えた揚真流奥傳《おくでん》「夢千鳥」秘《ひ》ノ三《さん》、月《げつ》綸《りん》であった。

「行けいっ」

命じる黒般若の怒声。焦り気味な響きであった。

だがしかし、白般若どもは動かない、なんとすでに九名が其処彼処《そこかしこ》に斬り倒されているのだ。しかも、僅か二《ふた》呼吸か三《み》呼吸ほどの間にだ。

圧倒的な力量の差である。

「うぬぬ……邪魔だ、どけい」

黒般若が直ぐ脇にいた配下のひとりを蹴り飛ばすかのようにして、朱《あけ》に染まった古千手院行信を右手にだらりと下げている宗次の真正面へ進み出、ぴたりと正眼に身構えた。なんと、その直前までの憤怒、苛立ちをたちまちの内に鎮めていくあたり、只者ではない。

「貴様、一体何者だ」

声音までも穏やかとして、黒般若は訊ねたが、宗次は無言。綺麗に決まっている黒般若の正眼に身構えた血汚れない切っ先を、じっと見つめている。

「名乗れい。剣士の礼法として訊ねている」

沈み切った気味悪い静かな口調で言いつつ、すすっと宗次との間を縮める黒般若だった。

剣士の礼法、と聞いて宗次の視線が相手の切っ先から、黒般若の面《めん》へと移った。窺うかのようにその目を少し細めている。

「剣士の礼法、と言うたか」

宗次がはじめて口を開いた。おそらくお祖母様《ばばさま》たち迄は届いていないであろう低い声であり、呼吸《いき》ひとつ乱してもいない。

「そうじゃ、言うた。言うたがどうした」

「ならば先にその薄汚なき般若の面を剝ぎ取って素顔で物を言われよ。それこそが剣士の礼法というもの」

「出来ぬ」

「切っ先をやや左へ傾け、右足構えを一の字で外側へ向けたるその見事にして気品に充ちた流麗な正眼の身構え……古代《こだい》鬼束《おにつか》神刀流《しんとうりゅう》剣舞《けんぶ》と見たり」

「な、なんと……」

宗次の低い声「古代鬼束神刀流剣舞」に余程の衝撃を受けたのか、黒般若が正眼の構えを乱して三、四歩をも退がった。知られている筈がない、という思い込みが強かった流儀なのであろうか。

そう言えば頭に「古代」が付き、締《しめ》の部分は剣術でも剣法でもなく「剣舞」である。

「おのれ、なにゆえ我が剣の流儀を知っておる。己れの身性を明かせ。何者かっ」

黒般若の声がまたしても怒り轟いた。配下の白般若どもが、打ち倒されて血みどろの九名を、黒般若の足下から引きずって遠ざけ出した。上司の黒般若と宗次との死闘の邪魔になるとでも判断したのであろうか。

二十余名のうち九名もが殆ど一瞬の内に半円陣を崩されて倒されたのであるから、白般若どもが震えあがるのも無理はない。

宗次が答えぬと判って、黒般若が訊き方を変えた。

「ならば貴様の流儀を申せ、剣士らしく流儀を……」

「揚真流……」と相変わらず宗次の声は穏やかで低い。

「ええっ……」

黒般若がそのおどろおどろしい面の下で顔色を変えた、と想像させるに足る大きな驚きを全身で表わした。揚真流の名を知っている者の驚きのようだった。

「いま、揚真流と申したか貴様」

「いかにも」

「揚真流と言えば、稀代の大剣聖梁伊対馬守隆房を開祖とする、秘剣の多さで知らぬ者とてない凄絶の流儀ぞ」

「対馬守隆房は我が父（義父）なり」

「な、なにいっ」

宗次に声低く告げられた黒般若が尚も一歩を退げて体を斜めに開き、怯えに似たうろたえをその両の肩にはっきりと窺わせた。

だがそれは、ほんのひと呼吸のことだった。

「こいつあ面白くなってきた。殺《や》り甲斐《がい》があるというものだ」

黒般若は正眼に身構えを改めて息を殺し、宗次を睨みつけた。

黒般若のその身構えが、次第に深みへと沈んでいく様子が、お祖母様《ばばさま》にも美雪にも離れた位置から見えていた。剣術の心得が無きに等しい二人にまでそれが見えたということは、黒般若の剣術の腕が半端《はんぱ》ではないことを意味している。

そして、宗次も正眼に身構え、見守る白般若どもが宗次の背後側へそろりと回り込んだ。

真正面に古代鬼束神刀流剣舞の遣い手らしき黒般若ひとりを、背後に十余名の白般若を置いて、宗次の正眼構えの切っ先が右下段へと静かにゆっくりと下がってゆく。

背すじはすらりと伸び、足構えは左足を僅かに前へ真っ直ぐに出しただけの小股開き。

美雪が危ういところ（江戸での）を救われた際に一度だけ見たことのあるあの役者構え（余りの美しさに美雪がそう胸の内で勝手に名付けた）であった。

お祖母様《ばばさま》にもその身構えの美しさが判るのであろう、そっと美雪の手を握って身じろぎひとつしない。しゃがみ込んだ小梅は瞼《まぶた》を閉じたままだ。

宗次の無想の如き自然体な右下段構えに対し、黒般若は正眼構えをいささかも乱さず崩さず、ジリジリと宗次に詰め寄った。

宗次の背後に回り込んだ白般若どもは、一気に九名を討ち倒されている衝撃からまだ立ち直れないのか、その陣構えはすでに気力を失っていた。

それどころか宗次の、まさに「役者構え」なる身構えの美しさに、見とれている感じさえある。

これはもう、宗次対黒般若、の一対一の勝負になる他ない。誰の目にもそのように映る光景だった。

黒般若が宗次との間を詰めるにしたがって、次第次第に右の肩を下げ始め、その切っ先が地面との間を縮め出した。いつの間にそうしたのであろうか、刃を反転させている。つまり宗次の下顎を掬い上げるように真っ二つに割ることを狙っているかの如く、物打《ものうち》（切っ先三寸の意。刀身の最鋭利部）を天に向けている。

その先端に日が当たって、鋭い光を放っていた。

「参られよ」

なんと宗次が物静かに誘った。

美雪にもお祖母様《ばばさま》にも、その声は届いた。いよいよ始まる、と美雪はお祖母様《ばばさま》に握られている手をそっと自由にして胸の前で合掌した。

「斬るっ」

黒般若が宣戦した。いや、宣戦であり裂帛《れっぱく》の気合だった。

美雪は我が目を疑った。空の王者、熊鷹《くまたか》（翼長約一六〇センチ）が大羽を広げて宗次に襲い掛かったかのような錯覚に陥った。しかも殆ど不意討ちに近い猛烈な速さ。

二本の刀がぶつかり合って、ガチッと鈍い大きな音を発した。攻めた刀も受けた刀も離れない。美雪はむろん、お祖母様《ばばさま》もはじめて鍔迫《つばぜ》り合《あ》いというものを見た。双方、渾身の力で攻め、受けているのであろうか。いや、鍔迫り合いに、攻めも受けも無い筈だった。お互いの刃がお互いの頬に触れるか触れないかのあたりで、ギギギギッと悲鳴をあげている。

離れるその瞬間にどちらかが殺られる、と見守るお祖母様《ばばさま》にも美雪にも判った。

「宗次先生があぶない……」

お祖母様《ばばさま》が呟いたが美雪は「いいえ」と首を横に振った。

黒般若が突然「うおっ」と吼《ほ》えた。相手の刃から已れの刃が離れないことの恐れなのか苛立ちなのか、それとも威嚇なのであろうか。

双方、一点の位置から微塵も動かない。

ここにきて宗次の背後の白般若どもが、宗次の背に詰めより出した。皆が皆、突き構えだ。一斉に蜂の如く襲い掛かろうとしているのであろうか。

「うおおおっ」

黒般若がまたしても吼えた。まるで獅子吼えであった。錦秋の森が震えあがった。

このとき、お祖母様《ばばさま》たち三人は、背後から急速に迫り来る夥《おびただ》しい足音を感じて振り返った。

「おお、来てくれたか。さすが臣姓近衛《おみせいこのえ》の者たちぞ。騒ぎが『城』まで届いたか」

お祖母様《ばばさま》の皺深《しわぶか》い顔にたちまち喜色があふれた。

両刀を腰に帯び、中には鉄砲、弓矢で武装した者を含めて屈強の三十名ほどがお祖《ば》母様《さま》たち三人を護るかのようにして包み囲んだ。

しゃがみ込んでいた小梅が、ようやく腰を上げてよろめいた。

宗次の背後に迫っていた白般若十余名が、臣姓近衛の武者たちに気付いてこちらへ、白刃の向きを変えたが、鉄砲、弓矢を備えた者までいるその重武装に恐れをなしたのか、切っ先を力なく次次と下げ出した。

「いま手出しをしてはならぬぞ」

お祖母様《ばばさま》の強い口調の指示に、五十前後に見える、しかし巌《いわお》のような体軀《たいく》の男が「はい」と言葉短く頷いた。

「せいやあっ」

黒般若が遂に鋭い気合いと共に、刃をキラリと光らせ飛燕《ひえん》のごとく飛び退がった。

途端《とたん》、宗次の右の頰から鮮血が噴き出した。

(先生……)

さすがに胸の内で叫ぶや、美雪は駆け出した。反射的に取ってしまった動きであった。けれども五、六歩と行かぬ辺りで、美雪の足は止まった。

宗次が頰から血をしたたり落としながらも、古千手院行信の刃を懐紙で清めて鞘に納めたのだ。美雪の耳にまで届いたパチッという鍔鳴り。当たり前ではない頰からの出血であるというのに、その一挙手一投足には乱れも動揺も無い。

一方の黒般若は、宗次から三間《げん》ばかり離れた位置で、あの右の肩を下げた如何にも戦闘的な正眼の構えだった。

微動だにしない。次の激しい跳躍に備えて、宗次の心の臓に向け切っ先と共に全精神力を集中しているかのように窺える。

と、何という事か。宗次がゆっくりと踵《きびす》を返し、緑濃い鬱蒼たる森の中へと戻り出したではないか。

「ま、待ていっ」

当然、黒般若は森に轟き渡る怒声を放った。

そして宗次の後を追おうとしたその刹那、戦慄《せんりつ》の光景が見守る者たちを竦《すく》み上がらせた。黒般若の面《めん》が左上から右下にかけ斜めに真っ二つに裂けて落下。その裂け線に沿うかたちで大刀を手にした黒般若の利き腕までが肩口から離れたのだ。

一刀のもと、が余りにも凄まじい決まりを見せたせいなのか、一滴の血も噴《ふ》き出さない。

「待ていっ」

己れの肉体に生じた重大な異変にまだ気付かないのか、前へと踏み出そうとした黒般若が頭から突っ込むようにして、どっと地面に倒れた。

お祖母様《ばばさま》が唇をぶるぶるとさせながら黒般若を指差し、脇に控えている巌のような体軀の五十男と目を合わせた。

阿吽《あうん》の呼吸とでもいうのか、お祖母様《ばばさま》の心中を察したかのように男は首を横に振って、「私にも見えませせなんだ、お祖母様《ばばさま》」と野太い小声で答えた。むろん美雪にも見えなかった。いつ、どのようにして宗次の古千手院行信が翻《ひるがえ》ったのか。

（まさしく光……）

と、美雪は思った。とたん、浮世絵師宗次という人を、美雪は余りにも遠い存在に感じた。一方的に婚家を追い出された哀れな自分などがとても踏み込めない全く別の異世界、破格的空間に神仏の如く生きておられる人、とさえ思った。名状し難い淋しさを覚えて、美雪は宗次の後ろ姿を求めたが、その姿はすでに深く濃い森の中へと溶け込んでしまっていた。

美雪は、うなだれてお祖母様《ばばさま》の方へと戻り出した。

差配（黒般若）を失った白般若どもは暫く茫然自失でか動かなかった。差配の古代鬼束神刀流剣舞を極めた凄腕を、絶対と信じ切っていたのであろう。その凄腕を超越した神速の業《わざ》――宗次の――によって一撃のもとに倒されたのだから、白般若どもを襲った衝撃は大きい筈であった。

刀を鞘に納めて戦意を無くした白般若どもが一人また一人と、倒れて動かなくなった黒般若の周囲《まわり》へと集まってゆく。

武装の臣姓近衛兵たちは行動を起こすことなくその光景を見守り、またお祖母様《ばばさま》も行動指示を発しなかった。

が、第二の異変が、地の底から清水《しみず》が滲み出す静けさで現われ出した。

ことりとも動かなくなった黒般若の周囲《まわり》を取り囲んだ配下の白般若どもが、前もって打合わせていたかの如く「おのれっ、無念なり」と大声で斉唱《せいしょう》するや、両手を合わせて頭《こうべ》を垂《た》れた。これが般若の組織の「長」とかが倒されたときの慣習とか礼法なのであろうか。念仏はない。無言のままだ。

と、戦意を喪失した其奴《そやつ》らを遠囲《とおかこ》みして、薄《すすき》の中から一人また一人と意外なる人物どもが現われ出した。いずれもが傲然《ごうぜん》と腕組をし小股開きの仁王立ちだ。

けれども頭《こうべ》を垂れ合掌している白般若どもに全く変化はなかった。

まるで何もかもを諦めたかのように……。

薄《すすき》の中から湧き上がるようにして次次と現われたのは、紫檀色の忍び装束に身を包み腰に両刀を帯びた二十数名であった。なかでも一際《ひときわ》屈強そうな体軀の紫檀色は、両刀ともに濃い栗肌色の柄鞘《つかさや》で、それがまともに日を浴びて不思議色に輝き誰の目にも目立って見えた。

大和国《やまとのくに》へ入った日の美雪たち一行《いっこう》を、薄《すすき》が生《お》い茂《しげ》る甘樫山《あまかしのおか》で突然取り囲んだ、あの紫檀色たちであった。

「今頃に現われよってからに……」

お祖母様《ばばさま》が小さく舌を打ち鳴らしてから、誰に気付かれることもなく「遅い……」と呟いた。

「もう大丈夫じゃ源六郎《げんろくろう》。直ぐに『城』へお戻りなされ」

傍に控えている巌《いわお》のような体軀の五十男を見上げるようにして、お祖母様《ばばさま》が小声で伝えた。

「宜しゅうございましょうか」

「うむ。あれが来てくれたから、もはや心配はいらぬ」

お祖母様《ばばさま》が紫檀色の忍び装束たちの方へ、顎の先を軽く振って見せた。

「大和一円を限られた手勢で検《み》なければならぬ宗春《むねはる》様も、飛鳥忍《あすかしの》びの頭領として大変でございましょう。察しておあげなされませ」

「判っておる、判っておる」

「それではこれで……」

「ご苦労じゃったな」

源六郎——巌のような体軀の男——が右手をさっと上げると、臣姓近衛の武者たちは潮が退くようにして、お祖母様《ばばさま》たちから鮮やかに離れていった。統制の取れたその動きは、充分に訓練された結果のものと思われた。

お祖母様《ばばさま》たちは、紫檀色の忍び装束たちを見守った。

源六郎なる人物の口から「宗春」の名が出たということは、お祖母様《ばばさま》が曽雅家の茶室「寂心亭《せきしんてい》」の前で出会《でお》うた「宗春」が、目の前の紫檀色二十数名の中に「飛鳥忍びの頭領」として存在しているということなのであろう。

そう言えば、「寂心亭」の前でお祖母様《ばばさま》と立ち話をした「宗春」も、腰の大小刀は濃い栗肌色の柄鞘であった。

黒般若の骸《むくろ》に頭《こうべ》を垂れる白般若どもを取り囲む紫檀色の忍び装束——飛鳥忍び——たちが、その輪を仁王立ちの姿勢のまま縮め出した。勝ち誇ったかのような傲慢な仁王立ちの姿勢はそのままだ。腕組を解いて刀に手をやろうともしない。

臣姓近衛の源六郎が口にした飛鳥忍び。その頂点に君臨する人物こそお祖母様《ばばさま》――曽雅多鶴――であると判明する一瞬が遂に訪《と》れた。

「斬るでない。生け捕りとせよ」

それは美雪が、いや小梅さえはじめて耳にする、厳しい命令調な響きのお祖母様《ばばさま》の声高き言葉だった。

「はっ」といった感じで、両刀の柄鞘ともに栗肌色の「宗春」が、お祖母様《ばばさま》の方へ顔を向けて頷いた。ビシッとしたその頷きようが、絶対の服従的地位にあることを自ら表わしている。

紫檀色の飛鳥忍びが、更に囲みの輪を縮めた。

突如このとき、白般若のひとりが拳を天に向かって突き上げた。

「我等に明日あり」

雷鳴かと錯覚させかねない堂堂たる荒声の絶叫であった。

「おうっ」

寸陰を惜しむかの如く白般若どもの十数本の拳が天を突き、怒濤の斉唱が轟き響いた。それは見守るお祖母様《ばばさま》たちが予想だにしていなかった異様な光景の出現だった。

しかも一度だけではない。

「我等に明日あり」

「おうっ」

「我等に明日あり」

「おうっ」

続け様に三度、大地を波立たせる斉唱が続いた後、何という事であろうか白般若どもがいきなりバタバタと倒れ出した。

これには、取り囲みの輪を縮めていた飛鳥忍びの誰もが慌てうろたえた。

「何事じゃっ」

お祖母様《ばばさま》が叱りつけるように叫びざま、美雪と小梅から離れ、よたついた足で修羅場へと駆け走る。

「申し訳ありませぬ。皆という皆が、まさかいきなり舌を嚙み切るとは……」

濃い栗肌色の大小刀を帯びた紫檀色が、駆け寄って来たお祖母様《ばばさま》に向かって深深と頭を下げた。

「ぬかったな宗春。お前ともあろう者が」

「油断でございました。面目ありませぬ」

「油断ではない。先を見通す心眼が開いておらぬ。未熟ぞ」

「はっ」

「皆ともに修行をし直すのじゃ。業《わざ》だけが一級であっても自慢にはならぬ」

「はっ。仰せの通りでございまする」

痛烈なるお祖母様《ばばさま》の言葉だった。

元の位置から動かなかった美雪と小梅は、お祖母様《ばばさま》の声高き怒りの凄さに、思わず顔を見合わせた。

「骸《むくろ》を綺麗に片付けた上で、祖母《ばば》の別命《べつめい》を待つのじゃ。宜《よろ》しいな宗春」

「畏《かしこ》まりましてございまする」

宗春だけでなく、紫檀色の皆がお祖母様《ばばさま》に向かって深深と腰を折った。

お祖母様《ばばさま》が踵を返し、美雪たちの方へと戻り出した。が、その表情には別段、怖さを感じさせるほどの怒りの色は漲っていない。

目のよい美雪には、そう窺えた。

二十

お祖母様《ばばさま》たち三人が曽雅屋敷の表門の前まで戻ってみると、小梅の夫比古二郎《ひこじろう》ひとりが不安顔で佇んでいた。表門の袖塀《そでべい》を越えた大楓の枝枝の紅葉で、その不安顔が真っ赤に染まっている。

「ああ、ご無事で何よりでございましたお祖母様《ばばさま》。少し前に……」

「宗次先生が血まみれでお戻りなされたじゃろう。尾形関庵《おがたせきあん》先生は来て下されたか」

「はい、西条家の戸端忠寛様、山浦涼之助様たちに見守られるようにして、いま傷の縫合外治《がいじ》(手術の意)を受けておられます」

「左様か。ひと安心じゃな。して、他の負傷者たちの様子は?」

「幸いなことに、尾形関庵先生の治療が効を奏したのか誰も皆、気力を確実に取り戻しつつあるかのように、見受けられます」

「それは何よりじゃや。よかった、よかった」

「それからお祖母様《ばばさま》。奉行所、代官所のお役人たちは溝口様、鈴木様ほか皆、奈良町の役所の方へ引き揚げなされました。なんでも今小路《いまこうじ》の商家に幾人かによる押し込みがあって、家族や番頭、手代などに怪我人《けがにん》が出ているとか」

「なに、それはいかぬ。義助は手傷を負うて動けぬから、奉行所へ向けて誰ぞに馬を走らせ、詳しい状況を掴んで来《こ》させなされ。急いでじゃ」

「畏《かしこ》まりました。直ぐに発《た》たせましょう」

「それから溝口と鈴木による般若の遺体検分はどうなったかのう。何ぞ聞いておらぬか」

「あ、それでございますが、検分によっては何一つ得るものは無かったそうで……」

「何一つとな……」

「はい。何一つ……」

「左様か。徹底して素姓を見破られぬように致しておるのじゃな。こいつは真《まこと》に手強いのう」

お祖母様《ばばさま》多鶴は、眉間に一層のこと深い皺を刻んだ。

「それからお祖母様《ばばさま》。お祖母様《ばばさま》たちが屋敷を出られるのと入れ替わるようにして、大坂の五井持軒先生と二人の御弟子さんが見えられました」

「なんと、五井持軒先生がかえ」

「幾冊かの古文書の分析と突き合わせを重ねているうち、大変な事実が判ってきたので、一刻も早くお祖母様《ばばさま》に報告をせねばと、駆けつけて下されたそうです」

「大変な事実が判ってきた……と申されたのか？」

「左様でございます」

「はて？……一体……」

お祖母様《ばばさま》が首をひねった。心配そうであった。

「持軒先生は、大和国《やまとのくに》のご研究の際にいつも御使い戴いている『南の間』へお通しさせて戴きました。二人の御弟子さんについては『南の間』の左隣の十二畳の座敷へ案内しましたが……」

「うん。それで宜しいじゃろう。で、持軒先生は屋敷内に漂うている此度《こたび》の騒動の雰囲気とかを気になさっておられる御様子かな」

「いいえ。一向に気にはなさっておられない御様子であると見ました。宗次先生が血まみれでお戻りになり、尾形関庵先生や医生の方方《かたがた》が慌ただしく駆けつけて下さいましたゆえ、屋敷内はそれなりに騒然となりましたけれども……」

「其方《そなた》から尾形関庵先生に対し、宗次先生のお怪我についての釈明のようなことは推測にしろ、致してはおらぬな」

「そのような勝手なことは致しておりませぬ。宗次先生のお怪我の原因は私には全く判りませぬし、また関庵先生からのお訊ねも一切ありませんでしたから」

「うんうん、判りました。ご苦労じゃったな、婿殿《むこどの》」

お祖母様《ばばさま》はそう言うと、娘の小梅へ視線を移した。

「小梅や、すまぬが其方《そなた》は暫くの間、婿殿《むこどの》と二人で持軒先生のお相手をしていておくれか。祖母《ばば》は間もなく参りましょうから、とお伝えしてな」

「判りました、お母様」

「急ぎなされ。持軒先生に失礼があってはならぬでな」

「はい、それでは……」

小梅は夫比古二郎を促して慌ただしく表門を潜ると、屋敷内の石畳通り「曽雅の道」を急ぎ、向こう角を折れて消えていった。

「さ、美雪や。この祖母《ばば》と宗次先生を見舞《みも》うて差し上げるのじゃ」

そう言うなり、お祖母様《ばばさま》は孫娘の白くやわらかな手を取って涙ぐんだ。

「四代様（徳川家綱）の大事な御役目を背負うて大和国《やまとのくに》へ参ったというのに、其方《そなた》には本当に大変な目に遭《あ》わせてしもうたのう。祖母《ばば》を許してやっておくれ」

「いいえ、お祖母様《ばばさま》。美雪は筆頭大番頭七千石西条山城守貞頼を父に持つ娘でございまする。此度《こたび》の事も貴重な体験として自身の糧《かて》とすべきが務《つとめ》と考えておりまする」

「この祖母《ばば》の心を軽くしてくれようとして、そう言うてくれるのじゃな。ほんに其方《そなた》は美しいだけではなく、稀《まれ》にみるやさしい気性《きだて》の子じゃ。祖母《ばば》はうれしい……」

「私《わたくし》はお祖母様《ばばさま》の血を濃く受け継いでおりまする。ですから、私の気性《きだて》はお祖母様《ばばさま》から戴いたものでございましょう」

「おう、そう思うてくださるか。孫《まご》にそう思われることは、真《まこと》に年寄りにとって何よりも有り難くうれしいものじゃ」

二人は寄り添うようにして語り合いながら、屋敷内「曽雅の道」を玄関式台の方へと足を運んだ。

美雪は、お祖母様《ばばさま》に強く握られている手に、痛みさえ覚えた。

けれどもそれは美雪にとって、曽雅多鶴を我が祖母と感じることの出来る甘く熱く心地のよい痛みであった。

二人が玄関式台の前に辿り着いて履物《はきもの》を脱《ぬ》ごうとしたその時である。

玄関を入って直ぐ右側の部屋の襖《ふすま》が音もなく静かに開いて、お祖母様《ばばさま》が美雪の手を放した。

この曽雅家では「一の間《いちのま》」と呼ばれている座敷であったが、たとえば江戸の西条家ではその位置の部屋は「御使者の間《ごししゃのま》」と名付けられている。大名家だと「大番所《おおばんしょ》」と呼んでいるところが少なくない。

「では、お大事になされよ。明日また診《み》に参りましょう」

部屋の中へ物静かに声を掛けつつ小廊下に出てきたのは、尾形関庵と二人の医生——ひとりは女——であった。

お祖母様《ばばさま》と美雪は履物を脱ぐのを止し、式台手前の位置で、こちらへとやって来る関庵先生と二人の医生に対し、丁重に頭を下げた。

「や、これはお祖母様《ばばさま》……」

「関庵先生、たびたびに亘《わた》り御手数をお掛け致しております。この通り感謝申し上げます」

いつになく神妙な様子で言って、もう一度深深と腰を折るお祖母様《ばばさま》であった。むろん、美雪もそれに見習うことを忘れない。

「なになに。血はかなり出たようじゃが、傷の深さは全く大事ありませぬ。縫い合わせておきましたゆえ、こじらせることなく快方に向かいますじゃろ」

「そうでごじゃりますか。安心いたしました」

「今日一日は針で刺されたような痛みがありましょうが、明日には消えていましょう。他の負傷者の様子も医生たちに診て回らせましたが、元気を取り戻しつつあるようじゃ」

「感謝の気持を忘れぬように致しまする。この通り……」

お祖母様《ばばさま》はもう一度、頭を下げた。

尾形関庵は笑顔で頷きつつ清潔そうな白の草履を履くと、お祖母様《ばばさま》の肩を撫で気味に軽く叩き、医生たちを従えゆっくりと離れていった。

宗次の負傷の原因などについて、何ひとつお祖母様《ばばさま》に訊ねようとしない関庵先生だった。

これも長い付き合いによって双方の間に培《つちか》われた、阿吽《あうん》の呼吸というものであろうか。

お祖母様《ばばさま》と美雪は、石畳の道を表門の方へと去って行く関庵先生と医生たちの背中に向かって、再び丁寧に頭を下げた。

「さて美雪や」

腰を真っ直ぐに戻したお祖母様《ばばさま》が表情を改めた。

「はい。お祖母様《ばばさま》」

答える美雪の雪肌な白い両の頬を、お祖母様《ばばさま》の両手がそっと挟んだ。

「宗次先生を見舞《みま》うてきなされ。ひとりでな。『一の間』には西条家の家臣たちも詰めているようじゃが、その者たちへは屋敷の内外の見回りを命じるのじゃ。判ったかな」

「お祖母様《ばばさま》……」

「この祖母《ばば》には其方《そなた》の心の内が判るぞ美雪や。手傷を負うた宗次先生のそばに居てやりなされ。そしてな、どのような事があろうとも宗次先生を手放してはならぬ。どのような事があろうとものう」

「でも……」

「自信を持つのじゃ、可愛い孫よ。たかが地方武門の名家から一度や二度離縁されたとて、何のことがあろう。其方《そなた》は天女さえも及ばぬ程に美しく、そして聡明《そうめい》じゃ。この大和国《やまとのくに》にいる其方《そなた》の前に宗次先生ほどの御人が現われたということは、決して偶然でも奇跡でもない。心やさしき大和国《やまとのくに》の神神が、其方《そなた》の後ろにお立ちなされて背中を支えて下されたのじゃ」

「お祖母様《ばばさま》……」

美雪は小柄なお祖母様《ばばさま》の肩に顔を伏せるようにして、こみ上げてくる嗚咽をこらえた。なんとやさしい祖母《そぼ》の言葉であろうことか、と思った。

「よしよし。さ、宗次先生のおそばへ行ってきなされ。祖母《ばば》は五井持軒先生にお会いしなければならぬ。宜しいな」

「はい……」

美雪がお祖母様《ばばさま》の体から離れようとすると、お祖母様《ばばさま》の皺だらけの手がのびて、美雪の目尻に浮いた小さな涙の粒を、そっと拭った。

「これでよい。この祖母《ばば》の血を受け継いだ者として自信を持ち、自分の道を前向きに歩むのじゃ。安心おし。この祖母《ばば》が見守っている」

美雪はこっくりと頷いて、履物を脱ぎ式台に上がった。

お祖母様《ばばさま》多鶴は踵を返し、日当たりのよい南庭に面している「南の間」へと急いだ。婿殿が口にした「幾冊かの古文書の分析と突き合わせを重ねているうち、大変な事実が判ってきた……」が気になっていた。不吉な予感さえする。なにしろ五井持軒先生ほどの学者が、それがために大坂からわざわざ訪ねて来て下されたのだ。

此度のややこしい事件を更に難しくするような研究報告を聞かされるのではあるまいか、とお祖母様《ばばさま》多鶴は小さな体の内に怯えさえ膨らませた。

「この祖母《ばば》も近頃すこし疲れてきたかのう……」

多鶴はポツリと呟いた。多鶴という自分の名と女《おみな》であることを忘れ、ひたすら「曽雅のお祖母様《ばばさま》」として内外《うちそと》に向け君臨してきた。毎日が殆ど必死であった。その必死さを悟《さと》られまいとして、幾つもの「顔」を演じてきたことが、最近とみに重苦しく感じられる。

「この祖母《ばば》の皺深い顔こそ、般若の面かのう……」

そう呟いて思わず足を止め、晴れわたった秋の空を仰ぐ多鶴であった。

胸の内から溜息が出てきた。

「あの可愛い孫娘の顔を見てから、急に弱気になってきたかも知れぬなあ。まるで吉《きっ》祥天《しょうてん》のような気高さを漂わせておる……不思議な孫じゃわな」

多鶴は「うん」と自分に向かって頷き、歩き出した。吉祥天とは、毘沙門天《びしゃもんてん》の妃で、人人に福徳と安楽を与え、仏法を護持する天女のことである。

美雪が、どうしてもそのように見えて仕方のない、お祖母様《ばばさま》多鶴であった。

「南の間」の廊下口が直ぐ先に見えてきた。

さあ、五井持軒先生の口から一体何が報告されるのか。お祖母様《ばばさま》多鶴の表情に、キッとした厳しさが広がった。

二十一

紅葉樹の古木の枝枝が色あざやかに染まった日当たりのよい南庭は、曽雅家では「四季《しき》の鳥庭《とりにわ》」と名付けられていて、ほぼ一年を通じて色色な野鳥の囀《さえず》りを耳にすることが出来た。

紅葉樹の東側には幅二間《けん》ほど笹が帯状に長く密生しており、此処は曽雅家の自慢処《じまんどころ》であった。幾番《つが》いもの鶯《うぐいす》が棲息していて春夏秋冬にわたり「法《ホー》、法華経《ホケキョ》……」

と競い合ってくれるからだ。法、法華経と聞きなされる歴史はかなり古い。

その鶯に負けじと紅葉樹の間を飛び交い一際美声で囀るのが、「日本三鳴鳥《さんめいちょう》のひとつ」に数えられている大瑠璃《おおるり》だった（鳴声・チュー　ピイ　ピイ　ピピチューなど）。

その他、四十雀《しじゅうから》、山雀《やまがら》、日雀《ひがら》、頬白《ほおじろ》なども加わって、今日の「四季の鳥庭」には透き通った野鳥の囀りが満ちていた。

その錦秋の南庭に面した「南の間」は、四枚の大障子を開け放って咳払《しわぶき》ひとつ無く静まり返っている。野鳥たちの鳴き声に聞き惚れているのであろうか。

小柄なお祖母様《ばばさま》多鶴は足音を立てることもなく日当たりよい広縁つきの廊下を進み、「南の間」の数歩手前あたりでふっと歩みを止めた。

「祖母《ばば》じゃが入っても宜しいかな」

そう穏やかに声を掛けると室内で「あ……」という反応があって、小梅が直ぐに廊下へと出てきた。笑顔である。

「これはこれは五井持軒先生……」

まだ持軒先生の姿が見えていない位置ではあったが、お祖母様《ばばさま》はそう述《の》べつつゆっくりと進み、体を横に開いてくれた小梅の胸の前をするりと擦《す》り抜けるようにして座敷へと入った。何もかも緻密に計算され演じられているかのような、ゆったりとしたお祖母様《ばばさま》の動きであり言葉だった。

「ややや、お祖母様《ばばさま》……」

大和国《やまとのくに》で生まれたが、専《もっぱ》ら大坂で大活躍する五井持軒ほどの学者であっても、矢張り此処では「お祖母様《ばばさま》」であった。

二人は文机を挟んで向き合い、小梅は母と並ぶかたちで夫の横に正座をした。

「遠い所をよく御出下さりましたなあ持軒先生。どうぞごゆるりとお寛《くつろ》ぎ下され」

「いきなりお訪ねしてご迷惑ではありませんでしたかな。全く申し訳もありませぬ」

「なにを仰いますす。此処は持軒先生の別邸とも研究室とも思うて下され。遠慮のうお訪ね下されば下さる程この祖母《ばば》は誇りに思いまするからのう」

「いつもいつも訪れるたびそう言うて下さりこの五井持軒、嬉しゅう思うておりまする」

「とは言うても持軒先生、このまえ大和国《やまとのくに》より大坂へお戻りなされてから、まだ大層な日は経《た》っておりませんぞな」

「ははは、そう言えばそうでありましたな」

「ところで持軒先生……」

お祖母様《ばばさま》多鶴はそこで言葉を切ると、隣の小梅を見た。

小梅は直ぐに頷いて夫比古二郎を促し、持軒への挨拶もそこそこに「南の間」から出て行った。

残ったのはお祖母様《ばばさま》と、知識人そのものの風格を漂わせている綺麗な白髪の五井持軒の他は、師を挟んで姿勢正しく座っている二人の若い門弟（塾生）――お祖母様《ばばさま》とは初対面の――四人であった。

と、鶯が鳴き出したので、四人はそれに耳を傾《かし》げるやさしい表情に陥った。

二度繰り返し鳴いたあと、それは広大な南庭の西の方へと遠ざかっていった。

「ところで持軒先生……」

と、お祖母様《ばばさま》の表情が、はじめに改まって、五井持軒も真顔でその姿勢を幾分前に傾けた。

「ご研究のお仕事のなかで、何ぞこの祖母《ばば》に急ぎ知らせたき大事が判明した、との事らしゅうごじゃりまするが、それは一体……」

言い終えて、お祖母様《ばばさま》の皺深い顔にはっきりと不安が広がった。

無理もない。拉致された和右衛門の行方《ゆくえ》さえも未だ霧の中なのだ。

「それなんですがな、お祖母様《ばばさま》……」

五井持軒の言葉がそこで切れ、「お……」という顔つきになった。またしても一際澄んだ小鳥の鳴き声が秋色に染まった南庭にひろがったのだ。

それは明らかに「焼酎《しょうちゅう》一杯、ぐいー」とかに聞こえる。

改まっていたお祖母様《ばばさま》の表情も持軒先生の顔も、くしゃくしゃに笑った。

「矢張り間違いなく『焼酎一杯、ぐいー』ですなあお祖母様《ばばさま》」

「真《まこと》に真に、『焼酎一杯、ぐいー』ですじゃ。あの甲高く澄んだ囀りはまぎれもなく祖母《ばば》が『忍び子』と名付けている子でありましてな。いつの頃からか、それはもうどの子もよく懐《なつ》いてくれまして、何故か別れのときは必ず祖母《ばば》の姿を見つけては挨拶に甲高い囀りをしてくれまするのじゃ。ああしてのう」

と、お祖母様《ばばさま》は嬉しそうに目を細めて、広い庭を見まわすが「焼酎一杯、ぐいー」の鳴き声は聞こえても姿は見えない。

いや、派手な鳴き声の割に姿を見せ難《にく》いことが特徴の野鳥であって、そのため曽雅家では「忍び鳥」とか「忍び子」と呼んだりもしている。

「いま、別れと仰いましたがお祖母様《ばばさま》。あれは夏鳥《なつどり》でございましたな」

「ま、確かに夏に活発に飛び交っておりまするようじゃが先生、この大和国《やまとのくに》では四月の桜の頃から十月末頃近くまでは、普通に見られまするのじゃ。尤《もっと》も、鳴き声は聞こえても、なかなか姿を見せてはくれませぬがな」

「十月末頃近くまでといいますと、このように紅葉樹が真っ赤に熟す頃まで鳴き声を聞かせてくれるというのは珍らしいことなので？……」

「はじめてですじゃ。毎年十月の中頃には『忍び子』たちはいつの間にか姿を消してしまいますからのう。これはひょっとすると先生……」

「寿命？……」

「かも知れませぬ。どうやら渡来鳥（渡り鳥）のようじゃから、死期を察して曽雅家の広い庭の何処ぞで若葉色に包まれた小さな体の短い一生を終えようとしているのかも知れませぬなあ」

お祖母様《ばばさま》がそう言って、ちょっと遠い目をすると、若い二人の門弟が小さく頷いた。

「焼酎一杯、ぐいー」の囀りが止んで、それが合図でもあったかのように他の野鳥たちの鳴き声も静まった。

「焼酎一杯、ぐいー」は体が雀に似た若葉色のかわいい小鳥で、鳥名をそのかわいさに余り似ない「仙台虫喰《せんだいむしくい》」といった（雀目鶯亜科《すずめもくうぐいすあか》。鳴声・チヨチヨチヨ　ビイなど）。

野鳥たちが静かになると、五井持軒が、

「ところで……」

と、真顔を拵えた。口元の引き締まった知識人にふさわしい面立ちだった。

小柄なお祖母様《ばばさま》がこれも「はい」と、不安気な硬い表情で、上体を前屈みとした。

「急ぎ御報告いたしたく今日慌ただしくお訪ね致しましたのは……」

そこで言葉を休めた持軒先生は、隣の若い門弟と顔を合わせて、「うん」と声低く頷いてみせると、門弟は「はい」と答えて傍に置いてあった紫色の風呂敷包みを手にとった。

かなりの厚さだ。

持軒先生はそれを受け取って文机の上に置くと、蝶結びを解いた。

慌てている様子の無い、落ち着いた動作である。

その落ち着きようが、お祖母様《ばばさま》にいささかの安心を与えた。

紫色の風呂敷包みから出てきたのは日焼けしたような変色が著しい虫喰の目立つ二

十冊近い古文書――と呼ぶ他ないような如何にも曰《いわ》くあり気な古い書物《かきもの》だった。

そろりと捲《めく》らないことには破れてしまいそうな、紙疲労《かみひろう》のひどい汚れた表紙はどれにも付いているが、そのどれにも書名は無い。厚さは皆ほぼ均等で、一冊の厚さは目《め》計《はか》り（目測）で五分《ぶ》程度（一・五センチ）だ。

お祖母様《ばばさま》はむろん、その古文書について見知っていた。曽雅家には南庭の東詰に文書庫が三棟並んでおり、五井持軒は先月、大和国《やまとのくに》から帰坂《きはん》の際に気になる古文書をお祖母様《ばばさま》の許しを得てこれらの庫より持ち帰っていた。

それが、紫色の風呂敷に包まれて今日戻ってきたのである。

「順番に判り易くご説明致しましょう。非常に驚くべきことが判って参りましたから……」

五井持軒は物静かに言いながら、一冊一冊の古文書を大きな文机の上に大事そうにそっと並べ出した。

二人の門弟が師の左右から離れて、お互い向き合う位置へ移り、これで文机の四辺が四人によって囲まれた。

二人の門弟は、師が前屈みに伸ばした手より古文書を受け取って、並べるのを手伝った。一冊一冊丹念にそろりと。

お祖母様《ばばさま》は古文書が放っている特有の黴臭《かびくさ》さを鼻に感じながら、学者たちのゆるやかで慎重な作業を見守った。

御殿風に建てられている傷みの目立つ古い曽雅家には、その広大という表現が許される庭の東西南北に様様な形式の「くら」が何棟も存在している。

穀物《こくもつ》を収蔵するため弥生時代に現われ出した「くら」は、時代の変化にしたがってその役割を多様化させてきた。

たとえば田畑からの収穫物（米など）を収蔵するための「倉」、古代から今世《いまよ》に至る間に有力者の誰彼から贈られた貢献物（みつぎ物）などを収める「蔵」、更には曽雅家に代代伝わってきた大量の古い武具を保存する「庫」、そして膨大な量の古文書、絵画、美術品などを収蔵する「庫」、などである。とくに鎧、鉄砲、弓矢、槍刀、薙刀、軍旗などの古式武具などは一点一点が嵩《かさ》ばる傾向が強いため「庫」には収まりきらず、「蔵」などの一部をも占領していた。

これは曽雅家での現実的な悩みでもあった。一点一点が古過ぎるから「文化的価値が高い」というお祖母様《ばばさま》の判断もあって、簡単には処分し切れないでいる。

「さて……」

五井持軒は背すじを伸ばして、お祖母様《ばばさま》と顔を見合わせると、滑らかに喋り出した。

「お祖母様《ばばさま》と私との付き合いは、私が古代蘇我本宗家とお祖母様《ばばさま》曽雅家とのかかわりに強い関心を抱いたことから始まった訳ですが、これについての研究と解明がいよいよ大詰に入ったと思われたところで、大変な事実が判って参りましたよお祖母様《ばばさま》」

「大変な事実？」

「はい。これまで伝えられてきた歴史を覆《くつがえ》すような大事実、と大袈裟に申し上げても宜しいかも知れません」

「な、なんと……驚かさないで下さいましよ持軒先生」

「いや、大いに驚いて下されて結構だと思います。ともかく結論から申し上げましょう……村瀬登《むらせのぼる》君、古文書をお開きして差し上げなさい」

五井持軒が右手側に座っている若き門弟村瀬登に頷いてみせながら穏やかに命じた。

「畏《かしこ》まりました」

村瀬登と呼ばれた二十四、五くらいに見える門弟が、ちょうど自分の前にある古文書の一冊に両手を伸ばし、薄い板ガラス（日本でのガラスの初製造は古墳時代）でも持つかのように恐る恐るそれをお祖母様《ばばさま》の前へと移した。なにしろ傷みのひどい古文書だ。

村瀬登がそれの中程の頁《ところ》を、うやうやしいばかりに丁重に開いて、ホッとした表情を拵えた。つまり、これから師が話さんとすることが、どの古文書のどの頁あたりに絡んでいるか、門弟（たち）は心得ているということであろう。

その開かれた古文書の頁に視線を落として、お祖母様《ばばさま》がむつかしい不機嫌そうな顔つきとなった。小さな文字がびっしりと埋まっているそれは、難解そうな漢文であった。しかもところどころが虫喰い穴で、文字落ちしている。

「実はお祖母様《ばばさま》、結論に近い部分から順次率直に申し上げますとですね……」

五井持軒はそこで言葉を切った。聞く側に準備の気持を持たせるためだった。

「はい」

お祖母様《ばばさま》がこっくりと頷く。影武者和右衛門が拉致された真っ只中に置かれているお祖母様《ばばさま》多鶴であった。すでに肚構《はらがま》えは調《ととの》っていた。今日《こんにち》まで幾つもの顔を演じる波瀾万丈の中を生き抜いてきたお祖母様《ばばさま》である。小柄なやさしい気性《きだて》の老女ではあっても、その背に「烈火」を隠し持っている。

「どうぞ持軒先生、率直に……」

ぐっと持軒先生の目を睨みつける眼差《まなざ》しのお祖母様《ばばさま》であった。

「ええ」と頷き返して五井持軒がいよいよ切り出した。

「お祖母様《ばばさま》。『古代蘇我本宗家』と、今世《いまよ》で和右衛門様を御当主となされている『お祖母様《ばばさま》曽雅家』との関わりにつきまして、お祖母様《ばばさま》ご了解のもと長きに亘って調べて参りましたが、『古事記』にも『日本書紀』にも記されておらぬ重大な事実を、当屋敷よりお預り致しました古文書の中に発見いたしました」

「この部分でございます」

師の言葉がひと息つくや否や、門弟村瀬が右手を伸ばし人差し指の先で、お祖母様《ばばさま》の前で頁を開けている古文書中央部分の数行を、円《まる》を描くかたちで差し示した。

「いま村瀬が差し示した部分は大変難解な漢文である上に文字が掠れ、虫喰い穴も甚だしいですが、難解な漢文中の僅か数行の中に、『大王』という表現が一度、『本宗家蘇我』が三度、『臣姓近衛《おみせいこのえ》』が一度、『豊浦山《とようら》』が一度、そして今世におけるこの屋敷の姓つまり『曽雅』が一度です」

聞いていたお祖母様《ばばさま》の表情が、みるみる青ざめ出した。とくに「臣姓近衛」と聞いた直後から、それは顕著であった。なぜならお祖母様《ばばさま》は、ひょっとして古文書は一千年近くは昔のものではなかろうか、と推測していたからだ。

それほども遥か遠い昔の古文書に、まさか「臣姓近衛」なる表現が登場してくるなど、さすがに予想だにしていなかったお祖母様《ばばさま》多鶴であった。

五井持軒は言葉を続けた。いや、多鶴の方が口の利けない心理状態に陥っていた、と言い改めるべきかも知れない。

「で、一体どういう事が記されているのか、という点について簡略に判り易く申し上げますとね。『古代王朝』に大権力者として仕え中央集権の基盤を確立させ仏教文化をとり入れるなど国家形成の大貢献者として豊浦山（甘樫山《あまかしのおか》）に拠点を置いた『古代蘇我氏』が、大王親衛隊であった『臣姓近衛』軍団の最高統括者『飛鳥氏《あすか》』に対しその忠誠を讃えるべく、大王（天皇）の許可を得て『曽雅』の称号つまり今世《いまよ》におけるこの屋敷の姓『曽雅』のことですね、それを与えたと記されておるのです」

「な、なんと……」

多鶴は目を大きく見開いて絶句した。

「つまりですねお祖母様《ばばさま》。古代の大権力者蘇我氏と、今世における曽雅氏とは血族的な関係は一切存在しない、と判明した訳ですよ」

「なんということじゃ……なんということじゃ……」

　多鶴は唇をぶるぶると震わせ、拳を握りしめた。

　五井持軒は明快な口調で言い切った。

「臣姓近衛という組織の頂点に君臨した飛鳥氏の忠誠ぶりについては詳しく書かれていますが、それの説明に入ることは長くなりますから省略いたしましょう。ただ、大王側近として武炎派であった飛鳥氏が大きな力を有していた点については疑う余地が無く、したがって大権力者蘇我氏はこの力を自分側へ取り込むことで、更に己れの長期安泰を計算し、反蘇我勢力への対処力を強化したのだと考えられます」

「要するにこの祖母《ばば》から見て、古代蘇我氏は他人様なのですな持軒先生」

「はい。仰せの通りです」

「古代蘇我氏は、今世におけるこの屋敷の姓『曽雅』を飛鳥氏とかに授与するについて、間違いなく天皇の許可を求めた上で、と記されておるのですな」

「記されております。但し、天皇ではなく大王という表現となっております。お祖母《ばば》様《さま》もおそらく御存知のことと思いまするが、この時代（飛鳥時代）は色色な意味で大王から天皇へと『君主の号』が変遷してゆくいわゆる過渡的な過程でございました（歴史的事実）から、大王はつまり天皇という御解釈で結構かと考えます」

「左様ですか……我が曽雅家は、古代蘇我家とは関係ございませなんだか。血のつながり無き全くの他人様でしたか」

呟くように言い終えて、多鶴は老いた小さな肩をがっくりと落とした。相当にこたえている。

「ですがお祖母様《ばばさま》。今世におけるこの御屋敷の称号、でもある姓『曽雅』は、栄誉ある飛鳥氏の末裔《まつえい》であることがはっきりと致したのです。そしてこの飛鳥氏は『曽雅』という称号を大王の許可を得て古代蘇我氏より授与されて以降、次第次第に豪族へと発展してゆく過程が、この古文書に非常に難解な漢文で、しかし明確に記されております」

「なるほど……古代蘇我氏の下《もと》で豪族への道を歩み出したということですかのう」

「そういうことです。尤《もっと》も古代蘇我氏の下《もと》で見守られつつの豪族への成長、ということですから大豪族へ成長という訳には参りません。当然、上から抑《おさ》え込もうとする力はそれなりに作用しておりましたでしょう。それでも近衛軍団の長官としての大王の信任厚くまた古代蘇我氏の筆頭的右腕に位置付けされていたことは間違いありませぬ」

「う、うむ……」

お祖母様《ばばさま》はどこかまだ無念そうであった。悲し気でもあった。

「これ迄にお祖母様《ばばさま》は、この御屋敷の伝承として、飛鳥氏の名を御当主様や御先代様より聞かされたことはありませぬか」

「ありませぬ、全く……」

そう答えたお祖母様《ばばさま》の目が潤み出していると判って、五井持軒は少し困惑した。

「お祖母様《ばばさま》。結論から先に申し上げるかたちとなり、大層驚かれたことと思いまする。しかしながら、この御屋敷の伝統と栄誉はいささかも損なわれてはおりませぬぞ」

「真《まこと》にそう考えていなさいまするか持軒先生」

「はい。真《まこと》にそう考えておりますとも。くどいようですが古代を繙《ひもと》いて申し上げれば、皇極天皇《こうぎょく》（在位六四二〜六四五）の御代《みよ》に忠誠する有能な大臣として仕《つか》えていた大権力者蘇我蝦夷《そがのえみし》と、権力の行使では常に強硬的であったと伝えられているその子入鹿《いるか》に突如として訪れた潰滅的な不幸……」

「うん、中臣鎌足《なかとみのかまたり》（のちの藤原鎌足）と中大兄皇子《なかのおおえのおうじ》（舒明天皇の第一皇子）の非情なる武力決起（クーデター）とかによって、蘇我入鹿《そがのいるか》が飛鳥板蓋宮《あすかいたぶきのみや》（現、奈良県高市郡明日香村大字岡飛鳥あたり）へ言葉うまく騙《だま》し誘われて斬殺《ざんさつ》され、前途殊《こと》の外《ほか》多難と観念した蘇我《そがの》蝦夷《えみし》が自害したあれ……乙巳《いっし》の変《へん》（皇極四年・六四五）じゃな」

「それでございます。その乙巳《いっし》の変《へん》で古代蘇我家いわゆる蘇我本宗家はまぎれもなく断絶したとされております一方で、皇極天皇の許可を得て蘇我本宗家が飛鳥氏に授与したとされるこの御屋敷の称号『曽雅』は、いま文机の上に並んでおりまするこの古文書が今日まで発見されなかったばかりに、蘇我本宗家の血を継ぐ、唯一の家系ではないかと語り継がれて参った訳です」

「それを……その伝承を持軒先生の優れたご研究がものの見事にいま打ち砕かれましたのじゃ。ものの見事にのう……」

「いやあ、お祖母様《ばばさま》。そういう言い方を致されまするると正直、私は大変辛うございまする。歴史の真実を解き明かして先ずお祖母様《ばばさま》に喜んで戴こう、という気持が強うございましたゆえ」

「まあまあ聞いて下され。確かにこの祖母《ばば》はのう持軒先生。いささか残念無念じゃと思うておりまする。けれどもその一方で妙にホッと致しておりまするのじゃ。妙にホッとのう……」

「おう。そう言《ゆ》うて下さいますと私も胸をなで下ろしますよ。いやあ、安堵いたしました。やはり、滅亡した蘇我本宗家の唯一のお血筋ではないか、という言い伝えは、お祖母様《ばばさま》にとっても心の御負担であられましたか」

「そりゃあ、もう……」

と、多鶴は微かに苦笑を窺わせただけで、口を閉じた。「御当主」として立ててきた和右衛門が〝影武者〟であっただけに、「実質的な御当主」であった多鶴が受けた重圧は「そりゃあ、もう……」大変なものであった。名族曽雅家を守り抜いてゆくための百面百装（色色な装いで色色な顔を演じる）は筆舌に尽くし難《がた》い苦労であり負担だった。

「ですがねえ、お祖母様《ばばさま》……」

五井持軒が何とはなし意味ありげな笑みを口元に見せた。やさしく細めた目がこれも意味あり気だった。

「もう一つ御報告したい大事な研究成果があるのですよ」

五井持軒はそう言うと、村瀬登と向き合う位置に座っている、四季を問わず毎日泳いでいるのではと思わせるほどに褐色肌な凜乎《りんこ》たる印象の青年に「加賀田《かがた》君あれを……」と頷いてみせた。

「はい、承知致しました」

色黒な加賀田が応じ、一瞬ではあったが鋭い目つきでお祖母様《ばばさま》を一瞥《いちべつ》してから「宜しくお願い申し上げます」と丁重に頭を下げる。

お祖母様《ばばさま》はほとんど知らぬ振りで、その視線は疑い深そうに五井持軒を捉えていた。

次は一体何を言《ゆ》うてくれるのやら……という一抹の不安を覗かせつつ。

村瀬登が「失礼致します」と両手を伸ばし、お祖母様《ばばさま》の前からそれまでの古文書をそろりと取り去って元の位置へと戻した。

その空いたところへこれも「失礼致します」とお祖母様《ばばさま》に断わりながら、加賀田が前《さき》の古文書よりも厚めのものを二冊並べて置いた。

「お前様は剣術でもなさるのかえ。ごつい手《て》をしていなさるが」

加賀田《かがた》という門弟の手を見ながら、たいして興味なさそうな口調で力無く切り出したお祖母様《ばばさま》であった。

「は、はあ……」と青年が口を濁すと、五井持軒が笑顔で口を挟んだ。

「加賀田太三《かがたたいぞう》君は小野派一刀流をやるのですよ。長旅には何かと心強いですから同行して貰いました。私の塾の監事にも就いて貰っております。剣術だけではなく学問もなかなかです」

「お幾つかな」

「二十六になります」

これは本人が答えた。切れのよい口ぶりであった。

「年が明けると二十七じゃな。独《ひと》り身《み》かえ」

「はい」

「誰ぞよい女性《ひと》がおりましたなら、ひとつ御世話を頼みまするお祖母様《ばばさま》」

持軒が言ったが、「うん、よしよし……」と応じたお祖母様《ばばさま》の表情は、気乗り薄な感じであった。

「それでは加賀田太三君。むちよろずりょうめんかんぜおんぼさつ、に関しては君の方から御説明申し上げなさい。順を追うようにして判り易くな」

「承知致しました」

「むちよろずりょうめんかんぜおんぼさつ、とな？」

お祖母様《ばばさま》が言って、皺深い顔が呆気《あっけ》に取られたような表情を拵えた。なんのことやら意味が判らないのであろう。

五井持軒が言った。

「この御屋敷にとって非常に大事なことですよお祖母様《ばばさま》。加賀田太三君に判り易く説明させますが、意味不明な点あらば幾度でもお訊ね下され」

「当然じゃな先生」

憮然と応じるお祖母様《ばばさま》に、思わず苦笑を漏らす持軒先生だった。

「それでは五井持軒先生によります古文書の解明について説明、あ、いえ、報告させて戴きます。宜しく御願い致します」

「うむ」

お祖母様《ばばさま》が頷いた。渋い顔つきであった。

加賀田太三がお祖母様《ばばさま》の目の前に置かれていた二冊の古文書に手を伸ばし、黄色い紙片が挟まれている頁《ところ》をそっと開いた。

「村瀬君。私の報告に沿うかたちで、該当する文章について指先でお示しして差し上げるように」

「心得ました」

加賀田太三に言われて、村瀬登がそれまで座っていた位置から立って、お祖母様《ばばさま》の横へ小さくなって正座をした。

加賀田太三の報告がはじまった。聞き取り易い響きの若若しい声であった。

「さきほど五井持軒先生が申されましたように古代蘇我本宗家は、朝廷（大王＝天皇）の許しを得た上で、『臣姓近衛』軍の長官であられた飛鳥氏、つまり当家の御先祖様に対し、この御屋敷の現在の号である『曽雅』の称号をまぎれもなく授与されました。これについては御納得下されましたでしょうか」

「納得というより驚いたわい。ただただ……のう」

「はあ……で、その『曽雅』の称号の授与でありますが、この称号を『永久世襲』として他者の使用を朝廷として許さぬための証書を、大王自らの手で発行し、むちよろずりょうめんかんぜおんぼさつの立像に大王が御署名なされて、飛鳥氏にお与えなされました」

「この部分を取り敢えずゆっくりと流し視下《み》さいますか……」

村瀬登は背すじをやや伸び上がらせるようにして囁くと、お祖母様《ばばさま》の目の前にある古文書の前半数行の上を指先で差し示した。指先が古文書に触れぬように気遣いながら。

村瀬登の指先の動きに視線を合わせ、無言ではあったが「うん、うん……」という具合に頷いていた多鶴が突如、「あっ」と悲鳴に近い叫び声をあげた。それは飛鳥氏を先祖とする——と判明したばかりの——名族「曽雅」家を取り仕切ってきたお祖母《ばば》様《さま》多鶴には不似合いな叫びだった。

「どうなされました」

「こ、これは持軒先生……」

「どうなされました」

五井持軒は同じ言葉を二度使い、腰を浮かせるとお祖母《ばば》様《さま》の方へ上体を傾けた。

「こ、この古文書に記されておりまする『六千万両面観世音菩薩《ろくせんまんりようめんかんぜおんぼさつ》』とも読めるこれが『むちよろずりょうめんかんぜおんぼさつ』と申されまするのか」

「いかにも左様です。いまお祖母《ばば》様《さま》の前に置いてございます二冊の古文書を丹念に繰り返し読み、虫喰い穴や掠れ文字などを推測できる表現で一つ一つ埋めていった結果、『六千万両面観世音菩薩《ろくせんまんりようめんかんぜおんぼさつ》』は『むちよろずりょうめんかんぜおんぼさつ』と判読すべき、と確信出来ました」

「もっと具体的にお教え下され先生……」

「はい。六千万《むちよろず》とは六千万の多方向つまり『全世界』を意味いたしまする。そして両面とは『東西の両面』及び『南北の両面』要するに四方多方向を意味し、これも『全世界』を指している表現でございます。でありまするから……全世界を普《あまね》く（広範囲の意）見回して人人に安寧《あんねい》（平和な秩序社会の意）を齎《もたら》して下さる位《くらい》高き観世音菩薩様、と捉えて下さいますことで間違いございません」

「その位高き観世音菩薩様の立像を、大王様は飛鳥氏に対し、即ち、この曽雅に対し下されたと古文書は言っておりまするのじゃな」

「その通りです。それらしき菩薩の立像をお祖母様《ばばさま》はこれ迄に見たことはございませんなんだか」

「この祖母《ばば》は知らぬ。大王様の御署名がある畏れ多い菩薩様の立像など見たことも聞いたこともありませぬよ」

「そうですか。では、それを発見する作業が、これからの私の大事な研究課題となって参りましょう」

「その有難い菩薩像とは、どのような像なのかのう持軒先生。お教え下され」

問いかける多鶴の顔は、青ざめ気味であった。ついに「六千万両」という姿形無き古代の財宝が、考えもしていなかったとんでもない「かたち」で目の前に出現したのだ。

和右衛門が拉致されたままの深刻な状況にあるだけに、そのとんでもない「かたち」は多鶴を尚のこと苦悩の底に突き落としていた。

「判りましたお祖母様《ばばさま》。申し上げましょう。加賀田君、菩薩像の件《くだり》を開けて……」

「畏まりました」

加賀田太三が、丁寧にその件《くだり》とかを開いて、五井持軒がゆっくりと物静かに喋り出した。

「菩薩像について語る前に、先ず蘇我本宗家全盛期の海の向こうの国国《くにぐに》について申し上げておいた方が宜しいかと思います」

「古代蘇我家の全盛期と申せば先生、海の向こうの大陸は唐の国、聡明で公明正大で知略に優れた太宗《たいそう》皇帝（第二代皇帝、五九八年～六四九年）の治世じゃったな」

「はい、仰る通りです。驚きました。さすがによく御存知でいらっしゃる。そして日本に近い半島(朝鮮半島)には百済《くだら》、新羅《しらぎ》、高句麗《こうくり》などが衝突し合って存在しておりました」

「百済では義慈王《ぎじおう》(?〜六六〇)が新羅に攻め入り、高句麗では宰相の泉蓋蘇文《せんがいそぶん》(?〜六六五)が国王および大臣以下の貴族を惨殺して新羅を狙い、新羅は女王交代問題で内乱状態に陥った……この祖母《ばば》の自学自習はこの程度のものじゃが先生、言《ゆ》うたことに誤りがあったなら許して下されや」

「ははは、お祖母様《ばばさま》は充分に自信をお持ちになってお宜《よろ》しいですよ。さて……」

そこで言葉を切った五井持軒は目を細めて微笑んだ。

「いみじくも今お祖母様《ばばさま》が仰いました太宗皇帝の唐の国。この国に皇帝お気に入りの徳の高い仏師で眼開《げんかい》という人物がいましてね。この老師が、唐から日本へ帰国する留学僧や学問僧と共に、朝廷の国賓《こくひん》として来日したのです」

「ほう。朝廷の、つまり国家の『国賓』としてのう……で、その眼開《げんかい》老師に六千万《むちよろず》両面観世音菩薩《りようめんかんぜおんぼさつ》像をつくるよう、天皇(大王)がお命じになった?」

「ええ。大王はこの眼開《げんかい》老師を大層気に入られたのです。大王のみならず、朝廷の官僚たちにも非常に気に入られた、と申しても過言ではないと考えます。村瀬登君、その件《くだり》をお祖母様《ばばさま》にお示しして差し上げなさいよ」

「あ、はい……ここから、ここまでの八行でございます」

村瀬登が指先で差し示した中ほど八行に、お祖母様《ばばさま》はチラリと視線を落として小さく頷きはしたが、直ぐにまた五井持軒へ視線を戻した。

「日本の朝廷は何故、六千万両面観世音菩薩像《むちよろずりょうめんかんぜおんぼさつぞう》を依頼するほどに、眼開《げんかい》老師が気に入ったのかのう？」

「いわゆる広い意味での有職故実《ゆうそくこじつ》を見事に心得られた非常に立派な人格者であったからです。朝廷の国賓として迎えられた者は如何にしてそれに真摯《しんし》に対応する責任を負っているか、という点について実に優れておられたのです」

「ここの六行でございます。お祖母様《ばばさま》」

村瀬登がはじめて〝お祖母様《ばばさま》〟という表現を用い、頁のおわりの方の六行を指差した。

今度は、多鶴はそれに落とした視線を、ゆっくりと二度繰り返すようにして滑らせ
「なるほど、なるほど……」と相槌を打った。

五井持軒が淡淡とした口ぶりで言った。

「今成金《いまなりきん》とか、精神《こころ》の豊かさや聖《きよ》さを欠いた環境で育った『精神《こころ》の無学者』にとっては、広い意味での有職故実であっても難解なものです。たとえば国賓として招かれておりながら、その国が真心を込めて調えた宿舎や行事や食事についてまでを、気に入らないと一方的に拒んだりする。それがどれほど、その国や民《たみ》を侮辱《ぶじょく》していることになっているのか全く気付いていない……しかし、さすが眼開《げんかい》老師にはそのような『精神《こころ》の無学者』的なところなどは微塵も無かったのですよ。真《まこと》に博学《はくがく》で素晴らしいお人柄だったのです」

「うむ」

お祖母様《ばばさま》は満足気にこっくりと大きく頷いてみせた。それまでの青ざめ気味な顔が、かなり和《やわ》らいでいた。

因《ちなみ》に五井持軒が口にした「有職故実《ゆうそくこじつ》」について述べれば、狭義には主に平安時代以降における朝廷の儀式典礼など国家的作法の根拠となるべき歴史的先例、歴史的先規など「歴史的に事実であったもの」を故実《こじつ》と称し、その故実（さまざまな）に優れて精通すること、あるいは優れて精通する人を有職《ゆうそく》（ゆうそこ　とも）といった。

「持軒先生の申されまする通りじゃ。本当にその通りじゃ。特にのう、一国の宰相たる者が朝廷あるいは幕府の国賓として招かれたる場合などは、招いて下された相手国の有職故実に沿った慣例や行事や規律といったものを尊重《そんちょう》し理解する謙虚な心掛《こころが》けを欠いてはなりませぬ。大きな配慮で学び取る心を持たねばならぬ。それを平気で欠く不心得者《ふこころえもの》こそが持軒先生の申された『精神《こころ》の無学者』なのでありましょうなあ。賓客として招かれたる者が国家の重鎮《じゅうちん》であればありまするほど、そのような『精神《こころ》の無学者』に陥ることは許されませぬよ。そうではありませぬかのう持軒先生」

「これは恐れいりました。全くその通りでございまするよ、お祖母様《ばばさま》。真《まこと》にその通り……いやあ、実にその通り」

五井持軒が大いに破顔して目を細めた。

「で、先生……」

多鶴は、先程より最も気になっている点について、いよいよ訊ねようとし、皺深い顔を再び青ざめ気味に硬くさせた。

五井持軒の表情が「ん？」と、これも少し身構える。

多鶴が切り出した。

「大王にも朝廷官僚たちにも大層気に入られた眼開仏師《げんかいぶっし》殿が手がけた観世音菩薩像じ

やが先生、大きさはどの程度のものですかのう」

「それについてはよくは判りませんのですお祖母様《ばばさま》。形状や寸法などについて古文書には明確に記されておりませんのですよ。ですが、この文机の上にある古文書を丹念に読みつないで参りますと、ぼんやりとですが一つの姿形が浮かんできましてなあ」

「ほうほう……」

「これはあくまで古文書を読み解いた私の推測でしかありませぬが、寸法は凡《およ》そ一尺(約三〇・三センチ)……」

「一尺……随分と小さいですのう」

自分が予想していた大きさとは、余りに違い過ぎていたのか、多鶴の面《おもて》に失望にも似た色がチラリと浮きあがった。ただそれは、自分の話し方、言葉の一言一言に慎重になろうとしている持軒に気付かれる程の様子《もの》ではなかった。

「それで形状ですがね。正座の姿勢のままでやらせて戴きますが……」

持軒はそこで一息つくと、頭の中で何かを整理しようとでもするかのような面差しで、視線を中空に泳がせ、両手を胸の前あたりで二度、三度と迷い組みしてみせた。

そして……

「うん、こんな具合ですかな」

背すじを伸ばした綺麗な正座の姿勢で持軒が演じ切って見せた、古文書から推測し想像した観世音菩薩の姿は、実にやさしく美しくやわらかな気高さに満ちていた。

表情をハッとさせた多鶴が思わず持軒に向かって目を閉じ両手を合せ、

「南無《なむ》観世音菩薩……南無観世音菩薩……」

と唱《とな》える。ひたすら一心に拝み唱えれば七難の苦厄《くやく》を救い給うというものである。

多鶴の両の目尻に小さな涙の粒さえ滲み出たが、しかし直ぐに現実に引き戻されたかのようにして目を見開き、合掌を解いた。

「その一尺寸法の有難い菩薩様の立像じゃがのう持軒先生。素材は判りませぬのか。金とか銀とか銅とかのう」

「金です。これは古文書の何箇所かにはっきりと記されております」

「金……ですか」

古代において権力により私《わたくし》した六千万両を戻せ、と言い放った般若共の声が多鶴の耳の奥に甦った。

（一尺寸法の金では、とうてい六千万両とはならぬ……）

胸の内で呟いた多鶴に、五井持軒が追い討ちを掛けた。

「但しお祖母様《ばばさま》。芯となる素材は木彫りです。その表面に金色《こんじき》を塗布したか、あるいはまた金箔《きんぱく》を張り付けたかでありましょう。私は前者であろうと考えておりまするが」

多鶴は胸の内で苦笑した。何となく、ほっとした苦笑であると自分で判った。純金製などではなくて「よかった……」と思った。質素を貫いて今日まで守り抜いてきた「曽雅家」である。古代蘇我本宗家の末裔《まつえい》と信じてきた誇りも、目の前にいる優れた学者が、解《と》いて溶《と》かして、「飛鳥氏の末裔」という新しい事実を浮き上がらせてくれた。それでよい、と多鶴は自分を納得させた。両の肩が軽くなったような感じが、しないでもない。黄金《おうごん》などというきらびやかな物は、この年寄りには似合わぬ、とも思った。

「ですがのう、お祖母様《ばばさま》……」

「はい……先生」

多鶴は学者持軒の目を見た。澄んだいい目をしていなさる、と改めて感じた。この学者が解き明かしてくれるなら、如何なる歴史的事実であろうとも受け入れなければならぬ、と自分に言って聞かせる多鶴であった。

持軒先生が言った。

「この御屋敷が飛鳥氏の末裔であるということは、ほぼ確実であると考えて戴いて宜しいかと思います。あとは大王より授与された眼開仏師の菩薩立像およびこの御屋敷の称号「曽雅」の姓を永久世襲として認めた大王証書、この二点の発見に努めねばなりませぬ。が、これにつきましては引き続き私が自分の研究課題として側面よりお手伝いさせて戴きたく存じます。お許し下さいましょうか」

「どうぞして、この祖母《ばば》の力になって下され。どうぞして……」

多鶴は静かに頭《こうべ》を下げて、額をそっと文机の角に触れさせた。

「あ、それからのう、お祖母様《ばばさま》。『臣姓近衛』という君主の親衛隊には、とくに優れた特殊な武者《もののふ》の一団が含まれていた、と古文書には一行だけじゃが簡単に記されておりました。おそらく今世で言う忍びのような特殊能力集団ではないかと勝手な想像を膨らませておりまするのじゃが……これの解明も私に進めさせて下され」

「はい……」

多鶴は言葉短く応じた。何か心当たりがあるかのように、視線は伏せ気味であった。

「あと、もう一点申し上げておかねばなりませぬ。これは私ではなくて、古文書の紙質や文字墨《すみ》の色などについて研究を進めている加賀田太三君が気付いたことなのですが、いま文机の上に置かれております古文書は謄本《とうほん》（写本）であって、正本《しょうほん》（原本）は別にあるのではないか、と申すのです」

「ええっ」

これには多鶴は目を丸くして驚いた。

「では同じ内容の古文書が別に存在する、ということですかな」

「左様です。加賀田君の指摘に私も大変驚いたのですが、この御屋敷の庫の山積みの古文書の中にか、あるいは全く別の場所の誰かの手の中にでも存在するのでは、ということになります」

「これは驚きましたわい」

「はい。私も本当に驚きました。が、まあ、これに関しましても私と加賀田君に調べさせて下され」

「ええ、ええ、そりゃあもう。この祖母《ばば》の力ではどうにもなりませんからのう」

お祖母様《ばばさま》多鶴は、疲れ切ったように、深い溜息を吐いて持軒先生と目を合わせた。

持軒先生は学者らしく、品よく物静かに微笑《ほほえ》んでいた。

二十二

お祖母様《ばばさま》多鶴は表門を背にして立ち、持軒先生と二人の門弟の後ろ姿が遥か先、「曽雅の道」の角を折れようとする直前まで、身じろぎもせず直立不動に近い姿勢で見送った。

秋の陽《ひ》はまだ高い。

三人が振り向いて丁重に頭を下げたので、多鶴もそれに応じた。曲げた腰を元に戻してみると、三人の姿は多鶴の視界から消えていた。

「どうか幾日なりとゆっくり泊まっていって下され」、と多鶴が二度、三度と頼んでも、持軒先生は「神話伝説の調べで今日中にどうしても蟹満寺《かにまんじ》そばの学者仲間を訪ねて議論をする約束になっておりますのでな」と、学者らしい固辞の仕方であった。

奈良町からだと左程に遠くはない南山城の真言宗智山派蟹満寺（京都府木津川《きづがわ》市山城《やましろ》町綺田浜《かばたはま》）の名についてはむろん知っている多鶴であったが、その寺あるいはその地域に如何なる神話伝説が残っているのかまでは、さすがに知っていない。

たとえば蟹満寺には――。

この寺の本尊である聖観音（現在は釈迦如来）を信心していた心の清い美しい娘がある日のこと河原で元気な子供たちに捕まっていた大きな蟹を助けて川に放してやった。そのあと娘が邪まな蛇に幾度も求婚され後をつけられたりして困り果てていたところ、娘に助けられた蟹が聖観音に姿を変えて現われ、蛇をやさしく諭《さと》し教え娘への恋心を諦めさせて、恩返しをした――というような伝説が残っている（歴史的事実）。

多鶴は表門を一歩入ったところで立ち止まると、初層屋根、二層屋根を支えている太く古い柱を見上げて、さも愛おし気に撫でた。

「お前もいよいよ傷《いた》んできたのう。そのうち手を入れるでな。もう暫く辛棒して頑張っておくれや」

柱を十文字に貫いている「貫《ぬき》」のあたりが、微かにギギッと軋み鳴ったようだった。語りかけてくるようなこの軋み鳴りには、多鶴の耳は馴れている。

「よしよし……共に仲良く更に老いを深めていこうぞ」

屋敷内《うち》へと門を潜り出た多鶴は、初層屋根を下からがっしりと支えているかのような九段の鮮やかな組物「挿肘木《さしひじき》」にも、語り掛けてくるような稚児棟や隅棟にも「うんうん……」とか、「もう暫くな、もう暫くな……」とか語りかけ、門を見上げ見上げしつつ離れていった。

　多鶴が愛おし気にそう語り掛けてやらねばならぬ程に、確かに傷みの目立っている楼門（表門）だった。母屋の建物と共に創建された時代は、もうひとつはっきりとしておらず、持軒先生の研究課題の一つともなっている。ただ古代蘇我本宗家につながる屋敷ではなく、君主親衛隊であった「臣姓近衛」の長官飛鳥氏（曽雅氏）につながる屋敷であることだけは、どうやら判然としたのだ。

　いずれにしろ古代の上級武者《むしゃ》の屋敷であることに間違いはない訳だ。飛鳥氏が就いていた「臣姓近衛」長官の地位も、矢張り強大な権力（者）の一つとして眺めるべきであろう。しかしながら、楼門から屋敷内《うち》へと次第に離れてゆく多鶴の老いた小さな背中は、明らかに淋し気であった。それはそうであろう。「古代蘇我本宗家のお祖母《ばば》様《さま》」との自覚を忘れず、夫和右衛門の亡きあと、必死でこの屋敷を支え、大勢の傭人たちの生活も血の滲むような頑張りで面倒を見てきたのだ。だが、蘇我本宗家は御先祖様ではなかった。信頼できる大学者によって否定されたのだ。

「よくぞ、ここまで曽雅の力だけで来《こ》れたものじゃ……真《まこと》に神君家康公（徳川家康）の御蔭じゃなあ」

多鶴は呟いて立ち止まり、澄んだ秋の空を仰いで大きな溜息を一つ吐いた。戦乱の世を鎮めて天下を統一した徳川家康は全国の領地割りの際、曽雅家が広大な田畑《でんぱた》を長い時代に亘って抑えてきた事実を知って驚愕した。調べてみると古代朝廷とは切っても切れない間柄にあった蘇我家につながる血統であるというではないか。

そこで徳川家康は、曽雅家の広大な田畑には一切《いっさい》手を付けず「天領永久対象外」として扱うことを決断して朱印状に近い「認証状」を発行したのだ。徳川将軍家で天下哲学とも称されている家康のこの大所高所《たいしょこうしょ》（私情を捨て小さな事にこだわらない哲学的視野）は、見事という他ないものであった。

大和国《やまとのくに》における曽雅家の穏やかで強大な治世的影響力を、形も色も姿も大きさも深さも変えることなく、そのまますっぽりとやさしく「徳川の懐《ふところ》」へ飲み込んだのである。下手にいじれば、かえってあちらの穴から、こちらの穴から炎《ひ》を噴《ふ》きかねない、という真に天下の覇者らしい鋭い判断力であった。

「古代蘇我氏ではのうて、古代飛鳥氏じゃった〉と将軍家に報告せねばならぬかのう」

はあっ、とまた溜息を吐いて、とぼとぼと歩き出すお祖母様《ばばさま》であった。

その足は玄関式台の方へは行かずに、屋敷の赤壁（土塀）に沿うかたちで庭を真っ直ぐに奥へと進んだ。

やがて右手の木立の中に、寄棟造茅葺《よせむねづくりかやぶき》の田舎家風な小さな建物が、木洩れ日を浴びてちらちらと見え出した。

茶室「寂心亭《せきしんてい》」である。この古くて小さな茶室が出来た時代も全く判っていないが、これは小さな造作だけに、今も手入れはそれなりに行き届いている。

多鶴は、宗次を見舞う必要があることを、忘れていた訳ではなかった。

しかし、今の自分の表情が、いつもの気力を失っていると判っていた。

広い庭を屋敷をひと回りするかたちで回って気分を穏やかにしてから玄関式台から入ろう、そう考えていた。

足元に視線を落とし少し背中を丸めたような姿勢で、多鶴は「寂心亭」を右手に置いて通り過ぎようとした。

「お祖母様《ばばさま》……」

囁き声があって、多鶴の歩みが止まった。

「寂心亭」の方へ如何にも力なく視線をやった多鶴の老いた顔が、「お……」となる。

そのあと小さく頷いて常緑の木立の中の細道へと入ってゆくお祖母様《ばばさま》多鶴であった。

出迎えた男は、心配そうな、同時に厳しい目つきの二本差しだ。

紫檀色の練士たち「飛鳥忍び」を率いる柳生宗春である。

「どうなされました、お祖母様《ばばさま》。お顔の色が普通ではありませぬ」

「普通でのうて当たり前じゃろう。森の中であのような血の雨降る騒ぎがあって、まだ左程の刻《とき》が経っておらぬのじゃ」

「はあ、なれど……」

「この祖母《ばば》のことは案ずるな。別命あるまで待て、と申しつけておいた筈じゃ」

「むろん忘れてはおりませぬ」

「般若の者共の骸《むくろ》は片付けたのじゃな」

「御心配なく。誰にも見られることなく、飛鳥忍びの流儀にて二度と他人目《ひとめ》につかぬように致してございまする。なお、今後の調べに役立つかも知れませぬゆえ、般若面、貫頭衣、大小刀などは、御許しを戴かぬままに私の判断で古式武具の庫《くら》の扉を開け、奥深くに納めておきましたが」

「うん。その判断はそれでよい。で、何用あって此処へ参ったのじゃ」

「それでございますが……影武者御当主和右衛門様を既に救出いたしましてございます」

「えっ、いま影武者と申したな」

「はい。お祖母様《ばばさま》がお知りの事は、私も確《しっか》りと知っておくべきが御役目。それが忍びの頭領でありまする」

目つき厳しい宗春が余りにも、さらりとした口調で言ったので、怒りの目で「宗春、そなた……」と声を高めてしまった多鶴だった。

「恐れながら声をもう少し抑えて下さりませお祖母様《ばばさま》。実はすでに御当主様を救出、いえ、正しく申さば見つけ出しましてございまする」

「なんと、真《まこと》か宗春」

多鶴は目を大きく見開いて今度は声低く驚いてみせた。

「はい。配下の組のうち『ね組』の者たち十五名が、想定される拉致の道筋三本を三班に分かれて全力追走致しましたるところ、飛鳥川の上流尽きる辺り『加夜奈留美《かやなるみの》命《みこと》神社』下の山道にて昏睡状態で放置されているところを見つけましてございまする」

「でかした。さすが〝犬の鼻〟の異名を持つ『ね組』の者たちぞ。飛鳥川上流尽きる辺りと申さば、般若共さては吉野《よしの》山中へでも連れ去る積もりであったか……で、影武者御当主殿は今どちらに？」

「こちらです」

宗春の鋭い目が、ギリッとした動きで傍の「寂心亭」へと流れた。

「なんと……茶室にか」

「はい。未だ昏睡のままですが、命に差し障りあるようには見えませぬ」

「何ぞ飲まされたか、嗅がされたのであろうか」

「呼気《こき》からは微かにではありまするが曼陀羅華《まんだらけ》に似た香りが感じられまするが……」

「曼陀羅華に似た？……するとそれは漢方で言うところの催眠薬でもあるのじゃな」

「はい、その通りです。但し毒性が弱くはありませぬから余程に漢方医学に精通しておらぬ限り安易《あんい》に扱ってはならぬもの、触れてはならぬもの、と我我忍び衆は心得ておりまする。つまり御当主様を拉致した般若の組織の中には、相当に漢方医学に精通した優《すぐ》れ者がいるということでありましょう」

「うむ。ということは、決して単なる賊徒集団ではない、ということじゃのう」

「そう申して差し支えありませぬ。けれども突如として大和国《やまとのくに》に現われたる只者《ただもの》でない凄まじい剣の人物により、般若の一党は一気に多数の戦闘武者を失い大打撃を受けたと考えられます。それにしても、あの人物の凄まじい剣は一体……」

「その御人《おひと》のことについては、今は宗春が口にすることではない。考えたり推測することもならぬ。さ、影武者御当主殿の顔を見せて下され」

「はっ。こちらへ……」

多鶴は宗春に案内させるかたちで、むつかしい顔つきで「寂心亭」へと近付いていった。

入母屋造茅葺に柿葺《こけら》の庇《ひさし》を付けているこの茶室を多鶴の依頼により鑑定した茶道にも一見識ある五井持軒によれば、「立ち姿で出入り出来る貴人口《きにんぐち》が設けられている点を除けば、古田織部《ふるたおりべ》好みの茶室・八窓庵《はっそうあん》（奈良国立博物館に現存）によく似ているように思われる。ただ古さの点では寂心亭の方が遥かに昔……」であった。

古田織部（天文十三年一五四四〜元和元年一六一五）は、豊臣秀吉に仕えて従五位下織部正《おりべのしょう》に叙任されたことで「織部」と称するようになった京都西岡三万五千石の領主であった。千利休《せんのりきゅう》について茶道を学び利休七哲（高弟七哲とも）の一人に数えられた程の茶人で、織部流茶道（古織流茶道とも）を編み徳川秀忠（二代将軍）や諸大名を指導するなどで、いわゆる武家茶道を確立した傑人《けつじん》である（歴史的事実）。

天下統一の戦い「大坂冬の陣」では徳川方の武将に位置していた古田織部であったが、次の「大坂夏の陣」では豊臣方への内通の嫌疑を受け、大坂城落城を見届けるようにして京都伏見の自邸で、子の重広《しげひろ》と共に惜しいかな自刃した（歴史的事実）。

「どうぞ……」

と、宗春が声低く二枚障子の一つを引きかけたとき、「待ちや……」とお祖母様《ばばさま》が囁いて、宗春の手が障子から離れた。

「のう、宗春や……」

「は……」

「祖母《ばば》はそろそろ影武者殿に真《まこと》の御当主様になって貰おうかと思うのじゃが」

「それはまた、どうしてでございまする？」

「哀《あわ》れなのじゃ、哀れでならぬ」

「確かに……影武者殿は、ようく勤めて参られたようですなあ。この伝統ある古い御屋敷のために」

「宗春は許してくれるかのう」

「畏れ多いお言葉。許すも許さぬもありませぬ。影武者殿は私のような若僧が口出し出来ぬ程に長《なが》の勤《つと》めをこの御屋敷のために貫《つらぬ》いて来《こ》られました。で、ありまするから、影武者殿のあれこれに関する限り私に口出し出来る資格などはありませぬよ。お祖母様《ばばさま》のお考えのままに、ご遠慮なくどうぞ……」

「それは其方《そなた》の真《まこと》の言葉と思うてよいのじゃな」

「一体どうなされました。いつものお祖母様《ばばさま》らしくありませぬ」

「弱気になっておる」

「弱気に？」

「ああ、弱気にじゃ。が、まあよい。さ、中へ入りましょうぞ」

「はい」

宗春が静かに腰障子を引いた。手入れが行き届いているのか殆ど音を立てない。

お祖母様《ばばさま》が先に貴人口を入り、宗春がその背に実の祖母《そぼ》にでも対するかのように軽く右の手を触れた。視線をお祖母様《ばばさま》の足元へと落とし、躓《つまず》かぬようにと気を配っているのが判る。

宗春が腰の刀を左の手に移し終えてから、貴人口の向こうへ入り終えたお祖母様《ばばさま》の後《あと》に、ゆっくりとした動きで続いた。

影武者和右衛門は、きちんと調えられた夜具に老いた体を預けて昏昏と眠っていた。顔色は悪くない。

多鶴と宗春は枕元に、そろりと座った。

「なんだかひどく老けてしまったように見えるのう宗春や」

「体のどこにも怪我は見られませぬ。夜具は母屋御殿《おもやごてん》北側の大納戸に納まっていたものを配下の者にそっと運ばせました」

「警護の者は？」

「この茶室を囲むようにして、要所要所に手練が十名。心配ございませぬ」

「うむ。それでよい。じゃが、深夜の内に誰にも気付かれぬよう祖母《ばば》の居間の奥の間（次の間の意）へ移しなされ。よいな」

「承知いたしました。私もその方が宜しいのではと考えておりました」

「それにしても般若共は何故に影武者御当主殿を手放したのかのう」

「己《おの》れたちの目的にとって、不必要つまり最早《もはや》必要なくなったと判断したからではございませぬか」

「その理由《わけ》は？」

「判りませぬ。しかしながら般若共が必要なくなったと判断したことは恐らく間違いありませぬでしょう」

「もしや……夫《おっと》殿（影武者御当主）は、自分は影武者に過ぎないことを白状でもしたのかのう。般若共の蛮行《ばんこう》に対し、高らかに笑いながら……」

「あるいは般若共が、影武者御当主殿を必要なくなったと判断する何か重要なことを、この御屋敷内《やしきうち》から嗅《か》ぎ取ったか、手に入れたのやも知れませぬな」

「なんと……この屋敷内からのう」

声小さく呟き返した多鶴の両の目が、老いに不似合な鋭さを見せた。

そして、何か――思い当たることが無いか――を考えているのか、暫く口元を引き締めて無言が続く。

その無言を、宗春が怪訝《けげん》な顔つきでやわらかな囁きで断ち切った。

「お祖母様《ばばさま》、どうかなされましたか」

「あ、いやなに、少しあれこれと考えておったのじゃ」

「少しずつ一つ一つを焦らず確実に片付けて参りましょう」

「ふむふむ、そうじゃな。それがよい。それしかない」

「先ず今宵《こよい》、影武者御当主殿を誰の目にも止まらぬようお祖母様《ばばさま》の御居間の、次の間（奥の間の意）に移しまする」

「うん、そうしておくれ。此処ではこれ以上はいかぬ。外で話そうぞ」

頷きつつ言う多鶴も、眠り続ける影武者和右衛門を見つめながら小声であった。

「左様でございますね」

と、宗春が暗い目で囁いて応じた。

二人は貴人口から足音を忍ばせるようにして出て向き合った。

「申し訳ありませぬが、もう一度言わせて下され、お祖母様《ばばさま》。私に何ぞ隠してはいらっしゃいませぬか。何ぞ大きな衝撃でも受けられたのではありますまいか。影武者御当主様が拉致されても殆ど狼狽《うろたえ》を見せることのなかったお祖母様《ばばさま》と、いま目の前にいらっしゃるお祖母様《ばばさま》とではどうも……」

「もうよい宗春。心配してくれてありがとうよ。思い返せば其方《そなた》は、延宝三年（一六七五）二月四日をもって江戸虎の門の柳生屋敷（宗春の屋敷）より忽然と姿を消して以来、飛鳥忍びの頭領としてこの祖母《ばば》の身そばで陰日向なく一生懸命に励んでくれているのであったのう。本当に愛《う》い奴《やつ》（感心な奴の意）じゃ」

「延宝二年十二月、大和柳生家では尋常ならざる大凶作に対処するため、藩内全ての蔵（庫）を開放して膨大な量の刀槍、古美術、伝統芸術品、書物などを大坂の豪商に高値で引き受けて貰いましたが、その際、家老屋敷の庫から見つかった古文書、お祖母様《ばばさま》も拝見なされたというこの古文書の内容に、大騒ぎとなったものでございました」

「そうじゃったのう。延宝二年と申せば大和、摂津、河内界隈は確かに大変な凶作じゃった（歴史的事実）。曽雅の田畑《でんぱた》は幸いなことに、働き者の小作たちが灌漑のための池をあちらこちらに造ることに熱心で、沢水や川水を引いて池が枯れることは余りなかったのでのう。深刻な凶作被害からは辛うじて免がれたが……その凶作不況の中での柳生家古文書による大騒ぎではあったなあ」

「ですがお祖母様《ばばさま》。大騒ぎとは申せ古文書の内容は凡下《ぼんげ》（大衆）の者たちに知られるべき内容ではありませなんだゆえ、藩上層部に止《とど》め置くなど、てんやわんやの対策でありました」

「ふむふむ……あの古文書が見つかってから、早《はや》いもので間もなく六年じゃなあ」

「はい。古代大和朝廷の君主親衛隊として飛鳥氏を長官とする『臣姓近衛』なる大権力を有する組織が古代蘇我本宗家の指揮下に存在し、その組織の最右翼の戦闘集団として大和柳生家が古文書の中ではっきりと位置付けられている、と知ったときは、言語に絶する驚きでございました」

「思えば柳生家も古代に名を成していた堂堂たる家格であったのじゃよ宗春や。しかも柳生家に対しては『長官飛鳥氏（曽雅家）に永世にわたり忠誠を誓うべし』との勅《ちょく》命《めい》（大王つまり天皇から下される命令）が申し渡されていた、と古文書に明確に記されておった……これも実に大きな驚きじゃった」

「真《まこと》に……古代より数えて千数百年の間に、どこでどう進むべき道を誤ったのか、柳生家はいつの間にか『臣姓近衛』の外側に出て一豪族として歩み続け、気が付けば今日《こんにち》ありますように徳川将軍家重臣の位置に辿《たど》り着いておりました」

「宗春は立派ぞ。柳生藩家老屋敷の庫より驚くべき古文書が見つかったと知った其方《そなた》は、歴史の道をまるで正直一心に溯《さかのぼ》るような丁寧さで迷うことなく江戸屋敷から大和国《やまとのくに》へと戻り、そしてこの祖母《ばば》の前に現われてくれた。六年前の其方《そなた》のあの時の目の輝き、祖母《ばば》は今でも忘れてはおらぬ。『今日只今《こんにちただいま》よりお仕え致しまする』という力強い言葉も忘れてはおらぬ。嬉しかったのう、あの時は」

「あの、お祖母様《ばばさま》……」

「ん？　なんじゃ」

「お祖母様《ばばさま》はこの柳生宗春を、かわゆい奴と思うて下されていましょうか」

「おお、思うているとも。この曽雅家にとって、なくてはならぬ息子のような存在じゃと眺めておる」

「真《まこと》でございましょうか、お祖母様《ばばさま》」

「真じゃ。このようなこと、偽りを言うて何とする」

「ならば……ならばお祖母様《ばばさま》」

「どうした。何とのう狼狽《うろたえ》ておる心の内が丸見えぞ。一体どうしたのじゃ」

「は、はあ……」

剣の天才と言われてきた柳生宗春が、ここでゴクリと喉《のど》を鳴らし生唾を呑み込んだ。

そうと判って、多鶴の老いの目が光った。

「言えぬなら無理に申さずともよい。日なり刻《とき》なりを改めなされ」

「………」

「不満か？」

「いえ。仰せの通り、日なり刻なりを改めまする。見苦しゅうございました」

「なんの、なんの……さ、秋緑が綺麗な木立の中を少し歩こうかの。余りゆっくりは出来んが」

二人は、どちらからともなく木立の中の細道を庭の奥へと向かって歩き出した。明るい常緑の木立の中ではあったが一本一本の樹齢が百年に迫るものが多く、木立の外側から屋敷の誰彼に見つかり易いというものではなかった。

「それに致しましてもお祖母様《ばばさま》、此度のような異様な騒動は、これ迄にもございましたのでしょうか」

「これ迄にも、とは何時《いつ》頃を指しているのじゃ」

「御先代様から、亡くなられた和右衛門様の時代を指してのことでございます」

「うむ……色色とのう、凄まじいかたちの暗闘があった筈なのじゃ。あった筈だとは思うが、この祖母《ばば》には何も見えなんだわ。何一つ判らぬ。御先代様も夫殿（和右衛門）もそういう事に関しては、小指ほど小さな事さえこの祖母《ばば》には言うて下さらなんだ」

「全て御自分の裁量で対処なされていたという事なのでしょうか」

「恐らくのう。他力本願のお嫌いな御先代様であり、夫殿でありましたからのう。それにこの祖母《ばば》と違うて大きな大きな力、多様な人脈を持っておられたからなあ」

「此度の般若の一党については何としても正体素姓を把握致さねばなりませぬ」

「影武者御当主殿が見つかったのじゃ。こちらから動く必要はなかろう。般若共も組織的には大きく傷ついた筈じゃから暫くは大人しくしていよう。悪辣《あくらつ》行為を致さねば、これで放置しておいてもよい」

「なれど、お祖母様《ばばさま》……」

「宗春や。この曽雅家は幕府の大目付でも奉行でも代官でもないのじゃ。神君家康公のお情《なさ》けによって、近隣の天領（幕府地）に匹敵するほどの広大な田畑山林《でんぱたさんりん》の所有を許された、一豪家《いちごうか》に過ぎぬ。探索し捕縛《ほばく》し処断するなど、ゆめゆめ思い上がってはならぬ。静かに、地味に、謙虚でなくてはならぬのじゃ」

「ですが……」

「但し、向かってくる悪辣者《あくらつしゃ》に対しては容赦は要《い》らぬ。其方《そなた》の腕力で徹底的に処してよい。この祖母《ばば》が一切《いっさい》の責《せ》め（責任）を負う」

「……はい……よく判りました」

「そうか。判ってくれたか。よい子じゃ」

「あ、木立が直ぐ先で切れまする。私は寂心亭へもう一度戻ります」

「待ちや、宗春」

「は……」

「影武者御当主殿が放置されていた不自然さが、矢張りどうしても気になるのう。其方《そなた》が言うたように般若共はこの屋敷内《やしきうち》から、何かを嗅ぎ取ったか手に入れたのやも知れぬなあ。影武者にしろ本物であるにしろ、もう必要ない、という証のようなものをのう」

「つまり、本物であろうと影武者であろうと、御当主を拉致したところで最早六千万両は手に入りそうにない……というような？」

「そこじゃ宗春。配下の小頭《こがしら》にでも命じて直ぐに、『南の間』の天井裏を調べさせておくれ」

「なんと申されます」

「五井持軒先生が訪れなされた時にお使い戴いておる『南の間』の天井裏じゃ」

「あ、はい」

「そして小頭に伝えるのじゃ。もし『南の間』の天井裏に何者かの潜伏していた痕跡があったなら、この祖母《ばば》の居間の文机の上に小石を一つ置いておくように、とな」

「畏《かしこ》まりましてございます」

「ご苦労じゃった……」

多鶴は柳生宗春から離れると、常緑の木立が切れて花壇に陽《ひ》が明るく降り注いでいる方へと少し足を急がせた。負傷した宗次と美雪のことが気になっていた。

その多鶴の後ろ姿を見送っていた宗春が、ぐっと表情を改めて「お祖母《ばば》様《さま》」と小声で追い迫った。

「なんじゃ」

と、多鶴は振り向いて、宗春の紅潮した顔に気付き頷いてみせた。

「話す気になったのか。言うてみなされ。声を抑え気味にな」

「はい。是非にも聞いて戴きたく……」

「じゃから、言うてみなされ」

「あの……」

「うん……剣客であり『飛鳥忍び』頭領であろう。しっかり喋りなされ」

「はっ……あの……お孫様を私に下され、お祖母様《ばばさま》」

多鶴は思わず息を止めてしまった。柳生宗春の言っている意味が理解できなかったのだ。いや、聞き取り難《にく》かった、と言い改めるべきかも知れない。宗春が顔を強張らせて再び言った。語尾に僅かな震えがあった。

「いけませぬか。柳生家嫡男の私ではいけませぬか。どうか……どうかお孫様を、西《さい》条《じょう》美雪《みゆき》様を私に下され。この通りでございまする……」

宗春が細道の上にがばっと音立てるようにして平伏した。

多鶴は愕然として平伏する宗春を見つめた。それは全く予想だにしていなかった新たな難題の出現であった。

即座に我れを取り戻して多鶴は言った。

「それはならぬ。ならぬぞ」

あ、声が黄色く高ぶっている、と多鶴には判った。少し狼狽《うろたえ》てもいる、とも判った。

「何故でござりまするか。理由《わけ》をお聞かせ下さりませ」

「ええい、声をもう少し抑えるのじゃ。冷静になりなされ」

「理由《わけ》を……理由《わけ》をお聞かせ下され」

「美雪はこの祖母《ばば》の大切な孫ではあっても、娘ではない。幕府の重臣七千石、西条山城守貞頼《さだより》の娘じゃぞ」

「柳生家は万石（一万石の意）なれども同じく幕府の重臣であり大名家でもございまする」

「そのような家柄比較を申しておるのではないのじゃ。この祖母《ばば》が言いたいのは……」

「お祖母様《ばばさま》、もう少し声を低くして下され。もう少し……」

「其方《そなた》が苛立《いらだ》たせるからじゃ。それに、この屋敷に難儀《なんぎ》が覆いかぶさっておる今、何故にそのような男女の問題をこの祖母《ばば》に突きつけるのじゃ。無礼だとは思わんのか宗春」

「堪《こら》え切れないのでございまする。美雪様の名状し難い美しさが、近付き難い程の美しさが、私の理性も正気も奪っておりまする」

「それでも修練を積み上げてきた当代随一の剣客柳生宗春か。しっかりしなされ」

「お祖母様《ばばさま》のお許しが戴けますならば、私は江戸へ参り西条山城守貞頼様に、美雪様を頂戴したい、と正式に申し入れまする。きちんと礼法を守り誠意を尽くし、心を込めて……」

「愚《おろ》か者がっ」

「は？……愚か者と申されまするか、お祖母様《ばばさま》」

「判らぬのか。其方《そなた》については延宝三年（一六七五）二月四日、父君柳生宗冬殿より幕府に対して正式に病死届が出され、認められておるではないか。その病死届によって其方《そなた》は江戸を離れることが出来、古代大和朝廷の勅命《ちよくめい》に従うべく大和国《やまとのくに》へ入れたのじゃろうが」

「……」

「江戸の柳生宗春は既に死んで存在しないのじゃ。いいか、存在しないのじゃぞ。その宗春が美しい娘が欲しいばかりに、のこのこと江戸へ戻れると思うてか。古代大和朝廷の勅命に殉ずるべく日夜励んでおる現在《いま》の其方《そなた》は、江戸虎の門に屋敷を構えていた柳生宗春とは全くの別人なのじゃ」

「……」

「はじめてこの祖母《ばば》の前に立ったとき其方《そなた》は言うたではないか。いま此処にある柳生宗春は最早《もはや》江戸の柳生宗春ではありませぬ、と凜《りん》とした調子でのう……それを忘れたか」

「忘れてはおりませぬ。この大和国《やまとのくに》に骨を埋める積もりでおりまする。この御屋敷のため勅命に従って一命を賭《と》する覚悟に偽《いつわ》りはありませぬ」

「ならば……」

「でしたらお祖母様《ばばさま》。古代大和朝廷の勅命に終生を捧《ささ》げる者としてお願い致しまする。どうか美雪様を……」

「くどい。くどいぞ宗春」

「諦められませぬ。あとへは退《さ》がれませぬ」

「愚《おろ》か者が、飛鳥忍びの長《おさ》(頭領)や幹部は、『個《こ》』を優先させてはならぬ。『己《おの》れ』を優先させてはならぬ。それを忘れたなら、組織は力を失うぞ。敵に付け入る隙《すき》を与えてしまうぞ。判らぬのか」

「なれど……なれどお祖母様《ばばさま》……最早《もはや》この気持……」

「駄目じゃ。美雪にはもう意中《いちゅう》の御人がおるのじゃ」

はったと宗春を睨みつけて言い放ってから、しまった、と多鶴は思った。言うべきではないことを言ってしまった、と大きな後悔がたちまち押し寄せてきた。

「意……意中の人……」

呟いた宗春の顔の色が、すうっと青ざめていく。

お祖母様《ばばさま》多鶴は踵を返すと、足早に宗春から離れた。まずいことを言ってしまった、今の言葉は絶対にまずい、と自分を叱りながら、多鶴は舌を小さく打ち鳴らした。執拗であった宗春の態度にも腹が立っていた。いや、はじめて覗かせた宗春のその執拗な気質に、多鶴は肌寒いものすら感じていた。

宗春の視線が、離れていく多鶴の背中に微動だにせず突き刺さっている。そして青ざめた顔の中で、二つの目が異様な光を放ち出していた。

「あ奴《やつ》か……」

呟いた宗春の歯が、カリッと噛み鳴った。両手は拳をつくり少し震えている。

宗春の「あ奴か……」とは一体誰を指しているのか?

澄み渡った秋の青空が宗春の頭上に広がっているというのに、どろどろどろと遠くから秋雷の音が伝わってきた。地鳴りのように不気味に……。

二十三

負傷した宗次を見舞うため多鶴は母屋《おもや》御殿《ごてん》の北側を回《まわ》り込むかたちで——大きく遠回りをして——南側に位置する玄関へと足を運んだ。わざわざの遠回りであった。考えるための刻《とき》が欲しかったのだ。直ぐには宗次先生や美雪の前に出る勇気がなかった。柳生宗春から突然に打ち明けられた美雪への激しい想い。多鶴はかなりの精神的打撃を受けていた。

常緑の木立の中から明るい花壇の庭へと出た多鶴は、色あざやかな錦鯉が遊泳する古い池の畔《ほとり》を通って、母屋御殿の北側の角まで来たところで立ち止まり振り向いた。太い幹の木立の間から、柳生宗春がじっとこちらを見ている。

木洩れ日で宗春の顔に光の斑点《はんてん》が出来ており、険しい表情と判った。

だが、江戸で当代随一の剣客との評価があった宗春は、多鶴に向かって丁重に一礼することを忘れなかった。古代大和朝廷から発せられた勅命に対し、千数百年後の現在《いま》、頑なに忠誠を誓う一徹な剣客の姿がそこにあった。

それは曽雅家に忠誠を誓う姿でもある。

多鶴は宗春に背を向けて歩き出した。

(困った……)

と、多鶴は胸の内で呟いた。柳生宗春の美雪に対する熱い想いが、曽雅家と宗春との間に亀裂を生じさせる恐れは充分にある、と思った。それも修復の極めて難《むつか》しい。男と女の問題が、泡立《あわだ》って炎《ひ》を噴《ふ》き上げ渦巻くようなことになれば、周囲《まわり》の色色な事へ深刻な悪影響があることを、人生を長く歩いてきた多鶴は学んできている。

立ち止まって空を仰ぎ、ふうっと溜息を吐く多鶴であった。

「よからぬ事が起こらねばよいが……」

呟いて「困った……」と漏らし、多鶴はまた歩き出した。秋の曽雅家の広広とした庭は一段と美しい。自然のまま、のびのびと育った紅葉樹が古い母屋御殿までをもあざやかに染めてしまう。

その極彩色満ちた中を、多鶴は沈んだ暗い表情で歩いた。

（どうぞして、大切な美雪の身の上に面倒な変事などが生じませぬように……）

多鶴は大和国《やまとのくに》の神神に祈りながら、ようやく玄関口に立った。

息を止め、そろりと草履を脱いで、式台に上がる。

そして、宗次先生と美雪がいる玄関奥すぐ右手の座敷「一《いち》の間《ま》」へと、足音を殺すようにして近付いていった。

（只事ではなかったわえ、あの目つき……）

多鶴の眉間に刻まれていた皺が深くなった。が、想い直して表情を穏やかに繕《つくろ》った多鶴は襖障子の向こうへ静かに声を掛けた。

「祖母《ばば》じゃが入ってよろしいかえ……」

襖障子の向こうで人の動く気配があって、多鶴はこちらへとやってくる微かな足音を捉えた。

襖障子が内側から開けられて、美雪が控えめな笑みを浮かべた美しい顔を覗かせた。

「どうぞ、お祖母様《ばばさま》」

「宗次先生はどうじゃな」

「関庵先生のお薬のせいでございましょう、いま静かに眠りに入られましてございます」

「左様か……」

座敷に入った多鶴は、日当たりよい中庭に面した奥の間（次の間）へと足を運んだ。

多鶴のその背中を見守りながら、美雪がゆるやかに襖障子を閉じた。

宗次は顔の二か所に黒い油紙のようなものを貼られ、桜《さくら》模様《もよう》の薄い掛け布団の下で眠っていた。枕元には古代鬼束神刀流剣舞を討ち倒した古千手院行信の大小刀が横たえられている。

「ふむう……男前じゃのう」

多鶴は小声を漏らしつつ、寝床の向こう側へ正座をして宗次の寝顔を眺めた。

「ふふっ……先生のお耳に入りましてよ、お祖母様《ばばさま》」

微笑みながら、美雪が多鶴と向かい合った位置に座った。

「なあに、聞こえやせん。御覧のように、よく眠ってごじゃる」

「でも宗次先生は、『少しばかり睡眠覚心《すいがんかくしん》に入らせて貰うのでな……』と仰られたのでございます」

「すいがんかくしん？……なるほどのう、睡眼覚心とは」

「はい。眠《ねむ》ってはいても心は目覚《めざ》めているから安心しなさい、と美雪は勝手に解釈いたしましたのですけれど……」

「うんうん、それじゃ。それでよいのであろう。それにしても、凄い御人《おひと》じゃのう美雪や」

「はい」

美雪はにっこりとして相槌を打った。

「ところで宗次先生の男前な顔に貼り付けられている黒い油紙のようなものは何じゃな」

「関庵先生が貼って下さったそうです。縫い合わせた部分の炎症を鎮めるのに役立つ西洋の新薬と鎮痛薬が塗布されたよく効く貼り薬だとか……三日ばかりこのままだそうですよ」

「なるほど……」

そこで二人の会話は途切れた。

多鶴の気分は重かった。まるで獅子のように目を光らせて「美雪様がほしい」と言った柳生宗春の顔が、脳裏に現われたり消えたりを繰り返していた。

「お祖母様《ばばさま》……お祖母様《ばばさま》……」

「ん？……お、どうしたかな」

「どうなされたのです、とお訊《たず》ねしたいのは私《わたくし》の方でございます。ここへお見えになってからのお祖母様《ばばさま》の表情、何だか放心状態のような印象を受けておりますけれど……まるでお心、ここにないような」

「美雪や。突然に妙なことを言うようじゃが、走っても馬に乗っても宗次先生の傷口が開く心配が無《の》うなったら、宗次先生と二人してなるべく早《はよ》うこの大和国《やまとのくに》から離れることじゃ」

「まあ……私《わたくし》は暫くお祖母様《ばばさま》のそばに置いて戴きたく思うておりまするのに、急に宗次先生と二人してなど、一体どうなされたのでございましょう」

「遠い江戸より大事な御役目を背負うてこの大和国《やまとのくに》へ訪れた可愛い其方《そなた》と西条家家臣の方方《かたがた》に、予想だにしておらなんだ騒乱が襲い掛かってしもうた。怪我人《けがにん》も出てしもうたし、宗次先生にまで大きな御負担をお掛けしてしもうた。この祖母《ばば》は申し訳ない気持で一杯なのじゃ」

「それは何もお祖母様《ばばさま》のせいではございませぬ。此度《こたび》の騒乱のかたちは明らかにこの曽雅家の、いえ、この大和国《やまとのくに》の歴史が如何に長く深く重いかを物語っているものであると私《わたくし》は見ておりまする。江戸『史学館』の先生方も申されておりました。歴史は生きている、歴史は繰り返す、歴史は騒ぎと輝きを生《う》む、歴史は新しい時代と人人を拵《こしら》える糧《かて》となる……と」

「うむ……その通りじゃのう、真《まこと》にその通りじゃ」

「そして『史学館』の先生方は、更にこうも申されておりました。大事なことは歴史を決して病的なほど精神錯乱（ヒステリック）に陥った目で眺めてはならぬこと、国家と人人を貶《おとし》める邪《よこしま》と偽《いつわ》りの心で歴史を検《よ》んではならぬこと、と……」

「ふむう、それこそこの祖母《ばば》の考えと一緒じゃのう。邪《よこしま》と偽《いつわ》りの気持を排し、常に心を鎮めて正しく歴史を検《よ》む。心静かに正しくじゃ。美雪や、じゃからのう、この祖母《ばば》は此度《こたび》の騒乱の幕《まく》をそろそろ下ろしてもよいかと考えておる。奈良奉行の溝口豊前守《ぜんのかみ》にも奈良代官の鈴木三郎九郎《さぶろうくろう》にもよく言うて聞かせてのう」

「幕を下ろしてもよい……とはまた、如何なる御心境でいらっしゃいますのお祖母様《ばばさま》」

「この祖母《ばば》と二人切りで夕餉を戴く時にでも順を追って、此度の騒乱の色色について其方《そなた》には話す積もりじゃが、実はのう般若共に拉致されたお祖父《じい》（影武者和右衛門）がほんの少し前に救われたのじゃ」

「ええっ……」

と、さすがに美雪は背すじを少し反《そ》らせた。

「ま、ま、そう驚かんでええ。詳しくは夕餉の時にでもな……」

多鶴はそこで言葉を切ると、やや身を乗り出すようにして宗次の寝顔をじっと見つめた。

「のう美雪や……」

「はい」

「宗次先生と二人して石州流茶道の慈光院《じこういん》（臨済宗大徳寺派）を是非にも訪ねなされ。その清楚にして徳高いたたずまいに心の内が洗われよう。気高く美しい庭を観《み》て万物に対する想いが改まろう。先生と二人して、行ってきなされ」

「はい。お祖母様《ばばさま》のお勧《すす》めのように致しまする」

「うん、素直じゃ素直じゃ。そしてな、その足で江戸へ戻るのじゃ。もうこの曽雅の屋敷へは戻ってこずともよい」

「けれどもお祖母様《ばばさま》。慈光院へお訪ねさせて戴いた足で江戸へ戻るとなりますると、家臣をこの御屋敷へ残したままには出来ませぬ。大事な西条家の家臣でございますれば……」

「これこれ、宗次先生と二人して慈光院を訪ねなされ、と勧《すす》めておるのに余り現実へ話を引き戻すでない。家臣の方方《かたがた》についてはこの祖母《ばば》が決して疎《おろそ》かには扱わぬ。手傷を負《お》うていなさる家臣もいるのじゃ。きっちりと治って揃うて江戸へ戻って戴けるようにする。この祖母《ばば》を信じて任せなされ」

「けれどもそれでは余りに……」

「美雪や。其方《そなた》は四代様（徳川家綱）の御名代を無事に終えたのじゃ。しかして、なるべく早くに江戸へ戻って四代様はもとより父君の貞頼殿へも報告をしなければならぬ。そうであろう」

「ええ、それは確かにその通りでございますけれど……」

「じゃから慈光院を訪ねた足で江戸へ向かいなされ。まあ、途中で京《みやこ》に立ち寄って三、四日の見物くらいは許されてもよいとは思うがのう」

「京《みやこ》で三、四日の見物を……でございますか」

「そうじゃ。それくらいは四代様も許して下されよう。それにこの屋敷を離れてからの其方《そなた》に対して若《も》しも江戸などから何ぞ指示や知らせが届けば、祖母《ばば》がこの屋敷の誰かに馬を走らせて連絡をさせるから、心配せんでええ。何の心配も不安も無用じゃ」

多鶴はそう言い終えるや否や、「よっこらしょ」と腰を上げた。美雪に話の続きをさせない、やさしい頑《かたく》なさなのであろうか。「話はここまで……」の表情だ。

「夕餉のときは声を掛けるでの」

多鶴は言い残して「一《いち》の間《ま》」を出た。

それまでの穏やかで優し気であった皺深い表情が、大舞台に立った大御所役者の面変《おもてが》えのように見事にすうっと険《けわ》しく変わってゆく。

多鶴は長い廊下を、五井持軒先生が訪れたときに使って戴いている「南の間」へと足を急がせた。

途中で出会った女中に「美雪の夕餉の膳は、この祖母《ばば》の居間へ運んで下され」と命じる時も、その視線は急ぐかのように廊下の向こうへと注がれていた。

「南の間」の前まで来た多鶴は、先ず廊下の天井をじっと眺め耳を澄《す》ませた。

べつだん人の気配は感じられない。

が、多鶴はふっと苦笑をこぼした。かなり高い「廊下天井」の向こうに人が潜んでいないかどうか、自分に判ろう筈がないと気付いたからだ。

「この祖母《ばば》は忍びじゃないからのう」

呟いて多鶴は「南の間」の障子を音立てぬよう、そっと開けた。

そして、爪先立つようにして座敷へ忍び入った多鶴は、判ろう筈がないと判っていながら尚、天井をじっと見上げ耳を澄ませた。

すると天井板が微かに、それこそ微かにミシリと鳴ったではないか。間違いでも錯覚でもなかった。確かに鳴った。

多鶴は天井に向かって囁くように放った。

「祖母《ばば》じゃ。小頭《こがしら》かえ」

「申し訳ありませぬ。天井板を鳴らせてしまいました」

低い淀み声が上から降ってきた。

「気配りも修行も足りぬ。未熟じゃ」

「仰せの通りかと……己《おの》れを鍛え直しまする」

「潜伏した者の痕跡は？」

「ござりました」

「矢張りのう」

「天井板は古くて傷み著しいため足跡などは全く見当たりませぬが、柱には手跡、梁《はり》には足跡が点点とございます」

「潜伏者は一人と思われるか」

「痕跡の大きさから見て、おそらく……」

「ご苦労じゃったな。もうよい。龕灯《がんどう》を手にしているのじゃろうが、火に気を付けなされや」

「心得ておりまする。それから御居間の文机の上への小石は、省《はぶ》かせて戴きまする」

「それで結構じゃ」

持軒先生との会話は何もかも天井裏で盗聴されていた、と判って多鶴は暗然となった。

天井板が再び微かに鳴ったあと静かになって、多鶴は難しい顔つきで「南の間」から出た。

此度の騒動はもうこれで鎮まるだろう、と多鶴は老いの頭で確信した。六千万両の実体が、木彫りの六《む》千《ち》万《よろず》両《りょう》面《めん》観《かん》世《ぜ》音《おん》菩《ぼ》薩《さつ》像《ぞう》であることは、確実に般若共に伝わっていると考えられる。高さ僅かに一尺程度のその尊き立像にたとえ金箔が張ってあったところで、歴史的文化的価値は夢の如しではあっても、実用的な金銭的意味での価値は高《たか》が知れている。

（そうと判って般若共は、影武者御当主殿の身柄を最早価値なしと読んで山道へ放り出したのであろう）

多鶴はそうに違いない、と思った。案外、般若共の手元にも、そうと解き明かしてくれた難解極まる古文書の副本だか原本だかが存在するのかも、と多鶴は想像した。が、そのこと自体については余り関心はない。

「じゃが、六千万両は消えたのじゃ。本当にびっくりさせよったのう六千万両殿」

呟いた多鶴は、フンと小さく鼻を鳴らすと、自分の居間へと足を向けた。

その後ろ姿から力みが覗いている。長い年月必死で演じてきた力みがいま老いを深めて……。

二十四

十日後の朝五ツ頃（午前八時頃）――。

顔の傷がほとんど癒《い》えた浮世絵師宗次は誰に見送られることもなく独《ひと》り曽雅家の古い楼門を後《あと》にした。

浮世絵師には程遠い身形であった。地味な真新しい灰茶色の白衣《びやくえ》（着流しの意）に、古来より福《ふく》が繋がる吉祥文様とされてきた、菱繋ぎ文様のこれも真新しい角帯を締めている。その帯に差し通しているのは、名刀古千手院行信の大小刀であった。

何もかもお祖母様多鶴《ばばさまたづる》の手配りであり、考えによるものだった。

宗次はお祖母様《ばばさま》の真剣で一生懸命な手配りを、それこそ孫息子のように有り難く素直に頂戴した。自分に母や祖母《そぼ》がいたならば、おそらくこのように一生懸命になってくれたであろう、と想像しつつ……。

「曽雅の道」が左へ折れる所まで来て、宗次はゆっくりと振り向いた。

矢張り、おられた。その予感はあった。

お祖母様《ばばさま》だけが、楼門の外に出て見送ってくれていた。宗次は胸が熱くなって、丁重に頭を下げた。

ふた呼吸ばかりして姿勢を戻すと、小さなお祖母様《ばばさま》の後ろ姿が楼門を屋敷内へと潜るところであった。その後ろ姿に漂う何とのう淋し気な様子を見逃さなかった宗次は、もう一度頭を下げ「いつの日かまた参ります。必ず……」と呟いた。

宗次は青青と晴れ渡った朝の秋空の下をゆっくりと歩き出した。胸の内にはまだお祖母様《ばばさま》の小さく淋し気な後ろ姿の漂いがあった。

宗次が慈光院へ向けて一足先に独り発《た》ったのも、お祖母様《ばばさま》の考えだった。

後発《あとだ》ちの美雪は、念流皆伝の腕前である戸端忠寛《とばたただひろ》（西条家家老戸端元子郎の嫡男）ほか四名の家臣に護られて、途中の「祭念寺」という飛鳥時代の古刹まで行き、そこで宗次に迎えられる打ち合わせになっている。家臣たちはそこから曽雅邸へ引き返すが、これらも多鶴の考えによるものだ。

多鶴は心配したのだった。美雪と宗次が二人揃って曽雅家を発つところを、柳生宗春に見られてはならぬ、いや、見せてはならぬ、と。

宗春に無用の刺激を与えるべきではない、そう思ったのだ。なにしろ飛鳥忍びを統率する宗春である。何処から曽雅家の様子を検《み》ているか知れない。いや、曽雅家を護るために、様子を検《み》る忠誠なる義務と重い責任が、宗春にはあると言えばある。

宗次は実り豊かな朝の田畑《たはた》で働く早起きな百姓たちの元気な姿を眺め眺め、ゆったりとした気分で足を運んだ。百姓たちと目が合うと、我から笑みを見せて頷いてやることを忘れない。すると相手からも「今朝もいい天気でございます」と、白い歯を覗かせた笑顔が返ってくる。畦《あぜ》にしゃがみ込んでいる、幼児の方から手を振ってくれたりもする。

関庵先生の手で縫い合わされた宗次の顔の傷は、薄赤い細い線でまだうっすらと残っていた。一か月程度で元の皮膚の色に完全に戻るだろう、ということだ。

佐紀路の菊寺として名高い海竜善寺の高僧百了禅師《びやくりようぜんじ》(法印大和尚)に対しては、お祖母様《ばばさま》の達筆な手紙を持つ騎乗の使いの者が遣わされた。八日前の朝のことだ。

手紙の内容は、海竜善寺の白襖に描くことが予定されていた宗次の絵仕事について一旦《いったん》凍結をお願いしたい、というものであった。ただ、その理由については記されていない。まげて凍結をお願いしたい、という結論が丁寧な上にも丁寧に記されているだけだった。

にもかかわらず、百了禅師《びやくりようぜんじ》から多鶴へは、快諾の返書が届けられた。お互い信頼し合う者同士、阿吽《あうん》の呼吸のやりとりだった。

また百了禅師《びやくりようぜんじ》から宗次へは五日前、明春に海竜善寺を訪れることになっていた尾張藩公の予定が未定となったことで絵仕事は見合わせる、との簡略な手紙が届き、宗次をむしろホッとさせた。出来れば自分と濃いかかわりのある尾張藩公が絡む絵仕事からは遠ざかっていたい、と内心思っていた宗次であったから……。

こうして、今朝の宗次の気分は〝身軽〟であった。

その裏でお祖母様《ばばさま》のてきぱきとした、且《か》つ熟慮した精緻な動きがあったと宗次が知ったなら、大きな驚きを味わったことだろう。自分が確信する目的目標に向かっては断固たる行動を起こす女傑である、と改めて捉え直したに違いない。

曽雅邸を後にした宗次の足は田畑の中を、先ず西へと幾らも行かぬところにある忌部山《いんべやま》（標高一〇八・五メートル）へと向かい、その南側を回るかたちで曽我川《そがかわ》に沿った薄《すすき》の道へと出た。

「……あとは情趣満ちたる曽我川に沿ってひたすら北へ向かいなされ。すると否《いや》でも応でも広瀬神社の直ぐ先の川合村《かわい》というところで、大和川《やまとがわ》と合流しましょうからの

「……その大和川を渡って直ぐの富雄川を溯れば間もなく慈光院じゃ」

それがお祖母様《ばばさま》の教え、というよりは指示であった。

曽我川は宗我川とも称して、奈良竜門《りゅうもん》山地西縁の御所重阪《ごせへいさか》の山中に源《みなもと》を発する、全長凡そ九二四〇丈《じょう》（約二八キロメートル）の美しい川であった。奈良盆地の水田の中を北に向かって流れ、お祖母様《ばばさま》が言うように広瀬神社の直ぐ先、川合の里で大和川と合流している。

宗次は田畑の秋の実りの美しい色を楽しみながらゆったりと歩いた。ところどころに大小の池が点点と見られたが、自然の池というよりは明らかに人手により造られた灌漑用の池、と思われた。働き者の百姓たちの結晶なのであろうか。

どれほどか歩いたところで、老人や若い農婦たちの姿が目立つ場所へと出た。直ぐ先、畦道《あぜみち》脇の草《くさ》っ原《ぱら》に二、三枚の筵《むしろ》が敷かれた上で、温かそうなものにくるまれた赤子が四人、それぞれ形の違った編み籠の中ですやすやと眠っている。

そのまわりで数え切れないほどの赤蜻蛉《あかとんぼ》が舞っていた。まるで赤子たちを守ろうとでもするかのように。

宗次はそれらの光景を目を細めて、しばらく眺めていた。

若い農婦のひとりが腰に両刀を帯びた宗次の立ち姿に気付いて、手作業を休めて曲げていた腰を伸ばし、深深と頭を下げた。

宗次はやさしい笑顔と頷きを返し、百姓仕事の邪魔になってはと、歩き出しかけた。

すると、「あの……」と遠慮がちな声が掛かった。

宗次が「ん?」と体の動きを止めて声のした方へ、少し視線を戻した。

宗次に頭を下げた若い農婦が手にしていた鍬を手放し、畝《うね》を身軽に跨いで急ぎこちらへやって来るではないか。なんとなく恥ずかしそうな笑みを、日焼けした顔いっぱいに広げながら。

宗次はその農婦を受け入れる意思を見せるために、目を細めた穏やかな表情で姿勢をきちんと正対させた。

宗次が立っている薄《すすき》の道は、曽我川の堤の部分に当たるが、田畑よりもほんの一尺ちょっと高い程度に過ぎない。

「あの、お茶をお飲みになりませんか」

堤の下――ほんの一尺ちょっとだが――に立った若い農婦は微笑みながら、背丈に恵まれた宗次を見上げた。年齢《とし》は十七、八といったところであろうか。

「お茶とは？」

宗次は意外そうに訊き返した。

「はい。私《うち》の婆《ばあ》ちゃんが庭先でつくっている葉茶《はぢゃ》は、とても甘くて香りがいいのです」

若い農婦はそう言うと田畑の方を振り返って、遥か遠くで作業している農婦を指差してみせた。私《うち》の婆《ばあ》ちゃん、なのだろう。

「では、頂戴しようかな」

そう言いつつ目の高さを低くするために宗次は腰をしゃがめた。

若い農婦が「はい」と姿勢を戻す。嬉しそうだった。

草っ原に敷かれている筵《むしろ》の方へ小駆けに行き、その上にのせてある五つ六つの手下げ籠の中から一つを選んで宗次の前に戻ってきた。

宗次は静かな感動を味わっていた。忙しい農作業の最中に、これほど親し気に若い農婦から声を掛けられたのは、はじめてだった。

しかも、私《うち》の婆《ばあ》ちゃんのつくった葉茶の茶を飲んでほしい、と言う。

なんとも心温まってくる宗次であった。

「はい、どうぞ」

太い竹筒の口から竹の椀へと、白い湯気を立てている茶を注いだ若い農婦は、それを笑顔で宗次に差し出した。輝いて見える笑顔だ、すばらしい、と宗次は思った。

「まだ熱いですから、お気を付け下さい」

「竹の筒に入れると、冷え難《にく》くなるのかのう」

「竹筒の中に、もう一本竹筒が入っています。二重になっているのです」

「ああ、それで……」

働き者の百姓の知恵だ、と宗次は感心した。

宗次は、そっと茶を啜《すす》った。音を立てずに。

とたん、宗次の表情が変わった。

「なんと……これは美味《おい》しい。いや、旨《うま》いという表現の方がいいかも知れぬ。それに何とも言えぬこの香り……」

「ふふっ」

若い農婦が首をすくめて含み笑いを漏らし、「……でしょう」というような上目遣いをチラリと見せた。

飲み終えた竹の椀を「ありがとう」と若い農婦の手に戻して、宗次は腰を上げた。

「其方《そなた》の名は？」

「農《のう》……農婦の農です」

「お農《のう》か。いい名だな。いい名だ」

「婆ちゃんが名付けてくれました」

「そうか。婆ちゃんを大事にしてあげなさい。ところで其方《そなた》、やわらかな優しそうな体つきに見えるが、もしや赤子の母親かな」

宗次の視線が、筵の上で編み籠に入っている赤子たちへと移った。

「はい。一番手前の赤子が私の……男の子です」

「では、大きくなったらお農を力強く支えてくれるだろう。楽しみだな」

「はい」

「子育てがどれ程に辛くとも、母親は子を手放すものではないぞ。絶対にのう。手放せば子の嘆《なげ》きは地獄となる」

「はい。手放しません。絶対に」

「それにしても、この辺りは豊作で田畑が特に美しいのう。里《さと》の名を教えてくれぬ

「雲梯の里です」

「うなて……おお、詩歌によく詠まれている雲梯の里とは、此処であったのか。どうりで田畑の景色が美しい」

「真鳥《まとり》住む卯名手《うなて》の神社《もり》の菅《すが》の根を衣《きぬ》にかきつけ着せむ子もがも、と万葉集（巻七）で詠まれております」

「お農は詳しいのう。感心じゃ」

「曽雅のお祖母様《ばばさま》のところへ田畑で穫れたものを届けに行きましたとき、必ず半刻ばかり手習いとか作法とか色色な本の内容とかについて、教えて戴いております」

「お祖母様《ばばさま》のところでのう。そうであったか」

「御屋敷内で、お侍様を二度ほどお見かけしたこともあります」

「なるほど。それでお茶を誘うてくれた訳だな」

「ふふっ」

お農がまた首をすくめて、含み笑いを漏らした。

「もう一つ教えておくれ。祭念寺という寺まではまだ遠いのかのう」

「いいえ。間もなく右手にこんもりとした森が見えてきます。それが祭念寺境内の森です。でも今は無住寺ですよ、お侍様」

「無住寺？」

「一月《ひとつき》ほど前に急な病で御住職が亡くなられたのです。でも次の月半ばあたりには京《みやこ》から立派なお坊様が住職として来て下さると聞いております」

「それは何より。でないと、土地の者たちも何かと困ろうからの」

「境内も建物も寄り合いの手で、よく手入れされ維持できており、少しも荒《すさ》んでおりません。紅葉の美しい寺としても有名ですから是非、ご覧になってきて下さい」

「ありがとう。よいことを聞かせてくれた」

宗次は左手を袂《たもと》に引っ込めると、二朱金一枚を拳摑みで見えぬように取り出して堤から一歩下り、お農が着ている野良着の丸みを帯びた小さな袂へ、するりとそれを落としてやった。

お農は袂へ何が落とされたのか判らず、「え？」という目つきだ。

「婆ちゃんと赤子に、何かを買ってやりなさい。子供のためにも母親は体を大事にな」

宗次はお農の肩を軽く叩いて堤の上へと一歩を戻り、やや足を速めて歩き出した。

お農は袂へ手を入れてまさぐり、ようやく二朱金を抓《つま》み取って目を丸くした。

土にまみれて一生懸命に働き質素に生きている子持ちの若い農婦にとっては、確かに目を丸くして驚く額ではあった。だが、腰を抜かす、という程の大金でもない。

これが一朱金一枚となると、「婆ちゃんと赤子に何か買ってやりなさい。頑張るんだぞ」と励まし手渡す額としては、大いに喜んでは貰えるだろうが、いささか心許《もとな》い部分がある。

華美《かび》にも貧相にも陥らぬようにと、その辺りの呼吸を実によく心得ている宗次だった。この辺りが、町人たちの中で生きている宗次の強みであった。配慮の塩梅《あんばい》の。

今世《いまよ》の通貨には、金、銀、銭の三貨がある。

幕府都市江戸を中心とした一円においては銭貨のほか、金貨が両《りょう》、分《ぶ》、朱《しゅ》の三貨に分けて使われており、一両小判は二分金だと二枚で、一分金だと四枚、その下の二朱金になると八枚、そして更に次の一朱金だと十六枚、という具合である。場末の居酒屋での独り酒で気前のいい渋い面構えの博徒が「旨《うま》かったぜ女将《おかみ》。釣《つり》（銭）はいらねえ」などと恰好よく場馴れた自然さで見得を切り、「まあ、こんなに……」と女将が目を細めて喜ぶのは、だいたい一朱金一枚というところだろう。二朱金は、先ず出さない。

江戸に対し大経済都市大坂を中心としては主として銀貨が、丁銀、豆板銀として、民衆貨「銭」と共に用いられていたが、そもそも大坂の貨幣経済は江戸と違い「大商人型 領主金融《りようしゆきんゆう》」という難解な特質を抱えていたこともあって、宗次の懐の備えは「江戸のまま」（金通貨）であった。この大経済都市大坂に小利便性のある一分銀とか一朱銀とかが登場するのは、ほんのもう少し時を待たねばならない。

ともかく大坂の大商人たちにとっては、貨幣は江戸のような「富《とみ》」の象徴などでは決してなく、ひとつの「商品」そのものに過ぎなかった。社会に投入・還元して大流通を喚起《かんき》させることにこそ、貨幣の目的があったのだ。こういった思想が天下一の大名貸しで知られた豪商鴻池屋《こうのいけや》、大両替商としての三井越後屋《みついえちごや》や住友泉屋《すみともいずみや》、領主財政（藩財政）の改革に手腕を発揮しつつ大名貸しも行った豪商、大根屋小右衛門《だいこんやこえもん》（大坂天満）などを育んでいくのである。

宗次が暫く歩いたところで振り向いてみると、お農はまだ此方《こちら》を名残惜《なごりお》し気にじっと見つめていて、胸のあたりで小さく手を振ってみせた。なんとも明るく気質《きだて》のよい若い母親だった。

お農のためを思って、宗次も軽く手を上げて応えてやった。

見渡せば、右手の方角から忌部山、畝傍山《うねびやま》、天香久山《あまのかぐやま》、そして耳成山《みみなしやま》の大和四山の錦秋の色が美しい。

「たまらぬなあ、この美しさは……神神《こうごう》しい、という他ない」

呟き残して宗次は再び足を少し速めた。すがすがしい気分であった。

宗次はまだ気付いていない。曽我川の薄《すすき》の堤を行く歩みの一歩一歩が、やがて待ち構える凄まじい修羅の場へと近付きつつあることを……。

二十五

祭念寺の境内のこんもりとした森の西の端は、曽我川の薄《すすき》の堤と殆ど一体となっていると言ってよかった。堤からの、ほんの短い坂道を下ると白い玉砂利を敷き詰めた参道へと自然に導《みちび》かれる。

「これはまた……」

静まり返った参道に佇んだ宗次は、その荘厳さに思わず息を呑んだ。森の中に沈み込んだかのような参道は、その幅十間《けん》ほどであろうか、真っ白な帯となって彼方の山門まで真っ直ぐに伸びている。それを挟む森には一本の紅葉樹も見当たらず、常緑の高木が天を突いていた。その木立の様子を見ただけでも、この森の大変な古さが想像される。空気は曽我川の薄《すすき》の堤と比べて、はるかにひんやりとした秋冷えであった。なるほどよく手入れされて塵《ちり》ひとつ落ちていないかのような白い参道を、宗次はゆったりと山門に向けて歩いた。

雪駄の下で玉砂利が、しゃりしゃりと案外に小さな音を立てて鳴った。

参道の中ほど辺りまで来たとき、宗次が「はて?……」と漏らして立ち止まり、辺りを見回した。

見回すと言っても目に映るのは鬱蒼《うっそう》たる常緑の森と、真っ直ぐな白い参道、そして迫って来た重重しい楼門(山門)だけである。如何にも歴史を感じさせる巨《おお》きさだ。その楼門の形式は曽雅家の表門に極めて酷似しており、それだけを見ても曽雅家の歴史の凄さが判ろうというものであった。

ただ建築史的に述べれば、楼門の多くは中世(概ね鎌倉室町期)以降になって、寺院に多く見られるようになったもので、なかでも古代朱鳥《しゆちよう》一年（六八六）に建立されたと伝えられる、滋賀大津の天台寺門《てんだいじもん》宗総本山「三井寺《みい》」（正称園城寺《おんじようじ》）の楼門が出色であることを、宗次は学び知っていた。そして金堂の本尊である弥勒菩薩《みろくぼさつ》が、どうやら「黄金仏」であるらしいことも。

宗次は再びゆったりとした足取りで歩き出した。

その表情にはべつに不穏な色はなかった。物静かな様子だ。

楼門が次第に近付いてくる。

「真《まこと》に見事……」

見上げて言葉短く呟いた宗次であった。

楼門が白い参道の上に落としている大きな影の中へと、宗次はゆっくりと踏み込んで足を止め、またしても「ん?……」という顔つきで周囲を見回した。

しかし存在するのは耳が痛くなる程の静寂の他は、澄んだ青空の下の森と楼門、そして参道だけである。野鳥の囀りひとつ聞こえてこない。

「ふむ……」と、宗次は溜息を一つ吐いた。

曽雅邸を出る一刻ほど前、居間へお祖母様《ばばさま》に招かれて二人だけで交わした言葉が何故か脳裏にはっきりと甦ってくる。お祖母様《ばばさま》の声と表情までがはっきりと。

「いよいよお別れですのう宗次先生。美雪のことくれぐれも宜敷くお願い致します」

「はい。必ず無事に江戸の西条家までお届け致します。ご安心下され」

「この曽雅家も、この祖母《ばば》個人も宗次先生の剣で随分と救われました。それでのう先生、お別れするにあたって、この曽雅家の見えない部分、つまり先生の目にはとまらなかった『影の部分』について、きちんと打ち明けておくべきが作法、と考えまするのじゃが……」

「いやいや、お祖母様《ばばさま》。私は、伯父百了禅師《びやくりようぜんじ》と曽雅家とのかかわりの中でいわば偶然に此処へ訪れた者に過ぎませぬ。ましてや江戸へ戻りまする立場。曽雅家の歴史の『影の部分』は、そっとしておくべきかと……」

「いや、しかし先生、それではのう……」

「そっとしておきなされませ、お祖母様《ばばさま》。此度の騒ぎが大きくなる心配は、ほぼ無くなったと私は判断いたしております。曽雅家の長く深い歴史の『影の部分』については、そっと……が何より大事かと考えまする」

「そうですかのう……」

「曽雅家は今後においても決して揺るぎますまい。揺らぐことのない条件を三つ確《しっか》りと備えていらっしゃる。お祖母様《ばばさま》の長い年月をかけた御苦労の賜物《たまもの》でござりましょう。尤《もっと》もいま申し上げたことは、伯父百了禅師《びゃくりょうぜんじ》の受け売りの部分もござりまするが」

「三つの条件？」

「はい。大和国《やまとのくに》最大の滋味《じみ》なる豪家《ごうか》として先ず一に、奈良奉行、奈良代官などの幕府地方高級官僚を大切に可愛いがり実に巧みに交誼《こうぎ》を深めておられること。次に二として田畑を基盤とする民百姓経営に異色の手腕を発揮なされておられること。そして三に、大和国《やまとのくに》の多くの神社仏閣のみならず近隣諸藩にまで豪家の立場でお優しい影響力を見事なまでに広めておられるようであること……などでござりましょう」

「宗次先生にも百了禅師《びゃくりょうぜんじ》様にもこの祖母《ばば》が、そのようにお見えになったのですかのう。この祖母《ばば》は、そういう三条件などは意識も計算もせずに無我夢中の数十年を生きてきたように思うとりまするのじゃが」

「それこそが、お祖母様《ばばさま》の凄みなのでございましょう。それこそが、いつの間にか大勢の人人を穏《おだ》やかに屈伏させる、見えざる大権力を育んで参ったのでございましょう」

「見えざる大権力……」

「左様です。曽雅家の権力の形や色や荒荒しさが過ぎて著しければ、この御屋敷は遠い昔に崩壊していたやも知れませぬ。本来なら幕府天領であるべき広大な田畑と大勢の民百姓が、いまだ古代の香りを残したるまま曽雅家に安堵《あんど》されているという現実は、異例中の異例と申せましょう」

「はい。それは確かにのう……神君家康公の御蔭《おかげ》なのじゃが」

「だからお祖母様《ばばさま》。曽雅家の『影の部分』は、そっと……で宜しい、そっとで。それが何よりであると確信いたしまする。私はお祖母様《ばばさま》から何も聞かず何も教えられず、この御屋敷を去らせて戴きます。そうさせて下さりませ」

「先生は、なんと大きな御人《おひと》ですのう」

そう言って大粒の涙をひと粒ぽろりとこぼしたお祖母様《ばばさま》が、畳に両手をついて深深と頭《こうべ》を垂れた様子が、いま目の前であったかのように思い出される宗次であった。

「また必ず訪れましょうぞ、お祖母様《ばばさま》」

呟いて宗次は楼門の大きな影の中を、正面の高く組み積まれた石段に向かって静かに進んだ。

幾段もの石段を上がり切って、楼門を潜り抜けたところで、「ほう……」と感嘆の小声が宗次の口から漏れた。そこには、とても無住の寺とは思えぬ佇《たたず》まいの建物が規則正しい美しい位置づけを見せて、建ち並んでいた。凡そ一町（約一〇九メートル）ほど先に「金堂」が、そしてその右手やや奥に鎮守社らしい建物が見えている。

飛鳥・奈良時代の寺院の中心仏舎は「金堂」と称し、本堂とは言わない（本堂は平安時代以降の寺院から）。

楼門と金堂との間はつまり広広とした境内であって、左方向に手前から鐘楼、宝蔵、大師堂の順で建ち並んでいる。

大師堂の奥、森にやや入った位置に堂堂たる五重塔が建っているのが圧巻であった。神社仏閣に造詣《ぞうけい》が深い宗次は「これはまた、何と素晴らしい……」と言葉短く呟いた。

だがである。その目つきが先程までとは打って変わっていた。

研ぎ澄ますような強い光を放っている。たとえば何か異常事態を捉えたとしても、宗次は大抵の場合、目つきをいきなり険しくさせることは少ない。

宗次は深く静まり返った境内へと入っていった。厳密には曽我川の堤を下りた所から直ぐ境内らしいのだが。

それはともかく。宗次は真っ直ぐに進んで三段の石の階段を静かに上がり切り、そこで立ち止まると正面の金堂に向かって両手を合わせ目を閉じた。

そして何ということか「お許しあれ……」と、仏に対し許しを乞うたではないか。

合掌を解いた宗次の足は、境内を左手斜め方向へと足を運び五重塔へと向かった。

それにしても「お許しあれ……」とは一体何を意味しているというのか。

宝蔵から大師堂へとゆったり伝い渡るようにして五重塔の前まで近付いた宗次は、「これは……」と思わず目を細めた。五重塔より奥まった森、もっと正確に申せば五重塔と、鳳《おおとり》が羽を広げているかの如く威厳を放っている金堂との後背側、そこに目に眩しいばかりの錦秋の森があったのだ。

(お農《のう》が申していた「紅葉の美しい寺……」とは、このことであったか)

宗次は胸の内で呟き五重塔と金堂との間を紅葉の森へと足を進めた。秋の日があふれんばかりに降り注いでいる紅葉の森であった。

しかも散りはじめに入ったのか、赤、黄、茶の生命《いのち》終えた秋の葉が、はらはらと散り出している。その様子が、どこか物悲しい。

金堂の端まで来て色あざやかに紅葉した森が手に届きそうになって、宗次の端整な顔までがその錦秋色に染まったとき、足がぴたりと止まって左手が鯉口に素早く触れた。

只事でない宗次の動きであり、目配りである。なんと少しばかりではあったが目尻までが吊り上がっている。

二呼吸……三呼吸……深くゆっくりとした呼吸までがやがて止まり、ザザッと地面を低く鳴らして宗次の右足が退がった。しかも体を斜めに開いて、右手五本の指を軽く開いているではないか。

それは明らかに「身構え」に入る寸前、揚真流居合抜刀の「備え」であった。

が、その「備え」はたちまち緩んで、宗次の眼差しが穏やかとなる。

「二度……三度と妙な……今迄に無い」

と、宗次は呟いた。今迄に経験したことが無いような妙な気配を二度、三度と捉えたとでもいうのであろうか。

「なまめかしい……」

宗次は秋の空を仰いで漏らし、紅葉した森へと踏み込んでいった。

みるみるうちに宗次の全身が、あざやかな色に染まってゆく。

紅葉の森には、これといった道はなかったが、手入れが行き届いていて雑草の類は全くと言ってよいほど見当たらない。

宗次の肩に背に、色とりどりの葉が降りかかっては地面に吸い込まれていく。

明るくて綺麗な、そして深い森であった。境内のこの森の広大さは、祭念寺の寺歴が生半《なまなか》なものではないことを物語っているのであろう。

暫《しばら》く歩いて宗次はちょっと立ち止まり、振り返ってみた。

金堂も五重塔も、すっかり見えなくなっていた。かなり森の奥までやって来たようだった。

姿勢を戻して僅かに数歩を行った宗次が「お……」と、またしても立ち止まった。

秋の空が大きな楕円形に望める切り開かれて日当たりの殊の外よい空間が宗次を待ち構えていた。なんと森を背にするかたちで向こう側に、何十基もの墓がずらりと立ち並んでいるではないか。どの墓石も長く風雪雨にさらされてきたのであろう、黒ずんでいる。

おそらく祭念寺の住職や、かかわりのある僧たちの墓なのであろうが、それにしても数多い。この大きく清楚な空間は、そういった人たちの墓地のようであった。

宗次は墓石に近付いていった。

見まわしたところ、真新しい墓石はまだ建立されている様子がない。どうやら、お農《のう》が言う「一月《ひとつき》ほど前に急な病で亡くなった住職」の墓は、まだ建立されていないようだ。新しい住職が就いたならば、その住職の手によって祭念寺のこれまでの戒律に則《のっと》って、建立されることになるのかも知れない。

「ほほう……」

一基一基の墓石を眺めて歩く宗次の口から、小声が漏れて「そうだったか……」というふうに頷いた。

立ち並ぶ墓石の中には明らかに尼僧のものが幾つもあって、祭念寺の多彩な寺歴を窺《うかが》わせた。家庭を持っていた僧も住職をつとめていたのか、妻女のものらしい墓もある。

美雪と此処祭念寺で落ち合うようお祖母様《ばばさま》から告げられた宗次であったが、寺歴などに関しては何ら伺っていない。それだけに宗次はこの寺に関心を抱かされた。

「それにしても、なんと清清《すがすが》しい墓所であることか……」

宗次は目の前の尼僧の墓に語りかけるようにしてから、眩しい青空を仰ぎ見た。

「ならば、此処を命の終りとして其方《そなた》の真新しい墓石をつくればよい」

全く不意のことであった。その切れ味のよい響きの野太い声が宗次の背中を叩いたのは。そう……まさに叩くと表現してよい程の切れ味ある野太い声であった。

並の者ならば、その声とその言葉（内容）に大衝撃を受けて震えあがったに相違ない。

だが宗次は、その声の主が背後に現われる気配を前もって捉えていたのか――それとも全く気付かないでいたのか――全く表情を変えることなく静かに振り向いた。

このような場所に一体、何者が不気味な言葉を提《ひっさ》げて現われたのか。

宗次にとって、全く見知らぬ男が、四半町（三十数メートル）ばかり離れたところに立っていた。宗次の見誤りではなかった。全く見知らぬ男だ。

しかも目つき表情の鋭く険しい如何にも只者ではない者風な三十前後と思われる二本差しだった。軽く両足を広げた仁王立ちの挑発的な態で、こちらをじっと見据えている。

其奴《そやつ》の大小刀は、柄鞘ともに濃い栗肌色であった。

言わずと知れた飛鳥忍びの領袖《りょうしゅう》、柳生宗春である。江戸の幕臣たちの間で、当代随一の剣客、と高く評されておりながら、延宝三年二月四日「病死によって」江戸から忽然と姿を消した、将軍家兵法師範柳生飛騨守宗冬（柳生藩主）の嫡男、宗春であった。

ただ、驚いたことに、宗次は柳生宗春を全く見知ってはいなかった。

百了禅師《びゃくりようぜんじ》とのつながりで曽雅家に寄宿しておりながら、また柳生宗春との間に共通の出来事としてあれほどの騒乱が生じておりながら、宗次は実は柳生宗春の顔を知る機会を得ていなかったのである。それこそ、すれすれと言ってよいほど身近にお互い存在し合っておりながら。

しかし、一方の柳生宗春は、宗次の姿形をしっかりと捉えていた。捉えてはいたがこちらもまた、宗次の素姓を把握しきれないでいた。なぜなら宗次の前に常にお祖母《ばば》様《さま》が大きな存在として立ちはだかっていたからである。

宗次は黙って相手を見続けた。

相手がぐいっと口元を引き締めて、宗次へ近付くために一歩を踏み出した。

気後《きおく》れも迷いも見せていない相手の動きに、宗次は墓石から離れ出した。紅葉の森が楕円形に切り開かれた僧侶とその関係者のためのこの墓地は、殆どが未使用の空き地であり、綺麗に掃き清められている。

そこへ散り出した色とりどりの葉が、大地の色を染めていきつつあった。

二人は墓地——というよりは広場——の中央付近で三間《げん》ほどの間《あいだ》を空けて向き合った。

宗次の表情は落ち着いてはいたが、目にどことなくとまどいの色がある。なにしろ見知らぬ相手なのだ。それゆえ、予想だにしていない相手でもあった。

宗次のその冷ややかにも見えかねない表情に、柳生宗春ほどの剣客が苛立ちを募らせた訳でもあるまいが、ギリッと歯を噛み鳴らせた。

「名乗られよ」

宗次がようやく言葉短く静かに放った。

「名乗る必要などない。其方《そなた》がただ憎いのみ」

「憎い？」

「左様。我慢ならぬほどに憎い」

「私は貴殿を知らぬが……」

「それで結構。知る知らぬなど最早関係ないほどに、其方《そなた》が激しく憎い」

「その理由《わけ》を述べて貰いたい」

「必要ない」

「ただ私を葬りたいのみ、そう言うか?」

「まさしく左様。こうして向き合《お》うているだけでも腸《はらわた》が煮えくり返ってくる」

「其方《そなた》まさか、何ぞ一方的に私を誤解しているのではあるまいな」

「たとえ誤解であっても構わぬ、貴様がこの世にいる限り、俺の心は我慢がならぬのだ」

ついに「貴様」「俺」という言葉を吐いた柳生宗春の目が血走って、めらめらと燃えあがった。自分で自分を煮えくり返らせている如くに。

反対に宗次の表情は、悲し気に沈んでいった。今日に至るまで一体何十回、このような無益無法の寂寞《せきばく》たる光景と向き合《お》うてきたことであろうか。

「さ、抜けい。抜いて身構えよ。尋常に立ち合うてやる」

「抜かぬ」

「抜けい。臆したか」

「べつに臆してはおらぬ。誰とも名乗らぬ無法の者を相手に、我が尊き刀を血に染めたくないだけのこと」

「なにいっ」

「尋常に立ち合いたいのであらば、きちんと侍らしく名乗られよ」

「くくっ」

柳生宗春は再びバリッと歯を嚙み鳴らした。苛立ちが極みに達しているかであった。

宗次が付け加えて言った。

「名乗るだけではのうて、私を葬りたい理由《わけ》を堂堂と述べられよ。それも明かさずして斬りかかるならば、ただの野盗……ごろつきと心得るがよい」

「おのれ、言わせておけば……」

「お主《ぬし》、もしやして飛鳥の里、曽雅家にかかわりのある者か？」

「曽雅家？　聞いたこともない」

「ふ……さもあろう。お主《ぬし》の激烈な態度、この美しい大和国《やまとのくに》のたおやかな（やさしい、優美な）大地で育《はぐく》まれた武士《さむらい》のものとは、とうてい思えぬ」

「黙れっ。さ、抜けい」

「その一徹なる凄まじさ……それにその言葉遣い。もしやして遠い江戸にて育まれたものではあるまいか」

「憎い、斬る」

「当たらずと雖《いえど》も遠からず……か」

宗春はギギと歯を軋ませついに抜刀した。胸の内からも脳裏からも、美雪の吉祥天の如く気高い笑顔が片時も離れない。吊り上がった眦《まなじり》は、さながら苦行に捩伏《ねじふせ》られた、幼僧《ようそう》の如し、であった。

「仕方もなし……」

悲し気に漏らした宗次は、気力充《み》たぬまま鞘をサラサラと微かに鳴らして古千手院行信を抜刀した。重い気分であった。此処は御霊《みたま》ねむる墓地である。そうと承知して立ち向かってこようとする相手に、(この墓地を死に場所とする積もりなのか……)と疑った。そう疑わせるに足る相手の余りな無法無謀である、とも思った。その無法無謀が孰《いず》れおのれ自身に必ず跳《は》ね返《かえ》ることが判らぬのか、と悲しかった。

「それでよし」

相手がはじめてニヤリとした。だが表情は苦し気だった。苦しまぎれのニヤリに見えた。が、双眸らんらんとして荒れ狂っている。剣客というよりは、最早血に飢えて猛《たけ》りたる一頭の獅子の姿であった。

宗次は右足を軽く引いて古千手院行信の切っ先を、地面に当たる寸前まで落とすと、そのまま不動となった。

柳生宗春が右半身の八双構えとなって、矢張りそのまま不動となる。

ひとたび身構えれば、さすが柳生宗矩《むねのり》、宗冬《むねふゆ》、十兵衛《じゆうべえ》三厳《みつよし》を超えると評価されている柳生宗春であった。その全身から、それまでの荒荒しさがたちまちにして消えてゆく。

（これは見事な……一体この侍は）

何者であるのか、と宗次は相手の身構えに驚嘆した。非の打ち所が無い「静《せい》」にして「剛《ごう》」なる完璧な身構えである。あるいは「極冷《ごくれい》」にして「灼熱《しやくねつ》」なる身構えとも言えようか。信じ難い程にたちまちにして、その寸前までの猛猛《たけだけ》しさを消し去っているではないか。

宗次の身構えは揚真流「地擦《じず》り」の構え。

だが位《くらい》を極めた宗次のその秀麗な身構えを目の前としても、柳生宗春の面《おもて》にはこれといった感情の小波《さざなみ》すら表われなかった。

冷《ひ》やかに目を細めて宗次を真っ直ぐに捉え、まさしく無心不動へと己れを導いている。透徹したような鋭さで。

その剃刀《かみそり》の刃のような相手の立ち姿に、気力がもうひとつ充《み》たなかった宗次の内心に、ようやくのこと炎《ひ》が渦巻《うずま》き出した。

双方共に微動もしない。足の位置に僅かの変化さえもなく無言不動であった。これこそ位《くらい》を極めた二人の天才的剣士の、天下分け目の闘いと言えた。この闘いに至った経緯など、二人にとっては既に無意味なものとなっている筈だった。あるのは、斬るか斬られるか、ただそれだけである。

じりじりと刻《とき》が過ぎてゆく。

宗次の額にも柳生宗春の首筋にも、小粒な汗が滲み出した。と、僅かな変化が二人の間に走った。そう、走ったのだ。

柳生宗春の歯が、微かにカリッと噛み鳴ったのである。

微かな音ではあったがしかし、凍《い》てつくほどの静寂の中を、それは宗次の耳にはっきりと届いた。

そして、柳生宗春の足がジリッと左へと回り出した。いや、回り出したと表現するには余りにもそれは、目立つことのない変化であった。柳生宗春の足の裏で、地面が僅かに擦《こす》れ鳴ったことが、その証といえば証であろうか。

けれども柳生宗春は直ぐにまた、無言不動の境地へと入っていった。

双方の間は凡そ三間、殆ど変わっていない。

刻が音立てることもなく過ぎてゆく。重く過ぎてゆく。

紅葉の林を風がやわらかに吹き抜けて枝葉が少し騒いだが、対決する二人の剣客に恐れをなしたのか早早と静まった。

このときサリッと音がして、思わず柳生宗春が応じるかのように反射的に腰を軽く沈めた。

宗次の古千手院行信が、峰を反転させ刃を相手に向けたのだ。

「ケーン、ケーン」

思いがけない間近で、余りにいきなりな甲高い〝絶叫〟が生じた。

雄《おす》の雉《きじ》(国鳥)だ。

刹那《せつな》、修羅地獄が二人の剣客に覆いかぶさった。

気合いを呑み込んだ柳生宗春が無言のまま、真っ向《こ》うから宗次に迫る。怯みも迷いも無い、猛然たる正面からの攻めであった。炎《ひ》を噴きあげた攻めであった。驚いた雉が大羽を羽搏《はばた》かせて飛び立つ方が遥かに後《あと》だった。

ガッガガッと木刀を三合打ち合うような大音が響きわたる。

双方峰で打ち合い、峰で受け合う、渾身の激突。余りにも閃光のような一瞬の激突が、鋼《はがね》に鋼の音を発せさせず、まるで木刀のような嘶《いなな》きであった。峰が欠け飛び、双方の顔に火花が襲い掛かる。

次の瞬間、二人は蝶のように舞い離れていた。

その隔たり、またしても凡そ三間《げん》。

しかし柳生宗春は寸陰を惜しんだ。その凡そ三間を強力な跳躍で殆ど水平状態で飛ぶかのように、宗次に迫った。速い。

ガッガガッと峰と峰が唸り合い、今度は二本の刀は離れず二つの肉体が横へと滑って足元から土煙があがる。

柳生宗春が打った、宗次が受ける。くわっと眼《まなこ》を見開いて柳生宗春が尚叩いた、宗次がまた受ける。目にも止まらぬ壮烈な瞬速の殴打であり、受けであった。そのためか、二つの峰は殆ど融合したかのように絡まり捩《ねじ》れ合った。

「ぬ、ぬ、ぬ、ぬ……」

柳生宗春がはじめて呻いた。呻いて己れの峰で宗次の峰を押しに押した。ギギギギッと峰と峰が攻め合い擦《こす》れ合って悲鳴をあげる。

「いえいっ」

柳生宗春が気合いを発して刃を反転させ、同時に飛び退がった。

手応えあり、と柳生宗春は確信した。刃を反転させて飛び退がるその一瞬に宗次の額《ひたい》を切っ先で狙い打っていた。

柳生宗春は土を鳴らして凡そ五間ほども素早く退がった。

相手との間を大きく空けたのは「斬った確信」を確かめるためだ。

宗次は呼吸《いき》を僅かに乱すこともなく、すらりと立って再び「地擦り」の身構えをとった。相手のその異様とも言える美しい程の落ち着きように、柳生宗春ははじめて背中をゾクリとさせた。

相手に「再び」を合わせるかのようにして、柳生宗春もまた右半身の八双構えとなって、宗次の眉間をじっと眺める。

(おお……矢張り手応え通り)

胸の内で己れに語り掛けるようにして、柳生宗春は目立たぬようほくそ笑んだ。

宗次の額の右寄りから血の糸がすうっと伝い出し、右の目の脇を頬へと流れ落ちていったのだ。

けれども宗次は何事も無かったかの如く無表情だった。

(次は眉間を割る……)

柳生宗春は愛刀の柄を握る手に力を込め、大胆にも四、五歩を一気に踏み出した。双方が正眼に身構えれば、切っ先と切っ先が触れ合いかねない程の至近である。

その直後だった。衝撃が柳生宗春を見舞った。己れの左手の甲が一寸ばかりも口を開け、血が噴き出したのだ。

そして、たちまち痛みが左腕から左肩へと走り出した。

「一体いつの間《ま》に……」

眉を寄せて呟きそろりと生唾を呑み込む柳生宗春だった。けれども怯えの様子などは無い。

これが揚真流の秘剣「同時斬り」であった。相手が斬り込んでこようとする時に生じる針の先程の身構えの乱れと隙《すき》を光のように返し討つ、宗次の位《くらい》高き手練の業《わざ》である。

けれども柳生宗春も、江戸の幕臣の間では当代随一と評されてきた剣客。相手の同時返し討ちにやられた、と直ぐに気付いた。

(この男……殺り甲斐がある)

そう思った柳生宗春の内心で、殺意が一層のこと激しく膨《ふく》れあがった。

勝ち誇って美雪を抱きしめている雄雄《おお》しい己れの姿が、胸の内を走った。

宗次は瞼を閉じているのではないか、と思われる程に目を細めていた。自身の視線の変化、動きを相手に悟《さと》らせないためだった。

宗次の視線は八双に構えた相手の左手の甲——血を垂らしている——に注がれていた。

「参る」

柳生宗春が宣戦した。一流を極めた天才剣士の武士道であった。

けれどもその宣戦よりも、地を蹴りあげた方が二呼吸《ふたこきゅう》以上も早かった。

切っ先が矢のように宗次の喉元を突く。凄まじいばかりの速さ。古千手院行信がその切っ先を辛うじて弾き返す。弾いた古千手院行信が、刀身を立て直すよりも先に、柳生剣が突いた、また突いた。

宗次がなんと、もんどり打って横転。いや、同時か僅かにその直後かに、柳生宗春もまともに宗次によって左脚を払われ横倒しに叩きつけられていた。

「おのれっ」

憤怒と共に跳ね起きざま一間《けん》ばかりを反射的に退がった柳生宗春は、愕然となり息を呑んだ。

いつの間に起きたのか、相手はすでに流麗という表現以外は当て嵌《は》まりそうにない下段構えを、寸分の隙《すき》も無くぴたりと決め込んでいた。

（これは……まるで役者構え……）

その思いが咄嗟《とっさ》に柳生宗春の脳裏を過《よ》ぎった。悔《くや》しいが見蕩《みと》れた。

すると――宗次の右の耳から日を浴びた柘榴《ざくろ》（日本へは平安期以前に渡来）の種《み》のような血の滴《しずく》がぽとりぽとりと垂れ出した。

（む、む……）

肚の内で呻いて柳生宗春の顔はたちまち青ざめた。一撃一撃の狙いを定めて瞬速の連打を放っていたにもかかわらず、己れの切っ先が僅かにしろ宗次の耳に届いていたとは全く判らなかった。己れが全く判らなかったそれを、相手があざやかに躱《かわ》す目的で自ら横転したのだと知って、柳生宗春はようやく戦慄した。

双方無言不動の対立が、またもや訪れて、一陣の風が墓地を吹き抜ける。

二人の足元で、蛼《こおろぎ》が鳴き出した。一匹……二匹……三匹……そこいらあたりで一斉に。

刻が重苦しく過ぎてゆく。その間《かん》、宗次の手になる古千手院行信の切っ先はひと揺れもしない。額からの血の筋はすでに乾き、右の耳からの血の滴もすでに止まっている。

このとき何かを感じたのか、蛼が揃って鳴き止んだ。

次の瞬間、不動対不動の均衡が崩れた。

火だるまと化したかの如く、柳生宗春が打ち込んだ。猛攻であった。憤怒の攻めであった、憎悪の連打であった。

鋼と鋼とが十文字に激突し合い、ガチン、バンピン、チャリーンと甲高い響きが双方の鼓膜を痛打。

峰対峰ではなかった。刃対刃であった。殺意が煮えくり返って、二人を飲み込んでいる。

「おのれえっ」

絶叫して柳生宗春が打つ。また打つ、尚も打つ。斬り込みの全てを宗次に弾かれ、柳生宗春の形相がいよいよ阿修羅と化した。双方の額と額が殴り合うかのような凄絶な近接戦闘。

バンピン、ガツンと二本の刀身がぶつかり合って悲鳴をあげ、刃が煌《きら》めいて欠け飛び、日差し降る中へ火花が散った。

「ぬん、ぬん、ぬん」

柳生剣が休まない、諦めない。炎《ひ》を噴き光と化したかの如く、凄まじい速さで宗次の横面を狙い、肩を打ち、腰へと斬り下ろす。

そのたび空気が裂かれ、乱れて渦を生じ、鋭く軋んだ。

近接戦闘のその柳生剣の驚異的な連続打ちを、宗次が無言のまま次次と弾き返す。

攻める動きも、守る動きも、とうてい常人《じょうじん》の目には映らぬ疾風迅雷《しっぷうじんらい》。

まさに怒濤《どとう》のような、柳生の反復剣《はんぷくけん》であった。執念剣《しゅうねんけん》であった。

「くわいっ」

矢庭に柳生宗春が異様な気合いと共に地を蹴り舞い上がる。

この時にはもう柳生剣が唸りを発して、宗次の脳天に打ち下ろされていた。

頭蓋の割れる酷い音。飛散する血しぶき。

悲鳴をあげる暇《ひま》もなく、宗次が前のめりに倒れてゆく。

誰の目にも、そう映ったに相違ない強烈の一撃であった。

だが、着地した柳生宗春を待ち構えていたのは、金縛《かなしば》りだった。

動けなかった。いや、動ける状態ではなかった。

いつ、そうなったのか柳生宗春の目に全く止まらなかった無残な現実が我が身に生じていた。

古千手院行信の切っ先三寸が、左首すじに張り付いていたのだ。

それは真剣を取ってこれまで負けたことがない柳生宗春が、はじめて知らされた薄肌への刃の冷たさだった。

「刀を捨てられよ。小刀も……」

はじめて宗次が口を開いた。深みある、おごそかでもある口調だった。

「捨てぬ。斬れ」

「斬る必要もない。お主《ぬし》は敗《やぶ》れた」

「敗《やぶ》れたは認めよう。だから斬れ」

「まだ名を聞いておらぬ。私を斬ろうとする理由《わけ》も聞いておらぬ」

「だれが話すかっ」

憤怒の調子で唇をわなわなとさせる柳生宗春であった。

「打ち明けねば、真に斬らねばならぬ」

「だから斬れっ」

言うなり柳生宗春は、右手にある大刀を高高と宙へ投げ上げた。

くるくると回転するその刀へ、宗次の視線がチラリと流れる。

途端《とたん》、空いた右手を小刀の柄へと運んだ柳生宗春が、宗次の左の胸へ手練の居合抜刀を放った。なんたる早業《はやわざ》。

が、宗次が飛燕《ひえん》の足業で飛び退がる。

飛び退がるその寸前、古千手院行信が刃を反転させ、峰で柳生宗春の首根を強打した。まさに早業対早業の真《ま》っ向《こう》勝負であった。

「あうっ」

敗北の呻きを発して両脚を折り、そしてほんの少し横向きにゆっくりと俯《うつぶ》せとなってゆく柳生宗春。

宗次はようやく静かになってこちらを向いている相手の意外な顔をじっと眺めた。それはどこか、大事な大仕事を済ませた後《あと》のような、安らいだ表情であった。やさしさ、さえ漂わせているかに見えるではないか。

宗次は古千手院行信を懐紙で清めて鞘に戻すと、直ぐ脇の地面に落下して突き刺さっている刀を引き抜き、矢張り懐紙で清めて相手の鞘へ納めてやった。

そして相手の呼吸が乱れなく安定していることを見届け、宗次は闘いの場から離れていった。

境内の手水舎《ちようずや》で額と耳の傷を清めさせて貰った宗次は、金堂に向かって「お許しあれ……」と呟いて一礼し、そしてその後背に広がる紅葉の森で眠っている素姓判らぬ柳生宗春のことを思った。

（業の特徴をわざとらしく見え隠れさせている部分があったが、柳生新陰流ではなか

せ
私に敗《やぶ》れたとは言え、その実力差は紙一重。それにやさしい気質《きだて》を覗かせ
ていたあの安らぎの表情。恐らく相当に位《くらい》高き剣客なのであろう）

いずれまた会《お》うてみたい、と胸の内で呟き残し、宗次は楼門へと足を向けた。

「ケーン」とまた、遠くの方から雉の鳴き声が聞こえてくる。

気のせいか、今度は鋭く力んだ鳴き声のように、宗次には聞こえた。

神聖なる紅葉の林における真剣の果たし合いを、怒っているかのように。

楼門まで来た宗次は振り返って、「すまぬ……」と呟き頭を深深と下げた。

古刹の楼門中程の足元には必ずと言ってよい程に、横に渡されている太い柱「敷居」がある。宗次はその決して踏んではならない「敷居」を左足から跨いで楼門の外に出ると、もう一度振り返って金堂に一礼をした。

自然石で組み合わされた階段を下りた宗次はゆっくりと歩いた。真っ直ぐに伸びる白い玉砂利が敷き詰められた参道に、ようやく心が洗われた気がした。

立ち止まり青青とした空を仰いで、小さな息を吐く。額の傷に僅かな痛みがあった。

このとき参道の彼方に、数人の姿が現われた。

家臣たちに護られた美雪の訪れであると、宗次には判った。

美雪も宗次に気付いた。遠い隔たりであるというのに、足を止め丁寧に美しく頭を下げる。こういった時の美雪の作法はいつもたおやかに香り輝いている。

その直後であった。何かに思い至ったかのように宗次の面《おもて》にハッとしたような翳《かげ》りが走った。

「まさか……」

と楼門の方を振り返った宗次の脳裏に、柳生宗春の怒りの形相が甦る。

宗次の面《おもて》に、みるみる苦渋の色が広がっていった。

（完）

〈特別書下ろし作品〉

残《のこ》り雪《ゆき》 華《はな》こぶし

寛文四年（一六六四）春大和国《やまとのくに》、三輪《みわ》の里大神神社《さとおおみわじんじゃ》。

その人物たちを除いては、ひとりの参拝者の姿も見当たらない静けさ満ちた広大な境内の隅隅に、いま西に傾きつつある陽《ひ》が降り注いで、境内東奥《ひがしおく》の真新しい拝殿《はいでん》が黄金色《こがねいろ》に輝いていた。

「美しく出来あがったのう、満足じゃ」

年の頃は二十三、四というあたりであろうか。さわやかな面立ちの浪人態《ろうにんてい》が拝殿を眺めながら目を細めて頷いた。

その若い浪人態を左右から挟むほんの半歩ばかり退がった位置に、只者とは思えない鋭い目つきの若くはない浪人二人が、共に両拳《こぶし》を軽く握り両脚を小股開きとした姿勢で立っている。剣の極みに達している者が見れば、その目つき鋭い二人の浪人の佇《たたず》み方が、「瞬変即攻《しゅんぺんそっこう》」の佇み方であると判った筈であった。身辺の急激な変化に対しいかなる即応もできる、ということを意味している。

「誠に善《よ》い事をなされましたな上様。此度《こたび》の拝殿造営は今後の徳川史に確《しっか》りとした足跡《そくせき》として末長く残って参りましょう」

若い浪人態の右後方へ半歩ばかり退がった位置に控えている浪人が、穏やかなやや低い調子の声で言った。言いながらも、さり気なく辺り四方へと向けられている目つきに、隙《すき》が見られ無い。年の頃は五十を出た辺りであろうか。

どことなく只者《ただもの》には見えぬこの初老の浪人の口から出た「上様」そして「徳川史」という二つの言葉を聞く参拝者が若《も》し近くにいたならば、おそらく腰を抜かしたことだろう。

この二つの言葉が揃《そろ》って浪人の口から出たということは、二十三、四に見えるさわやかな面立ちの若い浪人態は、征夷大将軍正二位右大臣徳川家綱公、ということになる。

「宗冬《むねふゆ》が私《よ》の兵法師範に就《つ》いたのは、いつの事であったかのう」

「明暦二年（一六五六）の事でございまする。上様十五歳の御年《おんとし》であられました。私《わたくし》が従五位下飛騨守《ひだのかみ》に叙せられましたのが、その翌年でございまする」

「もうそれ程になるのかあ。年月《としつき》の経《た》つのは早いものじゃのう。其方《そなた》が私《よ》に『将軍としてではなく人間として、何か世に長く残ることを一つでもよいから成《な》し遂《と》げなされ』と教えてくれたことが、此度《こたび》の大神神社拝殿《おおみわじんじやはいでん》の造営に結び付いたのじゃ。こうして眺めると誠に心地がよい。心から礼を申すぞ宗冬」

「勿体ない御言葉でございまする。こうして上様と、それこそ歴史にその足跡を残さぬ徹底したお忍び旅に出られましたること、この宗冬にとりまして生涯最高の思い出となりまする」

「私《よ》とて同じじゃ。この大和国《やまとのくに》へ着くまでは、実に楽しいことの毎日であったわ。京《みやこ》の御所様（天皇）へお立ち寄り致さぬ事が、いささか良心に堪《こた》えてはおるがのう」

「徹底したお忍び旅でござりまするゆえ、それに関しましては割り切りなされませ」

「うむ。そうよな。お許し戴こう。ところで貞頼《さだより》……」

「はっ」

今度は、若い浪人態の左後ろへ半歩ばかり退がった位置に控えていた、見るからに練達の剣士という端整な風貌の偉丈夫《いじようふ》が、ほんの僅《わず》か前に進み出た。年齢《とし》は三十半ば、という辺りであろうか。

「貞頼はどうなのじゃ。江戸よりこの大和国《やまとのくに》までの旅は楽しかったか」

「はい。むろん楽しゅうございました。同時にひどい肩の凝《こ》りにも悩まされましたが」

「終始、私《よ》の身そばに張り付いておらねばならぬ責任があったからだと言うか」

「御意」

「こ奴め。私《よ》も道道《みちみち》の綺麗な女性《おなご》に声を掛けようとしては貞頼の鋭く怖い目で睨《にら》みつけられて、大層堅苦《かたくる》しかったわ、のう宗冬」

「さあて、どちらに味方すれば宜《よろ》しいのやら……」

三人は顔を見合わせて穏やかに笑い合った。その光景からお互い相当に強い信頼の絆で結ばれているように見える。

それもその筈。年若い浪人態から「宗冬」と呼ばれた五十年輩の人物は、徳川将軍家兵法師範で大和柳生《やぎゅう》家（藩）一万石の当主（大名）、従五位下柳生飛騨守宗冬だった。

そして「貞頼」と呼ばれた三十半ばに見える人物は武官筆頭大番頭《おおばんがしら》六千石の大身旗本、西条山城守《やましろのかみ》貞頼であり、柳生新陰流を宗冬直伝《じきでん》で免許皆伝を許された剣客である。時には宗冬の求めで将軍を相手に稽古をつけることを許されてもいる立場だ。

つまり、二十三、四に見えるさわやかな面立ちの若い浪人態は、まぎれもなく征夷大将軍正二位右大臣徳川家綱その人であった。

「さあて宗冬。そろそろ今日の最終の予定を終えてしまおうではないか」

「平等寺（奈良県桜井市三輪）へ参られることを強くお望みであられましたな。西陽《にしび》はまだ高《たこ》うございますから、充分に往《い》って戻ってくることはできましょう」

「貞頼、念のためじゃ。平等寺までの道程《みちのり》を神職殿に確認して参れ」

「承知いたしました」

西条山城守が一礼して徳川家綱の前から離れていった。

西陽を浴びて眩《まぶ》しいほどに圧倒的な荘厳さを漂《ただよ》わせている拝殿の北詰の位置に、神職の身形《みなり》の数人と一人の武士が、緊張した面持ちで身じろぎもせず佇んでいる。

西条山城守が自分たちの方へやってくると察した神職の内のひとり——気品ある面立ちだが痩身の——が五、六歩を進み出て恭《うやうや》しい眼差《まなざ》しで山城守を待った。将軍家綱を護り抜いて遠い江戸より長い道のりを大和国《やまとのくに》入りした山城守に対する、それが神職にある者の自然な敬《うやま》いの作法なのであろうか。

「大神主殿……」

西条山城守が笑顔で声を掛けながら近付いてくると、「はい」と控え気味な笑みを返す痩身の若くはない大神主（筆頭神主）であった。

この大神主の名を高宮清房《たかみやきよふさ》（実在）といってその家柄は、後醍醐《ごだいご》天皇の南遷に近侍し戦場《いくさば》にて赫赫《かっかく》たる武勲を立てた大神主正五位下左近将監《さこんのしょうげん》高宮勝房《かつふさ》や、賊徒《ぞくと》討伐などで勇名を馳せた大神主従五位下主水正《もんどのしょう》高宮元房《もとふさ》などを先祖にいただく名族であった（歴史的事実）。

「のう大神主殿。上様がこれより平等寺へ参りたいと申されておるのじゃが、昼餉《ひるげ》の席で大神主殿より大体の位置をお教え戴いておるその場所まで、どれ程の刻《とき》をみておけば宜しいかの」

「さほどは要しませぬ。ゆっくりとした足取りで参られましても空に秋の夕焼けが広がる前までには充分に戻ってこられましょう」

「おお左様か。では厚かましく夕餉《ゆうげ》の御世話になる迄《まで》の間、ちと上様に平等寺界隈をも散策を楽しんで貰うと致しますか」

「それが宜しゅうございましょう。ただ、靄《もや》が湧き出しましたならば、直《す》ぐにお戻りなされませ」

「靄が？」

「はい。平等寺は今時分、息を呑む程に美しい薄紅色の桜の花にすっぽりと覆われておりまするが、この季節になると夕刻になって、たまに濃い靄に覆われることがありまする。ま、頻繁にではありませぬから左程に気になさることはありませぬが」

「判りました、気を付けましょう」

「いずれに致しましてもこの大神神社《おおみわじんじゃ》から直ぐ、御神体《ごしんたい》（三輪山・標高四六七メートル）に抱かれておりまする森の中でございます。ともかく、この界隈一体は全て御神体の懐《ふところ》でございまするから」

「そうでありましたな。森の奥へ迷い込まぬように気を付けましょう」

「木立に覆われた道は薄暗く細いですけれども整うてございます。あらぬ方角へと関心を抱かれて踏み込まぬ限り、まず道に迷う心配はございませぬ」

「心得ました。では行って参りましょう」

「お気をつけなされまして」

「はい」

西条山城守は大神主高宮清房に対し丁重に一礼すると、踵《きびす》を返した。

と、大神主の背後に居並んでいた神職たちの中に混《ま》じるようにして表情硬く佇んでいた武士が「恐れながら……」と、やや慌て気味に西条山城守の背を追った。

西条山城守が足を止めて振り向く。

「山城守様。私も何卒《なにとぞ》ご一緒させて下さりませ」

「そなた……」

西条山城守の表情がその武士に近寄られて厳しくなったことに気付いた大神主高宮清房が、くるりと体の向きを変え元の位置にまで七、八歩を退がった。二人の武士の間で交わされるであろう会話が、耳に入っては失礼となる、と判断したのかも知れなかった。

が、西条山城守が近寄ってきたその武士に語りかけた声は低かった。

「そなた、自分が置かれている立場にまだ気付いておらぬな」

「は?」

「此度《こたび》のお忍び旅を徹底なされようとしていた上様が、何故《なぜ》にわざわざ荒井《あらい》奉行の其方《そなた》、土屋《つちや》忠《ちゆう》次郎《じろう》利次《としつぐ》に声を掛けてこの大和国《やまとのくに》へ同道させたか判らぬのか」

「は、はあ……それが判らず実は大層悩んでおりました。道道における上様のお話相手は飛騨守様と山城守様で、私のような下級の者には殆どお声を掛けては下さりませんでした。お教え下されませ山城守様。私は何故同道を命《めい》ぜられたのでございますか。お願いでございまする」

「上様は、此度の旅で道中地図を幾度となく眺めるうち、荒井奉行所の機能を一層強化する必要があることに気付かれなさったのじゃ」

「まさかに……」

「おそらく上様は荒井奉行所の現組織の大幅な改編を胸の内で検討なさっておられるだろう。むろん、其方《そなた》の新しい御役目についてもな」

「新しい御役目……それについて山城守様は既に判っておいでてございましょうか」

「判らぬ。じゃがこうして其方《そなた》を大和国《やまとのくに》にまで同道させた以上は、見当がついておる」

「お教え下さりませ。決して他言は致しませぬ。また見当はずれの結果となっても構いませせぬ。どうか山城守様……」

「奈良奉行じゃ」

「えっ。な、なんと申されました」

「このような大事なことを二度言わせるでない。ともかく其方《そなた》は平等寺へ同道せずともよい。昨日の午後《ひる》に密《ひそ》かに大和国《やまとのくに》入りした我等四人の動きに関しては、おそらく既に奈良奉行中坊美作守時祐《なかぼうみまさかのかみときすけ》（実在）の耳に入っていよう。慌てて此処《ここ》へ馬で駆けつけることも考えられるゆえ、其方《そなた》が応対して、上様はお忍び旅であることを確《しつか》りと告げ、くれぐれもお騒ぎのないように、と強く説いておくように。宜しいな」

「あ、はい。承《うけたまわ》りましてございまする」

「二代目の奈良奉行中坊美作守はもう高齢じゃ（事実）。色色と苦労話などを聞かせて貰えれば、其方《そなた》のためにもなる筈じゃ」

言い置いて西条山城守は踵を返した。その山城守の背に、荒井奉行の土屋忠次郎利次は尚も食い下がった。

「あ、あの、山城守様。では奈良奉行の中坊様も今宵の夕餉に同席して戴きましては……」

「其方《そなた》に任せる」

西条山城守は、「何を長話をしている」と言わんばかりの難《むつか》しい表情でこちらを眺めている将軍家綱と飛驒守宗冬の方へ足を急がせた。

実は、二代目奈良奉行中坊美作守が、高齢を理由として昨年の寛文三年（一六六三）

十月三日に幕府へ既に辞表を提出（歴史的事実）していることを、山城守は上様から聞かされ知っていた。後任が正式に決まるまで、中坊美作守は現在も一応、奈良奉行の立場に止《とど》ってはいるが。

つまり土屋忠次郎利次の荒井奉行から奈良奉行への人事異動は、この日の段階では事実上決定していると言ってもよい状況だったのである〈公式決定日は寛文四年（一六六四）五月一日付〉。

土屋利次の荒井奉行とは、遠江国浜名郡荒井《とおとうみのくにはまなぐんあらい》に設けられている関所（荒井の関所）を統括する役職だった。（のち荒井の地名は新居に改められ『新居の関所』となる。現、静岡県湖西市新居）

「どうしたのじゃ貞頼。土屋が不満そうに此方《こちら》を眺めておるが」

近付いてきた西条山城守に将軍家綱が口元に笑みを浮かべながら訊ねた。

「上様の御供をしたいと申し出ましたので、奈良奉行が訪ねて来た場合の応接をぬかりなく行なう事も大事じゃと、それについての要領を命《めい》じておきました」

そう言いつつ家綱の前で立ち止まった山城守は、綺麗に調った一礼を忘れなかった。

「そうか……」と頷いてみせた若い家綱は、飛騨守宗冬よりも風格ある西条山城守のこのビシッとしたところが好きであった。時として兄のように感じることさえもある。

「奈良奉行は来《く》るかのう」

「間違いなく参りましょう。すでに我我の動きは耳に入っている筈でございます。腰を抜かさんばかりに驚いて馬を走らせて来《く》るに違いありませぬ」

「では、来《こ》ぬうちに平等寺へと出掛けるか」

「はい」

三人は拝殿に対し無言のまま深深と頭を下げてから、境内を南に向かって、やや足早に歩き出した。

申し合せをするまでもなく、山城守が先導し飛驒守宗冬が家綱の後背の位置に付いていた。

家綱との間は、山城守、飛驒守とも、それぞれ二間《けん》ほどを空けている。いわゆるこの「守り幅」が、急変事態に対する柳生新陰流の居合抜刀「月影」の最も理想であることを、山城守は理論的にも実戦的にも、飛驒守宗冬から徹底的に叩き込まれていた。

将軍の身辺を警護する「警護・反撃剣法」を、形を重視した道場剣法（木刀剣法）から実戦剣法（真剣法）へと高めていったのは、江戸柳生の祖として幕府総目付（後の大目付）の地位にあった今は亡き柳生但馬守宗矩《たじまのかみむねのり》（宗冬の父）よりも、飛驒守宗冬の貢献が大きかった。

ただ、柳生但馬守宗矩は、政治的能力や剣技創造能力に非常に優れ、将軍家だけでなく老中・若年寄など幕閣の信頼も絶大だった。将軍家や老中が呈する苦言には易易《やすやす》とは頷かない徳川御三家も、同じことを但馬守宗矩が目つき鋭く言えば、腕組をし天井を仰いで「わかった」と応じざるを得なかったという。

「のう、宗冬……」

家綱が前を向いたまま、後ろの飛驒守宗冬に声を掛けた。

「は……」と応じた宗冬ではあったが、目は然《さ》り気《げ》なく用心深く周囲《あたり》に注意を払って、将軍家綱との間を詰めようとはしない。

「今朝、朝餉の席で大神主高宮清房から聞かされた三輪山平等寺（単に平等寺とも）と聖徳太子とのつながりは誠に興味深いものじゃったのう」

「推古天皇期（在位五九二〜六二八）に国政《まつりごと》について広く任されておりました聖徳太子は各地に出没する賊徒の平定にも誠に熱心で、三輪明神《みわみようじん》（大神神社《おおみわじんじや》の意）に祈願して十一面観音を彫り、これを祀《まつ》る寺（大三輪寺。後の平等寺）を建立《こんりゆう》したところ、たちまち世の中が穏やかになった、と大神主殿は熱っぽく話しておられましたな」

「うむ。聖徳太子は余程に神仏の御利益《ごりやく》が集まる崇高な御方《おかた》であられたのだのう。私《よ》も見習《みなろ》うて励まねばならぬ」

「上様。大和文化の発祥地でござります古都三輪は、飛鳥古京《あすかこきょう》の地よりもなお古き歴史の謎に厚く包まれたる所です。遥《はる》か悠久《ゆうきゅう》の昔、この三輪の地に燦然《さんぜん》たる輝きを放っておりましたる三輪王朝《みわおうちょう》（歴史的事実）の解明《かいめい》は、飛鳥古京の時代以前にまで遡《さかのぼ》らねばなりませぬ。その三輪王朝を見守ってきたとされる古社大神神社《おおみわじんじゃ》の拝殿を、上様は新たに造営なされたのです。聖徳太子に勝るとも劣らぬ偉業であると、大いに胸をお張りなされ」

「さすが大和柳生を治める宗冬の言葉には説得力があるのう。じゃが宗冬。武門の家に生まれし私《よ》は、聖徳太子のような尊きお血筋には恵まれてはおらぬ。うらやましいと思うぞ」

「何を仰せられます。今のお言葉、天下を治める徳川将軍として口に致してはならぬお言葉ですぞ、ご自重なされませ」

「まあ、そう言うな宗冬。うらやましいと思うが、べつに己れを卑下《ひげ》など致してはおらぬ。私《よ》は曽祖父《そうそふ》に徳川家康を戴いておることを誰よりも誇りに思い有難くも思うておる」

「当然でござりましょう。いや、当然以上のことでござりまする聖徳太子のお血筋は誠に
「じゃがのう宗冬。厩戸皇子《うまやどのみこ》とも言われた御利益集まる聖徳太子のお血筋は誠に凄凄いではないか。太子の父君であられる用明天皇は、欽明《きんめい》天皇を父とし、蘇我稲目《そがのいなめ》（朝廷の大権力者）の娘堅塩媛《きたしひめ》を母としてお生まれなされた。その用明天皇と泥部穴穂部《はしひとのあなほべ》皇女との間に第二皇子としてお生まれなされたのが聖徳太子ではないか。違うか宗冬？」

「いえ。仰せの通りでございまする。そして、太子の母君であられる泥部穴穂部《はしひとのあなほべ》皇女は、矢張り蘇我稲目の娘小姉君《おあねのきみ》（堅塩媛《きたしひめ》の妹）を母としてお生まれになっておりまする。ま、確かにその意味では、凄い権力的お血筋かと……」

「宗冬も、そう思うであろう。ところで、黙黙と前を行く貞頼よ」

家綱は目を細め、やさし気な笑みを浮かべていた。

西条山城守貞頼が立ち止まって、「は……」と振り向いたが、その表情には家綱が何を言わんとしているか察しているかのような、困惑を漂わせていた。

「おいおい貞頼。その難《むつか》しい顔つきは若しかして私《よ》の口を塞ごうと致しておるのではないか。そうであろう」

「恐れながら、天下の将軍にあられまする御方様《おかたさま》の口を塞ごうとする勇気も業《わざ》も、この私《わたくし》は持ち合わせてはおりませぬ」

「ははは。言うてくれたな貞頼。じゃがな貞頼……ま、歩きながら話そう」

家綱は柳生新陰流居合抜刀「月影」の備えに不可欠な貞頼との間《はざま》を早足で詰めてしまうと、肩を並べた。

将軍家綱のその後ろ姿にちょっと苦笑した柳生飛騨守宗冬は、しかし落ち着いた表情で周囲《まわり》を見まわし、これも足を急がせて前の二人との間を詰めていった。

三人が進む通りの左手直ぐには、大神神社《おおみわじんじゃ》の「御神体そのものである三輪山」の鬱蒼たる森が空を覆わんばかりに聳《そび》え、右手には「三輪成願稲荷社《じょうがんいなり》」がぽつねんと神気に包まれて小さく佇んでいた。

この「三輪成願稲荷社」は、素直な清い心と清い躰《からだ》で、好きな男との愛の成就《じょうじゅ》について真剣に祈願すると、その願いを必ず叶《かな》えてくれるという伝説で知られている。

それゆえ、桜花美しい春とか、楓《かえで》や山桜や七竈《ななかまど》の葉が紅葉して錦繍《きんしゅう》を織《お》りなす秋深くには、心やさしき女性《おなご》たちがひっそりと訪れたりするらしい。

「上様……」

徳川家綱が何事かを言おうとするよりも先に、柳生宗冬の最高の門弟と言われている西条山城守貞頼が立ち止まり、「三輪成願稲荷社」を指差した。

将軍家綱がその方向を見、そして視線を山城守へ戻した。

山城守が重い口調で言った。真顔だ。

「上様。あの『三輪成願稲荷社』へお寄り致しませぬか。……確か『願いがよく叶う』と大神主殿が朝餉の席で申されていた稲荷社でございましょう」

「ん？……おう、この稲荷社のう」

猫の額ほどしかない狭い境内の入り口に立っている朱塗りの鳥居《とりい》（神社の門。鳥栖《とりい》とも）を、将軍家綱は少し眩し気に目を細めて眺めた。べつに日差しが射し込んでいる訳ではない。

その鳥居は塗り変えられたばかりであるのか、確かに眩しいばかりのあざやかな朱の色であった。その鳥居の直ぐ脇に「三輪成願稲荷社」と白文字で書かれたこれも朱塗りの小柱が立っている。

此処の鳥居は小さな神社などでよく見られる最も一般的な明神鳥居《みょうじんとりい》と呼ばれている形式だった。左右の二本柱を連結している最下の位置の横木（水平材）を「貫《ぬき》」と称し、この貫の次の位置（上の位置）の横木が「島木《しまぎ》」であった。この島木と重なっている（接着している）横木を「笠木《かさぎ》」といって明神鳥居はこの笠木が水平ではなく両端（左右の）で美しく反《そ》っている。

これが明神鳥居の特徴だった。そして水平材「貫」と「島木」の中央位置（中間点《ちゅうかん》）でタテに連結している短柱が「額束《がくづか》」だった。

ここに額《がく》（神社名とかの）を掲げるのであったが、この稲荷社に額は掲げられていなかった。おそらく白文字で書かれた朱塗りの小柱をそれに代えているのだろう。

西条山城守は鳥居を眺めて動かぬ様子の将軍家綱をその場に残し、鳥居に向かってゆっくりと進んだ。

飛騨守宗冬が油断なく辺りを見まわしている。

山城守が鳥居の手前で一礼して境内へと入って行くと、将軍家綱は口元にチラリと苦笑を浮かべ、ようやくのこと山城守に続いた。

飛騨守宗冬は境内へは入らず、鳥居を背にして立つと、左手を軽く腰の刀に触れ、鋭い眼差《まなざ》しを正面の森に向けて不動であった。

山城守が小さな社《やしろ》――というよりは祠《ほこら》――の前で佇むと、後ろからきた将軍家綱が山城守の前へと回り込んだ。

それを待っていたかのように、山城守が口を開いた。

「上様……」

「なんじゃ」と家綱が体の向きを変えた。

「今年になって実に色色なことが起こり出しましたなあ」

「うむ。不快な上にも不快なことでは三月の水野事件の右に出るものはないのう。あれは誠に後味《あとあじ》が悪く思い返すと未だに胃の腑にズンとこたえるわ」

「備後《びんご》福山藩十万石水野勝成《かつなり》様(一五六四〜一六五一)の御三男成貞様を父君とし、阿波藩主蜂須賀至鎮《はちすかよししげ》様の姫を母君とする譜代の名家に生まれた水野十郎左衛門成之《じゅうろうざえもんなりゆき》(?〜一六六四)。第四代将軍家(徳川家綱)に直参旗本三千石として取り立てられておきながら、その恵まれ過ぎた境遇を幕政に何一つ貢献させようとせず、ただただ好き勝手に不良なる毎日に徹した余りにも愚かな奴……」

「うむ。誠にのう。幕府の品位と威厳を貶《おとし》め、市井《しせい》を恐怖のどん底に陥れたとして不良を極めた旗本水野に対し切腹命令（評定所）が出た（三月二十七日付）のは当然の報いじゃが、二歳の男児まで死罪と致したのには、今もいささか胸が痛むわ」

「二百石や三百石取りの旗本ではありませぬ。三千石大身旗本家の俸禄の重みというものは上様……」

「判っておる、判っておるよ貞頼。三月二十七日付の切腹の沙汰よりも早くに我々三人が江戸を発ったのは、思いやり深いそなたの配慮である事もな。私《よ》を水野家廃絶の不快から少しでも遠ざけようとしたのであろう……その配慮、ありがたいと思うておる」

「ま、不良旗本水野の話は不快でございましょうから、ここまでと致しましょう。幼き頃より上様は心身脆弱《しんしんぜいじゃく》との噂を幕臣の誰彼に言い立てられ、有能なる幕閣重臣を表に立てんがため、ご自身は今日《こんにち》までその背後に静かに控えてこられました。が、その実、柳生新陰流及び馬術、弓道、柔《やわら》などにつきまして将軍の中では最もご熱心に励まれ、また和歌や書道にも長じ、それらのご力量でもって重臣たちを見事にやわらかく抑えておられます。それゆえ上様の今世《いまよ》は、これ迄の初代から四代までの幕政の中では、四代幕政が最も安定し輝いていると私《わたくし》は高く評価いたしておりまする」

「それはのう貞頼。其方《そなた》や宗冬のように、政治《まつりごと》にも文武にも秀《ひい》でた個性的で強い精神を持つ忠臣が、私《よ》を支えていてくれるからじゃ。礼を申すぞ」

「勿体ないお言葉。さ、幕政の一層の安定を稲荷社に祈願いたしましょう」

「うむ、二度と水野のような不良旗本が出ないように、ともな……」

「それは、もう申されまするな」

将軍家綱は体の向きを祠《ほこら》へと戻し姿勢を正して頭《こうべ》を垂れた。

家綱が苦苦しく思っている不良旗本水野十郎左衛門事件とは、十郎左衛門の父親成貞の代からの水野家の家風、いや、「家質《かしつ》」と言っても言い過ぎではなかった。実は父親成貞も血気盛んな若い頃は不良旗本の俗称「かぶき者」としてかなり羽振りを利《き》かせていたのである。

父親がそれだから、後継者である十郎左衛門も同じ道を歩む可能性は幼い頃からあったのだ。父親の背中を見て育ってきたのであろうから。

子の育ちは「血筋《ちすじ》」よりも「親背《おやせ》」で決まる、という諺《ことわざ》はこのことを指しているのであろうか。

それはともかく、十郎左衛門は不良旗本（旗本奴とも）「大小神祇組《だいしょうじんぎぐみ》」の頭領として派手な衣服に長い刀、大形《おおぎよう》で乱暴な言葉遣い、長くのばした揉み上げ、辺りを威圧する大見得切った歩き様《よう》、などにのめり込んで出仕（御役目・出勤）を怠り続けた。これには民百姓のみならず、侍たちさえも恐れて近寄らず、そうこうするうち「こいつあ黙って見ちゃあおれねえ」という人物が現われたのである。

浅草は花川戸の町奴《まちやっこ》（任侠の徒）の頭領、幡随院長兵衛《ばんずいいんちょうべえ》であった。

さながら舞台役者のごとき幡随院長兵衛の名はたちまち江戸の民百姓の間で人気を高め、旗本奴と町奴の対立は激化していくのだった（諸説あり）。

そして「人気」という武器の点で著しく劣る水野十郎左衛門はついに幡随院長兵衛の暗殺に及び、この卑劣さによって十郎左衛門は次第に三月二十七日付の切腹・お家断絶へと追い込まれていったのだった。名家に生まれ育ち、何不自由無い中で次第に謙虚さを失ってゆく己れのその醜い姿が見えないままに悲惨な終りを迎えてしまった十郎左衛門であった。

将軍家綱の祈願は随分と長かった。稲荷社の祠に対して一体何を祈っているのであろうか。

直ぐ背後に控える西条山城守は、周囲に目を配って油断が無かった。家綱は、自分と同じように貞頼も祠に向かって祈りを捧げている、と思っているのかも知れない。

ようやく家綱が頭を上げ、そして空を仰いで小さなひと息を吐いた。

「さ、平等寺へ向かいましょう上様」

「うむ。何やら胸の内が晴れたぞ貞頼」

「それは何より。宜しゅうございました」

三人は再び家綱を間に挟むかたちで歩き出した。

何事かが気になり出しているのであろうか、飛騨守宗冬が頻《しき》りに左手森に視線を向けている。

先頭の西条山城守の視線は真っ直ぐに正面だ。そのがっしりとした背中を見つめながら、家綱は口を開いた。

「貞頼よ。其方《そなた》の妻雪代《ゆきよ》の生家《さと》である飛鳥の曽雅《そが》家じゃが、古代大和王朝に君臨せし大権力者、蘇我本宗家の末裔《まつえい》らしいとな」

「我が妻雪代は先祖の血筋がどうのこうのに関しましては全く関心がないようでございまして、余りそれについては話してくれませぬ。と、言うよりは、それについての知識を持ち合せてはいない、と申し上げた方が宜しいのかも知れませぬが」

「大坂、京の高名な学者たちの研究によって、雪代の生家《さと》である飛鳥の曽雅家と、古代大和王朝に君臨せし蘇我本宗家が、次第に一つの線上に乗りつつある、というではないか」

「なんと。そのような話が、上様のお耳へ既に入っているとは驚きでございまする」

「いやなに、私《よ》の耳に入ってきた内容は、『らしい』という程度に過ぎないのじゃがな」

「で、ございましょう。それの解明には、恐らくまだ年月を要しまする。十年が掛かるか、二十年を要するか……それを確実に証するものが見つからぬ限りは、何とも申せませぬ」

「証するものがのう。ま、確かにそうではあるな」

家綱がそう言って「うん」と独り頷いた時であった。前を行く西条山城守が不意に歩みを止めた。

飛驒守宗冬が足を止めたのも、それと殆ど同時だった。

そこは三輪山の森が、道より奥へと弓状に深くさがる形となっており、つまり道と森との間には荒れた畑地の広がりがあった。

森には鹿、猪、猿などが多数棲息しているのであろうか、秋成りの里芋《さといも》らしいのが、そこいら辺りに食い散らかした状態で、散乱している。

二人の剣客の視線は、その荒れた畑を越えた森の一点に集中していた。その森の直前、つまり畑地の尽きる辺りは一面、あざやかな蓮華草《れんげそう》色で覆われている。

「どうしたのじゃ二人とも。山賊でも出るというか……」

そう言って腰の刀に手をやった家綱のやや力んだ姿は、幕臣たちの間で噂されている、ひ弱な「左様《さよう》せい様《さま》」では決してなかった。目の輝きがどこか戦闘的になっている。

「左様せい様」とは、将軍としての意見無く、幕臣の考えのままに政治《まつりごと》を任せてしまう姿勢を指している。

だが飛騨守宗冬も西条山城守も、徳川家綱が決してそのような将軍ではないことを知っていた。真実の「姿」と「能力」を。

家綱は返事の無い二人に、もう一度訊ねた。

「一体どうしたのだ」

「上様……」

と、宗冬が家綱と目を合わせた。声を低めている。

「指を差し示す訳には参りませぬ上様。指をお差しになってもいけませぬ。目でお捉《とら》え下され。荒れた畑の奥向こう右手。ひときわ枝振りの見事な巨木が目立っておりましょう」

「うむ。あれだな。捉《とら》えた」

「その巨木の周囲の雑草の中に、こちらを窺っている幾つもの気配が潜んでございます」

「なんと……獣か……それとも人か」

「判りませぬ。が、用心いたしましょう。貞頼殿、宜しいじゃろ。さ、行きなされ」

「は……」

答えて歩き出した山城守貞頼であった。万石大名である将軍家兵法師範柳生飛驒守宗冬も、さすがに万石に迫らんとする六千石の大身旗本西条山城守貞頼に対しては「殿」を付し親しみを込めて呼ぶことを作法《ならい》としている。ましてや貞頼は近衛師団《このえしだん》の性格で十二組ある大番（頭）の中で公式ではないものの筆頭格（師団長格）と見做《みな》されている。征夷大将軍正二位右大臣徳川家綱の貞頼に対する信頼は絶大だ。

「近衛（師団）」とは、皇家あるいは君主（世襲による国の統治者）の近くに仕えて警衛任務に就くこと、あるいはその任務に就く錬度きわめて高い精鋭武団を指して言う。但し、これの法改正による正式な初登場は、明治二十四年（一八九一）十二月十四日である。

満開の桜に美しく埋《うず》もれていた三輪平等寺への参詣を無事にすませた三人は、色あざやかな蓮華草《れんげそう》の広がりに挟まれた「来た道」をそのまま戻り出した。いつの間にか麗《うらら》かな春の朝陽《あさひ》は高さを増し、道に映る人影の位置が変わっている。

平等寺までの途中で三人の目にとまった百姓家は大きく間を隔てて建っていた三軒のみで、人棲《ひとす》まぬかのようにひっそりと静まり返っていた。おそらく朝早くに野良《のら》(田畑の意）へ出かけたのであろう。

その三軒のうち二軒めに数えられる百姓家は、壊れかかったような古い馬屋《うまや》が何故か通りの半ばまで食《は》み出《だ》していた。蓮華草に挟まれたなごやかな小道は広いところで幅一間ほどしかなかったから、その食み出しは如何にも意味あり気に思われた。

が、三人にとっては、左程に関心はない。最初に馬屋を回り込むようにして小道の向こうへ後ろ姿を消したのは宗冬だった。

その宗冬の「おお、なんと残雪では……」という驚きの声を聞いて、将軍家綱と貞頼は思わず顔を見合わせた。

「いま残雪と聞こえたな貞頼」

「はい、確かに……なれど今頃」

家綱が先に立って、馬屋を回り込もうとするのを、貞頼は油断なく辺りへ視線を走らせて警戒した。

馬屋を回り込んだ将軍家綱と貞頼は、宗冬と肩を並べるや否や「なんと……」「まさかに……」と共に茫然となった。

顔を斜めにして見上げた御神体三輪山の其処、五合目あたりの山腹が広い範囲にわたって残雪――それこそ真っ白な――に覆われているではないか。わが目を疑うまでもなくそれは、雪としか見えないものであった。

「上様、平等寺へ行く際には気付きませなんだ……」

それが朝陽《あさひ》を浴びて、目を細めて眺めなければならぬ程に眩しい。

「身が引き締まる程に幻想的な光景じゃな貞頼」

貞頼と家綱が前後して呟き、宗冬が頷いて言った。

「行ってみたいものでございまするな。あの残雪の真っ只中へ」

「同感じゃ宗冬。しかし、この麗かな日和ぞ。雪崩《なだれ》にでも襲われたなら面倒ぞ」

「ひとたまりもありませぬな」

「それにしても、真っ白な残雪と周囲のやわらかな緑の輝きとの対照的な美しさはどうじゃ。息を呑むのう」

家綱がそう言った直後であった。

どこからともなく流れてきたかすかな琴の音《ね》に、三人の表情が「ん?」となる。

「琴……じゃな」

家綱が平等寺の方角へゆっくりと体の向きを変え、貞頼もそれに従ったがしかし然り気なく腰の刀へ左手を運んでいた。

宗冬は身じろぎもせず残雪を眺め、その左手はすでに鯉口を切っている。

宗冬も貞頼も一体何を感じているのか。

旋律は次第に、高く低く、速く緩やかに変化を雅《みやび》に華咲かせながら、聞く者の胸の内へと、ぐいぐい迫ってくる。

将軍家綱の頬が次第に紅潮しだした。

と、三人の予期せぬ出来事が生じた。それは鍛え抜かれた宗冬と貞頼の油断なき警戒心の間を、いとも簡単にするりと抜けてきたかのような、突然の出来事であった。

「美しい音色《ねいろ》じゃろう」

いきなり嗄《しわが》れた声を掛けられ、流れてくる琴の音に心身を物の見事に奪われてしまっていたのか、三人は三人とも衝撃を受けて我れを取り戻した。

なんといつの間にその位置へと近付いたのか、家綱の直ぐ背後に身形貧しい白髪の小さな老婆が、にこにこ顔で立っているではないか。それは家綱の背中へ、短刀を前のめりになって深深と突き刺すことの出来るほど、間近であった。

貞頼が我れを取り戻すのと、家綱の上腕部をむんずと摑《つか》み様《ざま》、自分の後ろ脇へ引き寄せるのとが殆ど同時。

余程に受けた衝撃が大きかったのであろう。宗冬の顔も、貞頼の表情も強張っている。

「これ、驚かすでない、お婆《ばあ》」

「あ、びっくりさせてしまいましたかのう。申し訳ないことじゃった。許してやって下され」

老婆は、にこにことしたまま丁寧に頭を下げた。

「お婆《ばあ》は何処から来たのだ。そこの馬屋の百姓家が住居《すまい》か」

「平等寺の裏山ですじゃ」

「なに。平等寺の裏山は、深い森で人が住めるような所ではないように見えたぞ」

「なあに。子供の頃から住めば、深い森の中であろうと険しい山の中であろうと、住めば都《みやこ》ですじゃよ、お侍様」

「誠に平等寺の裏手に住んでおるのだな」

「誠じゃとも」

「ならば行け。もうよい」

「いま聞こえておりまする琴の音は、この儂《わし》の孫娘が弾いておりますのじゃ」

「なんと。お婆《ばあ》の孫娘が？」

「十二になる。上手《うま》いじゃろう。これは『雪の華《はな》』という調べでございましてなあ」

「なんと、十二でこれだけ弾けるとは驚きじゃ。お婆《ばあ》のその土に汚れた身形は百姓にしか見えぬが、琴をこれほど見事に弾く幼い孫を持つとは、血筋はもしや武家か？」

「なあに昔からの百姓ですじゃ。百姓の孫娘でも一生懸命に学び習えば、難《むつか》しい琴とてあれほど弾けるということじゃよ。百姓を決して軽く見なさいまするなよお侍様」

「武士の昔を辿れば、大方《おおかた》が土仕事《つちしごと》から生まれた血筋ぞ。少なくとも我等三人は百姓を軽く見る積もりはない。毛ほども無い」

「ふぁふぁふぁっ。それはいい心がけでございますな。それからなあお侍様。御神体三輪山の山肌が白く輝いていかにも残雪に見えるところ。あれは雪ではのうて拳《こぶし》(辛夷《こぶし》)の白い花が隙間なくびっしりと咲いておりますのじゃ」

「なに。あれは、なんと拳の花であったか……」

「そいじゃあ、これでのう」

老婆は合掌して丁寧に腰を折ると、紅紫色の美しい広がりを見せて田畑を覆い隠している蓮華草の中へ、ふわりと入っていった。

そして、四、五間《けん》も蓮華草の中をよちよちと進んで行ったかと思うと、振り向いて真っ直ぐに将軍家綱と顔を合せ、目を細めてやさしく微笑んだ。

「三輪の拝殿を綺麗にして下されたのう。礼を申しますぞ。さ、早くこの場を立ち去りなされ。間《ま》もなく太陽《ひ》は陰り足元が暗《くろ》うなって鬼の吐く息が靄《もや》となって漂い始めるじゃろう。乳色の世界にとざされて道に迷《まよ》い邪《よこし》まの地に踏み込んでは大変じゃ。さ、帰《い》になされ」

老婆はそう言うと、畑地を三輪山の森の方へと次第に後ろ姿を小さくしていった。

と、家綱が「おお……」と驚きの声を、抑え気味に出した。

「見よ宗冬、貞頼。あのお婆の通った跡を。蓮華草が踏み倒されておらぬ」

「確かに……」

「こ、これは一体……」

三者三様に大きな驚きに見舞われた時であった。畑地の彼方を行くお婆の後ろ姿が、すうっと薄まって掻き消えた。

「降臨《こうりん》じゃ宗冬。三輪《みわ》の神《かみ》が天《あま》の世《よ》から舞い下りて来られたのではないのか貞頼」

家綱の言葉に、宗冬も貞頼も答えることが出来ず、確かに目にした不可解な光景に、ただ茫然の態であった。

このとき三人の前後左右——としか言い様のない——で、チリチリという枯れ木の糸枝を折るような小さな音が始まった。それは一本の糸枝ではなく無数の糸枝を折る音の重なりかと思われた。それだけに音の伝わってくる方向が摑《つか》めず、三人は棒立ちのまま、そのまるで蟻《あり》の足音のようなチリチリに囲まれるままに任せるしかなかった。ただ、宗冬と貞頼はさすがに、棒立ちの姿勢とは言え既に刀の柄に右の手を触れている。

「お……あれは何じゃ……」

と、家綱が天空の一隅を指差した。

宗冬と貞頼は上様が指差した方角を仰いで顔色を変えた。

乳色の雲が妖しげな鈍《にぶ》い輝き——おそらく日の光の内包による——を放ちつつ渦巻きながら下りてくるではないか。竜のうねりのようにも見える。

突然、蟻の足音が三人の背後で、はっきりと激しさを増した。

三人は振り返って絶句した。

風車のように渦巻く乳色の靄が、直ぐそこ、七、八間と離れていない直ぐそこに巨大な壁を築き上げているではないか。

宗冬が「いかぬ……」と抜刀し、上様に飛びかかった貞頼が「伏せて下さい」と抑え込んだ。

たちまち三人は、乳色の靄に呑み込まれて、視界を失った。

「この場を動かずに息を殺して伏せていて下され上様」

「判った」

と、囁《ささや》き合う二人は、もうお互いの顔が見えなくなっていた。

ガツン、チャリン、ガチッと靄の中、直ぐ先で鋼《はがね》と鋼の打ち合う音。めまぐるしい速さだ。

続いて家綱と貞頼が伏せている脇に、ドスンと何かが落下し、乳色の鈍い輝きの中に無数の大小赤い花が飛び散った。

乳色の鈍い輝きの中であるからこその、鮮明さなのであろう。その赤さはまさしく、くっきりとした夥《おびただ》しい数の朱色の花に見えた。

「何が落下したのじゃ貞頼」

「気になさいまするな」

「いや、しかし……」

家綱は自分の右手脇に半円を描くかたちで手を這わせた。

何かが指先に触れたので、家綱は思い切り腕を伸ばす姿勢を取ってそれを掴んだ。生温かった。家綱は構わずそれを引き寄せたが濃過ぎる靄がそれを家綱に見させようとしない。

ガツン、チン、チャリンと剣戟《けんげき》の響きが一層激しさを増す。

「まずい……上様。ここを絶対に動いてはなりませぬぞ」

「おう、動かぬ」

家綱は剣戟の響き激しい方角へと、貞頼が脱兎の如く飛び出して行く空気の泡立ちを捉えた。

家綱は濃い靄の中、右手で掴んだものを胸元へ引き寄せ、両手を這わせるようにしてまさぐった。

「腕……じゃ。まさか宗冬の……」

家綱が宗冬の身を案じてそれを手放したとき、今度は目の前でドスンと地面が鳴った。

これは直ちに両手でもって長い髪らしいものを掴んで引き寄せることが出来た。結構な重さだ。

（襲撃者の頭……か。頼むぞ、宗冬、貞頼。殺《や》られてくれるな）

家綱は胸の内で呟きながら、引き寄せた長髪の頭らしいものをまさぐり「ん？」となった。

（こ奴……何やら面をかぶっているな）と家綱は判断した。角《つの》のようなものが突き出ているらしい面、とまで判って家綱はその面をかぶった頭らしいのを方角判らぬまま思い切り力を込めて投げ捨てた。

「いえいっ」

靄の向こうから貞頼の気合が伝わってくるのと、サパッという聞こえ方がする切断音。鋭利な切っ先三寸で、肉体の柔らかな部分を、凄まじい速さで斬ったときの音だ。乳色の靄の中でまたしても大小朱の花がパアッと咲き乱れ四散する。安定を欠いたと判る引き摺るような足音がこちらへ近付いてくるのを、家綱は感じた。

伏せたままの姿勢で家綱は抜刀した。

明らかによろめいていると判る足音が、左手の直ぐ先で尚のこと乱れ、そして倒れたと判る音がした。宗冬でも貞頼でもない、と家綱は確信した。

自信のある確信であったから、すかさず家綱は片膝立ちの姿勢を取るや、その気配に向かって刀を無言のまま繰り出した。

豆腐でも貫いたような、やわらかな手応えがあって、「うむっ」と相手が呻く。

家綱は刀を二度、抉《えぐ》るようにひねり上げてから引き抜いた。

自分の肩や胸元にバシャッと降りかかってくるものがあって、「血だ……」と家綱は理解した。意外な落ち着きの中にある自分に、家綱は満足した。これも宗冬や貞頼と真剣で稽古《けいこ》する機会を増やしているからであろうと思った。

チャリンという乾いた音を最後として、剣戟の響きが消えて無くなった。

それを待ち構えていたかのように、「謎《なぞ》」としか言いようのない靄が次第に薄まってゆく。

そして家綱の目に、大刀を右手に提《ひっさ》げてやや肩を怒らせ気味に辺りを見まわしている武炎の剣客二人の姿がくっきりと映り出した。

「大丈夫か。宗冬、貞頼」

家綱はゆっくりと腰を上げて刀を鞘に納め、二人の方へ近寄っていった。その二人の周囲《まわり》に何と累累と骸《むくろ》が転がっている。その数、九体。

「あ、上様。その肩や胸元の血は何となされました」

家綱の方を振り向き見た宗冬が顔色を変えた。

「あれがな……」

家綱は少し離れたところに倒れ込んで既に息絶えている其奴《そやつ》を指差した。

「私《よ》のそばでよろめき倒れ込んだので、靄の中見えぬままに刀を繰り出したのじゃ。その返り血よ。心配致すな」

「それはまた……」

「二人とも怪我はないか」

「大丈夫でございます」と二人は頷き答えた。

「それにしても妙じゃな宗冬。二人のまわりに転がっておる骸は素面《すめん》じゃが、私《よ》は先程、角付きの面をかぶった頭らしいのを方角判らぬまま投げ捨てたぞ」

そう言いつつ家綱は辺りを見回したが見つからない。

「おっ……どのような面《めん》であったか判りませぬか上様」

と、宗冬が驚き、貞頼がようやく大刀を鞘に納めた。

「濃い靄の中じゃったしのう、どの方角へ投げ捨てたものやら……」

「どれ……」

宗冬も大刀を鞘に納め、三人肩を揃えて四方を見回した。

「おお、あれにある」

宗冬が畑の中を指差して、小駆けに踏み入った。

「これはまた、相当な力で投げられたものですな上様」と貞頼が苦笑。

「うむ。まあのう……」家綱も苦笑した。

宗冬が頭部から面だけを取って、険しい顔つきで戻ってきた。

それを見て家綱と貞頼は目を見張った。

それは、燻《いぶ》し銀《ぎん》色の長い髪を持つ般若面《はんにゃめん》であった。

それも形相ひときわ凄まじい。燻し銀色の長い髪の中から突き出た二本の角《つの》は槍の穂先の如く鋭く、眼《まなこ》は目尻で跳ね上がり、口は耳の下まで三日月状に裂けて唇は朱の色である。

「一体なんじゃ、この面は」

貞頼が顔を顰《しか》め茫然となり、改めて不安を覚えたのであろうか宗冬が足元へ般若面を投げ捨て、刀の柄に右手を触れて辺りを幾度も見まわした。

何を思ったのか貞頼が、散乱している九体の骸の中へと足早に入っていった。

貞頼が一体一体の顔を、片膝ついて覗き込むように検《み》ていく。

そして、家綱と宗冬の前に戻ってきた。

「上様。向こうの九体も間違いなく面《めん》で顔を覆っていたようでござりまする。顔の皮膚にはっきりとその痕跡が見られます」

「そうか。すると襲撃者の数は更に多くあって、其奴らが逃《のが》れ去る際に骸の般若面をいち早く剝《は》ぎ取ったのやも知れぬな」

「だとすれば襲撃者は、あの乳色の靄の中で充分に物が見えていた、ということになりまするが」

「無論そうであろう。鍛錬《たんれん》してそのような眼力《がんりき》を身に付けたのかどうかは判らぬが、見える能力を有するがゆえに我我三人に襲い掛かってきたのじゃ」

「なるほど……上様の仰《おつしや》る通りかも知れませぬ」

「いずれにしろ上様……」

と、宗冬が返り血で汚れた我が身に顔を曇らせ、

「この血汚れの着物では、聖なる大神神社へ引き返す訳には参りませぬ。そこでじゃ

貞頼殿」

宗冬が貞頼と目を合わせると、「判り申しました」と貞頼は阿吽《あうん》の呼吸で頷いてみせた。

「この界隈の百姓家で野良着を分けて貰い、我が妻雪代の生家《さと》である飛鳥村の曽雅家へと足を向けることに致しましょう。曽雅家の者は皆、教養と常識に豊かでありまするから、上様の忍び旅について、あれこれと干渉するようなことは万が一にもありませぬでしょう」

「そうか。そうしてくれるか。百姓家から譲り受ける野良着については、きちんとした応分の支払い、いや、応分以上の支払いを忘れてはならぬぞ。百姓にとって野良着は非常に大切なものじゃから」

「はい。心得ておりまする。その点については、お任せ下され」

貞頼が答えて、ようやく表情を緩めたときであった。女たちの明るい笑い声が何処からともなく伝わってきた。

しかも、こちらに向かって近付いてくる様子だ。

宗冬が迷うことなく足元の般若面を拾いあげて、返り血の目立つ自分の胸元へ捩込《ねじ》ませて言った。

「骸を片付けている余裕はございませぬな上様」

「仕方があるまい。骸を見つけた百姓たちは仰天して直ぐにも役所へ届けるじゃろう。宗冬はこのあと奈良奉行とうまく連絡を取り合うように」

「御意」

「まずいぞお前たち。女たちの笑い声は間違いなくこちらへと近付いてくる。今年の秋の実りはよい、とか言《ゆ》うておるようじゃから、この三輪の里の者ぞ」

「ひとまず林の中へ姿を隠すしかありませぬな」

「さ、こちらへ、上様」

貞頼が通りの直ぐ右手の林に一礼してから、その中へと踏み込んでいった。一礼したのは、もちろん御神体三輪山の林だからである。

家綱も三輪山に向かって姿勢正しく合掌してから、少し慌て気味に貞頼の後に続いた。

宗冬は、いよいよ近付いてくる女たちの明るい話し声と笑い声の方角へほんの少しの間、鋭い目を向けていたが、そのあと御神体に深深と頭《こうべ》を垂れ、四代将軍の後に続いた。

道の南詰めの角に、野良着の女たちが明るい日差しの中へ笑顔で現われた。

（完）

あとがき

この作品を執筆するために風光明媚《ふうこうめいび》の里、大和国《やまとのくに》から吉野川の上流深くにかけてを、紅葉の秋から桜爛漫の春、そして初夏から梅雨にかけて度度《たびたび》訪れました。取材支援者《スタッフ》と数度、単独では三度、訪れては書き、書いては訪れて、大勢の大和国の人人に文献や史料入手の御世話になり、あるいは案内やお教えを受け、また帰京してからの電話による幾度もの質問にも誠に丁重に御指導を頂戴しました。大和国の人人の心の寛さ大きさ、そして優《やさ》しさでこの作品は完成したようなものです。千数百年の深い歴史が佇《たたず》むこの地の「地名」や「名前」や「名称」についても実に判読のむつかしい言葉(文字)が多く、それこそが歴史の深さの証《あかし》でもあるなと思いを改めました。たとえば大河内雅子媛、物部木蓮子、倭迹迹日百襲姫命墓など見た瞬間にすらすらと読める人は恐らく大都市では数少ないのではないかと思います。こういった難解な言葉の向こうに佇んでいる大和史《やまとし》に触れる喜びは、まさに名状し難いもので、大学研究室や県庁の方《かた》、史料館や博物館や市役所の職員の方、交換台の女性スタッフ、そして何日もに亘って長時間一生懸命に付き合って下さった運転手さん、そういった方方の御指摘やお教えを誠に嬉しく有り難く思いました。

日本書紀にある「吉野離宮」の跡地として最有力視されている宮滝遺跡とその周囲に展開する美しい山河の大自然は圧巻でありました。身震いする程に。

探して探してようやくのこと辿り着いた吉野川の上流深く峻険の地にある古刹《こさつ》。後《ご》南朝《なんちょう》最後の後亀山《ごかめやま》天皇の皇孫二人（尊秀王《そんしゅうおう》、忠義王《ちゅうぎおう》）の憤死の地である此処は、王の命日である二月五日には御朝拝式が行われるなど、吉野の隠れ里の人人の心やさしさで今も確《しっか》りと守られておりました。

「失礼ですがいま何をなさっていらっしゃるのですか」

「ええ、ええ。熊や鹿や猪に食べられる前に馬鈴薯《じゃがいも》を掘り起こしておりますのじゃ」

「ほう。この境内にまで熊や猪などが入ってくるのですか」

「はい。この深い山の中ですからのう。熊も鹿も猪もいっぱい棲《す》んでいますから、よく出会います」

「それはまた。どうかお気を付けて作業なさって下さい。それから彼処《あそこ》の石垣の上の方に白鈴蘭《しろすずらん》に似た綺麗な花が、一輪だけ咲いて目立っておりますねえ」

「あの花は今の時期、石垣一面に美しく咲いていたのですがのう。みんな鹿に食べられてしまいましたのじゃ。あの一輪を残してなあ」

「え、鹿があの花を食べる？」

「ええ、ええ。あの高い所に残った一輪は鹿の首が届かなかったので助かりましたのじゃ。毎年一輪か二輪のう、ああして生き残るのです」

鬱蒼《うっそう》たる山中の古刹の境内で、ゆったりとした動きで黒土を掘り起こしておられた笑顔のなんとも上品な老婦人との会話がなつかしく思い出されます。作業の邪魔《じゃま》をしてしまったことを丁重におわびしてその場から離れ、少し行ったところで振り返ってみると老婦人の姿は忽然《こつぜん》と消えていました。何処を眺め回しても見当たらない。

あれ？　とは思いましたが取材支援者《スタッフ》も運転手さんも私の先を離れていくので、老婦人が居た辺りへもう一度何とはなし頭を下げて立ち去ったものでした。

疲れ切って一日を終えた体を迎えてくれた伝統的宿舎のスペシャリティで然《さ》り気無《げな》い心温まる数数の御配慮にも、心身が心地良く休まって翌日の取材へのエネルギーが随分と回復し有り難く嬉しく思いました。

この「あとがき」の頁を借り、大和国《やまとのくに》の人人の心の寛さ大きさ、そして優《やさ》しさに対し心から深く感謝申し上げたいと思います。本当に有り難うございました。

なお取材支援者《スタッフ》が撮影した写真は軽く千枚を超え、私の書斎での共同作業で一枚一枚を点検しましたが、いずれも大変な力作で甲乙付け難いものばかりの見事さでした。そこで私が絞り込んだ何枚かを厳選し、渋る取材支援者《スタッフ》を説《と》き伏《ふ》せて彼の名で（当然ですが）秋期写真展に出品して貰ったところ、これが入選し立派な賞状と副賞を授与されたのでした。

実は彼の写真撮影能力を私は密《ひそ》かに、かなり前から高く評価しておりました。今回の入選でそれが証明された訳で、私にとっても大変喜ばしい受賞でありました。「撮《と》る」ということに対しいつも真《ま》っ向《こう》から真摯かつ真剣に勝負を挑んでくれる彼に対しても心から深く感謝申し上げたいと思います。

さて貴重な一連の大和取材を終えホッとして執筆に専念していたある日のこと、『お寺の収支報告書』（橋本英樹、祥伝社新書、二〇一四年八月刊）という新刊が送られてきました。

なにしろ原稿の締切日に追われる忙しい毎日でしたから、この本は一か月以上も机の端に乗ったままになっておりました。

ようやく頁を開いてみて、その内容に少しばかり驚かされました。著者の橋本英樹さんは駒澤大学を出て永平寺で三年間の修行をしたあと大学院の博士課程を修了し、更に四年間の米国留学をした現役の僧侶（埼玉県熊谷市「見性院」住職）です。その橋本英樹さんがこの本で述べている内容の一部を述べると概ね次のようになりましょうか。

◉寺は檀家からのお布施を当然のものと考え、それを自分が得た収入であるかのようにカン違いをし、高級車を乗りまわし、ゴルフ三昧、ひどい場合はギャンブルや酒色におぼれている。

◉寺も淘汰《とうた》の時代に入ってゆく。ほとんどの日本人が、「お寺は存在意義がない」と気付きはじめている。

◉住職家と檀家の争いが頻発している。こういった問題を「寺檀紛議《じだんふんぎ》」という。

◉住職は小国の独裁者のごとくふるまう。こういった問題住職の横暴に悩む檀家は第三者である弁護士に相談するのがよい。

◉高級車に乗って、ギャンブルやゴルフに没頭している住職は、特権意識にまみれた強欲な人かも知れない。

◉これからは寺不況の時代に入ってゆくので、ひとかどの人物でないと住職はつとまらなくなる。

◉お布施が、寺の財政を豊かにするためだけとか、僧侶の生活を安定させるためだけとかにおこなわれているなら「生臭《なまぐさ》い坊主」の生業《なりわい》にすぎない。

◉葬祭業者によるお布施の「中抜き」は、ほぼ常識である。通常は少ないところで二、三割、多いところでは六割が「中抜き」される。

◉ここ数年、心の底から「葬式なんか、いらない」と考える人が増えている。お釈《しゃ》迦《か》さまも弟子たちに向かって「私が死んでも、葬式はするな」とおっしゃっている。

◉寺が経営する墓地の場合、特定の墓石業者を斡旋《あっせん》することで、寺は「お水代《みずだい》」という名目でバックマージンを受け取っている。

◉寺が民衆に寄生する、寺と檀家のいわゆる「寺檀制度」は宗教制度ではない。寺はこのゆがんだ形で得た権力をふるい、檀家は寺に「隷属」し、その財産を度重《たびかさ》なる寄進やお布施として提供させられる。

◉住職たちは委員会や勉強会とは名ばかりの親睦会を寺の経費——檀家から集めたお金——でホテルやフレンチレストランでやっている。

◉「檀家は隷属するように」は憲法違反である。国民の基本的な権利である「信教の自由の保障」は憲法で認められている。

◉「寺側」が「お布施はこれだけの額に決まっています」と口に出した時点でお布施ではなくなり営利行為となる。お布施の額や出す方法は、出す人が決定することである。

スペースの関係で皆まで充分に書き尽くせないのは少し残念ですが、橋本英樹さんはこうした考え方により二〇一二年六月、檀家制度を廃止し、変革への一歩を踏み出された、という事です。

私くらいの世代になりますと、敗戦前後の暗い時代「寺子屋」(保育園のような幼稚園のような)に預けられて住職先生や住職の奥さんに大変可愛がられたものです。戦争と敗戦がのしかかって来ていた困難の時代でしたから、住職先生ご夫妻はそれこそ命をかけて私たち幼い者を見守って下さったものです。まさに尊敬と敬《うやま》いの対象でありました。

ボロボロの服を着た幼子たちが、ニコニコ顔の住職先生ご夫妻にまつわりついている貴重な写真が今も手元に残っています。色あせ、表面がめくれかかって……。

この住職先生は、若くして癌で逝った私の母をも見送って下さいました。そのときの住職先生の読経の素晴らしく美しく温《あたた》かであったことを私は今もはっきりと覚えています。読経が終ってから「これだよ」とその薄い経本を私の手に持たせ「よしよし」と、いい年の私の頭を撫でて下さった住職先生のなんとも言えぬ優しい姿を思い出しますと、今も胸の内に熱いものがこみ上げてきます。

そのような私にとって、『お寺の収支報告書』にコメントすることは正直に申して難《むつか》しい面があります。たとえ本の内容に頷ける部分が多多《たた》あったとしてもです。時代の流れというのは仏の世界にまでも変化を及ぼし、何ともはや大変であるなあ、とつくづく思ってしまいます。

それはともかく、中秋の名月の日、とは言っても猫の額ほどの庭にまだ薄明りがあった夕方。我が家でちょっとした「対決」がありました。室内飼いしている我が家の柴犬が掃《は》き出《だ》し窓ガラスの向こうへ鋭いキバを剝《む》き出し眦《まなじり》を吊り上げ唸り出したのです。「なにかいな」と庭に目をやると大きな猫が三日月形《みかづきがた》に裂《さ》けた口から矢張りキバを覗かせ「やるか」とばかり右前足を振り上げているではありませんか。目をこらしてようく見ると猫ではなくハクビシンでした。これで現われるのは三度目だったでしょうか。朝夕柴犬を庭に放って自由に運動させるようになってからは警戒して暫くは現われませんでした。とにかくハクビシンの糞尿は臭くて閉口します。柴犬はいよいよ決闘の時が訪れたとばかり全身からオオカミに似た臭いではないかな、と思われる体臭を放ち出しました。結構迫力のある睨み合いが三十秒ばかり続いたあと、柴犬が窓ガラスにぶつかるようにして激しく吼え始めると、ハクビシンは一目散に逃走。もう暫くは現われないでしょう。

　鉄砲や大砲を撃ち合って飽《あ》きもせず殺し合いばかりしている愚かな人間様に比べりゃあ、動物の縄張り争いの「対決」なんぞは可愛いものです。地球にも太陽にも避けられない生命《いのち》の終りというのがあって同時に人類も完全に消滅するというのに「一体何を撃ち合いやっとんじゃい人間様よ」ですねえ。太陽とか地球のような惑星の生命《いのち》の終りのみならず、現代の天体物理学者（宇宙物理学者）は無限空間である宇宙そのものがやがて滅びる（死ぬ）ことさえも突き止め始めたと言います。

では無限空間の宇宙そのものが滅びたあとには一体何が残るというのでしょうか。それは「無《む》」です。では「無」の外側には何が存在するのかというと、矢張り「無《む》」です。色も形も大きさも広さも臭いも味も明るさも暗さも全く何もない「無」です。

そのような絶対恐怖の時代がやがて訪れるというのに、いつまで鉄砲を撃ち合っているんです争《あらそ》い好きの、小さい小さい小さい人間様よ。

平成二十六年秋
書斎にて

「門田泰明時代劇場」刊行リスト

ひぐらし武士道
『大江戸剣花帳』（上・下）
徳間文庫　平成十六年十月
光文社文庫　平成二十四年十一月

ぜえろく武士道覚書
『斬りて候』（上・下）
光文社文庫　平成十七年十二月

ぜえろく武士道覚書
『一閃なり』（上）
光文社文庫　平成十九年五月

ぜえろく武士道覚書
『一閃なり』（下）
光文社文庫　平成二十年五月

浮世絵宗次日月抄
『命賭け候』
徳間書店　平成二十年二月
徳間文庫　平成二十一年三月

ぜえろく武士道覚書
『討ちて候』（上・下）
祥伝社文庫　平成二十二年五月

浮世絵宗次日月抄
『冗談じゃねえや』
徳間文庫　平成二十二年十一月
光文社文庫　平成二十六年十二月
（加筆修正等を施し、特別書下ろし作品を収録して『特別改訂版』として刊行）

浮世絵宗次日月抄
『任せなせえ』
光文社文庫　平成二十三年六月

浮世絵宗次日月抄
『秘剣 双ツ竜』　祥伝社文庫　平成二十四年四月

浮世絵宗次日月抄
『奥傳 夢千鳥』　光文社文庫　平成二十四年六月

浮世絵宗次日月抄
『半斬ノ蝶』(上)　祥伝社文庫　平成二十五年三月

浮世絵宗次日月抄
『半斬ノ蝶』(下)　祥伝社文庫　平成二十五年十月

浮世絵宗次日月抄
『夢剣 霞ざくら』　光文社文庫　平成二十五年九月

拵屋銀次郎半畳記
『無外流 雷がえし』(上)　徳間文庫　平成二十五年十一月

拵屋銀次郎半畳記
『無外流 雷がえし』(下)　徳間文庫　平成二十六年三月

浮世絵宗次日月抄
『汝 薫るが如し』　光文社文庫　平成二十六年十二月
(特別書下ろし作品を収録)

【初出】

「汝《きみ》薫《かお》るが如《ごと》し」……「小説宝石」（光文社）二〇一四年五月号〜二〇一四年十一月号

「残《のこ》り雪《ゆき》華《はな》こぶし」……書下ろし

光文社文庫

文庫書下ろし＆オリジナル／長編時代小説

汝《きみ》薫《かお》るが如《ごと》し　浮世絵宗次日月抄《うきよえそうじじつげつしよう》

著者　門《かど》田《た》泰《やす》明《あき》

2014年12月20日　初版1刷発行

発行者　鈴木広和
印刷　萩原印刷
製本　ナショナル製本

発行所　株式会社 光文社
〒112-8011　東京都文京区音羽1-16-6
電話 (03)5395-8149　編集部
8116　書籍販売部
8125　業務部

落丁本・乱丁本は業務部にご連絡くだされば、お取替えいたします。
ISBN978-4-334-76838-6　Printed in Japan

組版　萩原印刷

お願い　光文社文庫をお読みになって、いかがでございましたか。「読後の感想」を編集部あてに、ぜひお送りください。

このほか光文社文庫では、どんな本をお読みになりましたか。これから、どういう本をご希望ですか。

どの本も、誤植がないようつとめていますが、もしお気づきの点がございましたら、お教えください。ご職業、ご年齢などもお書きそえいただければ幸いです。当社の規定により本来の目的以外に使用せず、大切に扱わせていただきます。

光文社文庫編集部